Mon année BREVET

3e

Je prépare et je réussis mon BREVET

Thomas Gargallo
Agrégé de lettres modernes

Sylvain Ansart
Certifié de mathématiques

Marie Istace
Certifiée d'histoire-géographie

Merci à **Stéphanie Prévot**, enseignante, pour la conception des pages *L'orientation en fin de 3e*

bordas

Sommaire

Français

Sujets de Brevet de Français

Mathématiques

Sujets de Brevet de Maths

Histoire-Géographie EMC

Sujets de Brevet d'Histoire-Géographie EMC

Corrigés (exercices et sujets)

Les outils du Brevet

Les 4 épreuves

du nouveau Diplôme National du Brevet (DNB) 2018

Les épreuves écrites

1. Épreuve écrite de français

Durée de l'épreuve : **3 heures**

L'épreuve prend appui sur un corpus de français, composé d'un texte littéraire et éventuellement d'une image en rapport avec le texte.

L'épreuve notée sur **100 points** est composée de :

- **Un travail sur le texte littéraire et, éventuellement, sur une image** (50 points – 1 h 10 minutes) :

  – Grammaire et compétences linguistiques : des questions permettant d'évaluer les compétences linguistiques et la maîtrise de la grammaire ainsi qu'un exercice de réécriture sont proposés aux candidats.

  – Compréhension et compétences d'interprétation : des questions permettant d'évaluer à la fois la compréhension du texte et les compétences d'interprétation sont proposées aux candidats.

- **Une dictée** (10 points – 20 minutes) de 600 signes environ pour les candidats de série générale et 400 signes environ pour les candidats de série professionnelle.
- **Une rédaction** (40 points – 1 h 30 minutes) : deux sujets au choix sont proposés aux candidats.

2. Épreuve écrite de mathématiques

Durée de l'épreuve : **2 heures**

Les exercices qui composent le sujet permettent d'évaluer les connaissances figurant dans le programme de mathématiques du cycle 4 ainsi que la maîtrise des compétences « chercher », « modéliser », « représenter », « raisonner », « calculer » et « communiquer » décrites dans ce programme.

Le sujet de cette épreuve comporte obligatoirement un exercice d'algorithmique (programmation).

L'épreuve est notée sur **100 points** distribués entre les différents exercices.

3. Épreuve écrite d'histoire – géographie – enseignement moral et civique

Durée de l'épreuve : **2 heures**

L'épreuve notée sur **50 points** est composée de trois exercices :

- Exercice 1. Analyser et comprendre des documents en histoire ou en géographie (20 points)
- Exercice 2. Maîtriser différents langages pour raisonner et utiliser des repères historiques et géographiques (20 points)
- Exercice 3. Mobiliser des compétences relevant de l'enseignement moral et civique (10 points)

4. Épreuve écrite de physique-chimie, sciences de la vie et de la Terre, technologie, dite « épreuve de sciences »

Durée de l'épreuve : deux fois trente minutes, soit **1 heure**.

Seules deux disciplines sur les trois possibles sont évaluées à chaque session.

L'ensemble de cette épreuve est noté sur **50 points**.

L'épreuve orale

Durée de l'épreuve : **15 minutes**

L'épreuve orale de soutenance d'un projet permet au candidat de présenter l'un des objets d'étude qu'il a abordés dans le cadre de **l'enseignement d'histoire des arts**, ou l'un des projets qu'il a menés au cours des **enseignements pratiques interdisciplinaires (EPI)** du cycle 4 ou dans le cadre de l'un des **parcours éducatifs** (parcours Avenir, parcours citoyen, parcours éducatif de santé, parcours d'éducation artistique et culturelle) qu'il a suivis.

Cette épreuve orale est une soutenance : elle a pour objet d'évaluer la capacité du candidat à exposer les connaissances et compétences qu'il a acquises, notamment dans le cadre des programmes d'enseignement de l'histoire des arts et de toutes les disciplines qui auront contribué à nourrir cette soutenance.

Les candidats peuvent choisir de présenter l'épreuve **individuellement ou en groupe** (sans qu'un groupe puisse excéder trois candidats) mais sont évalués individuellement.

L'oral se déroule en deux temps : un exposé (5 minutes) suivi d'un entretien avec le jury (10 minutes). Dans le cas d'une présentation collective, 10 minutes d'exposé précèdent 15 minutes d'échanges entre le jury et l'ensemble du groupe ; chaque candidat fait l'objet d'une évaluation individuelle.

L'épreuve est notée sur **100 points** :

- Maîtrise de l'expression orale (50 points)
- Maîtrise du sujet présenté (50 points)

Les EPI et les 4 parcours éducatifs que doivent suivre les élèves

• Les enseignements pratiques interdisciplinaires (EPI)

Les EPI concernent les élèves du collège. Ce sont des projets interdisciplinaires conduisant à des **réalisations concrètes individuelles ou collectives** qui peuvent prendre la forme d'une présentation orale ou écrite, de la constitution d'un livret ou d'un carnet, etc. Ils aident à **donner du sens aux enseignements** et à lever les barrières entre les disciplines.

• Le parcours Avenir

Il s'agit d'un parcours individuel d'information, d'orientation et de découverte du monde économique et professionnel dont l'objectif est d'aider chaque élève de la 6e à la Terminale à orienter ses études supérieures. Les actions : une information sur le monde des entreprises et le marché de l'emploi ; la découverte de métiers et de secteurs professionnels ; la construction de son orientation scolaire ; des visites en entreprises ou sur un site de production, un stage en entreprise...

• Le parcours Citoyen

Ce parcours est construit autour du nouvel **enseignement moral et civique** développé autour des règles de comportements individuels et collectifs, la reconnaissance du pluralisme des opinions, des convictions et des modes de vie, la construction du lien social et politique. Il intégrera également une **éducation aux médias et à l'information**, un enseignement au jugement, à l'argumentation et au débat ; la préparation à la **Journée défense et citoyenneté** (JDC) obligatoire en fin de 3e. La participation des élèves aux associations, conseils de vie, tout comme aux journaux du collège... sera valorisée.

• Le parcours **d'éducation artistique et culturel** (PEAC)

Le PEAC est l'ensemble des connaissances acquises par les élèves dans les **domaines artistiques**. Il repose sur trois piliers : des **rencontres** (artistes, artisans...), des **pratiques** artistiques (arts plastiques, éducation musicale, histoire des arts), des **apprentissages** (repères, vocabulaire). Ce parcours se construit au fur et à mesure de projets organisés sur les différents temps scolaires et extrascolaires. Un outils de suivi (FOLIOS) est régulièrement renseigné et garde la trace des rencontres, pratiques et connaissances.

• Le parcours éducatif de santé

Il est structuré autour de trois axes :

- l'éducation à la santé,
- la prévention : conduites à risques ou addictives,
- la protection de la santé : environnement favorable à la santé et au bien-être.

L'évaluation

L'évaluation du socle commun représente 400 points.

La maîtrise de chacune des huit composantes du socle commun est appréciée lors du conseil de classe du 3e trimestre de la classe de 3e.

Les épreuves de l'examen final représentent 400 points.

- Le français et les maths sont évalués chacun sur 100 points.
- L'Histoire – Géographie – EMC et les Sciences (physique – chimie – SVT – technologies) sont évaluées chacune sur 50 points.
- L'épreuve orale est évaluée sur 100 points.

Obtention du diplôme

L'élève est reçu s'il cumule 400 points sur les 800.

Il obtient la mention :

- assez bien s'il cumule plus de 480 points.
- bien s'il cumule plus de 560 points.
- très bien s'il cumule plus de 640 points.

Conseils pour réussir
les 4 épreuves

L'épreuve de Français

Les documents et les questions (50 points – 1 h)

• La lecture du texte et de l'image (5 min)

– **Lisez** le texte sans regarder les questions, pour vous imprégner du sens global. **Relisez** ensuite en entourant les éléments importants (auteur, narrateur, personnages, lieu, époque...) et en notant quelques analyses (action, thème, genre, formes de discours...).

– **Observez** l'image et recherchez son genre, sa technique, son époque mais surtout **définissez** rapidement son rapport avec le texte: pourquoi a-t-elle été choisie pour accompagner le texte ?

• La découverte des questions (5 min)

– **Lisez** l'ensemble des questions, pour éviter de vous répéter dans les réponses.
– **Différenciez** rapidement deux types: question précise d'ordre lexical ou grammatical appelant une réponse courte d'une part, ou question de réaction, d'analyse ou de justification d'un point de vue, demandant un développement plus long.

• La rédaction des réponses (50 min)

– **Répondez** dans l'ordre, en indiquant bien le numéro de la question et sans recopier la consigne.
– **Soignez** l'écriture et sautez des lignes. Sur les copies officielles, **écrivez une ligne sur deux**.
– **Reportez-vous** sans cesse au texte pour répondre et **citez**-le entre guillemets.
– **Relisez-vous** en vous demandant : « *Ai-je bien répondu à cette consigne ?* »

Relisez-vous: l'orthographe et la syntaxe font partie du barème d'évaluation.

La réécriture (10 min)

• La lecture de la consigne (3 min)

Identifiez le type de transposition demandé, **entourez** clairement les éléments qu'il faudra changer puis faites l'exercice mentalement.

• La rédaction (5 min)

Modifiez le texte d'origine en faisant les changements nécessaires. **Soignez** particulièrement les terminaisons verbales et les accords.

• La relecture (2 min)

– **Vérifiez** attentivement chaque mot recopié : attention, toute erreur de copie est pénalisée.

La dictée (10 points – 20 min)

• La première lecture (1 min)

Écoutez attentivement la lecture sans écrire, pour repérer le sens global, les temps utilisés, les éventuelles difficultés et les indices du narrateur (homme ou femme).

• La dictée (15 min)

– **Soignez** votre écriture, écrivez une ligne sur deux et **raturez** proprement.
– **Ne paniquez pas** en vain: le surveillant va relire la phrase.
– **Concentrez**-vous sur les accords, les conjugaisons et les homophones.

• La relecture (4 min)

– **Faites une relecture** en traquant deux types d'erreur à la fois : les accords et les conjugaisons d'une part, les homophones et l'orthographe lexicale d'autre part.
– **N'oubliez aucun mot** : chaque oubli est sanctionné comme une erreur.

Une rédaction (40 points – 1 h 30)

Deux sujets au choix sont proposés:
– un sujet de **réflexion**: argumentation et défense développée d'une opinion
– un sujet d'**invention**: récit, article, lettre, etc.

Les sujets sont en relation avec la **thématique du programme** rencontrée durant la première épreuve. Il faudra produire un texte d'une longueur de **deux pages au moins** (environ **trois cents mots)**. Le **dictionnaire** est autorisé, **l'orthographe** et la **syntaxe** sont évaluées.

• Le choix et l'analyse du sujet (10 min)

– **Lisez** calmement les deux sujets en cherchant le rapport avec le texte étudié : même thème, même situation, même genre puis **vérifiez le sens des mots** importants, en cas de doute, grâce à votre dictionnaire. Enfin, **choisissez** le sujet qui vous inspire le plus.
– **Entourez les éventuelles indications** données sur le genre du texte, les temps verbaux, le narrateur et les personnages à mettre en scène.

– **Faites une rapide liste de critères de réussite** afin de ne rien négliger : formes de discours et éléments à combiner (narration, description, dialogue), situation de communication (narrateur, lieu et moment de l'énonciation), etc.

• Le brouillon (45 min)

– **Mobilisez vos connaissances sur la thématique** en rapport avec le sujet : éléments littéraires, artistiques, historiques, qui enrichiront votre propos.

– **Créez une courte banque de mots** à utiliser en fonction du thème imposé.

– **Faites un plan** suivant une chronologie (narration) ou une logique (argumentation).

– **Rédigez** ensuite en utilisant ces divers éléments et vos critères de réussite.

– **Séparez le texte en paragraphes** : ils doivent suivre les grandes étapes de votre schéma narratif ou argumentatif et **rédigez** en gardant bien les critères de réussite sous les yeux.

• La vérification de la production (15 min)

– **Relisez** pour vérifier que tous vos critères ont été remplis : si ce n'est pas le cas, ajoutez les éléments manquants au brouillon.

– **Étoffez** si nécessaire votre texte : sa longueur doit être d'au moins deux pages (300 mots), notamment grâce à des descriptions ou des épisodes supplémentaires.

– **Reformulez** certaines phrases inélégantes et **supprimez** les éventuelles erreurs.

• La mise au propre sur la copie et la relecture (20 min)

– **Soignez** la lisibilité pour rendre une copie agréable à lire, écrivez une ligne sur deux.

– **Relisez-vous** pour corriger d'éventuelles erreurs de ponctuation et d'orthographe (la notation en tient compte).

L'épreuve d'Histoire-Géo-EMC

Histoire-Géographie

• Questions

Vous pouvez être interrogé sur les personnages, devoir donner la définition des notions étudiées ou être capable de rédiger un paragraphe explicatif sur un thème donné. Les demandes sont riches et variées : ne faites pas d'impasses.

Certaines questions demandent une réponse courte. Attention cependant à bien rédiger une phrase complète. N'utilisez en aucun cas le style SMS, vous seriez pénalisé pour cela.

En géographie, la localisation est un élément essentiel : vous devez avoir des repères spatiaux précis et être capable de travailler sur différentes échelles. Comme pour l'histoire, il est important de bien maîtriser les notions abordées en classe : vocabulaire, aménagements, acteurs spatiaux.

• Travail sur document

Tous les documents de l'épreuve seront bien sûr en lien avec le programme de l'année. Faites-vous une petite liste à apprendre par cœur pour ne rien oublier dans votre analyse : vous devez savoir identifier la **nature**, l'**auteur**, la **date** et la **source** avec précision, puis en faire une analyse critique, c'est-à-dire dégager son intérêt par rapport au contexte historique, expliciter le message. Attention à la paraphrase.

En géographie, les conseils sont les mêmes qu'en histoire. Vous devez montrer que vous savez prélever une information dans un document et la mettre en perspective avec l'espace qui l'entoure.

EMC

• Questions

On vous interroge sur des valeurs fondamentales et humanistes, sur les liens qu'elles peuvent tisser entre les citoyens d'une même nation. Il est important de connaître les notions et d'avoir un vocabulaire précis.

• Travail sur document

Vous aurez à expliquer des éléments qui touchent à la société, à la citoyenneté, à la politique. Vous devez analyser les documents. Vous êtes un(e) citoyen(ne) : on attend de vous que vous soyez capable de commenter des faits de société, un problème politique ou social.

L'épreuve de Maths

Le sujet

• La durée de l'épreuve n'est pas divisée, c'est à vous de vous organiser en essayant de répartir votre temps en fonction des exercices du sujet.

• Le sujet est constitué de plusieurs exercices indépendants que vous pouvez traiter dans l'ordre que vous voulez. **Commencez donc l'épreuve par une lecture rapide de tous les exercices** et numérotez-les dans l'ordre par lequel vous voulez les aborder. En fonction des notions, vous devez pouvoir évaluer le temps à consacrer à chaque exercice (maximum 15 minutes par exercice). Notez en couleur les exercices sur lesquels vous allez gagner du temps.

• Les exercices de type QCM appellent des stratégies différentes : n'hésitez pas à **tester chaque solution** si vous ne parvenez pas à trouver directement la bonne. Par élimination, vous pouvez trouver la bonne réponse.

Vos réponses

• Ne négligez pas la rédaction de vos réponses : veillez à bien organiser vos raisonnements en écrivant des phrases correctes ; utilisez des expressions comme « d'où », « ensuite », « donc », ... pour structurer vos idées ; aérez votre présentation en sautant des lignes ou en faisant bien apparaître les numéros des exercices.

• N'hésitez pas à mettre en valeur ce que vous pensez pour que chaque étape soit bien visible pour le correcteur de votre copie.

La notation

• Des points sont attribués pour une présentation claire, sans erreur de grammaire ou d'orthographe ; à la rédaction correcte d'une démonstration dans la copie.

• Les exercices étant notés sur un certain nombre de points, ne vous attardez pas sur ceux qui ne vous en rapporteront que très peu.

Les tâches non guidées

• La difficulté des tâches non guidées réside dans la mobilisation des compétences et des connaissances pour résoudre l'exercice. C'est à vous d'avoir les bonnes idées pour trouver une solution valable.

• Cependant, lors de la correction, tous les essais, toutes les idées pertinentes et toutes les solutions incomplètes rapportent des points. On vous encourage à vous engager dans la résolution de l'exercice, même si vous n'avez pas la solution exacte. N'hésitez pas à donner votre avis sur ce que vous avez écrit pour montrer que vous avez l'esprit critique !

• Pour ce genre d'exercice, il ne faut pas hésiter à réaliser des schémas ou des tableaux, à construire des figures, à essayer de produire des calculs qui permettent de progresser, étape par étape vers la solution.

L'épreuve orale

• **Préparez et répétez votre oral** afin de ne pas dépasser le temps de parole.

• **Anticipez les questions** que l'on pourrait vous poser.

• **Veillez à apporter les supports** que vous allez exploiter.

• **Utilisez un vocabulaire riche et précis**, surveillez votre débit et parlez distinctement.

• **Adoptez une tenue vestimentaire** neutre et confortable.

• N'oubliez pas **d'éteindre votre téléphone portable** et de **jeter votre chewing-gum** !

Mémo coach Brevet

Tout ce que vous devez savoir pour vous préparer efficacement pour le Brevet

Comment bien travailler durant l'année

Dès la rentrée !

- **Travaillez régulièrement** ; relisez vos cours chaque soir.
- **Anticipez !** La précipitation n'est jamais un bon allié. Organisez votre travail, répartissez-le tout au long de la semaine.
- Soyez attentif et **participez en classe** : cela vous fera gagner du temps.
- À la maison, travaillez dans de **bonnes conditions** ; installez-vous confortablement.
- Apprenez à bien vous connaître en sachant quel est votre **type de mémoire** : vous préférez relire votre cours à voix haute ? ou le recopier sur des fiches ?
- Apprenez et **comprenez**. Pour vérifier que vous avez bien compris une notion, vous devez être capable de la réexpliquer à une autre personne qui ne la connaît pas.

Organiser ses révisions

Brevet – 3 semaines !

- **Relisez vos cours** et **constituez des fiches de révisions** pour mémoriser plus facilement.
- **Entraînez-vous.** Refaites des exercices déjà vus en classe par exemple.
- **Réalisez des sujets de Brevet** pour vous tester. Nous vous proposons plusieurs sujets complets de Brevet par matière ; vous pouvez en réaliser un par semaine.

Être en confiance et se relaxer

Brevet – 1 jour !

- N'oubliez pas de prendre votre **convocation** et votre **pièce d'identité**.
- **Préparez** et **vérifiez** votre matériel : stylos, règles, feutres...

L'orientation
en fin de 3e

Qu'est-ce qui m'attend après la 3e ?

Poursuite d'études à l'université (Licence, Master, Doctorat, DUT), en écoles spécialisées (écoles de commerce, écoles d'ingénieurs), en lycée (BTS, CPGE = Classes Préparatoires aux Grandes Écoles, DMA = Diplôme des Métiers d'Art).

Bac technologique		Bac général		Bac professionnel ou Bac Professionnel Agricole
Bac hôtellerie Bac TMD Brevet de technicien	Autres Bacs technologiques (STMG, ST2S, STI2D, STD2A, STL, STAV)			
Terminale	Terminale technologique	Terminale générale	CAP ou CAPA (CAP agricole)	Terminale Professionnelle
Première	Première technologique	Première générale	2e année	Première professionnelle
2de Spécifique (admission sur dossier, entretien, tests...)	**2de Générale et Technologique** (ce n'est qu'en première que l'on choisit une filière spécifique)		**1re année de CAP**	**2de Professionnelle**
Lycée Professionnel (ou lycée des métiers) ou **Lycée Technologique**	**Lycée Général et/ou Technologique**		**Lycée Professionnel (ou lycée des métiers) ou Lycée Agricole** (L'étudiant suit des cours généraux et professionnels. Cette formation comprend des périodes de stage en entreprise.) **ou Centre de Formation d'Apprentis** (CFA : obtention d'un diplôme tout en travaillant : 50 % de cours, 50 % d'expérience professionnelle)	

CLASSE DE 3e

Que se passerait-il si le conseil de classe s'opposait à mon projet d'orientation ?

Tout d'abord, prends le temps de la réflexion parce que si le conseil de classe s'oppose à ton projet, c'est sûrement qu'il pense que ça va être difficile pour toi... Mais si tes parents et toi êtes déterminés, vous pouvez toujours décider de faire appel de la décision du chef d'établissement.

Et si je changeais d'avis en fin de Seconde ?

Même si ça risque d'être plus difficile, il faut savoir qu'il existe des solutions pour passer d'un type de formation à l'autre, mais pour cela il faut être très motivé et avoir un bon dossier ! Tu pourras faire, entre autre, des stages « passerelles » pour t'aider dans ta décision.

Au fait, quelles sont les différentes filières ?

Voie	Diplômes	Débouchés	Exemples de métiers
La voie générale Tu te prépares à de longues études : minimum 2 ans après le Bac pour pouvoir commencer à travailler.	**Bac général** Spécialités de sciences humaines	Dans l'enseignement, le droit, la gestion, la comptabilité, le social le commerce, la communication...	Expert-comptable, avocat, journaliste, professeur...
	Bac général Spécialités littéraires	Dans l'enseignement, le droit, la communication, la publicité, le journalisme, la traduction, les métiers de la culture et du social...	Interprète, attaché culturel, rédacteur, éditeur...
	Bac général Spécialités scientifiques	Dans l'enseignement, la santé, la finance, l'industrie, l'environnement, l'agriculture, la recherche...	Médecin, ingénieur, chercheur...
La voie technologique Tu te prépares aussi à des études longues dans la plupart des cas, sauf dans le cas des Bacs pour lesquels il existe des secondes spécifiques.	**Bac STI2D**	Dans les secteurs de l'industrie et du développement durable...	Ingénieur
	Bac STD2	Dans le design industriel, la publicité, la mode...	Designer, architecte d'intérieur, styliste...
	Bac STL	Dans les laboratoires de mesures, les ateliers de production, le paramédical...	Biochimiste, technicienne produits de la santé...
	Bac ST2S	Dans le secteur du social et de la santé	Auxilliaire puéricultrice, aide-soignante, infirmière...
	Bac STMG	Dans les fonctions administratives des entreprises, banques, assurances...	Comptable, commercial, directeur des ressources humaines...
	Bac STAV	Dans l'agriculture, le tourisme vert, l'agroalimentaire...	Biologiste, ingénieur...
	Bac TMD	Dans le domaine du spectacle mais aussi de l'animation socio-culturelle	Musicien, chorégraphe, professeur de musique...
	Bac Hôtellerie	Dans l'agriculture, le tourisme vert, l'agroalimentaire...	Cuisinier, gérant d'hôtel, agent d'accueil...
	BT agencement, dessinateur en arts appliqués, dessinateur-maquettiste, métiers de la musique, vêtements (création et mesure)		
La voie professionnelle Tu apprendras un métier : ton diplôme en poche, tu pourras commencer à travailler ! À savoir : le CAP ou CAPA est plus spécifique que le bac professionnel dont la formation est plus longue.	**CAP** / **Bac Professionnel**	Dans le bâtiment, l'informatique, l'infographie, l'artisanat et les métiers d'art, la santé, la mode, l'esthétique, la vente, le commerce, l'administration...	Électricien, plombier, menuisier, assistant en architecture, géomètre, technicien en aérostructure, prothésiste dentaire, pâtissier...
	CAPA / **Bac Professionnel agricole**	Dans l'environnement, l'élevage, les soins aux animaux, l'agroalimentaire, les travaux paysagers...	Gérant d'une structure hippique, aquaculteur, vendeur en animalerie, œnologue, garde forestier...

Si tu aimes le sport ou les langues, n'oublie pas qu'il existe aussi des sections linguistiques (sections européennes, internationales et binationales) et des sections sportives que tu peux intégrer avec un bon dossier !

1

Grammaire

Les classes grammaticales

Cours

Les mots variables

Ils peuvent être modifiés par le genre, le nombre, les temps :
- les **verbes** *(partir, partant, pars)* ;
- les **noms** qui peuvent être **communs** *(sirène, policier)* ou **propres** *(Garonne, Amine)* ;
- les **adjectifs** *(noir, fracturées, jolie, rectangulaires)* ;
- les **pronoms** qui peuvent être **personnels** *(je, tu, me, le, se…)*, **adverbiaux** *(y, en)*, **possessifs** *(le mien, la tienne…)*, **démonstratifs** *(celui, celle, ceux-ci…)*, **indéfinis** *(personne, rien, nul, la plupart, tout, quiconque…)*, **interrogatifs** *(qui, que, lequel, laquelle…)*, **relatifs** *(qui, que, quoi, dont, où, lequel…)* ;
- les **déterminants** qui peuvent être **possessifs** *(mon, ton, son…)*, **démonstratifs** *(ce, cette, ceux-ci…)*, **numéraux cardinaux** *(un, deux, mille…)*, **indéfinis** *(plusieurs, certains, chaque…)*, **interrogatifs** *(quel, quelle, quels…)*, **articles définis** *(le, la les)*, **articles indéfinis** *(un, une, des)* et **articles partitifs** *(du, de la…)*.

Les mots invariables

Ils s'écrivent toujours de la même façon, quelle que soit leur place dans la phrase :
- les **prépositions** *(à, dans, par, pour, en, vers, avec, de, sans, sous…)* ;
- les **conjonctions de coordination** *(mais, où, et, donc, or, ni, car)* ;
- les **conjonctions** et **locutions de subordination** *(que, quand, lorsque, depuis que, parce que, si, comme, tellement… que,* etc.*)* ;
- les **interjections** *(Oh ! Ouf ! Aïe ! Eh !...)* ;
- les **adverbes** qui peuvent être d'**intensité** *(beaucoup, tellement, si, assez, très…)*, de **lieu** *(ici, là, dessus…)*, de **temps** *(aujourd'hui, hier, souvent…)*, de **manière** *(mal, vite, doucement, gentiment…)*, etc.

Le conseil du prof

La **classe grammaticale (ou nature)** ne change jamais : c'est une **catégorie** pour « ranger » les mots. Un mot de même nature peut occuper **plusieurs fonctions** dans la phrase :
– *Le chat boit du lait.* (*chat* dans le groupe sujet)
– *J'ai caressé le chat.* (*chat* dans le COD)
– *J'ai été griffé par le chat.* (*chat* dans le complément d'agent)

Exercices

Corrigés, p. 162

1 Reclassez chaque mot dans le tableau selon sa catégorie.

esquisse – longtemps – certain – bonjour – un – par – lorsque – voir

Mots variables	Mots invariables

2 Transformez chaque phrase au pluriel puis entourez le mot resté invariable.

1. L'oiseau bleu s'envole gracieusement.

....

2. Quand son dernier disque est-il sorti ?

....

3. Donc, quel élève est délégué ?

....

3 Complétez le tableau à l'aide des phrases suivantes.

1. Sur piste, les voitures effilées roulent vite.
2. Les loyers sont très chers à Paris.
3. Doucement, le chat noir entra dans la pièce.
4. Viens ici, près de la fenêtre grillagée.

Adjectifs	Prépositions	Adverbes

4 Soulignez les pronoms puis reclassez-les dans la liste qui convient.

1. Maman, j'ai ma serviette mais Justine a perdu la sienne. Peux-tu lui apporter une des miennes ?
2. Quelqu'un a oublié ceci l'autre soir et personne n'est venu le réclamer depuis, c'est étonnant.
3. Ces produits ? Ce sont ceux de nos concurrents, les nôtres sont meilleurs.
4. C'est celle-ci que je préfère. Les leurs sont vraiment trop ternes.

a. pronoms personnels :

.... - .... - .... - ....

b. pronoms possessifs :

.... - .... - .... - ....

c. pronoms indéfinis :

.... - .... - .... - ....

d. pronoms démonstratifs :

.... - .... - .... - ....

5 Soulignez les déterminants puis replacez-les dans la liste qui convient.

1. Mon patron a donné quelques tâches mais sans donner la moindre indication claire : cette méthode de travail est pénible !
2. Certains jours, au jardin, sa grand-mère est prise de frénésie : ce superbe potager en est le résultat.

a. articles définis :

.... - ....

b. déterminants possessifs :

.... - ....

c. déterminants indéfinis :

.... - ....

d. déterminants démonstratifs :

.... - ....

6 TYPE BREVET 05:00 minutes /6 pts

Transformez chaque phrase comme indiqué en accordant chaque mot variable.

1. La meilleure amie de ma sœur est très malade.

Les ....

2. Une pièce exiguë et sale servait de cuisine.

Des ....

3. Lequel d'entre vous a oublié ses affaires ?

Lesquels ....

7 TYPE BREVET 05:00 minutes /5 pts

Donnez la classe grammaticale (nature) de chaque mot.

1. les vôtres : ....
2. notre : ....
3. patiemment : ....
4. avec : ....
5. quatre : ....
6. depuis que : ....
7. agile : ....
8. majesté : ....
9. celui-ci : ....
10. car : ....

8 TYPE BREVET 05:00 minutes /5 pts

Dans chaque extrait, entourez les termes qui montrent la présence du narrateur ou de la narratrice. Quelles sont leurs catégories grammaticales ?

1. « Il n'osait plus me raconter des histoires de son enfance. Je ne lui parlais plus de mes études. [...] Il se fâchait quand je me plaignais du travail et critiquais les cours. » (A. Ernaux)

....

....

2. « C'est dans le courant de l'été suivant que nous vîmes, un jour, ma sœur et moi, notre grand-mère pleurer… pour la première fois de notre vie. » (A. Makine)

....

....

FRANÇAIS

Grammaire

2 Les fonctions dans la phrase

Cours

Les fonctions par rapport au verbe

- Le **sujet** représente l'être ou la chose qui fait l'action, subit l'action ou est dans l'état défini par le verbe. **Tu** vas bien. **Qui va à la chasse** perd sa place.
- L'**attribut du sujet** représente l'état et la qualité du sujet après un verbe attributif (*être, paraître, sembler*...). Le lion est **un félin menacé.** Il semble **heureux.**
- Le **complément d'objet** indique sur qui ou quoi porte l'action. Il peut être **direct** (COD : Tu manges **un fruit**.), **indirect** (COI : Elle pense **à moi**.) ou **second** (COS : Il prête son stylo **à sa voisine**.).
- L'**attribut du COD**, après un verbe de perception, de jugement, de nomination, donne une information sur le COD. Je trouve cette plage **très agréable.** J'appelle toujours ma mère **« Maman ».**
- Le **complément d'agent**, à la voix passive, souvent introduit par *par*, indique qui fait l'action. Vous avez été arrêtés **par la police.**

Les fonctions par rapport à la phrase

- Le **complément circonstanciel** indique une des circonstances de l'action (lieu, temps, moyen, manière, etc.). **Demain**, nous partons **pour six mois.**
- L'**apostrophe** indique le nom de l'interlocuteur. **Maman**, j'ai faim !

Les fonctions par rapport au nom

- L'**épithète** qualifie un nom, lui apporte une information et peut être **liée** (suit ou précède un nom : un animal aux **longues** oreilles) ou **détachée** (séparée par une virgule : **Courageuse**, elle combat.)
- Le **complément du nom** complète un nom, précise son sens ou une particularité et est souvent introduit par *de, à, en*. Un collier **de perles** ; un bijou **en or**.
- L'**apposition** est une manière équivalente d'appeler l'être ou l'objet. Paris, la capitale.

Les fonctions par rapport à l'adjectif

- Le **complément de l'adjectif** précise un adjectif. Es-tu prête **à partir** ?
- Le **complément du comparatif** précise un comparatif et est introduit par *que*.
Ce fromage est moins tendre **que le gruyère.** Je suis plus petit **que toi.**
- Le **complément du superlatif** complète un superlatif relatif. C'est le plus vieux **de tous**.

Le conseil du prof

Pour retrouver certaines fonctions, posez les **questions-astuces** après le verbe : quand ? (CC de temps), où ? (CC de lieu), comment ? (CC de manière), grâce à qui/quoi ? (CC de moyen) pourquoi ? (CC de cause).

Exercices

Corrigés, p. 162

1 Indiquez la fonction de chaque groupe de mots souligné.

1. C'est le camion d'Amina. ....
2. J'estime Paris trop pollué. ....
3. Alix, le héros, est romain. ....
4. Je lui accorde un prêt. ....
5. Les enfants ! À table ! ....
6. Ben est plus coquet que moi. ....

2 **Soulignez les quatre compléments circonstanciels présents dans chaque phrase.**

1. Mardi, je me lève tôt et je vais à la gare pour prendre le train.
2. Avec des planches, je construisis en quelques heures un radeau pour traverser les rapides sans risque.
3. Dans la grotte, la température assez constante a remarquablement conservé au fil du temps des fresques préhistoriques.
4. Soudain, elle explosa littéralement de joie parce qu'elle avait réussi l'examen qu'elle avait passé quelques mois plus tôt.

3 **Reclassez chaque phrase selon la fonction de la proposition introduite par *comme*.**

1. Comme je suis malade, je reste chez moi.
2. Clémentine est jolie comme un cœur.
3. Elle est rentrée comme je sortais.
4. Il vivait comme un ermite.
5. Comme le soleil se levait, il entra.
6. Comme l'eau est polluée, la baignade est interdite.

CC temps	CC comparaison	CC cause

4 **Indiquez la fonction de chaque GN introduit par *par*.**

1. On va passer par le centre.
....
....
2. J'ai été interrompu par un enfant.
....
....
3. Je le renseigne par téléphone.
....
....
4. Par une belle matinée, je la vis.
....
....

5 TYPE BREVET 05:00 minutes /2 pts

Indiquez la fonction du groupe adjectival *grand et fort* dans chaque phrase.

1. Il me semblait pourtant grand et fort !
....
2. Grand et fort, il impressionne la foule.
....
3. Louis est un garçon grand et fort.
....
4. J'estime cet homme grand et fort.
....

6 TYPE BREVET 05:00 minutes /2 pts

Transformez chaque phrase de manière à ce que l'élément souligné devienne un pronom personnel complément d'objet.

1. Je suis en train de parler à Mourad.
....
....
2. Les hommes doivent protéger la Terre.
....
....
3. J'ai prêté un livre à Hugo et Léa.
....
....
4. J'ai offert ce vélo à ma cousine.
....
....

7 TYPE BREVET 05:00 minutes /3 pts

Indiquez ce que représente le pronom souligné dans chaque phrase puis donnez sa fonction.

1. « C'est aujourd'hui que paraît ma nouvelle, je te l'ai rappelée ce matin au téléphone en ajoutant que ce serait une excellente lecture. » (É. Carrère)
....
....
2. « Ce moment de minuit que nous passions ensemble depuis quelques années […], je l'ai vécu au milieu de gens démunis de tout. » (M. Lévy)
....
....
3. Elle inspirait confiance au premier regard. Son secret, il le lui confia très rapidement.
....
....

8 TYPE BREVET 05:00 minutes /3 pts

Remplacez le groupe nominal prépositionnel souligné par une subordonnée de même sens puis donnez la fonction grammaticale de cette subordonnée.

1. Nous lèverons le camp, pour éviter de déranger les animaux, à la tombée de la nuit.
....
....
2. Arthur travaille malgré sa fièvre.
....
....
3. « Sans le vacarme de la ville, on pourrait entendre la plainte qui coule de sa gorge. » (P. Péju)
....
....

3

Grammaire

Les emplois des temps de l'indicatif et du conditionnel

Cours

L'indicatif

- Le **futur simple** est **temporel** quand il exprime l'avenir. Bientôt, nous **partirons.**
Il est **injonctif** quand il exprime l'ordre et le conseil. Tu **viendras** me voir à la fin.
- Le **passé simple** de **premier plan** exprime un fait passé, ponctuel, unique et souvent bref, qui fait avancer le récit. Par un après-midi d'août, je **pris** la décision de partir.
- L'**imparfait** de **second plan** exprime un fait passé sans durée précise, souvent le cadre dans lequel se déroule l'action. Je **me tenais** près de la porte lorsqu'elle s'ouvrit.
- L'**imparfait de description** exprime un fait passé qui dure et qui sert à décrire un être, un objet ou un lieu. Ma mère **était** jolie.
- L'**imparfait d'habitude ou de répétition** exprime des faits répétés plusieurs fois dans le passé. Avec elle, je me **sentais** bien.
- L'**imparfait d'hypothèse**, employé après *si*, exprime la condition de réalisation d'un fait (avec le conditionnel). Si **j'avais** de l'argent, j'achèterais un bateau.
- Chaque **temps composé** exprime une antériorité par rapport au temps simple qui lui correspond. Par exemple, le **plus-que-parfait** exprime un fait antérieur au moment de l'action dans un récit à l'imparfait. La veille, il **avait cassé** un vase.
De même, le **passé antérieur** exprime un fait antérieur à un événement exprimé au passé simple. Dès qu'il **eut terminé** son repas, il partit.

Le conditionnel présent

- Il est **temporel** quand il exprime un fait postérieur au moment de l'histoire dans un récit au passé (futur dans le passé). J'étais sûr que le lendemain, il ne **serait** pas là.
- Il est **modal** quand il exprime :
– un fait possible mais soumis à condition (avec l'imparfait). Si vous m'aidiez, je vous **remercierais.**
– un fait incertain. Un ours **serait** présent dans ce massif.
– un ordre ou conseil poli ou une demande atténuée. Je **voudrais** une baguette.

Le conseil du prof

Chaque emploi du verbe n'exprime qu'**une seule valeur**, ne les mélangez pas dans votre réponse ! Demandez-vous ce qu'exprime le temps en prenant en compte le contexte (la phrase).

Exercices

Corrigés, p. 162

1 Indiquez le temps utilisé dans chaque phrase.

1. Nous avions rompu. ....
2. Elle avait du talent. ....
3. J'aimerais partir. ....
4. Nous avons oublié. ....
5. Elle se leva vite. ....
6. Nous verrons bien. ....
7. Il sera déjà parti. ....
8. Il est élégant. ....

2 **Donnez la valeur de chaque verbe au futur simple.**

1. En août, la migration aura lieu. ....
2. Tu ne tueras point. ....
3. Anna t'écrira un mot très vite. ....
4. Vous aiderez vos camarades. ....

3 **Donnez la valeur de chaque verbe à l'imparfait.**

1. Chaque lundi, elle refusait de se lever.
....
2. Si elle avait besoin, elle demanderait !
....
3. Pendant qu'ils dormaient, elle sortit.
....
4. Le gâteau était fabuleux et sentait bon le gingembre.
....

4 **Conjuguez chaque infinitif au temps composé qui convient.**

1. Il restera là tant que tu n'(prendre) .... de décision.
2. Je regardais les photos que j'(prendre) .... ce jour-là.
3. La maison prit feu peu après que la foudre l'(toucher) ....
4. Le fauve s'apaise après qu'il (être) .... éloigné du public.

5 TYPE BREVET 05:00 minutes /4 pts

Conjuguez chaque infinitif au temps qui convient : imparfait, passé simple ou plus-que-parfait.

1. Je (dormir) .... profondément quand mon patron Bernard (jeter) .... du sable dans ma fenêtre. (G. de Maupassant)
2. Le tableau (orner) .... le consulat de France du Caire depuis trois ans. Il (être exécuté) .... dans son atelier parisien. (J.-C. Ruffin)
3. Je me (préparer) .... à aller au lit, il y a quelques minutes, quand j'(entendre) .... à la porte le même bruissement. (B. Stoker).
4. Cinq années plus tard, à peu près jour pour jour, nous (repasser) .... par l'île où la passagère (être abandonnée) .... (P. Mac Orlan)

6 TYPE BREVET 10:00 minutes /5 pts

Réécrivez chaque phrase aux temps du récit au passé.

1. Elle me <u>confesse</u> qu'hier elle <u>a perdu</u> mon bracelet, qu'elle <u>est</u> en train de le chercher et qu'au pire elle me <u>rachètera</u> le même demain.
....
....
....
2. Elle <u>sait</u> que je <u>partirai</u> et qu'elle ne <u>pourra</u> pas empêcher mon départ, que rien ne <u>pourra</u> l'empêcher ; sans doute l'<u>a</u>-t-elle <u>compris</u> dès que nous <u>sommes venus</u> à elle.
....
....
....
3. Il <u>ignore</u> qui elle <u>est</u>, ce qu'elle <u>a vécu</u> mais il <u>sait</u> qu'il <u>veut</u> rester. Elle lui <u>propose</u> de s'asseoir. Il <u>accepte</u> tandis qu'elle <u>commande</u> deux cafés. La nuit <u>vient</u> de tomber.
....
....
....

7 TYPE BREVET 05:00 minutes /2 pts

Indiquez le temps verbal dominant et donnez sa valeur.

1. « Pierre lisait le journal au petit déjeuner. C'était peut-être pour ça que Sophie regardait si souvent par la fenêtre. » (F. Vargas)
....
....
2. « Le matin du 16 avril, le docteur Bernard Rieux sortit de son cabinet et buta sur un rat mort, au milieu du palier. » (A. Camus)
....
....
3. « Il n'avait jamais froid, n'était ni petit ni frêle. [...] Il avait les mains soignées, pas de fesses et un dos droit. Il n'étais pas épais mais large » (D. Guedj)
....
....
4. « J'étais adolescent quand j'en ai pris conscience : papa avait eu une vie avant nous. Il avait vécu avec une beauté nordique [...] puis s'était marié avec une autre femme. » (É. Fottorino)
....
....

4

Grammaire

Les emplois du présent du subjonctif

Cours

Le subjonctif dans une proposition indépendante

• Avec ou sans *que*, le subjonctif exprime l'**ordre** et le **souhait**. Qu'on en **finisse** ! Ainsi **soit**-il ! Que Dieu vous **bénisse** !
• Il exprime l'**indignation** et l'**étonnement**. Moi, que je **fasse** une telle chose ?

Le subjonctif dans une subordonnée relative

• Il exprime une **idée non concrétisée**. Nous cherchons quelqu'un qui **soit** compétent.
• On l'emploie aussi avec :
– une **principale négative** ou **interrogative**. Il n'a vu personne qui **puisse** l'aider ;
– **le seul**, **l'unique**, **le premier**, **le dernier**. Il est le seul qui **sache** nous aider ;
– le **superlatif relatif**. C'est le meilleur moyen que nous **puissions** trouver.

Le subjonctif dans une subordonnée complétive

• Il exprime une action **improbable**, voire **impossible**. Je suis sûr qu'il **a** raison (action certaine, indicatif) / Je doute qu'il **ait** raison (action improbable, subjonctif).
• On l'emploie aussi avec :
– des verbes d'**opinion** avec une **principale négative** ou **interrogative**. Je ne crois pas qu'elle **vienne**.
– des verbes exprimant le **doute**, la **volonté**, la **crainte** ou le **regret**. Je souhaite qu'il en **finisse**. Nous déplorons qu'elle **soit** absente.

Le subjonctif dans une subordonnée circonstancielle

Il exprime une situation qui n'est **pas encore réalisée** :
• le **temps** (avec *avant que, jusqu'à ce que, en attendant que*). Avant qu'elle s'en **aille**, donne-lui dix euros.
• le **but** (avec *pour que, afin que, de peur que, de façon que*…) et la **concession** (*sans que, bien que, quoique*…). Pour que nous **traversions**, la mer doit se calmer.
• la **condition** et l'**hypothèse** (*à condition que, à moins que, pourvu que, à supposer que*). Nous sortirons, à moins qu'il ne **pleuve**.

Le conseil du prof

On retrouve le subjonctif de quatre manières : en observant la **conjugaison**, en repérant ***que***, en isolant la **subordonnée** ou en observant la **réalisation incertaine d'une action** (juste souhaitée, mise en doute, probable, pas encore arrivée...)

Exercices

Corrigés, p. 162

1 Soulignez les verbes conjugués au présent du subjonctif.

1. Il faudrait que tu comprennes enfin que tu dois participer.
2. Pourvu qu'il vienne nous voir, j'ai tellement hâte !
3. Il serait grand temps que le projet arrive à terme.
4. Pour que tu écoutes la musique, tu dois t'abonner à ce site.
5. Tu vas amener le chien chez le vétérinaire pour qu'il le vaccine.

2 **Conjuguez chaque verbe entre parenthèse au subjonctif.**

1. Il est grand temps que tu (savoir) .... la vérité.
2. Je doute qu'ils (vouloir) .... nous suivre.
3. Je crains qu'elle ne (être) .... trop qualifiée.
4. Pour qu'il le (faire) ...., menace-le d'une punition.
5. Je souhaite vraiment qu'il (avoir) .... raison.

3 **Complétez chaque phrase par une courte subordonnée au subjonctif.**

1. Je tiens à ce que ....
....
2. Téléphone-leur pour que ....
....
3. Vas-y à condition que ....
....
4. C'est l'unique don que ....
....
5. Le plus drôle est que ....
....

4 **Transformez chaque phrase à la forme négative puis au type interrogatif. Aidez-vous des amorces données.**

1. Tu crois que le temps est venu.
   a. Tu ne ....
   b. Ne crois ....
2. Vous croyez qu'ils sont là.
   a. Vous ne..
   b. Ne croyez..
3. Nous pensons qu'il est coupable.
   a. Nous ne ....
   b. Ne pensons...

5 **Entourez le mode qui convient : indicatif ou subjonctif.**

1. Je cherche un métier qui me **plaît / plaise**.
2. Je suis persuadé qu'il y **voit / voie**.
3. C'est le film le plus court que j'**ai vu / aie vu**.
4. Je l'ai vu après qu'il **est arrivé / soit arrivé**.
5. Ce tableau, je veux que tu le **vois / voies**.
6. Tu es la seule fille qui m'**a parlé / ait parlé**.

6 TYPE BREVET 05:00 minutes /5 pts

Indiquez la valeur de chaque subjonctif : ordre, défense, souhait, condition, indignation.

1. Moi, que je le trahisse ?...........................
2. Qu'on ne touche à rien !.........................
3. Qu'il touche une pêche et il gonfle ! ....
4. Qu'il se taise à jamais !............................
5. Que la pluie vienne !.................................

7 TYPE BREVET 05:00 minutes /6 pts

Indiquez le type de proposition dans laquelle chaque verbe au subjonctif est utilisé puis donnez la raison de son utilisation.

1. Je ne pense pas qu'il <u>ait</u> tort.
....
....
2. En attendant qu'ils <u>arrivent</u>, prépare-toi.
....
....
3. <u>Vive</u> la reine !
....
....
4. C'est le plus beau bouquet que j'<u>aie</u> vu.
....
....
5. Penses-tu qu'ils <u>soient</u> déjà là ?
....
....
6. Je crains qu'il ne leur <u>dise</u> la vérité.
....
....

8 TYPE BREVET 05:00 minutes /4 pts

Identifiez le mode utilisé par le verbe souligné et justifiez son emploi.

1. « Tombe sur moi le ciel pourvu que je me <u>venge</u> ! » (P. Corneille)
....
....
2. Je suis heureuse qu'il <u>ait rencontré</u> mon futur époux.
....
....
3. Nous aurions aimé qu'ils <u>soient</u> plus présents.
....
....
4. La ligne fut fortifiée afin que le pays <u>fût protégé</u>.
....
....

5

Grammaire

Les formes et les types de phrase

Cours

Les types de phrases

- La **phrase déclarative**, terminée par un point, donne une information.
  J'ai eu une bonne note.
- La **phrase interrogative**, terminée par un point d'interrogation, pose une question.
  As-tu eu une bonne note ?
- La **phrase exclamative**, terminée par un point d'exclamation, exprime un sentiment fort ou une émotion (surprise, joie, etc.). Que c'est bien d'avoir une bonne note !
- La **phrase injonctive**, terminée par un point ou un point d'exclamation, exprime un ordre, une interdiction, un conseil. Reviens avec une bonne note !

Les formes de phrases

- La **forme négative** nie une action ou un fait et utilise des adverbes de négation *(ne… pas, ne… plus, ne… jamais, ne… rien, ne… guère, personne ne…, rien ne…, ni… ni).*
  Matéo a eu une bonne note. (forme affirmative)
  Matéo n'a jamais eu de mauvaise note. (forme négative)
- La **forme impersonnelle** met en valeur un phénomène ou un état de manière objective et plus « scientifique » grâce à un sujet impersonnel *(il, rien, tout).*
  Théo a parfois de bonnes notes. (forme personnelle)
  Il arrive que Théo ait des bonnes notes. (forme impersonnelle)
- La **forme emphatique** met en avant un des éléments de la phrase par un présentatif *(c'est… qui, voici… que ; il y a… qui)* ou un détachement en tête de phrase.
  On connaît le meilleur : Théo a eu une bonne note. (forme neutre)
  Le meilleur, on le connaît : c'est Théo qui a eu une bonne note. (forme emphatique)
- La **forme passive** insiste davantage sur le résultat que sur l'action et comporte souvent un complément d'agent introduit par *par* ou *de*.
  Léo a obtenu la seule bonne note. (forme active)
  La seule bonne note a été obtenue par Léo. (forme passive)

Le conseil du prof

On repère le **type d'une phrase** avec sa **ponctuation** finale et ses **caractéristiques** (impératifs ou infinitifs pour les injonctives, phrases courtes et sentiments pour les exclamatives). On repère la **forme d'une phrase** avec la **place et la construction du verbe** (après un *il* impersonnel, après un *c'est... qui* ou un *voici* emphatique, après *par* pour le passif).

Exercices

Corrigés, p. 162

1 Ponctuez correctement chaque phrase, selon le type de phrase utilisé.

1. Et si tu te taisais
2. Le musée ferme
3. Es-tu d'accord
4. C'est si joli
5. Nous sommes deux
6. J'en ai marre

2 **Indiquez si les phrases sont exclamatives ou injonctives.**

1. Fais donc attention ! ....
2. Je suis si fatiguée ! ....
3. Tu devrais te taire ! ....
4. Il ne se passe rien ! ....

3 **Transformez chaque phrase à la forme emphatique en mettant en avant l'élément souligné.**

1. <u>Tu</u> es responsable.
....
2. On connaît <u>ton secret</u>.
....
3. <u>Ce modèle</u> plaît aux ados.
....
4. Ce modèle plaît <u>aux ados</u>.
....

4 **Mettez chaque phrase au type et à la forme indiqués.**

1. Respecter ce règlement est impératif (interrogatif / impersonnel)
....
....
2. Je t'avais prévenue. (interrogatif / négative)
....
....
3. Le gouvernement organisera le scrutin. (déclaratif / passive)
....
....
4. Vous suivez mes indications. (injonctif / emphatique)
....
....

5 TYPE BREVET 05:00 minutes /4 pts

Réécrivez chaque phrase à la forme passive. Attention aux accords.

1. Ce genre de détail passionne toujours les journalistes.
....
....
2. Sans les digues, la mer submergerait les Pays-Bas.
....
....
3. Ce procédé a beaucoup intéressé l'Union européenne.
....
....
4. Les cendres volcaniques ensevelirent Pompéi et Herculanum.
....
....
5. Le jury le reconnaît coupable et le condamne.
....
....

6 TYPE BREVET 05:00 minutes /6 pts

Indiquez le type et la forme de chaque phrase.

1. Tu n'as vraiment rien à faire ici.
....
....
2. N'est-ce pas Aminata qui a eu la meilleure note ?
....
....
3. Le projet n'a pas été choisi par le manager.
....
....
4. La porte, Andréia ne la fermait jamais !
....
....
5. Il est impératif que tu travailles davantage.
....
....
6. Ce n'est pas moi, le problème !
....
....

7 TYPE BREVET 05:00 minutes /3 pts

Indiquez le type de phrase dominant pour chaque phrase puis expliquez pourquoi.

1. « Non ! Au contraire ! Nous descendons ! » (J. Verne)
....
....
2. « Ah ! cruel ! est-il temps de me le déclarer ? // Qu'avez-vous fait ? Hélas ! je me suis crue aimée. » (J. Racine)
....
....
3. « Ces temps sont révolus pour Thèbes. Thèbes a droit maintenant à un prince sans histoire. » (J. Anouilh)
....
....

FRANÇAIS

6

Grammaire

La phrase complexe

Cours

Les phrases complexes

- Une **phrase non verbale** ne contient **pas de verbe.** Son noyau est alors souvent un nom (**phrase nominale**). Quelle **histoire** ! Difficile, la **leçon** !
- Une **phrase simple** contient **un seul verbe** et donc **une seule proposition**. De l'argent, on en **manque** toujours. (1 seul verbe)
- Une **phrase complexe** contient **plusieurs verbes** et donc **plusieurs propositions**. **J'ai vu** ça, j'**étais** tout petit et j'y **pense** encore. (3 verbes)
- Deux propositions **juxtaposées** sont séparées par un **signe de ponctuation** dans une phrase complexe. Il **s'embourbait**, il le **savait** ; il se **tut.**
- Deux propositions **coordonnées** sont reliées par une **conjonction de coordination** (*mais, ou, et, donc, or, ni, car*). Elle ne **broncha** pas <u>mais</u> je **pouvais** voir sa consternation.
- Une proposition **subordonnée** dépend d'une **principale** et ne peut pas exister seule. Elles sont reliées par un **mot subordonnant**. J'**ai** un chien <u>qui</u> **aboie** <u>lorsqu</u>'il **a** faim.

Les subordonnées

- La **subordonnée relative** complète un **nom** ou un **pronom** (l'**antécédent**) dont elle est **complément de nom** et s'introduit par un **pronom relatif** (*qui, que, quoi, dont, où, auquel, duquel*...). Choisis le <u>vêtement</u> **que tu gardes** et <u>celui</u> **dont tu te débarrasses.**
- La **subordonnée conjonctive complétive** complète un **verbe** dont elle est **complément d'objet** et s'introduit par la conjonction *que*. Je <u>vois</u> **que la rue est sale.**
- La **subordonnée conjonctive interrogative** complète un **verbe** dont elle est **complément d'objet** et s'introduit par un mot interrogatif (*qui, si, quel, où, quand, comment*...). Je ne <u>sais</u> pas **s'ils viennent** ou **quand ils seront là.**
- La **subordonnée conjonctive circonstancielle** complète une **phrase** dont elle est **complément circonstanciel** et s'introduit par une **conjonction de coordination** qui peut indiquer le but (*pour que, afin que*...), le temps (*quand, avant que*...), la concession (*même si, malgré le fait que*...), la cause (*du fait de, comme*...). **Quand elle sourit**, son visage s'illumine. Je prie **pour qu'elle sourie**. Elle sourit même si sa vie est difficile.

Le conseil du prof

Pour définir le **type** d'une subordonnée, on analyse le **mot subordonnant** et on retrouve la **nature de l'élément complété** : un seul nom, le verbe ou la phrase entière.

Exercices

Corrigés, p. 162

1 Indiquez le nombre de verbes conjugués dans chaque phrase.

1. Laura a un chat qui tient à boire au lavabo quand il a soif. ......

2. Quand je pars, mon chien hurle à la mort et s'ennuie jusqu'à ce que je revienne. ......

3. Après ces longs mois où pas une goutte d'eau n'avait rafraîchi la ville, elle s'était couverte d'un enduit gris qui s'écailla sous le souffle du vent. (A. Camus) ....

4. Elle, qui n'était pas grosse en tout comme un œuf. // Envieuse, s'étend, et s'enfle, et se travaille. (J. de La Fontaine) ....

2 **Entourez les verbes conjugués puis complétez les phrases avec des subordonnants.**

1. Je ne sais pas .... je peux.
2. Je reste fidèle aux idéaux .... je me battais jadis.
3. Ce film est un échec .... il reste long et ennuyeux.
4. Je te présente la fille .... je t'ai parlé hier.
5. L'océan est agité .... il fasse beau.
6. On ignore .... seront les conséquences de la pollution.

3 **Indiquez le type de liaison utilisée dans chaque phrase : J (juxtaposition), C (coordination), S (subordination).**

1. Je pars car il va faire nuit. ....
2. Je pars, il va faire nuit. ....
3. Je pars vu qu'il va faire nuit. ....
4. Il fait trop froid, on ne sort pas. ....
5. Il fait trop froid pour qu'on sorte. ....
6. Il fait trop froid donc on ne sort pas. .....

4 **Indiquez le type de proposition subordonnée utilisée dans chaque phrase : R (relative), Co (complétive), I (interrogative), Ci (circonstancielle).**

1. J'ignore s'il est encore ici. ....
2. Il faut qu'elle soit là. ....
3. Ferme la porte quand tu pars. ....
4. Le jus qu'il a pressé est bon. ....
5. Sais-tu où il se trouve ? ....
6. La femme dont on parlait est là. ....
7. Son émoi fut tel qu'il blêmit. ....
8. Nous voulons qu'elle vienne. ....

5 TYPE BREVET 05:00 minutes /4 pts

Remplacez l'élément souligné par une conjonction de subordination exprimant le même rapport logique.

1. « La fumée des feux de camps montait vers le ciel <u>et</u> le soleil descendait déjà sur El Paso et le Texas. » (P. Bard) ....
2. « Elle est pour toi <u>:</u> tu la mérites. » (C. Michelet) ....
3. L'avocat a manqué de temps<u>,</u> sa plaidoirie est bâclée. ....
4. Cet arbre est malade <u>et</u> il sera coupé.
....
5. Je te la donne <u>mais</u> tu ne la mérites pas.
....

6 TYPE BREVET 05:00 minutes /4 pts

Séparez par des barres les propositions de chaque phrase puis donnez le rapport logique exprimé par la conjonction de coordination soulignée.

1. Je devrais y aller <u>mais</u> je n'en ai vraiment aucune envie.
....
2. Quoiqu'il fasse jour, la moto roule avec les phares <u>et</u> cela la rend plus visible.
....
3. « Je suis à l'auberge, j'ai faim <u>et</u> je reste. » (V. Hugo).
....
4. « J'étais un objet de stupeur constante <u>car</u> les années passaient sans apporter la moindre amélioration. » (D. Pennac).
....

7 TYPE BREVET 05:00 minutes /4 pts

Construisez une phrase complexe à partir des deux indépendantes puis indiquez la relation logique qui unit les propositions.

1. Le diamant est très résistant. On ne peut pas le casser aisément.
....
....
....
2. « Il n'avait pas mangé depuis Marseille [...]. Des crampes douloureuses lui serraient l'estomac. » (H. Troyat)
....
....
....
3. « Comment peut-il mener et comprendre ses camarades ? // Chacun parle un français volubile de sa façon » (J. Réda)
....
....
....
4. « Poulet devenait grand, il atteignait quinze ans [...]. Mais il restait enfant d'esprit, ignorant, niais, étouffé... » (G. de Maupassant)
....
....
....
5. Les cas mortels se multiplièrent et il devint évident [...] qu'il s'agissait d'une véritable épidémie. (A. Camus)
....
....
....

FRANÇAIS

7

Orthographe

Le présent de l'indicatif et du subjonctif

Cours

Les difficultés du présent de l'indicatif

- **Pouvoir**, **vouloir**, **valoir** donnent *-x, -x, -t* au singulier : je peux, tu veux, il vaut.
- Les verbes en **-dre** donnent *-ds, -ds, -d* sauf pour les verbes en **-indre** et **-soudre** : je perds, il perd (perdre) ; tu prends, il prend (prendre).
Seuls les verbes en **-indre** et **-soudre** perdent le *-d* : je peins, il peint (peindre) ; tu résous, il résout (résoudre).
- Les verbes en **-eter** ou **-eler** utilisent l'accent grave pour faire le son « è » : je gèle (geler), ils pèlent (peler) ; tu achètes (acheter), elles furètent (fureter).
Seuls les verbes **appeler**, **jeter** et leurs composés doublent la consonne finale pour faire le son « è » : je rappelle, nous rappelons (rappeler) ; tu rejettes, vous rejetez (jeter).
- Les verbes en **-yer** changent le *-y* en *-i* devant un « e » muet : je tutoie, nous tutoyons (tutoyer) ; il nettoie, vous nettoyez (nettoyer).
- Les verbes en **-éer**, **-ier**, **-uer**, **-ouer** comportent un « e » muet dans leurs terminaisons : je crée (créer), elle crie (crier), tu situes (situer), ils secouent (secouer).

Les difficultés du présent du subjonctif

- Pour le construire, on utilise le radical du présent de l'indicatif en ajoutant à tous les groupes les mêmes terminaisons : *-e, -es, -e, -ions, -iez, -ent.*
  que je chante, que tu chantes ; qu'il agisse, que nous agissions ; que vous attendiez, qu'ils attendent.
- **Avoir** : que j'aie, tu aies, il ait, nous ayons, vous ayez, ils aient.
- **Être** : que je sois, tu sois, il soit, nous soyons, vous soyez, ils soient.
- De nombreux **verbes du 3e groupe** modifient leur radical : qu'il aille (aller), qu'il conduise (conduire), qu'il doive (devoir), qu'il dise (dire), qu'il fasse (faire), qu'il peigne (peindre), qu'il puisse (pouvoir), qu'il sache (savoir), qu'il vaille (valoir), qu'il vienne (venir), qu'il voie (voir), qu'il veuille (vouloir)…

Le conseil du prof

Pour différencier les homophones « que j'aie » (subjonctif) et « j'ai » (indicatif), remplacez par « pouvoir » ou « prendre » : *que je puisse / je peux ; que je prenne / je prends.*

Exercices

Corrigés, p. 163

1 Indiquez l'infinitif de chaque verbe au présent de l'indicatif.

1. tu rejettes : ....
2. il me vouvoie : ....
3. elles rappellent : ....
4. elles résolvent : ....
5. il décroît : ....
6. elles ondoient : ....
7. ils perçoivent : ....
8. elle m'émeut : ....

2 **Indiquez l'infinitif de chaque verbe au subjonctif présent.**

1. qu'il aille : ....
2. que tu saches : ....
3. qu'elles veuillent : ....
4. que vous puissiez : ....
5. qu'ils fassent :..
6. qu'elle croisse :...
7. qu'elles surviennent : ....
8. qu'ils aillent : ....

3 **Conjuguez les verbes au présent de l'indicatif.**

1. elle (interpeler) : ....
2. on (repeindre) : ....
3. je (surprendre) : ....
4. tu (remuer) : ....
5. elles (vouvoyer) : ....
6. ils (projeter) : ....
7. tu (résoudre) : ....
8. elles (huer) : ....

4 **Conjuguez chaque verbe au subjonctif présent et aux personnes demandées.**

1. (avoir) : elle ....
2. (finir) : tu ....
3. (se blottir) : je ....
4. (craindre) : nous ....
5. (valoir) : il ....
6. (plaire) : ils ....

5 TYPE BREVET 02:00 minutes /1 pts

Dans l'extrait suivant, entourez les deux verbes conjugués au subjonctif.

« Il faut noter que le mimosa ne m'inspire pas du tout. Seulement, j'ai une idée de lui au fond de moi qu'il faut que j'en sorte parce que je veux en tirer profit ? Comment se fait-il que le mimosa ne m'inspire pas du tout, alors qu'il a été l'une de mes [...] prédilections enfantines ? » (F. Ponge)

6 TYPE BREVET 03:00 minutes /3 pts

Choisissez la forme verbale correcte, entre le présent de l'indicatif ou du subjonctif.

1. Un nouveau film ? Il faut absolument que tu le **vois** / **voies**.
2. Il est là, tu **vois** / **voies** bien !
3. Tu **crois** / **croies** que les loups sont de retour en France ?
4. Il est dommage que tu **crois** / **croies** à autant de bêtises.
5. Tu sais, j'aimerais bien que tu **viens** / **viennes** vite.
6. Il paraît que tu **viens** / **viennes** demain ?

7 TYPE BREVET 05:00 minutes /5 pts

Transformez chaque passage en suivant l'indication donnée.

1. « Gaston reste seul, jette un regard lassé dans sa chambre ; il s'arrête devant son armoire à glace, se regarde longtemps. Soudain, il prend un objet sur la table, près de lui, sans quitter son image des yeux, et il le lance à toute volée dans la glace. » (J. Anouilh)

Gaston et moi ....
....
....
....
....
....

2. « Je crois à cela, à ce que j'ai appris dans les rues de Marseille, et qui me colle à la peau : l'accueil, la tolérance, le respect de l'autre [...]. J'aime croire – car j'ai été élevé ainsi – que Marseille, ma ville, n'est pas une fin en soi. » (J.-C. Izzo)

Nous ....
....
....
....
....

8 TYPE BREVET 05:00 minutes /5 pts

Transposez chaque extrait au présent de l'indicatif.

1. « J'en convins et nous commençâmes à causer, à chercher ce que pouvaient être ces personnages : des malfaiteurs qui brûlaient des preuves ou des sorciers qui préparaient un philtre. » (G. de Maupassant)

....
....
....
....
....

2. « Il croyait être sûr qu'elle avait regardé aussi ses bottes. Il la suivit des yeux jusqu'à ce qu'elle eût disparu. Puis il se mit à marcher dans le Luxembourg comme un fou [...]. Il était si rêveur près des bonnes d'enfants que chacune le croyait amoureux d'elle. » (V. Hugo)

....
....
....
....
....

8

Orthographe

Les temps simples de l'indicatif

Cours

Les difficultés du futur

• Certains verbes changent de **radical** : j'aurai (avoir), je serai (être), je viendrai (venir), je tiendrai (tenir), je courrai (courir), je mourrai (mourir), je devrai (devoir), je saurai (savoir), je voudrai (vouloir), je pourrai (pouvoir), j'irai (aller), j'enverrai (envoyer)…

• Les verbes en **-uyer** et **-oyer** changent leur *y* en *i* : je m'ennuierai (s'ennuyer), je nettoierai (nettoyer).

• Les verbes en **-eter** et **-eler** doublent leur consonne pour le son « è » : je jetterai (jeter).

• Les verbes en **-ier**, **-éer** et **-uer** gardent le « e » muet du radical : je créerai (créer).

Les difficultés de l'imparfait

• Certains verbes changent de **radical** : j'éteignais (éteindre), j'écrivais (écrire), je prenais (prendre), j'apparaissais (apparaître), je faisais (faire).

• Certains verbes du **1er groupe** gardent le *-i* du radical au pluriel : nous nettoyions (nettoyer), nous copiions (copier), vous travailliez (travailler), vous gagniez (gagner).

• Certains verbes du **3e groupe** présentent les mêmes difficultés : nous riions (rire), nous voyions (voir), vous cueilliez (cueillir).

Les difficultés du passé simple

• Chaque **groupe** a une voyelle qui domine :
– 1er groupe en *-a* : je rêvai, tu rêvas (rêver) ;
– 2e groupe en *-i* : je surgis, tu surgis (surgir) ;
– 3e groupe en *-i* ou *-u* : je transmis, tu transmis (transmettre) ; je lus, tu lus (lire).

• Les verbes **venir**, **tenir** et leurs composés ont un passé simple en *-in* : je retins, nous retînmes (retenir) ; je convins, nous convînmes (convenir).

• Les **verbes en -ger** et **-cer** sont modifiés devant *-a* : il mangea, nous mangeâmes (manger) ; il lança, vous lançâtes (lancer).

• Certains verbes changent de **radical** : il naquit (naître), il peignit (peindre), il mit (mettre), il prit (prendre), il fit (faire), il écrivit (écrire), il vécut (vivre), il dut (devoir), il put (pouvoir), il crut (croire), il se tut (se taire), il sut (savoir)…

Le conseil du prof

Le **conditionnel** et le **futur simple** partagent les mêmes particularités et exceptions.
L'**imparfait** et le **présent** sont parfois seulement distingués par un **-i** : *nous saignons, vous voyez* (présent), *nous saignions, vous voyiez* (imparfait).
Le **passé simple** peut être retrouvé à l'aide du **participe passé** : *il est sorti / il sortit ; il a cru / il crut.*

Exercices

Corrigés, p. 163

1 Conjuguez chaque verbe au futur simple à la personne indiquée.

1. (savoir) elles ....
2. (envoyer) ils ....
3. (rejeter) tu ....
4. (huer) nous ....

FRANÇAIS

2 Conjuguez chaque verbe à l'imparfait à la personne indiquée.

1. (ranger) tu ....
2. (renier) vous ....
3. (fuir) nous ....
4. (faire) elle ....
5. (prendre) je ....
6. (nettoyer) nous ....
7. (rire) vous ....

3 Conjuguez chaque verbe au passé simple à la personne indiquée.

1. (croire) il ....
2. (survenir) ils ....
3. (lacer) nous ....
4. (vivre) elle ....
5. (devoir) vous ....
6. (rêver) je ....
7. (naître) elles ....

4 Entourez chaque forme correcte du passé simple.

1. (surgir) Ils surgissèrent / surgirent
2. (mettre) Nous mîmes / mettâmes
3. (revenir) Elle revenèrent / revinrent
4. (sortir) Il sortit / sorta
5. (aller) J'allai / alla
6. (pouvoir) Vous pouvûtes / pûtes
7. (venir) Je venais / vins

5 TYPE BREVET 05:00 minutes /5 pts

Réécrivez chaque extrait à l'imparfait et au pluriel.

1. « J'en parle souvent comme si [la rue] est au fond insignifiante. En observant les statues de Giacometti, j'ai su qu'elles ont été faites minces et longues, pour traverser la rue et même s'y croiser sans peine. Il me semble même les avoir rencontrées, alors enfant. » (T. Ben Jelloun)

Nous ....
....
....
....
....

2. « Moi, seul. Je sens mon cœur et je connais les hommes. Je suis fait comme aucun de ceux que j'ai vus ; j'ose croire n'être fait comme aucun de ceux qui existent. Si je ne vaux pas mieux, au moins je suis autre. » (J.-J. Rousseau)

Nous ....
....
....
....
....

6 TYPE BREVET 03:00 minutes /4 pts

Entourez les formes qui conviennent.

Il **m'expliqua / expliquat** que cet appareil **s'appelait / s'appellait** un « stylographe » [...] et qu'il **permetait / permettait** d'écrire pendant une semaine sans s'arrêter ; enfin, quand il était vide, on **pouvais/pouvait** le remplir de nouveau [...] Il **voulut / voulus** m'en montrer le fonctionnent mais il n'était pas encore très habile au maniement de cette mécanique anglaise et ne **réussit / réussis** qu'à lancer un jet soudain d'encre [...]. J'en **ressentis / ressentie** un si vif plaisir que je lui **pardonnai / pardonnais** aussitôt la possession d'une merveille dont il ne **saura / saurait** jamais se servir. (M. Pagnol)

7 TYPE BREVET 05:00 minutes /5 pts

Réécrivez chaque extrait au passé simple et au pluriel.

1. « Le Bracelet Élastique est un serpent qui se mord la queue. Il ne mue pas, il n'use. D'abord, il se décolore, se craquelle en plusieurs endroits, blanchit comme des phalanges de poing serré. Sa rupture survint peu après. Il casse. » (R. Détambel).

Les Bracelets Élastiques ....
....
....
....
....

2. « Siobhan m'a conseillé de retenir l'attention du lecteur dès le début. C'est pour ça que j'ai commencé mon histoire par le chien. Mais c'est aussi parce que c'est quelque chose qui m'est arrivé, et que j'ai du mal à imaginer des choses qui ne me sont pas arrivées. » (M. Haddon)

Siobhan nous ....
....
....
....
....
....

9

Orthographe

Les confusions de conjugaison

Cours

• *-ai* ou *-ais ?*
On confond le **passé simple** et l'**imparfait de l'indicatif** à la 1re personne du 1er groupe.
ASTUCE On remplace par la **2e personne** :
J'appel… soudain mon père → tu appel**as** → appel**ai** (passé simple de 1er plan).

• ***-rai* ou *-rais ?***
On confond le **futur simple** et le **conditionnel présent** à la 1re personne du singulier.
ASTUCE On remplace par la **2e personne** :
J'aimer…. qu'il pleuve → tu **aimerais** (et non ***aimeras***) → j'**aimerais** (conditionnel).

• *-s, -e* ou *-t* au présent ?
On confond les **présents de l'indicatif** et du **subjonctif** de certains verbes.
ASTUCE On remplace par **pouvoir** ou **faire** :
Il faut que je le voi… → Il faut que je le **fasse** / **puisse** → voie (subjonctif).

• ***est* ou *ait* ?**
On confond ***ait***, **avoir à la 3e** personne du présent du subjonctif, et ***est***, **être à la 3e** personne du présent de l'indicatif.
ASTUCE On met la phrase au **pluriel :**
Je veux qu'il … un beau cadeau. → que nous **ayons** → **ait** (subjonctif).

• *-i, -is, -it ? -u, -us, -ut ?*
On confond la **forme conjuguée du verbe** et son **participe passé**.
ASTUCE On remplace le verbe par **vendre** ou **mordre** :
Il a beaucoup r… et b…. → **vendu** / **mordu** → **ri** et **bu** (participe passé).

• ***-s, -t* ou rien à la fin d'un participe passé ?**
On hésite sur la terminaison du **participé passé**.
ASTUCE On met au **féminin**, où l'on entend la consonne ou pas :
apprise → appris ; mise → mis ; faite → fait ; dite → dit ; résolue → résolu ; voulue → voulu.

Le conseil du prof

Utilisez les **astuces données** pour éviter les erreurs sur les conjugaisons homophones. On peut aussi remplacer la forme verbale par **un autre verbe ou une autre personne** pour « entendre » la différence.

Exercices

Corrigés, p. 163

1 Indiquez le temps utilisé dans chaque phrase.

1. Je déménageais chaque année. ....
2. Je déménageai un jour de mai. ....
3. Demain, je prendrai le bus. ....
4. Je prendrais bien un soda. ....
5. Je prends deux euros. ....
6. Il faut que tu le prennes. ....

2 Complétez chaque participe passé : *-s*, *-t*, rien.

1. J'ai répondu……
2. Tu as repri……
3. Ils ont revendu……
4. Il s'y est remi……
5. Le mur est repein……
6. Ça s'est rédui……

FRANÇAIS

3 Complétez chaque verbe par *-ai* ou *-ais*.

1. Je rédige……… rapidement la lettre.
2. Je pren……… toujours mon temps.
3. La nuit, je deven……… une autre.
4. Soudain, je lui avou……… ma flamme.
5. Chaque jour, j'all……… courir.
6. Lorsque j'arriv………, il se leva.

4 Complétez chaque verbe par *-rai* ou *-rais*.

1. Si tu viens, je prépare……… le dîner.
2. Si j'étais élu, je rédui……… le déficit.
3. Je se……… absent demain.
4. Je désire……… savoir si j'ai gagné.
5. Je souhaite……… voir la directrice.
6. Je viend……… fin octobre.
7. Je te se……… reconnaissant de venir.
8. J'aime……… bien la connaître.

5 Complétez chaque phrase par *ait* ou *est*.

1. Il se pourrait qu'il ……… raison.
2. Je ne sais pas s'il ……… déjà là.
3. Je veux qu'elle ……… le poste.
4. La robe que je veux ……… rose.
5. Il faut qu'on ……… la réponse.
6. Je crois qu'elle ……… déjà là.

6 Complétez chaque verbe par la terminaison qui convient, selon le temps utilisé (présent du subjonctif ou de l'indicatif).

1. Je te croi……… et je veux que tu me croi……… aussi.
2. Je crains qu'elle ne voi……… pas ce que je voi………
3. Qu'il ri……… m'a blessé. Mais aujourd'hui j'en ri………
4. Je meur……… de peur et veux qu'il meur……… de peur aussi.

7 TYPE BREVET 03:00 minutes /2 pts

Réécrivez chaque phrase en mettant chaque pronom au singulier. Attention aux formes verbales soulignées.

1. Nous cédâmes soudain : « Oui, nous voudrions le voir. »
Je ………………………………………………………
………………………………………………………

2. Nous aimerions les croire mais craignons qu'ils aient tort.
J' ………………………………………………………
………………………………………………………

3. Nous l'avouâmes : « Nous voulons que vous nous croyiez. »
Je ………………………………………………………
………………………………………………………

4. Elles veulent que nous ayons confiance. Nous voyons mal comment.
Elle ………………………………………………………
………………………………………………………

8 TYPE BREVET 03:00 minutes /3 pts

Réécrivez chaque verbe en remplaçant le passé composé par le passé simple.

1. J'ai bu un verre. → ………………………………
2. Il a vécu 102 ans. → ………………………………
3. Tu as eu 15 ans. → ………………………………
4. Tu as beaucoup ri. → ………………………………
5. Il a vite fini. → ………………………………
6. On m'a menti. → ………………………………

9 TYPE BREVET 05:00 minutes /5 pts

Réécrivez chaque extrait en remplaçant le passé simple par le passé composé. Faites attention aux participes passés.

1. « Je pus distinguer aussi qu'il souriait… Il m'aperçut, et, avant que personne eût pu lui demander une explication : "Viens-tu dans la cour ?" dit-il. J'hésitai une seconde. Puis, comme Millie ne me retenait pas, je pris ma casquette et j'allai vers lui. » (Alain-Fournier)

………………………………………………………
………………………………………………………
………………………………………………………
………………………………………………………
………………………………………………………
………………………………………………………
………………………………………………………

2. Elle défit son peigne ; tous ses cheveux blancs tombèrent. Elle s'en coupa, brutalement, à la racine, une longue mèche […] Quand elle fut sortie, Frédéric ouvrit sa fenêtre, Mme Arnoux, sur le trottoir, fit signe d'avancer à un fiacre qui passait. Elle monta dedans. La voiture disparut. (G. Flaubert)

………………………………………………………
………………………………………………………
………………………………………………………
………………………………………………………
………………………………………………………
………………………………………………………
………………………………………………………

10

Orthographe

Les accords sujet-verbe

FRANÇAIS

Cours

Le verbe s'accorde **en personne** et **en nombre** avec son sujet. Il y a toutefois quelques **difficultés.**

- Le sujet est **inversé** (placé après le verbe).

  Après une dispute **surgissent** toujours des larmes.

- Le sujet est éloigné du verbe.

  Les élèves, très intimidés devant l'auditoire, très nombreux venus assister à l'événement, **commencent** à parler trop bas.

- Les **sujets singuliers** sont liés par une **conjonction de coordination** ou par une **virgule :** le verbe est au pluriel.

  La vanité, la lâcheté, le refus de communiquer **sont** des défauts.

- Le sujet contient une **notion de quantité** (*peu de, beaucoup, combien, la plupart, moins de…*) : le verbe est au pluriel.

  Beaucoup (de gens) ne **sont** pas d'accord. Moins de cinq sur dix **font** la cuisine.

- Le sujet contient un **pronom indéfini** (*on, chacun, quelqu'un, tout, rien, aucun, plus d'un, personne…*) : le verbe est au singulier.

  Les éclairs, le tonnerre, la pluie, tout **était** effrayant.

- Les sujets sont des **personnes différentes** : la 1re personne l'emporte sur les autres (*nous*), la 2e l'emporte sur la 3e (*vous*).

  Toi et moi, nous **sommes** bien amusés. Olivier et toi, vous **êtes** très sportifs.

- Le sujet est le **pronom relatif** *qui, lequel, laquelle*, etc. : il faut chercher l'antécédent et faire l'accord avec lui.

  C'est toi qui **as** eu ; moi, qui **suis** le chef ; vous, qui êtes au courant.

- Le sujet contient **l'expression *c'est* ou *c'était*** : si elle est suivie d'un nom ou d'un pronom au pluriel, le verbe se conjugue aussi au pluriel.

  Ce **sont** les mêmes. C'**étaient** des fleurs merveilleuses.

Le conseil du prof

La question « **Qui est-ce qui ? Qu'est-ce qui ?** » après le verbe permet de retrouver le sujet et d'éviter beaucoup d'erreurs d'accord.

Exercices

Corrigés, p. 163

1 Transposez chaque phrase au pluriel.

1. C'est lui le traître !

....

2. C'était l'Allemand.

....

3. Le sauveur, c'est lui.

....

4. C'était l'amie d'Elie.

....

2 Complétez la terminaison de chaque verbe au présent de l'indicatif.

1. Cette gamine, que pens...... -tu d'elle ?
2. Par ici pass........ de nombreux défilés.
3. C'est le cerf que traque...... les chasseurs.
4. Dans cette yourte viv...... Léna et sa fille.
5. Que pens...... -vous faire demain ?
6. Dans ce stade jou..... deux équipes.
7. Quand le vent souffle, tourn..... les moulins.
8. Qu'atten....-tu de sa venue ?

3 Conjuguez chaque verbe au présent de l'indicatif. Attention aux sujets.

1. Le professeur et moi (être) .... complices.
2. Mes parents et toi (être) .... contre moi.
3. Notre voisin et nous (être) .... en désaccord.
4. Le peintre et vous (se mettre) .... d'accord.
5. Mon petit frère et lui (avoir) .... le même âge.
6. Fatou et moi (rester) .... proches.

4 Conjuguez chaque verbe à l'imparfait de l'indicatif. Attention aux sujets.

1. C'est vous qui le (connaître) .... le mieux.
2. C'est toi qui (devoir) .... le cacher !
3. Ce sont elles qui te (harceler) ....
4. C'étaient nous qui (creuser) ....
5. C'est moi qui (vouloir) .... une grosse glace !
6. C'étaient eux qui (marcher) .... trop vite.

5 Conjuguez chaque verbe à l'imparfait de l'indicatif. Attention aux sujets.

1. Chacun (chercher) .... la solution.
2. Tous (s'accorder) .... sur le sujet.
3. La plupart des individus (être) .... bruns.
4. Aucun ne (trouver) .... la sortie.
5. Moins de trois hommes (sortir) ....
6. Plus d'un (se perdre) .... en route.
7. Peu d'oiseaux (rester) .... en hiver.
8. Le noir, le rose, tout lui (aller) ....

6 TYPE BREVET 05:00 minutes /8 pts

Réécrivez chaque passage en suivant l'indication donnée.

1. « Pierre ne dit rien. Pierre n'est pas là. Il est resté accroché au grillage qui limite l'aire du Muguet. Il est heureux. Il sourit aux anges qui planent invisibles et présents dans le ciel pur. » (M. Tournier)

Ils...
....
....
....
....
....

2. « Le portemonnaie rabattable est une révolution unisexe. Il s'impose grâce à sa commodité, mais surtout parce qu'il incarne les temps modernes, une société où les tâches sont un tout petit peu moins distinctes. Conçu pour séduire à la fois l'homme et la femme, il sera souvent offert aux enfants. » (P. Delerm)

Les portemonnaies.....................................
....
....
....
....
....

7 TYPE BREVET 03:00 minutes /4 pts

Entourez chaque forme verbale correcte.

Toutes les traditions du château, voleurs et spectres, leur **revenais / revenait / revenaient** en mémoire. Les gens **étais / était / étaient** persuadés qu'un certain Comte de Combourg, à jambe de bois, mort depuis trois siècles, **apparaissais / apparaissait / apparaissaient** à certaines époques. Sa jambe de bois **se promenais / se promenait / se promenaient** [...] seule avec un chat noir. Ces récits **occupais / occupait / occupaient** tout le temps du coucher de ma mère et de ma sœur. Elles **se mettais / se mettait / se mettaient** au lit mourantes de peur ; je **me retirais / me retirait / me retiraient** au haut de ma tourelle ; la cuisinière **rentrais / rentrait / rentraient** dans la grosse tour, et les domestiques **descendais / descendait / descendaient** dans leur souterrain. (F.-R. de Chateaubriand)

11

Orthographe

Les accords du participe passé

Cours

Le participe passé employé seul

Seul, le participe passé **s'accorde** avec le nom, comme un adjectif : les photos oublié**es**, les souvenirs perdu**s**, les jouets négligé**s**, les photos jauni**es**.

Le participe passé avec *avoir*

• Il ne **s'accorde pas** avec le sujet : Elles **ont** oublié leurs affaires, qui **avaient** traîné pendant des heures.

• Mais quand le COD est placé **avant** le verbe, le participe passé s'accorde avec lui :
– pronom personnel : leurs consoles, leurs parents les ont oubli**ées**.
– pronom relatif : les objets qu'on avait perd**us**, les images qu'on avait néglig**ées**.
– mot interrogatif ou exclamatif : Que de soucis elle m'a caus**és** ! Quelles boissons as-tu appréci**ées** ?

Le participe passé avec *être*

• Il s'accorde avec le sujet : La vie indienne est rythm**ée** par la mousson.

• Dans le cas d'**un verbe pronominal** (avec *me, te, se...*) on accorde quand :
– le verbe n'existe jamais **sans pronom réfléchi :** Ma sœur s'est évanou**ie**. (s'évanouir) ; Vous vous êtes enfu**is**. (s'enfuir).
– le verbe est à la **voix passive :** Cette maison s'est vend**ue** très cher.
– le pronom réfléchi est **COD :** Elle s'est observ**ée** dans le miroir. (Elle a observé qui ? elle-même : *se* est donc **COD**.)

• Si le pronom réfléchi n'est **pas COD**, on n'accorde pas : Les jours se sont succédé. (Les jours ont succédé à qui ? à eux : *se* est **COI** comme le montre à).

Le conseil du prof

Pour savoir si le pronom est COD (accordé) ou COI (non accordé), questionnez :
Ils se sont habillés. → habillé **qui ?** eux-mêmes → *se* est COD ;
Ils se sont préparé du thé → préparé **à qui** ? à eux → *se* est COI.
Attention. Cette règle ne concerne pas les participes passés ***fait*** et ***laissé***. Suivis de l'infinitif, ils sont **invariables** : *elle s'est fait agresser ; je les ai laissé filer.*

Exercices

Corrigés, p. 163

1 Entourez les verbes qui n'existent qu'à la forme pronominale (avec *me, te, se*).

1. s'informer
2. s'évanouir
3. se perdre
4. s'effacer
5. s'efforcer
6. s'enfuir.

2 Indiquez le type d'emploi du participe passé souligné : seul, avec *avoir*, avec *être*.

1. Elle a claqué la porte, énervée. ....
2. Ils se sont informés. ....
3. Léna, nous l'avons vue hier. ....
4. Nadia s'est perdue en route. ....
5. Emma, blessée, fait la tête. ....
6. La chef me l'a accordée. ....

3 **Accordez chaque participe passé.**

1. Les chansons que tu as achet..................
2. Les ordinateurs que tu as répar...............
3. Les tâches que tu as achev.......................
4. Les fugitifs qui ont été poursuiv..............
5. Les bagages que vous avez perd..............
6. Les images que nous avions oubli...........

4 **Accordez chaque participe passé.**

1. Ma femme, je l'ai rencontr......... au Chili.
2. Ces virus, je les ai classifi.........
3. Les lionnes, je les ai v......... chasser.
4. Ma mère, je l'ai trouv......... en forme.
5. Mes fils, je les ai laiss......... faire.
6. Ces photos, je les ai fait.......... agrandir.

5 **Transformez chaque phrase en question en utilisant l'indication donnée. Attention aux accords.**

1. Elle a trouvé des tombes antiques.
Combien ....
....
2. Il a visité des pays d'Asie.
Quels ....
....
3. Tu as apprécié ses attentions.
Quelles ....
....
4. Elle a choisi deux robes parmi celles-là.
Lesquelles ....
....

6 **Entourez les phrases où le pronom réfléchi *se* est COD.**

1. Goran et Léo se sont sacrifiés.
2. Les loups se sont dévorés entre eux.
3. Les joueurs ne se sont pas expliqués.
4. Les duellistes se sont fixé rendez-vous.
5. Les bouquetins se sont vite sauvés.
6. Les ouvriers se sont accordé une pause.

7 **Accordez chaque participe passé de verbe pronominal.**

1. Simon et Lily se sont perd..... en route.
2. Roxane et Léa se sont confi... leur secret.
3. Les adversaires se sont expos.... leurs griefs pour s'expliquer.
4. Joyce et Louis se sont souhait.... bonne chance avant la course.
5. Clara et Sarah se sont insult...... tour à tour.
6. Pierre et Bruno se sont vite prépar......

8 TYPE BREVET 06:00 minutes /8 pts

Transformez chaque extrait en conjuguant les verbes au passé composé et en remplaçant *il* par *elle*.

1. « Le soir, à l'étude, il tira ses bouts de manches de son pupitre, mit en ordre ses petites affaires, régla soigneusement son papier. Nous le vîmes qui travaillait en conscience, cherchant tous les mots dans le dictionnaire et se donnant beaucoup de mal. » (G. Flaubert)

....
....
....
....
....
....
....
....

2. « Il se réveilla avec une merveilleuse sensation de bien-être, savoura l'éclat et la douce chaleur du soleil, dans l'air printanier. Il s'était assoupi sans bouger sur le banc du jardin public ; son somme n'avait pas duré une demi-heure. » (F. Brown)

....
....
....
....
....
....
....

9 TYPE BREVET 04:00 minutes /4 pts

Transposez chaque phrase au pluriel.

1. Le soldat s'est préparé du café. Jamais il ne s'est plaint.
....
....
2. Le sauveteur s'est fixé une heure de retour et s'est préparé.
....
....
3. Il s'est agenouillé et s'est adressé au prêtre.
....
....
4. L'alpiniste s'est accordé du repos et s'est couché.
....
....

12

Orthographe

Les principaux homophones

Cours

- ***là*** (adverbe) / ***la*** (article ou pronom)
  La maison que tu vois **là**-bas, ma famille **l'a** jadis possédée.
  ASTUCE Si on peut remplacer par *l'avait*, on écrit *l'a*.
- ***à*** (préposition) / ***a*** (avoir 3e personne)
  Il y **a** quatre ans que je ne suis pas allé **à** la mer.
  ASTUCE Si on peut remplacer par *avait*, on écrit *a*.
- ***où*** (pronom) / ***ou*** (conjonction)
  Où veux- tu aller ? Mer **ou** montagne ?
  ASTUCE Si on peut remplacer par *ou bien*, on écrit *ou*.
- ***m'a*** (pronom + *avoir*) / ***ma*** (déterminant)
  Ma grand-mère **m'a** déshéritée.
  ASTUCE Si on peut remplacer par *m'avait*, on écrit *m'a*.
- ***c'est*** (présentatif) / ***s'est*** (pronom + être) / ***ces*** (déterminant)
  Ces deux-là sont amis. Il **s'est** vite intégré, **c'est** bien.
  ASTUCE Si on peut remplacer par *cela est* on écrit *c'est*.
- ***s'en*** (pronom) / ***sans*** (préposition)
  Sans déodorant, il **sent** mauvais mais ne **s'en** rend pas compte.
  ASTUCE Si c'est un verbe conjugué qui suit, on écrit *s'en*.
- ***qu'en*** (*que* + *en*) / ***quand*** (conjonction) / ***quant*** (préposition)
  Quand peut-il venir ? Demain, **qu'en** dis-tu ? **Quant** à moi, j'arrive mardi.
  ASTUCE Si on peut remplacer par *en ce qui concerne,* on écrit *quant*.
- ***qu'elle(s)*** (*que* + *elles*) / ***quel(s), quelle(s)*** (déterminants)
  Quelle est sa faute ? **Quelle qu'elle** soit, je vois **qu'elle** la regrette.
  ASTUCE Si on peut remplacer par *qu'il(s),* on écrit *qu'elle*(s) avec l'apostrophe.
- ***dû*** (verbe *devoir*) / ***du*** (article)
  En chemin, j'ai **dû** acheter **du** pain.
- ***sûr*** (adjectif) / ***sur*** (préposition)
  Je suis **sûr** que tes clés sont **sur** la table.
- ***crû*** (verbe *croître*) / ***cru*** (verbe *croire* ou adjectif)
  J'ai **cru** que la plante avait **crû** de dix centimètres.

Le conseil du prof

Utilisez un **autre mot** ou conjuguez à **l'imparfait** pour différencier deux homophones. Observez également ce qui suit ou précède le mot.

Exercices

Corrigés, p. 163

1 Complétez chaque phrase par *là*/*la* ou *où*/*ou*.

1. Sors tout de suite de .... !
2. Mais .... es-tu donc ?
3. C'est lui .... moi !
4. Quelle est .... bonne réponse ?
5. ...., tu indiques ton nom.
6. Je vais .... tu veux.
7. Veux tu un thé .... un café ?
8. C'est .... boutique que j'aime.

2 Complétez chaque phrase par *à* ou *a*.

1. Samira …… terminé mes devoirs.
2. Paul demande son goûter …… son père.
3. Le train arrive …… 15 h 54.
4. Il m'…… tout expliqué.
5. Je sais qu'…… force, j'y arriverai.
6. On voit trop de pigeons, …… Paris.
7. Il …… très mal aux pieds.
8. Qui va donner …… manger au chat ?

3 Entourez le mot qui convient entre *m'a* et *ma*.

1. Il n'a pas vu **m'a / ma** nouvelle robe. Il ne **m'a / ma** pas regardée.
2. Sophie **m'a / ma** demandé de lui prêter **m'a / ma** revue.
3. Si le directeur **m'a / ma** rappelée si vite, c'est que **m'a / ma** vitalité l'intéresse.
4. Sans **m'a / ma** vitalité, vous aurez du mal à convaincre **m'a / ma** directrice.
5. Quand il **m'a / ma** rencontré, il **m'a / ma** pris pour un garçon sérieux.
6. Il **m'a / ma** beaucoup parlé mais ne **m'a / ma** pas donné son âge.

4 Complétez chaque phrase par *c'est* ou *s'est*.

1. Brahim …….. empressé de m'aider : …….. le plus gentil.
2. Il …….. perdu dans les bois, …….. presque sûr.
3. Julia …….. habillée et …….. maquillée trop vite.
4. …….. mon chat qui …….. battu avec le tien.
5. Quand le soleil …….. couché, il …….. levé pour partir.

5 Complétez chaque phrase par *qu'elle(s)* ou *quelle(s)*.

1. ………. que soit sa faute, il est clair ………. a dû franchir une limite.
2. Je sais ………. a téléphoné et ………. robe elle a choisi.
3. ………. sont drôles, ces histoires ! ………. fille amusante !
4. Je veux ………. vienne et ………. me dise la vérité.
5. ………. grandes filles ! Leur père est plus petit ……….
6. Je n'aime pas ce ………. est devenue, ………. que soit la raison.

6 Complétez chaque phrase par *qu'en*, *quant* ou *quand*.

1. ………. penses-tu venir ? Mardi ? ………. dis-tu ?
2. ………. à ce sujet, je ne sais pas ………. penser.
3. Ne parle ………. anglais ………. tu seras là-bas.
4. ………. à moi, je me lèverai ………. bon me semblera.
5. Et cette jupe ………. penses-tu ? Tu peux la porter ………. tu veux.

7 TYPE BREVET 04:00 minutes /4 pts

Transformez chaque phrase au féminin pluriel

1. Quel égoïste ! Il croit qu'il n'y a que lui.
……………………………………………………………
……………………………………………………………
2. Qu'est-ce qu'il croit ? Je suis bien plus maligne que lui.
……………………………………………………………
……………………………………………………………
3. Quel qu'il soit, le coupable est cruel. Qu'il soit arrêté vite !
……………………………………………………………
……………………………………………………………
4. Je le prends tel quel : qu'il me soit expédié au plus tôt.
……………………………………………………………
……………………………………………………………

8 TYPE BREVET 04:00 minutes /4 pts

Transformez chaque phrase en utilisant le passé composé et la 3e personne du singulier.

1. Je me plais au Japon et je m'intègre très vite dans ce pays.
……………………………………………………………
……………………………………………………………
2. Elles me répondirent qu'elles s'étaient enfin décidées.
……………………………………………………………
……………………………………………………………
3. Tu te permets une chose qui me choque.
……………………………………………………………
……………………………………………………………
4. Elles ne me disent rien et cela me gêne.
……………………………………………………………
……………………………………………………………

13

Vocabulaire

Les figures de style

FRANÇAIS

Cours

- **La comparaison** rapproche deux éléments grâce à un outil de comparaison par exemple *comme, tel que, pareil à, semblable à*…
  « Le fleuve est **pareil à** ma peine » (G. Apollinaire)
- **La métaphore** rapproche deux éléments sans outil de comparaison.
  Le manteau de neige, les perles de rosée, un tapis de fleurs…
- **La personnification** attribue une pensée ou un comportement humain à un objet, un lieu, un phénomène. « Le mistral était **en colère** » (A. Daudet)
- **La métonymie** remplace un terme par un autre, logiquement associé : le concret par l'abstrait, le contenu par le contenant, la partie pour le tout, etc.
  recevoir les **lauriers** (= la gloire), finir son **verre** (= sa boisson)
- **La périphrase** remplace un terme par une expression de même sens.
  le plancher des vaches (= la Terre), le Toit du monde (= le Tibet)
- **L'antithèse** place deux mots ou deux notions contraires dans une même phrase.
  « Paris est tout **petit**, c'est là sa vraie **grandeur** » (J. Prévert)
- **L'oxymore** associe deux mots de sens opposé dans la même expression.
  « Cette **obscure clarté** qui tombe des étoiles » (P. Corneille)
- **Le chiasme** inverse symétriquement l'ordre d'une expression (schéma AB-BA).
  « Il faut **manger pour vivre** et non **vivre pour manger** » (Molière)
- **L'hyperbole** exagère une réalité pour frapper l'imagination
  Je suis **mort** ! (= je suis fatigué)
- **La gradation** est une énumération croissante ou décroissante.
  « Je me **meurs**, je suis **mort**, je suis **enterré** ! » (Molière)
- **L'euphémisme** atténue l'aspect désagréable d'une idée.
  « Hippolyte n'**est plus** » (J. Racine) (= Hippolyte est mort).
- **La litote** atténue une idée pour mieux la renforcer.
  « Va, je ne te **hais point** » (P. Corneille) (= je t'aime).
- **L'anaphore** est la répétition d'un même mot à la même place.
  « **Marcher** à jeun, **marcher** vaincu, **marcher** malade » (V. Hugo)
- **L'allitération** est la répétition d'une même consonne.
  « Pour qui sont ces serpents qui sifflent sur vos têtes ? » (J. Racine)
- **L'assonance** est la répétition d'une même voyelle.
  « Tout m'afflige et me nuit et conspire à me nuire » (J. Racine)

Le conseil du prof

Une figure est **un « écart » par rapport au langage habituel** : demandez-vous ce qui « ne se dirait pas normalement » et vous retrouvez la figure de style.

Exercices

Corrigés, p. 163

1 Entourez le mot ou l'expression sur lequel repose chaque personnification.

1. « L'habitude venait me prendre dans ses bras » (M. Proust)
2. « Le soleil aussi attendait Chloé » (B. Vian)
3. « Les arbres font le gros dos sous la pluie » (J. Renard)
4. « La pierre gémissait de chaleur » (L. Gaudé)
5. « Paris ne mange plus de marrons dans la rue » (P. Éluard)

2 Indiquez ce que désigne chaque métonymie soulignée.

1. « Paris a froid Paris a faim » (P. Éluard) : ....

2. « Ni les voiles au loin descendant vers Harfleur » (V. Hugo) : ....

3. « J'écris dans ce pays que le sang défigure » (L. Aragon) : ....

4. « Ce cœur qui haïssait la guerre » (R. Desnos) : ....

5. « La ville toute hurlante contre toi » (J. Anouilh) : ....

3 Reconstituez les oxymores à l'aide des adjectifs suivants :
joyeux – merveilleuse – sombre – aimable.

1. Je serai ton cercueil, ... pestilence (C. Baudelaire)
2. Une goutte de sang [...] tombait sur cette blancheur .... (V. Hugo)
3. C'était une .... grimace (V. Hugo)
4. Le .... carnage de ses chers petits (J. Anouilh)

4 Reconstituez chaque gradation en reclassant les éléments du moins intense au plus fort.

1. C'est une péninsule ! – C'est un cap ! – C'est un roc ! – C'est un pic ! (J. Rostand)
....
....

2. On m'a coupé la gorge – Je suis perdu – Je suis assassiné (Molière)
....
....

3. Je suis troué – Je suis enterré – Je suis blessé – Je suis perforé (A. Jarry)
....
....

5 TYPE BREVET 05:00 minutes /4 pts

Soulignez les termes sur lesquels repose l'hyperbole.

1. « Voici mille loups, mille graines sauvages [...] Sur l'Europe ancienne où cent hordes iront » (A. Rimbaud)
2. « Je crois que je pourrais rester dix mille ans sans parler. » (J.-P. Sartre)
3. « Ils donnèrent aux murs l'épaisseur des montagnes » (V. Hugo)
4. « Enfermés sur la Terre [...] pour y tout détruire, Allemagne, France et continents » (L.-F. Céline)

6 TYPE BREVET 05:00 minutes /3 pts

Indiquez la figure de style utilisée dans chaque extrait.

1. « Je devrais déjà apercevoir le village [...] Il a dû sentir ma venue et a reculé jusque dans la mer. » (L. Gaudé) : ....
2. « La mer était là. Comme une flaque immobile qui ne servait qu'à réfléchir la puissance du soleil » (L. Gaudé) : ....
3. « Entre les falaises grises des immeubles, des avenues plantées d'arbres s'en allaient... » (H. Troyat) : ....
4. « Immoler Troie aux Grecs, au fils d'Hector la Grèce » (J. Racine) : ....
5. « Es-tu si las de vivre ? // As-tu peur de mourir ? » (P. Corneille) : ....
6. « Ce n'est même plus l'orage // De fer d'acier de sang » (J. Prévert) : ....
7. « Pour toi, j'ai pris des billets verts, il a fallu que je bouge. » (B. Vian)..........
8. « Le sentier se divise en plusieurs branches. » (B. Vian) ....

7 TYPE BREVET 05:00 minutes /4 pts

Expliquez la figure de style employée dans chaque extrait et donnez l'effet qu'elle produit sur le lecteur.

1. « les tintements des tramways, les jappement des klaxons » (H. Troyat)
....
....
....

2. « Elle n'avait qu'à faire un geste et dix visages se précipitaient. » (G. Bouillier)
....
....
....

3. « rien de plus délicat et léger que cette petite fille, cette poupée vivante » (J.-M.G. Le Clézio)
....
....
....

4. « Adieu, chardons fleuris, azur frais des pampas [...] Adieu, ma meule d'or comme une grappe mûre [...] Adieu, mes vieux amis au feuillage profond » (J. Supervielle)
....
....
....

13. Les figures de style
FRANÇAIS

14

Vocabulaire

La formation des mots

FRANÇAIS

Cours

Radicaux, préfixes, suffixes

• Les mots sont souvent créés en **ajoutant des éléments** à un **radical.** Les mots ayant le même radical appartiennent à la **même famille :** dent, dentition, dentiste, dentaire…

• Les **préfixes précèdent** le radical et ont un **sens** précis.

préfixe	sens	exemple	préfixe	sens	exemple
a-	sans	atone	**in- / en-**	dedans	enfermer
anti-	contre	antibruit	**in- / im-**	sans	instable
co- /com-	avec	coéquipier	**re- / r**	à nouveau	rentrer
dé- / des-	sans	désuni	**sub- / sou-**	sous	subalterne
ex- / é-	hors de	épiler	**trans**	à travers	transpercer

• Les **suffixes suivent** le radical, forment des classes de **classe grammaticale différente** ou apporte une **nuance** de sens (rouge → rougir → rougeâtre).

suffixe	sens	exemple	suffixe	sens	exemple
-age	action	pilotage	**-ard/-atre**	péjoratif	vantard
-et(te)	diminutif	tablette	**-ible / -able**	qualité	lisible
-iste	spécialiste	dentiste	**-ir / -iser**	changement	faiblir
-té	qualité	propreté	**-eler / -eter**	fréquence	voleter
-al	relatif à	régional	**-oter**	diminutif	siffloter

La formation des mots

• Un mot est souvent construit par **dérivation**, en ajoutant préfixes et suffixes à un radical.

• On procède aussi à partir **d'emprunts** aux **langues** anciennes ou étrangères : forum (latin), foot (anglais), algèbre (arabe), banque (italien).

• On peut aussi procéder par **composition**, en combinant des **éléments français, latins** ou **grecs :** portefeuille (porte + feuille), lave-linge (lave + linge), télescope (*tele* [loin, en grec] + *scope* [vision, en grec]), omnivore (*omni* [tout, en latin] + *vore* [manger, en latin]).

Le conseil du prof

À l'ajout d'un suffixe, un radical peut être **raccourci** : *terre/terrasse, aquatique/aqueux.* Il peut également être légèrement **différent** : *doux/adoucir ; histoire/historique.*

Exercices

Corrigés, p. 164

1 Indiquez le nom commun correspondant à chaque adjectif. Attention aux changements de radicaux.

1. effroyable → ....
2. hospitalier → ....
3. aimable → ....
4. floral → ....
5. festif → ....
6. aérien → ....
7. bestial → ....
8. estival → ....

2 **Entourez le radical de chaque mot.**

1. comparution
2. parachèvement
3. défaire
4. recommencer
5. subaquatique
6. malodorant
7. démotivation
6. surclassement

3 **Entourez le mot de chaque paire dans lequel le préfixe *in-* ou *im-* signifie « sans » et non « dedans ».**

1. importation / immangeable
2. inaction / incarnation
3. imbibé / imberbe
4. immigration / immortalité
5. inachevé / incisé
6. inaudible / injecté

4 **Transformez chaque adjectif en verbe puis en nom.**

intense / intensifier / intensification

1. désertique / désert......... / désert.........
2. authentique / authent...... / authent........
3. fluide / fluid......./ fluid........
4. ample / ampl........ / ampl.........

5 **Complétez les noms de chaque paire par le suffixe qui convient.**

abattage d'arbres / abattement du perdant

1. alli.......... de métaux
   alli.......... de nations
2. décoll.......... d'avion
   décoll.......... de rétine
3. crois.......... sur le Nil
   crois.......... médiévale
4. just.......... impartiale
   just.......... d'un résultat
5. inclin.......... d'une tour
   inclin.......... pour un être cher

6 **Classez chaque mot selon la manière dont il a été construit.**

1. déglacer
2. portefeuille
3. flyer
4. scénario
5. maternité
6. platebande
7. chronomètre
8. aquarium
9. luminosité

dérivation	composition	emprunt

7 TYPE BREVET 05:00 minutes /3 pts

Après chaque terme, donnez deux mots appartenant à la même famille.

1. fratrie : ....
....
2. spectateur : ....
....
3. école : ....
....
4. enfant : ....
....
5. sain : ....
....
6. espace : ....
....

8 TYPE BREVET 05:00 minutes /3 pts

Décomposez chaque mot en nommant chacun de ses éléments.

1. innombrable : ....
2. incrédulité : ....
3. télévisuel : ....
4. intarissable : ....
5. illogiquement : ....
6. apatride : ....

9 TYPE BREVET 05:00 minutes /6 pts

Décomposez chaque mot en deux radicaux différents puis citez un mot de la famille de chacun des radicaux.

1. somnambule : ....
....
2. anthropophagie : ....
....
3. monotonie : ....
....
4. hémicycle : ....
....
5. mythomane : ....
....
6. mégalopole : ....
....

15

Vocabulaire

Le sens et les connotations d'un mot

Cours

- Un mot a souvent **plusieurs sens** : on dit alors qu'il est **polysémique**.
  Ce colis est d'autant plus **lourd** qu'il fait **lourd** et chaud.
  Son **corps** affaibli a été examiné par le **corps** médical.
- Le **sens propre** est le sens premier, souvent concret. Le ou les **sens figurés** sont plus imagés ou abstraits.
  la **paralysie** des jambes (propre) / la **paralysie** du trafic (figuré)
  la **racine** du légume (propre) / la **racine** du mal (figuré)
- La **dénotation** est le **sens principal** d'un mot, donné par sa définition dans le dictionnaire.
- Les **connotations** sont ce qu'un mot évoque ou **suggère** de manière subjective, personnelle.
  La mer est un **grand espace d'eau salée** (dénotation) mais elle évoque aussi, dans l'imaginaire commun, l'**immensité**, la **liberté**, le **danger**, le **voyage**, etc. (connotations).

Le conseil du prof

Une connotation peut être **méliorative** (positive) ou **péjorative** (négative). Elle peut aussi ajouter des **éléments culturels** : *rouge* peut connoter l'interdiction, la colère, le sang, la passion (Europe contemporaine), la malédiction (Egypte ancienne), le mariage (Inde moderne).

Exercices

Corrigés, p. 164

1 Dans chaque liste, entourez le mot à connotation exotique.

1. pinède – sapinière – taïga
2. barque – pirogue – canot
3. marché – foire – souk
4. cithare – guitare – basse

2 Donnez pour chaque mot un synonyme péjoratif puis un synonyme mélioratif.

1. voiture
a. péjoratif : ....
b. mélioratif : ....

2. livre
a. péjoratif : ....
b. mélioratif : ....

3. chanson
a. péjoratif : ....
b. mélioratif : ....

4. journal
a. péjoratif : ....
b. mélioratif : ....

3 Indiquez si le mot souligné est utilisé au sens propre ou au sens figuré.

1. la <u>flambée</u> des prix : ....
2. la <u>fièvre</u> des marais : ....
3. la <u>pluie</u> de récompenses : ....
4. le <u>piétinement</u> de la foule : ....
5. la <u>fertilité</u> de la terre : ....
6. la <u>soif</u> de gloire : ....
7. la <u>paralysie</u> du trafic : ....
8. la <u>chaleur</u> du soleil : ....

4 Utilisez chaque mot souligné dans un autre sens que celui de la phrase.

1. L'ensemble du corps médical est en grève.
→ ....
2. Il révise sur la table du salon.
→ ....
3. Cette figure a trois côté égaux.
→ ....
4. Le cheval s'enlise dans le sable.
→ ....

5 Entourez l'emploi au sens figuré du mot souligné.

1. Ali révise ses tables de multiplication sur la table du salon.
2. Ce défenseur des ours est lui-même un ours mal léché.
3. Après être tombée de cheval, Kim est tombée malade.
4. À trop manger au restaurant, ils mangent leur épargne.

6 Complétez chaque GN par deux compléments : l'un s'appuiera sur le sens propre, l'autre sur le sens figuré.

la racine de l'arbre / du mal

1. Un puits de ....
et de ....
2. La flamme de ....
et de ....
3. La flambée de ....
et de ....
4. L'éclair de ....
et de..

7 Complétez chaque expression de manière à utiliser l'adjectif au sens figuré.

« un accueil froid » (figuré) mais non « un hiver froid » (propre)

1. Un(e) .... noir(e)
2. Un(e) .... brûlant(e)
3. Un(e) .... creux(-se)
4. Un(e) .... glacial(e)

8 Reclassez chaque mot selon la réalité qu'il évoque.

cercueil – rat – paix – poussette – iceberg – scorpion – rose – cocotier

réalité positive ou agréable	réalité négative ou désagréable

9 Indiquez la connotation traditionnelle de chaque mot.

1. Le chêne : ....
2. Le palmier : ....
3. La colombe : ....
4. Le loup : ....
5. Le chrysanthème : ....
6. La rose : ....
7. Le sablier : ....
8. Le tracteur : ....

10 TYPE BREVET 05:00 minutes /4 pts

Donnez le sens de chaque mot souligné dans le contexte de sa phrase.

1. « Je me souviens encore du singulier effet que me produisit cette menace. Elle me donna un courage énorme. » (É. Zola)
....
....
2. « Il fait à peine jour, ils sont déjà bien las » (V. Hugo)
....
....
3. « Ta sœur m'a torturé, Louise, tu m'entends, torturé pendant toutes la soirée. » (J.-M. Ribes)
....
....
4. « Il était devenu par une alchimie secrète, un homme véritable. » (C. Jacques)
....
....

11 TYPE BREVET 05:00 minutes /4 pts

Pour chaque mot souligné, donnez un synonyme plus neutre, puis expliquez le choix de ce terme, notamment grâce à ses connotations.

1. « Je lorgnais le régime de fruits mûrs accrochés à la poutre. » (H. Lopes)
a. synonyme : ....
b. intention : ....
....
2. « C'était son grand fleuve à moitié recouvert de nuées de grandes jonques qui venaient du Pacifique » (M. Duras)
a. synonyme : ....
b. intention : ....
....
3. « Ses yeux paraissaient couverts d'une taie transparente ; vous eussiez dit de la nacre sale dont les reflets bleuâtres chatoyaient à la lueur des bougies. » (H. de Balzac)
a. synonyme : ....
b. intention : ....
....

16

Vocabulaire

Synonymes, antonymes, homonymes et paronymes

Cours

Les synonymes

- Ce sont des mots de **même sens** (ou de sens proche) qui appartiennent à la **même classe** grammaticale.
  réfléchir / cogiter (verbes) ; goût / saveur (noms)
- Le choix d'un **synonyme** plutôt qu'un autre dépend du **niveau de langue** utilisé : voiture (courant) / bagnole (familier) ; du **degré de précision** apporté : voiture (sens large) / break (plus précis) ; de l'**intensité** donnée ; voiture (neutre) / tacot (péjoratif).

Les antonymes

- Ce sont des mots de **sens contraire** qui appartiennent à la **même classe** grammaticale.
  méchanceté / gentillesse (noms) ; agité / calme (adjectifs)
- Ils permettent de créer l'**antithèse**, figure de style rapprochant deux mots opposés pour créer un **contraste** : « Es-tu si las de **vivre ?** // As-tu peur de **mourir ?** » (P. Corneille).

Les homonymes et les paronymes

- Les homonymes sont des mots de **sens différent** mais qui ont la **même prononciation**.
  vingt / vint / vin / vain (**homophones, même prononciation)**
  une voile / un voile ; la mousse / le mousse (**homographes,** même orthographe)
- Les **paronymes se ressemblent beaucoup** mais ils ont des **sens différents** et sont souvent source de **confusion**.
  le **sceptre** du roi / le **spectre** de la lumière ;
  la **tente** de camping / la **tonte** du mouton / la **teinte** d'un tissu ;
  un homme **importun** (gênant) / un moment **opportun** (bon, favorable)

Ils permettent, en poésie, de créer une **paronomase**, figure de style permettant un **effet d'écho** ou de **proverbe** : « **Je m'instruis mieux par fuite** que par **suite.** » (M. de Montaigne).

Le conseil du prof

Vérifiez la classe grammaticale du mot que vous indiquez comme synonyme : elle doit être la même que le mot donné. Ainsi *flatterie* (nom commun) n'a pas pour synonyme *flatteur* (adjectif) ou *mentir* (verbe) mais par exemple, *courbette, compliment, hypocrisie* (noms).

Exercices

Corrigés, p. 164

1 Indiquez ce que représente chaque paire : paronymes, homonymes, synonymes, antonymes.

1. dévorer / ingurgiter : ....
2. belliqueux / pacifique : ....
3. emménager / aménager : ....
4. flétrir / ternir : ....
5. poing / point : ....
6. affectif / affectueux : ....
7. faible / puissant : ....
8. emprunte / empreinte : ....
9. vair / vers : ....
10. grotesque / ridicule : ....
11. saule / sole : ....
12. vérité / mensonge : ....

2 Retrouvez l'antonyme de chaque adjectif en utilisant le préfixe privatif qui convient.

1. ....buvable
2. ....logique
3. ....respectueux
4. ....honoré
5. ....compris
6. ....complexé

3 Entourez l'intrus dans chaque liste de synonymes.

1. décrépit – vieux – antique – ancien
2. jeune – juvénile – vert – vif
3. crédule – bête – naïf – innocent
4. mystérieux – secret – vrai – énigmatique

4 Complétez le tableau à l'aide des adjectifs suivants.

subtile – sourde – pointue – émoussée – grave – lente – vive – perçante

expressions	synonyme	antonyme
1. une lame aiguë		
2. une voix aiguë		
3. une douleur aiguë		
4. une intelligence aiguë		

5 Corrigez chaque paronyme souligné en indiquant le mot correct.

1. Là ! Des <u>empruntes</u> de pas ! ....
2. La bûche se <u>consomme</u> vite. ....
3. J'ai été <u>enduit</u> en erreur. ....
4. Elle fit <u>éruption</u> dans la pièce. ....
5. C'est un champignon <u>venimeux</u>. ....
6. Ici, c'est <u>infecté</u> de moustiques. ....

6 TYPE BREVET 05:00 minutes /3 pts

Dans cette accumulation comique de synonymes, soulignez ceux qui appartiennent au niveau familier.

« Tu me prends déjà pour un vieillard ? pour un gâteux, pour une baderne, pour une guenille, un débris, un déchu, un amoindri, une ganache, un décrépit, un sénile, un caduc, un suranné, une ruine, un archaïque, un périmé, un défectif, un vioc ? » (R. Queneau)

7 TYPE BREVET 05:00 minutes /3 pts

Remplacez chaque mot souligné par un mot de même nature qui ne change pas le sens de l'expression.

1. Elle fait du sport sans <u>répit</u>. :
....
2. Ils marchaient en <u>devisant.</u>
....
3. C'est un phénomène <u>inéluctable</u>.
....
4. Quelles règles <u>draconiennes</u> !
....
5. Voici la <u>sépulture</u> du pharaon.
....
6. Il a un goût <u>immodéré</u> pour l'argent.
....

8 TYPE BREVET 05:00 minutes /3 pts

Donnez un synonyme puis un antonyme de chaque adjectif souligné. Veillez à ne pas changer de niveau de langue.

1. un repas <u>succulent</u> :
.... / ....
2. une ambiance <u>lugubre</u> :
.... / ....
3. un goût <u>intense</u> :
.... / ....
4. une douleur <u>aigüe</u> :
.... / ....
5. un changement <u>drastique</u> :
.... / ....
6. un propos <u>véhément</u> :
.... / ....

9 TYPE BREVET 06:00 minutes /3 pt6

Indiquez la raison de l'emploi de chaque mot ou groupe souligné puis donnez un synonyme.

1. « La Seine a de la chance, elle n'a pas de souci, elle <u>se la coule douce</u>. » (J. Prévert)
....
....
....
....

2. Et voici, <u>Père Hugo</u>, ton nom sur les murailles ! // Tu peux te retourner au fond du Panthéon (R. Desnos)
....
....
....
....

3. « Paris ne mange plus de marrons dans la rue // Paris a mis de vieux vêtements de <u>vieille</u>. » (P. Éluard)
....
....
....
....

17

Lecture et écriture

Les questions de compréhension au Brevet

Cours

Les trois grands types de questions

- Certaines questions demandent un **repérage précis** de mots ou d'expressions : la réponse est **dans le texte. Verbes** : *relever, indiquer, trouver, repérer, préciser*, etc.

  Précisez l'identité d'un personnage.
- D'autres demandent de se **rappeler certains cours** et font appel à des **connaissances**, grammaticales notamment. **Verbes** : *expliquer, justifier, donner, identifier, nommer, transformer, réécrire*, etc.

  Expliquez l'emploi du passé simple ici.
- D'autres demandent une **réflexion approfondie** sur le texte : on doit **argumenter. Verbes** : *déduire, conclure, montrer, expliquer l'effet produit* et la majorité des consignes sous forme de questions.

  Le narrateur est-il sûr de ses propos ?

Comment rédiger ?

- **Faire une phrase complète** qui reprend la question.

  Quelle est la fonction du mot ? – La fonction du mot est …
- **Utilisez la structure de réponse** : reprise de la question + réponse + justification.

  La figure de style « les vagues […] avec leur crête qui fumait » est une personnification car on applique à un objet (vagues) un élément en principe lié à un être vivant (crête).
- **Citez** sans erreur, entre guillemets et en précisant la ligne.

  Les mots qui expriment les émotions sont l'adjectif « déçu » (l. 12) et les noms « amertume » (l. 14) et « chagrin » (l. 15).
- **Introduisez** votre citation ou votre justification avec un **connecteur** ou une **expression :** car, ainsi, en effet, comme l'indique le texte, ligne…, comme l'auteur le précise.
- **Bannissez** les abréviations, les listes et les énumérations sans aucune explication, le pronom *je* et l'expression *il y a*, et le réponses commençant par *oui* ou *non.*

Le conseil du prof

Citer ne suffit pas : introduisez et expliquez la citation pour justifier. N'hésitez pas à montrer vos connaissances : *L'action s'enclenche par le connecteur temporel « tout à coup » (l. 10) : il marque l'apparition du passé simple, temps des actions de 1er plan.*

Exercices

Corrigés, p. 164

1 Dans chaque consigne, entourez le verbe d'action et les éventuels mots clés qui font appel à des connaissances.

1. Expliquez la formation du mot « intarissable » en le décomposant.
2. Relevez les indications temporelles qui permettent de situer l'action.
3. Quelle relation logique la conjonction de coordination « mais » exprime-t-elle ?
4. Indiquez le type de vers employé.
5. Donnez la classe grammaticale du mot « absolument ».
6. Identifiez les propositions dans cette phrase.

2 Classez chaque consigne selon le type auquel elle appartient.

1. Quel est le niveau de langue de « frigo » ?
2. Quels mots permettent de situer la scène sur une île ?
3. Décomposez le mot « incrédulité » en identifiant chaque élément.
4. Montrez comment le texte dénonce la misère.
5. Expliquez le sens de « sans voir âme qui vive. »
6. Parmi les cinq sens, lesquels sont évoqués dans cette phrase ?

relevé seul	cours	réflexion

3 Associez chaque réponse à la consigne qui lui correspond.

1. Quel est le rapport logique entre ces phrases ? Quel terme le souligne ?
2. Expliquez l'usage du plus-que-parfait.
3. Quelle expression montre que l'émotion semble réciproque ?

a. C'est l'évocation d'un événement antérieur au récit qui entraîne son usage.
b. « Ils s'embrassaient » montre que l'affection est pleinement partagée.
c. Les phrases sont en opposition forte, comme le montre la conjonction « mais ».

4 TYPE BREVET 05:00 minutes /7 pts

Complétez chaque consigne et sa réponse par des termes grammaticaux.

1. **« Voilà not' dame qui poste sur son grand chevau ; faut qu'elle soit dérangée d'esprit pour poster comme ça. » (G. Sand)**
À quel .... de langue appartient cette parole .... ?
C'est le .... familier que l'on utilise ici, comme le montrent la forme de phrase .... « voilà qui », les .... « not'dame » et « faut » pour « il faut » et l'erreur « chevau ».

2. **« Mon anxiété fit place à une vive angoisse qui m'oppressa jusqu'à m'étouffer. Maintenant "on" entourait l'auberge […], et cela avec une telle violence que je suais, subitement terrifié. » (C. Seignolle)**
À quel .... narratif cet extrait appartient-il ? Ce texte appartient au .... fantastique : il comporte en effet un ennemi invisible, désigné par le .... indéfini « *on* » et s'appuie sur le .... de la peur (« angoisse », « oppressa », « terrifié »).

3. **« On est n'importe qui, on vient n'importe quand // Et, comme par miracle, par enchantement » (G. Brassens)**
Donnez deux éléments sur lesquels se construisent le rythme et la musicalité de ces ....
Le premier .... s'appuie sur deux propositions .... (liée une virgule) qui comportent le même nombre de .... (six chacune) et sur la .... de « on » et « n'importe ».

5 TYPE BREVET 03:00 minutes /3 pts

Pour chaque consigne, entourez la réponse rédigée qui convient.

1. **Qui parle et dans quel but dans la deuxième phrase ?**
« L'enthousiasme des convives était tel qu'ils pressaient le calife de nommer […] l'auteur de ce festin incomparable. Quel besoin avait-on d'une autre expérience ? » (M. Tournier)
a. On rapporte la parole des invités pour montrer leur satisfaction. (indirect libre)
b. Le narrateur parle pour préciser le plaisir des invités du festin.

2. **Quelle qualité de Jeanne est ici mise en valeur ?**
« On est n'importe qui, on vient n'importe quand » (G. Brassens)
a. sa générosité, sa disponibilité, sa gentillesse, même.
b. L'auteur met en valeur son hospitalité et son accueil toujours égal.

3. **Faire les remarques nécessaires sur les procédés utilisés pour traduire l'émotion du personnage.**
« Ah ! saperlotte, ah ! c'est toi, balbutiait Quenu, si je m'attendais, par exemple !... Je t'ai cru mort ! » (É. Zola)
a. On traduit l'émotion par deux interjections, un juron (« saperlotte ») et de courtes propositions juxtaposées et exclamatives (« par exemple ! »).
b. On traduit l'émotion par l'interjection « Ah ! », le juron « saperlotte », des phrases juxtaposées et exclamatives comme « Je t'ai cru mort ! », le verbe « balbutiait ».

18

Lecture et écriture

La suite d'un texte narratif

Cours

Les éléments du texte d'origine à conserver

- Le **genre narratif** du texte d'origine : policier, science-fiction, historique, réaliste…
- Le **cadre** du texte : époque, lieux et personnages.
- La **narration** du texte : 1re ou 3e personne.
- Les **temps verbaux :** récit au passé ou au présent.
- Le **point de vue** narratif (**omniscient**, qui connaît gestes et pensées, passé et avenir, de tous les personnages ou **interne**, qui adopte la vision d'un seul personnage).

Les éléments nouveaux à ajouter

- Le développement du **thème** introduit par le sujet de la rédaction.
- Les **paragraphes**, séparant récit et dialogue, événements importants, nouveau lieu, etc.
- Les **connecteurs spatio-temporels** ou **logiques**, qui rythment la progression chronologique et l'enchaînement des situations.

  « Nous avons ri **longtemps**, tous trois, sans raison, […] **Le lendemain**, Sonia avait profité d'une course à Tizi pour faire vacciner Amchiche (D. Daeninckx)
- Une ou plusieurs **descriptions** pour introduire un nouveau personnage, objet ou lieu, et pour approfondir le caractère d'un personnage.

  « Elle avait un jupon rouge fort court […] et des souliers mignons de maroquin rouge attachés avec des rubans couleur de feu » (P. Mérimée)
- Un éventuel **dialogue** court et éclairant : il ne doit pas remplacer le récit (→ Fiche 20).

Le conseil du prof

Pour commencer, utilisez un **indice de temps** pour situer la suite **immédiatement après** le texte *(dès qu'il sortit, aussitôt après cette scène, quand ils eurent terminé…)* ou après un temps non raconté qu'on appelle une **ellipse** *(trois jours plus tard, quelques semaines passèrent, au bout de plusieurs mois…)*.

Exercices

Corrigés, p. 164

1 Entourez l'élément qui pourrait suivre chaque phrase. Attention aux temps, aux pronoms et au genre narratif.

1. Elle entra dans la pièce :

a. il était déjà assis – b. elle s'assoit là, au fond – c. et je me mis à l'aise

2. Je suis née en août :

a. j'ai été fort attendu – b. j'ai été fort attendue – c. je fus fort attendue par ma famille

3. Le chevalier soupira :

a. et s'incline devant le roi – b. et sortit son mobile – c. et décida de fuir, apeuré

2 TYPE BREVET 04:00 minutes /4 pts

Indiquez pour chaque extrait s'il s'agit d'un passage descriptif ou narratif. Entourez les éléments ayant permis de répondre.

1. « Il aperçut, seule dans une loge […], une femme très belle, au visage pâle et aux bandeaux roux d'un reflet fauve. » (M. Leblanc) :

……………………………………………………………

2. « Je me dirige vers l'immeuble. J'ouvre une grande porte et me trouve dans une large salle que j'ose à peine regarder. » (B. Caceres) : ……………………………………………

3. « Vers la fin du mois d'octobre dernier, un jeune homme entra dans le Palais-Royal au moment où les maisons de jeux s'ouvraient… » (H. de Balzac) : ....

4. « Dans ses rideaux tirés, la chambre était chaude et propre. Les deux lames éclairaient deux fauteuils qui se faisaient face. » (M. Shelley) : ....

3 TYPE BREVET 04:00 minutes /4 pts

Indiquez pour chaque extrait à quelle personne la narration est faite. Entourez les éléments ayant permis de répondre.

1. « Il y avait aussi chez tante Berthe un grand dictionnaire en deux volumes. […] De celui-là, je ne me souviens guère. » (G. Perec) : ....

2. « Dès qu'il fut au lit, il souffla sa lumière et ferma les yeux. Il avait très chaud dans ses draps, bien qu'il fît très froid… » (G. de Maupassant) : ....

3. « Quelqu'un se mit à prier. Certains, cette nuit-là, choisirent de mourir. Je me suis tassé sur moi-même pour éviter de laisser ma vie s'enfuir. » (M. Gray) : ....

4. « Elle ne dit rien d'autre, elle ne lui dit pas laissez-moi tranquille. Alors il a moins peur. Alors il lui dit qu'il croit rêver. Elle ne répond pas. » (M. Duras) : ....

4 TYPE BREVET 04:00 minutes /4 pts

Indiquez pour chaque extrait le genre narratif représenté. Entourez les éléments ayant permis de répondre.

1. « Il s'éloigna en direction d'un trio de turbo-élévateurs. La porte de celui du milieu se referma sur lui, et l'ascension commença. » (C. Lambert) : ....

2. « Philippe roula sur le pont. Igricheff donna du front contre la bôme si fort qu'il en fut assommé un instant […]. L'*Iben-el-Ribèd* pivota sur lui-même, craqua affreusement, embarqua une charge d'eau… » (J. Kessel) :
....

3. « J'avais quatre ans. J'étais un enfant hypernerveux, sujet à convulsions, un écorché imaginaire, perpétuellement en proie à des maladies. » (M. Tournier) : ....

4. « Mon anxiété fit place à une vive angoisse qui m'oppressa jusqu'à m'étouffer. Maintenant "on" entourait l'auberge […]. "On" était attentif à ma personne et cela avec une telle violence que je suais, subitement terrifié. » (C. Seignolle) : ....

5 TYPE BREVET 04:00 minutes /4 pts

Indiquez pour chaque extrait si le point de vue est interne ou omniscient.

1. « Maou n'entendait rien d'autre que les coups dans la terre durcie […]. Elle sentait sa gorge se serrer, comme si elle allait pleurer. Elle regardait les officiers… » (J.-M. G. Le Clézio) ....

2. « Elle tenait par la main Pépé, et Jean la suivait, tous les trois brisés du voyage, effarés et perdus au milieu du vaste Paris… » (É. Zola) ....

3. « Et un singulier besoin le prit tout à coup de se relever pour se regarder dans sa glace. Il ralluma sa bougie. Quand il aperçut son visage reflété […], il se reconnut à peine. » (G. Maupassant) ....

4. « Mais, lorsque Florent entendit la voix de son frère, derrière cette porte, il entra d'un bond. Quenu, qui l'adorait, se jeta à son cou. Ils s'embrassaient comme des enfants. » (É. Zola) ....

6 TYPE BREVET 10:00 minutes /8 pts

Imaginez une très courte suite pour chaque extrait en respectant genre, narration, temps et point de vue.

1. « L'araignée-jouet grimpa docilement jusqu'au genou de l'enfant tandis qu'elle l'observait d'un œil tranquille. » (R. Bradbury)
....
....

2. « L'homme élégant est descendu de la limousine, il fume une cigarette anglaise […] Il vient vers elle lentement. C'est visible, il est intimidé. » (M. Duras)
....
....

3. « L'être que j'appelle moi vint au monde un certain lundi 8 juin 1903, vers les 8 heures du matin, à Bruxelles, et naissait d'un Français appartenant à une vieille famille du Nord, et d'une Belge… » (M. Yourcenar)
....
....

4. « Je suis assise près de maman dans une voiture fermée tirée par un cheval, nous cahotons sur une route poussiéreuse […], j'essaie de lire malgré les secousses… » (N. Sarraute)
....
....

19

Lecture et écriture

Le texte argumentatif

Cours

• On organise le discours autour d'une **thèse**, prouvée et soutenue par des **arguments**, eux-mêmes illustrés par des **exemples** précis et concrets.

[L'énumération] des droits à la lecture devrait s'ouvrir par le droit de n'en pas user – en l'occurrence le droit de ne pas lire […] Pour commencer, la plupart des lecteurs s'octroient quotidiennement le droit de ne pas lire. N'en déplaise à notre réputation, entre un bon bouquin et un mauvais téléfilm, le second l'emporte plus souvent que nous aimerions l'avouer sur le premier. Et puis, nous ne lisons pas continûment. Nos périodes de lecture alternent souvent avec de longues diètes où la seule vision d'un livre éveille les miasmes de l'indigestion. (D. Pennac, *Comme un roman)*	Thèse Argument 1 Exemple 1 Argument 2 Exemple 2

• On peut affirmer avec **conviction** par des **modalisateurs** :
je sais / affirme / assure, je suis convaincu(e) / persuadé(e) / sûr(e), j'ai la certitude que ; il est certain / évident / inévitable ; assurément, forcément…

• On peut exprimer **nuance**, **doute** ou **prudence** par des **modalisateurs** :
selon moi, il se peut, il me semble ; je pense / crois / suppose / imagine, soupçonne ; il est probable / vraisemblable / possible ; certainement, sans doute, peut-être…

• On marque les étapes du discours et les arguments avec des **connecteurs** :
en premier lieu, tout d'abord, au préalable ; puis, ensuite, de surcroît, en outre, en second lieu, du reste, d'autre part ; de même, de manière similaire, en revanche, à l'opposé, par ailleurs ; enfin, en définitive, en conclusion, en somme…

• On introduit des **exemples** par des **connecteurs** :
ainsi, par exemple, pour preuve, en effet, on peut citer, nous pouvons mentionner, comme le montre, ainsi qu'en témoigne…

• On rédige une **introduction** qui présente le thème et une **conclusion** où l'on indique clairement la thèse, on sépare les arguments par des **paragraphes**.

Le conseil du prof

Pour argumenter, il faut partager et **justifier une opinion** claire. On doit chercher à **convaincre** avec des **arguments** solides et raisonnés ou à **persuader** en jouant avec les **sentiments** du lecteur.

Exercices

Corrigés, p. 164

1 Entourez dans chaque phrase le mot ou l'expression qui montrent que l'énonciateur donne un accord ou une opinion.

1. Le pays est effectivement en danger !
2. Je suis en effet marié à sa petite nièce.
3. J'adhère tout à fait à ces propos.
4. C'est un point de vue que je soutiens.
5. C'est à mon avis la stricte vérité.
6. Je souscris à l'opinion de Lucia.

2 **Dans chaque liste, entourez l'intrus qui n'est pas synonyme.**

1. ainsi – de surcroît – en outre – de plus
2. en somme – en définitive – excepté – pour finir
3. c'est-à-dire que – autrement dit – à savoir – car
4. notamment – pour que – par exemple – ainsi
5. ainsi – donc – par conséquent – d'abord

3 **Complétez chaque texte à l'aide des connecteurs indiqués.**

1. **enfin – de plus – en effet – en fin de compte**
Rêver est nécessaire. ...., on croit que les rêves aident à trouver des solutions. ...., rêver fixe souvenirs et apprentissages. ...., les décoder nous permet de voir plus clair. ...., le rêve est vital pour l'homme.

2. **également – en premier lieu – pour finir – en effet**
La Première Guerre mondiale est une guerre totale : ...., ..., tous les acteurs économiques sont mobilisés pour l'armée. Mais la société tout entière se mobilise ...., y compris les femmes. Il s'agit .... d'une guerre totale pour le contrôle moral, via la censure et la propagande.

4 **Entourez les phrases qui constituent des arguments et non des exemples. Reliez ensuite chaque argument à son exemple.**

1. Dans notre village, la collecte de sang fut un franc succès.
2. Il n'est pas aisé de rester responsable, même l'été.
3. Le président de ce club de football a récemment été condamné.
4. Le sport est hélas trop souvent corrompu par l'argent.
5. Même à petit niveau, chacun peut s'engager pour la société.
6. Les infractions routières sont hélas très nombreuses.

5 TYPE BREVET 05:00 minutes /4 pts

Dans chaque extrait, entourez les mots et les expressions qui expriment l'opinion et les doutes du narrateur.

1. « Je sais que ton esprit libéral et ton cœur chaleureux ne pourraient tolérer la brutalité et que tu me diras la vérité. Le fils d'Aaron Silberman vient tout juste de rentrer de Berlin et il paraît qu'il l'a échappé belle. Il raconte […] des histoires affreuses. Ces exactions pourraient être vraies. » (K. Taylor)

2. « J'aurais peut-être pu m'évader si l'on m'y avait laissé [à l'infirmerie]. Ces médecins, ces sœurs de charité, semblaient prendre intérêt à moi. […] On eût dit qu'ils me plaignaient, tant ils étaient empressés autour de mon chevet. » (V. Hugo)

6 TYPE BREVET 05:00 minutes /4 pts

Dans chaque extrait, soulignez en rouge la thèse, en vert le passage servant d'exemple et entourez les éléments qui l'introduisent.

1. « Loin d'édifier le peuple, [le spectacle des exécutions] le démoralise, et ruine en lui en toute sensibilité […]. Les preuves abondent, et encombreraient notre raisonnement si nous voulions en citer. Nous signalerons pourtant un fait […]. Il est du 5 mars, dernier jour du carnaval. À Saint-Pol, immédiatement après l'exécution d'un incendiaire nommé Louis Camus, une troupe de masques est venue danser autour de l'échafaud encore fumant. » (V. Hugo)

2. « J'ajoute qu'on les décrit [les Indiens] stupides comme nos enfants ou nos idiots, ils changent très fréquemment de femmes, ce qui est un signe très vrai de sauvagerie. […]. Ils sont timides et lâches à la guerre. Ils ignorent aussi la nature de l'argent et n'ont aucune idée de la valeur respective des choses. Par exemple, ils échangeaient contre de l'or le verre cassé des barils. » (J.-C. Carrière)

7 TYPE BREVET 10:00 minutes /6 pts

Rédigez, pour chacune des thèses données, un argument illustré d'un court exemple.

1. La curiosité est une qualité, non un défaut.
....
....
....

2. La colère n'apporte jamais rien de bon.
....
....
....

3. Les lois sont indispensables à une société.
....
....
....

20 Lecture et écriture

Les paroles rapportées et le dialogue

Cours

Le style direct

Le narrateur rapporte les paroles comme si elles avaient été prononcées :
- **deux-points** et **guillemets** ;
- **temps verbal** souvent **différent** du récit qui l'entoure ;
- **verbe de parole** situé avant ou inséré sous forme **d'incise** au sujet inversé.

  Il déclara : « Les femmes **font** d'excellents chefs d'État. »
  « Les femmes **font** d'excellents chefs d'État », **déclara-t-il.**

Le style indirect

Le narrateur intègre les paroles à son récit mais les signale :
- **disparition** des **guillemets** et des **deux-points** ;
- **temps verbaux accordés** ou identiques ;
- **verbe de parole** suivi d'une **subordonnée** introduite par ***que*** ou ***si***.

  Il **déclara que** les femmes **faisaient** d'excellents chefs d'État.

Le style indirect libre

C'est un mélange entre le style indirect et le style direct :
- comme dans le style indirect, on **modifie le temps** et **les pronoms** mais le **verbe de parole disparaît** ;
- comme dans le style direct, on n'utilise **pas de subordination** et on garde le **vocabulaire** utilisé par le personnage.

  « Oui, bien sûr, **elle avait entendu** raconter, elle savait comme l'agonie de leur grand-mère avait duré, c'est qu'elle était si forte, **pensez donc** [...] » (N. Sarraute)

Le discours narrativisé

C'est un **résumé** de discours, qui comporte les **seuls verbes de parole**.

  Le maire **s'excuse** et **demande pardon** en faisant une déclaration de presse.

Le dialogue

- Il est encadré par des **guillemets**, un **passage à la ligne** et un **tiret** signalent chaque changement d'interlocuteur.
- Les **incises**, indispensables, précisent l'identité de celui qui parle et la manière dont il s'exprime. De courts **retours au récit** sont souhaitables.

Le conseil du prof

Dans le dialogue, ne répétez pas ***dire*** mais utilisez des verbes plus précis et décrivez la manière de s'exprimer *(d'une moue boudeuse / en fronçant les sourcils, d'un air rêveur...)*. Résumez une **réponse longue** à l'aide d'un passage au style indirect. Ne commencez pas par une **série** de « **Bonjour, ça va ?** » : « Ils se saluèrent » suffit.

Exercices

Corrigés, p. 165

1 Dans chaque phrase, entourez l'incise ou le verbe introducteur.

1. Elle me rétorqua : « Hors de question ! »
2. Que c'est reposant, chuchota-t-il.
3. Qui est là ? dit-elle. Révélez-vous !
4. Allez ! Vas-y ! l'encourageaient-elles.
5. Mais si, insistai-je, continuez !
6. C'est ça, pensai-je, cause toujours...

2 **Entourez les phrases qui comportent une parole au style indirect.**

1. Ma sœur m'a demandé si je pouvais l'aider en français.
2. Demain, il faudra que je vous raconte ce qui est arrivé.
3. Il est important de dire calmement ce qu'on pense.
4. Samia a déclaré qu'elle n'irait pas chez sa grand-mère.
5. Anthony m'a recommandé de ne pas trop m'inquiéter.
6. Ne raconte pas d'histoire si tu ne sais rien.

3 **Conjuguez chaque verbe inclus dans un style indirect. Attention à la concordance des temps.**

1. Il déclara que, la semaine suivante, il (aller) .... les voir.
2. Il déclara que, la semaine précédente, il (aller) .... les voir.
3. Il déclara que, cette semaine, il (aller) ..... les voir.
4. Il déclare que, cette semaine, il (aller) .... les voir.
5. Il déclare que, la semaine prochaine, il (aller) .... les voir.
6. Il déclare que, la semaine dernière, il (aller) .... les voir.

4 TYPE BREVET 05:00 minutes /4 pts

Transposez chaque phrase au style indirect.

1. Elle rétorqua : « Je ne sortirai pas ! »
....
2. Il grommela : « J'ai compris. J'y vais. »
....
3. Je suis venu hier. Je reviendrai, affirmai-je.
....
4. C'est vrai, répondit-elle, j'ai une idée.
....

5 TYPE BREVET 05:00 minutes /4 pts

Transposez chaque phrase au style direct.

1. Il a dit qu'il ne viendrait pas le lendemain.
....
....
2. Il me suggéra d'aller voir la PDG.
....
....
3. J'étais content d'avoir fini, je l'avouai.
....
....

6 TYPE BREVET 09:00 minutes /9 pts

Retranscrivez chaque extrait au style indirect en suivant les indications données.

1. « Pourquoi n'avez-vous pas averti la réceptionniste de votre arrivée ? » me demanda-t-il. (A. Nothomb)
Il me demanda ....
....
2. « Ces haricots verts de conserve sont pleins de fils et toute cette huile d'olive me restera sur l'estomac ! » (C. Michelet)
Notre grand-mère nous déclara que ....
....
3. « Hiro notre roi, [...] a rejoint ses ancêtres à l'heure où le soleil est au zénith. Il reposera selon sa volonté dans le cercueil-pirogue au sommet du mont Akamaru. Il y sera porté par son peuple quand l'ombre sera chassée par le soleil nouveau. » (C. Geslin)
Les tambours annonçaient que ....
....

7 TYPE BREVET 06:00 minutes /6 pts

Indiquez comment sont rapportées les paroles dans chaque extrait.

1. « Quand il a dit qu'il descendait sur la plage, je lui ai demandé où il allait. Masson et moi avons dit que nous allions l'accompagner. » (A. Camus) : ....
2. « Elle sourit encore, et murmure : « Oh ! que je suis heureuse. » (G. de Maupassant) :
....
3. « L'un de nos deux marchands de son arbre descend, court à son compagnon, lui dit que c'est merveille qu'il n'ait eu seulement que la peur pour tout mal. » (J. de la Fontaine) : ....
4. « L'enthousiasme des convives était tel qu'ils pressaient le calife de nommer [...] l'auteur de ce festin incomparable. Quel besoin avait-on d'une autre expérience ? » (M. Tournier) : ....
5. « Vendredi ! s'écria son mari, c'est le jour de Vénus ! Bon jour pour un mariage ! » (P. Mérimée) : ....
6. « Son cœur cogne douloureusement et elle plisse les yeux afin de découvrir, à l'autre bout de la rue, la seule présence qui importe. [...] Aucune dame qui pourrait être maman ne vient par ici. » (P. Péju) : ....

Français

Sujet 1

Corrigés, p. 165

Doc. 1

Un vieil homme raconte comment, en compagnie d'hommes et de femmes de son village de Nouvelle-Calédonie, il a été désigné par les autorités françaises pour représenter l'Océanie à l'Exposition coloniale de 1931, à Paris.

Nous avons embarqué le 15 janvier 1931, sur le *Ville de Verdun*. Nous vivions sur le troisième pont, comme des passagers de dernière catégorie. Il faisait trop chaud le jour, trop froid la nuit, et plusieurs d'entre nous ont contracté la malaria[1] lors d'une escale aux Nouvelles-Hébrides. Il y a eu trois morts, si mes souvenirs sont exacts, dont Bazit, un kanak[2] albinos de Wé. L'équipage a jeté leurs corps à la mer sans nous laisser le temps de leur expliquer que l'on naît pour vivre avec les vivants et que l'on meurt pour vivre avec les morts. Les morts ne peuvent vivre dans l'océan, ils ne peuvent pas retrouver leur tribu… Nous sommes arrivés à Marseille au début du mois d'avril, sous la pluie. Des autocars militaires attendaient sur le quai de La Joliette pour nous conduire directement à la gare Saint-Charles. Je ne connaissais que la brousse de la Grande-Terre[3], et d'un coup je traversais l'une des plus vastes villes de France… À l'époque, je n'étais jamais allé au cinéma. J'avais mal aux yeux à force de les tenir ouverts pour ne rien perdre du spectacle ! Les lumières, les voitures, les tramways, les boutiques, les fontaines, les affiches, les halls des cinémas, des théâtres… Parvenus à la gare, nous n'osions pas bouger. Nous restions collés les uns aux autres, comme des moutons, effrayés par le bruit, les fumées, les râles de vapeur et de sifflements des locomotives. La fatigue m'a terrassé. Je n'ai presque rien vu du voyage, sauf un moment magique : un peu de neige qui tombait sur le Morvan[4]. Je restais le plus près possible de Minoé[5]. Elle m'était promise, et j'avais fait le serment à son père, le petit chef de Canala, de veiller sur elle.

À Paris, il ne subsistait rien des engagements qu'avait pris l'adjoint du gouverneur à Nouméa[6]. Nous n'avons pas eu le droit au repos ni visité la ville. Un officiel nous a expliqué que la direction de l'Exposition était responsable de nous qu'elle voulait nous éviter tout contact avec les mauvais éléments des grandes métropoles. Nous avons longé la Seine, en camion, et on nous a parqués derrière des grilles, dans un village kanak reconstitué au milieu du zoo de Vincennes, entre la fosse aux lions et le marigot des crocodiles. Leurs cris, leurs bruits nous terrifiaient. Ici, sur la Grande-Terre, on ne se méfie que du serpent d'eau, le tricot rayé. Et encore… les gamins s'amusent avec. C'est rare qu'il arrive à ouvrir sa gueule assez grand pour mordre ! Au cours des jours qui ont suivi, des hommes sont venus nous dresser, comme si nous étions des animaux sauvages. Il fallait faire du feu dans des huttes mal conçues dont le toit laissait passer l'eau qui ne cessait de tomber. Nous devions creuser d'énormes troncs d'arbres, plus durs que la pierre, pour construire des pirogues tandis que les femmes étaient obligées de danser le pilou-pilou à heures fixes. Au début, ils voulaient même qu'elles quittent la robe-mission[7] et exhibent leur poitrine. Le reste du temps, malgré le froid, il fallait aller se baigner et nager dans une retenue d'eau en poussant des cris de bêtes. J'étais l'un des seuls à savoir déchiffrer quelques mots que le pasteur[8] m'avait appris, mais je ne comprenais pas la signification du deuxième mot écrit sur la pancarte fichée au milieu de la pelouse, devant notre enclos « Hommes anthropophages[9] de Nouvelle-Calédonie ».

Didier Daeninckx, *Cannibale*, © Verdier, 1998.

1. Malaria : maladie très contagieuse qui entraîne de très fortes fièvres. 2. Kanak : peuple d'Océanie (appelé aussi « mélanésien »). Ce nom, en polynésien, signifie « homme ». 3. Grande-Terre : nom de l'île principale qui constitue la Nouvelle-Calédonie. 4. Morvan : région de Bourgogne. 5. Minoé : nom féminin. 6. Nouméa : capitale de la Nouvelle-Calédonie. 7. Robe-mission : robe préconisée par les missionnaires, lorsqu'ils ont converti les Kanaks au christianisme. 8. Pasteur : prête chez les protestants. 9. Anthropophages : qui mangent de la chair humaine (synonyme de « cannibales »).

Doc. 2

Questions (50 pts)

1. D'après les lignes de 1 à 5, dans quelles conditions s'est déroulé le voyage en bateau ? Relevez trois indices dans ce passage pour justifier votre réponse.

2. Dans le passage qui s'étend de la ligne 4 à la ligne 8 :
a. Pour quelle raison l'équipage du navire a-t-il « jeté leurs corps à la mer » ?
b. De quelle manière le narrateur perçoit-il ce geste ? Justifiez votre réponse.

3. « Nous restions collés les uns aux autres, comme des moutons, effrayés par le bruit, les fumées, les râles de vapeur et les sifflements des locomotives. » (l. 15 à 17)
a. Relevez et identifiez la figure de style utilisée dans cette phrase.
b. Expliquez-la : que met ainsi en valeur le narrateur ?

4. En prenant appui sur le radical du passé « terrassé » (l. 17), expliquez le sens propre de ce mot, puis précisez son sens dans la phrase.

5. « Les lumières, les voitures, les tramways, les boutiques, les fontaines, les affiches, les halls des cinémas, des théâtres… » (l. 13 à 14)
a. Quelle est la particularité grammaticale de cette phrase ?
b. Quel effet est produit par la construction de cette phrase ?

6. « Je n'ai presque rien vu du voyage, sauf un moment magique : un peu de neige qui tombait sur le Morvan. » (l. 17 à 18) Expliquez le choix de l'adjectif « magique » par le narrateur.

7. « Un officiel nous a expliqué que (...) avec les mauvais éléments des grandes métropoles. » (l. 22 à 24)

a. Comment sont rapportées les paroles de l'officiel ? Quelles caractéristiques grammaticales vous permettent d'identifier ce type de discours rapporté ?

b. Que pensez-vous de l'explication avancée par l'officiel ?

8. Dans le passage de la ligne 24 à la ligne 36, comment les Kanaks sont-ils traités ? Développez votre réponse en vous appuyant sur des citations de ce passage.

9. Quelle image des Kanaks la direction de l'exposition veut-elle montrer ? Selon vous, le narrateur correspond-il à cette image ? Développez votre réponse en prenant appui sur l'ensemble du texte.

10. Pourquoi l'éditeur a-t-il choisi cette photographie de couverture pour illustrer le roman ?

11. De quels phénomènes historiques est-elle un précieux témoignage ?

Réécriture

12. Réécrivez les lignes 14 à 17 à la troisième personne du pluriel et au féminin.
Vous effectuerez toutes les modifications nécessaires.

Dictée (10 pts)

Je me suis précipité sur les uniformes, les poings dressés. Ils n'attendaient que cela pour sortir leurs gourdins et me frapper sur les épaules, la tête. J'ai réussi à m'agripper à un des surveillants, à m'en servir comme d'un bouclier. J'avançais en le tenant par la gorge. Je montrais les dents, comme ils nous avaient appris à le faire pour impressionner les visiteurs. Ils avaient formé le cercle et riaient.

– Mais c'est qu'il mordrait, le cannibale !

L'un des gardiens s'était faufilé derrière moi, et quand j'ai pris conscience de sa présence, il était trop tard. La matraque s'est abattue sur ma nuque. Je suis tombé sur les genoux, à demi assommé. J'ai rassemblé toutes les forces qui me restaient pour ne pas fermer les yeux.

Didier Daeninckx, *Cannibale*, © Verdier, 1998.

Rédaction (40 pts)

Sujet d'imagination Un journaliste a visité l'Exposition coloniale. Imaginez l'article qu'il rédige pour dénoncer le traitement infligé aux Kanaks. Vous signerez votre article des initiales du journaliste (A. B.).

Sujet de réflexion Selon vous, en quoi la rencontre d'une autre culture est-elle une expérience enrichissante ? Vous donnerez votre réponse selon un développement argumenté et organisé.

Sujet 2

Corrigés, p. 166

Sa famille a tenté de fuir le pays pour s'installer à New York. Elle s'adresse à un personnage nommé don Salvatore. L'action se déroule dans la première moitié du xxe siècle.

Don Giorgio nous a menés jusqu'au port et nous avons embarqué sur un de ces paquebots construits pour emmener les crève-la-faim d'un point à un autre du globe, dans de grands soupirs de fioul[1]. Nous avons pris place sur le pont au milieu de nos semblables. Miséreux d'Europe au regard affamé. Familles entières ou gamins esseulés. Comme tous les autres, nous nous sommes tenus par la main pour ne pas nous perdre dans la foule. Comme tous les autres, la première nuit, nous n'avons pu trouver le sommeil, craignant que des mains vicieuses[2] ne nous dérobent la couverture que nous nous partagions. Comme tous les autres, nous avons pleuré lorsque l'immense bateau a quitté la baie de Naples. « La vie commence », a murmuré Domenico. L'Italie disparaissait à vue d'œil. Comme tous les autres, nous nous sommes tournés vers l'Amérique, attendant le jour où les côtes seraient en vue, espérant, dans des rêves étranges, que tout là-bas soit différent, les couleurs, les odeurs, les lois, les hommes. Tout. Plus grand. Plus doux. Durant la traversée, nous restions agrippés des heures au parapet[3], rêvant à ce que pouvait bien être ce continent où les crasseux comme nous étaient les bienvenus. Les jours étaient longs, mais cela importait peu, car les rêves que nous faisions avaient besoin d'heures entières pour se développer dans nos esprits. Les jours étaient longs mais nous les avons laissés couler avec bonheur puisque le monde commençait.

Un jour enfin, nous sommes entrés dans la baie de New York. Le paquebot se dirigeait lentement vers la petite île d'Ellis Island. La joie de ce jour, don Salvatore, je ne l'oublierai jamais. Nous dansions et criions. Une agitation frénétique avait pris possession du pont. Tout le monde voulait voir la terre nouvelle. Nous acclamions chaque chalutier de pêcheur que nous dépassions. Tous montraient du doigt les immeubles de Manhattan. Nous dévorions des yeux chaque détail de la côte.

Lorsque enfin le bateau fut à quai, nous descendîmes dans un brouhaha de joie et d'impatience. La foule emplit le grand hall de la petite île. Le monde entier était là. Nous entendions parler des langues que nous prîmes d'abord pour du milanais ou du romain[4], mais nous dûmes ensuite convenir que ce qui se passait ici était bien plus vaste. Le monde entier nous entourait. Nous aurions pu nous sentir perdus. Nous étions étrangers. Nous ne comprenions rien. Mais un sentiment étrange nous envahit, don Salvatore. Nous avions la conviction que nous étions ici à notre place.

Laurent Gaudé, *Le Soleil des Scorta*, © Actes Sud, 2004.

1. Fioul : carburant, dérivé du pétrole, qu'utilisent les bateaux.
2. Mains vicieuses : mains de voleur.
3. Parapet : barrière placée sur le bord du pont pour empêcher les passagers de tomber à l'eau.
4. Du milanais ou du romain : dialectes italiens.

Questions 50 pts

1. « […] ce continent où les crasseux comme nous étaient les bienvenus. »
a. De quel continent s'agit-il ?
b. Qui est désigné par l'expression « les crasseux » ? Que pensez-vous de cette formulation ?

2. Par quels sentiments successifs passent les personnages aux différentes étapes du voyage ? Illustrez votre réponse par des éléments précis du texte.

3. « Le paquebot se dirigeait lentement vers la petite île d'Ellis Island. La joie de ce jour, don Salvatore, je ne l'oublierai jamais. Nous dansions et criions. »
Identifiez les deux temps utilisés et justifiez l'emploi de chacun.

4. « Miséreux d'Europe au regard affamé. Familles entières ou gamins esseulés. » :
a. Quelle remarque grammaticale pouvez-vous faire sur la construction de ces deux phrases ?
b. Quel effet produisent-elles sur le lecteur ?

5. Pensez-vous que Domenico a raison en murmurant : « La vie commence. » ? Développez votre réponse en quelques lignes. Vous prendrez appui sur le texte et éventuellement votre culture personnelle.

6. En quoi cette photographie pourrait-elle parfaitement illustrer le texte ?

7. En quoi les impressions que suscite la photographie sont-elles, en revanche, différentes de celles du texte ?

Réécriture

8. Réécrivez les phrases suivantes, en remplaçant les pronoms de la première personne du pluriel (nous) par la troisième personne du pluriel (ils).
Vous ferez toutes les modifications nécessaires.

> « Comme tous les autres, nous nous sommes tenus par la main pour ne pas nous perdre dans la foule. Comme tous les autres, la première nuit, nous n'avons pu trouver le sommeil, craignant que des mains vicieuses ne nous dérobent la couverture que nous nous partagions. »

Dictée (10 pts)

Tous les émigrants n'étaient pas obligés de passer par Ellis Island. Ceux qui avaient suffisamment d'argent pour voyager en première ou en deuxième classe étaient rapidement inspectés à bord par un médecin et un officier d'état civil et débarquaient sans problèmes. Le gouvernement fédéral estimait que ces émigrants auraient de quoi subvenir à leurs besoins et ne risqueraient pas d'être à la charge de l'État. Les émigrants qui devaient passer par Ellis étaient ceux qui voyageaient en troisième classe [...] dans de grands dortoirs non seulement sans fenêtres mais pratiquement sans aération et sans lumière, où deux mille passagers s'entassaient sur des paillasses superposées.

Georges Perec et Robert Bober, *Récits d'Ellis Island*, © P.O.L, 1994.

Rédaction (40 pts)

Sujet d'imagination

Imaginez la suite de ce texte, dans laquelle la narratrice raconte les premiers jours des personnages à New York.

Sujet de réflexion

Le monde d'aujourd'hui laisse-t-il encore place, selon vous, à un ailleurs qui fasse rêver ?
Vous donnerez votre réponse dans un développement argumenté et organisé.

Sujet 3

Corrigés, p. 166

Doc. 1

Seul à bord de son avion, le narrateur est contraint de se poser au milieu du désert.

Ici, je ne possédais plus rien au monde. Je n'étais rien qu'un mortel égaré entre du sable et des étoiles, conscient de la seule douceur de respirer... Et cependant, je me découvris plein de songes. Ils me vinrent sans bruit, comme des eaux de sources, et je ne compris pas, tout d'abord, la douceur qui m'envahissait. Il n'y eut point de voix, ni d'images, mais le sentiment d'une présence, d'une amitié très proche et déjà à demi devinée. Puis, je compris et m'abandonnai, les yeux fermés, aux enchantements de ma mémoire. Il était, quelque part, un parc chargé de sapins noirs et de tilleuls, et une vieille maison que j'aimais. Peu importait qu'elle fût éloignée ou proche, qu'elle ne pût ni me réchauffer dans ma chair ni m'abriter, réduite ici au rôle de songe : il suffisait qu'elle existât pour remplir ma nuit de sa présence. Je n'étais plus ce corps échoué sur une grève[1], je m'orientais, j'étais l'enfant de cette maison, plein du souvenir de ses odeurs, plein de la fraîcheur de ses vestibules[2], plein des voix qui l'avaient animée. Et jusqu'au chant des grenouilles dans les mares qui venait ici me rejoindre. J'avais besoin de ces mille repères pour me reconnaître moi-même, pour découvrir de quelles absences était fait le goût de ce désert, pour trouver un sens à ce silence fait de mille silences, où les grenouilles mêmes se taisaient. Non, je ne logeais plus entre le sable et les étoiles. Je ne recevais plus du décor qu'un message froid. Et ce goût même d'éternité que j'avais cru tenir de lui, j'en découvrais maintenant l'origine. Je revoyais les grandes armoires solennelles de la maison. Elles s'entrouvraient sur des piles de draps blancs comme neige.

Antoine de Saint-Exupéry, *Terre des hommes*, © Gallimard, 1939.

1. Grève : terrain plat et uni, généralement constitué de sable et de graviers, situé au bord d'un cours d'eau ou de la mer.
2. Vestibule : pièce d'entrée d'une maison.

Doc. 2

Le Sahara, dit aussi Le désert, Gustave Guillaumet, 1867 – Musée d'Orsay / RMN

Questions (50 pts)

1. Deux lieux sont distingués. En vous appuyant sur des éléments précis du texte, vous montrerez ce qui les oppose.

2. « Il était [ ] un parc » (ligne 7)
a. Quelle remarque pouvez-vous faire sur cette construction grammaticale ?
b. À quel genre narratif vous fait-elle penser ?

3. Montrez en vous appuyant sur des exemples précis des lignes 10 à 21 que l'évocation des souvenirs ravive les sensations du narrateur.

4. « enchantements de ma mémoire » (lignes 6 et 7)
a. Comment le nom « enchantement » est-il formé ?
a. Quel(s) sens donnez-vous ici à ce mot ?

5. Selon vous, pourquoi les songes sont-ils comparés à « des eaux de source » (ligne 3) ? Aidez-vous de l'ensemble du texte pour répondre.

6. Trouvez-vous que ce texte procure une émotion poétique ? Justifiez votre réponse à l'aide d'exemples variés.

7. « un mortel égaré entre du sable et des étoiles » (lignes 1 et 2) : comment ce tableau met-il en scène ces notions de mortalité et d'égarement que l'auteur du texte évoque au sujet du désert ?

8. Comment le peintre représente-t-il l'immensité et la monotonie du désert ?

Réécriture

9. Réécrivez ces deux phrases en remplaçant « je » par « nous » et en procédant à tous les changements nécessaires.

> « Je n'étais rien qu'un mortel égaré entre du sable et des étoiles, conscient de la seule douceur de respirer… Et cependant, je me découvris plein de songes. »

Dictée (10 pts)

Il n'y avait rien d'autre sur la terre, rien, ni personne. Ils étaient nés du désert, aucun autre chemin ne pouvait les conduire. Ils ne disaient rien. Ils ne voulaient rien. Le vent passait sur eux, à travers eux, comme s'il n'y avait personne sur les dunes. Ils marchaient depuis la première aube, sans s'arrêter, la fatigue et la soif les enveloppaient comme une gangue. La sécheresse avait durci leurs lèvres et leur langue. La faim les rongeait. Ils n'auraient pas pu parler. Ils étaient devenus, depuis si longtemps, muets comme le désert, pleins de lumière quand le soleil brûle au centre du ciel vide.

Jean-Marie Gustave Le Clézio, *Désert,* © Gallimard, 1980.

Rédaction (40 pts)

Sujet d'imagination

Ses souvenirs ont redonné courage au narrateur : que décide-t-il de faire? Racontez la suite du texte. Votre texte fera au moins deux pages (soit une cinquantaine de lignes).

Sujet de réflexion

Pourquoi peut-on avoir besoin de moments de solitude ? Vous présenterez votre réflexion dans un développement argumenté et organisé. Votre texte fera au moins deux pages (soit une cinquantaine de lignes).

1

Organisation et gestion de données, fonctions

Notion de fonction

Sujet de brevet, p. 100

Cours

- On définit une **fonction** en faisant correspondre à un nombre x un autre nombre y unique. On note $f(x) = y$ ou $f : x \mapsto y$.
- On peut définir une fonction par un programme de calcul, par une expression algébrique ou par une représentation graphique.
- $\boldsymbol{y}$ est appelé l'**image** du nombre $\boldsymbol{x}$ par la fonction f. $\boldsymbol{x}$ est appelé un **antécédent** de y par la fonction f. (Il peut y avoir plusieurs antécédents mais il n'y aura qu'une seule et unique image.)
- Dans un repère, la représentation graphique de la fonction f est constituée des points $(x ; f(x))$.
- x est appelé la **variable** de f.

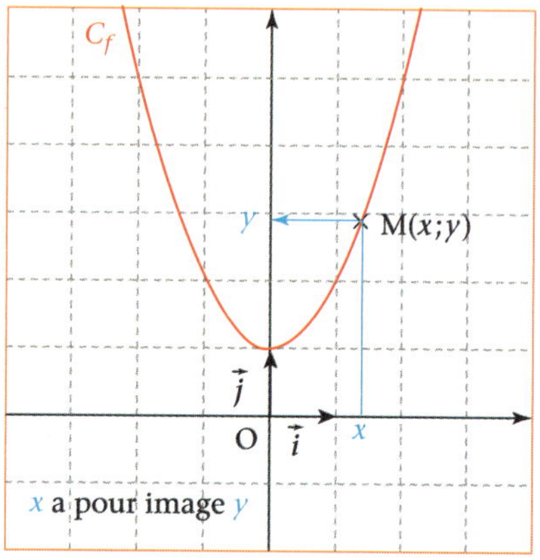

Le conseil du prof

Avoir ou être ? Attention ! « 2 **est** l'image de 5 par la fonction f » et « 5 **a** pour image 2 par la fonction f » sont des phrases qui ont le même sens. L'usage d'une forme passive change l'ordre des nombres dans la phrase. On a le même souci avec les antécédents.

Exercices

Corrigés, p. 167

1 Relier chaque programme de calcul à son expression littérale.

1. On multiplie le nombre par 7 et on soustrait 2. •
2. On soustrait le double du nombre à 7. •
3. On divise le nombre par 2 puis on ajoute 7. •
4. On ajoute 2 au nombre puis on multiplie par 7. •

- • a. $P(x) = (x + 2) \times 7$
- • b. $P(x) = 7 - 2x$
- • c. $P(x) = 7x \quad 2$
- • d. $P(x) = x \div 2 + 7$

2 Voici la représentation graphique d'une fonction f :

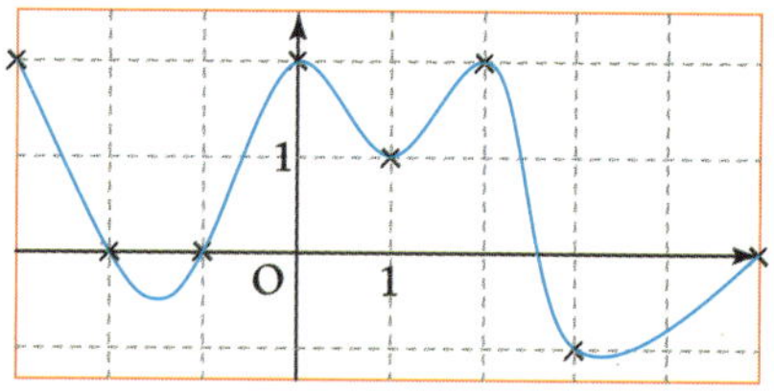

1. a. L'image de 1 par la fonction f est ......
b. L'image de – 3 par la fonction f est ......
2. a. Le nombre 2 possède ... antécédents par la fonction f.
b. Les antécédents de 0 par la fonction f sont ......

3 SUJET BREVET 20:00 minutes /5 pts

Une commune souhaite faire une étude de construction d'une éolienne pour produire de l'électricité. La puissance fournie par l'éolienne dépend de la vitesse du vent.
– Lorsque la vitesse du vent est trop faible, l'éolienne ne fonctionne pas.
– Lorsque la vitesse du vent est trop forte, on arrête l'éolienne par mesure de sécurité.

On a tracé la courbe représentant la puissance en fonction de la vitesse du vent.

1. Quelle vitesse le vent doit-il atteindre pour que l'éolienne commence à produire de l'énergie ? ....

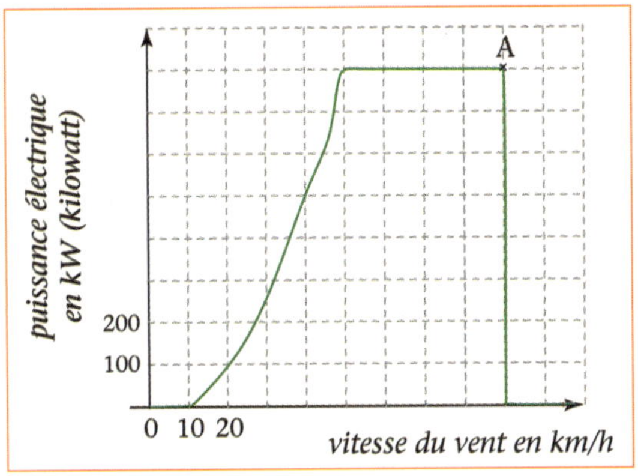

2. Quand la vitesse du vent est de 40 km/h, quelle puissance fournit l'éolienne ? ....
3. Pour quelle vitesse du vent l'éolienne fournit une puissance de 600 kW ? ....
4. Quelle est la puissance maximale de l'éolienne ? ....
5. Que représente le point A sur le graphique pour le fonctionnement de l'éolienne ? ......
....

6. On définit une fonction P associant la vitesse du vent à la puissance d'électricité produite. Compléter les égalités suivantes :
a. P(20) = ... b. P(50) = ...
c. P(......) = 400 d. P(......) = 700

4 SUJET BREVET 10:00 minutes /2 pts

Le lancer de poids est une discipline sportive qui consiste à lancer un poids réglementaire à partir d'un cercle le plus loin possible. Pour une même impulsion, la longueur du jet de poids varie en fonction de l'angle de lancer (voir schéma ci-dessous) ; les trois courbes représentent la hauteur (en m) en fonction de la distance horizontale (en m) parcourue par le poids. Les courbes (C1), (C2) et (C3) correspondent à des angles de lancer respectifs de 60°, 40° et 10°.

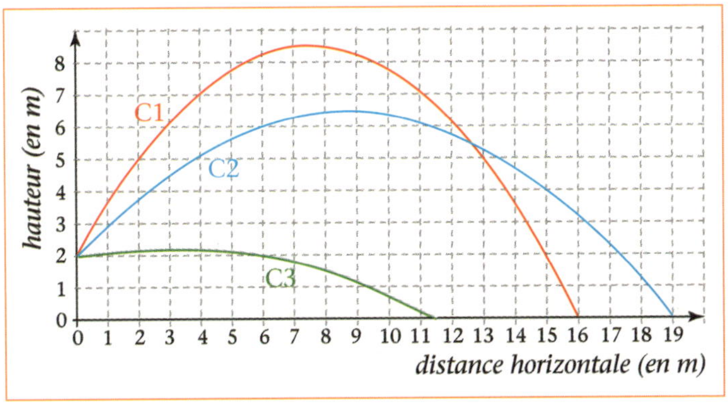

En utilisant ces courbes, compléter les phrases suivantes.
1. Le poids est lâché par l'athlète à une hauteur de ....
2. Pour un angle de ...., le lancer est le plus long. La distance obtenue est ....
3. Pour un angle de ...., le lancer monte le plus haut. La hauteur maximum est ....

5 SUJET BREVET 10:00 minutes /2,5 pts

En phase d'atterrissage, à partir du moment où les roues touchent le sol, un avion utilise ses freins jusqu'à l'arrêt complet. Le graphique suivant représente la distance parcourue par l'avion sur la piste (en mètres) en fonction du temps (en secondes) à partir du moment où les roues touchent le sol.

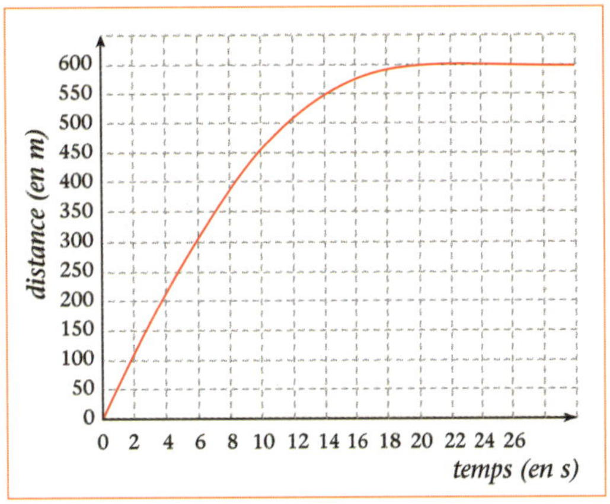

En utilisant ce graphique, répondre aux questions suivantes.
1. Quelle distance l'avion aura-t-il parcourue 10 s après avoir touché le sol ?
....

2. Expliquer pourquoi au bout de 22 s et au bout de 26 s la distance parcourue depuis le début de l'atterrissage est la même.
....

3. À partir du moment où les roues touchent le sol, combien de temps met l'avion pour s'arrêter ?
....

Organisation et gestion de données, fonctions

Fonction linéaire

Sujet de brevet, p. 107

Cours

Définition

Une fonction linéaire est une fonction qui, à un nombre x, associe le nombre $a \times x$, où a est un nombre donné. On la note $f: x \mapsto a \times x$ ou $f(x) = a \times x$

$f: x \mapsto 3x$; $f(x) = 3x$ $f: x \mapsto 6{,}2x$; $f(x) = 6{,}2x$

Propriétés

- Une fonction linéaire représente une situation de proportionnalité.
- Pour trouver l'**image** d'un nombre x par une fonction linéaire, on le multiplie par a.
- Pour trouver l'**antécédent** d'un nombre par une fonction linéaire, on le divise par a.

Représentation graphique d'une fonction linéaire

- Le tableau correspondant à une fonction linéaire est un tableau de **proportionnalité**.
- La représentation graphique d'une fonction linéaire est une **droite** qui passe par l'origine du repère.
- a est appelé le **coefficient directeur** de la droite.

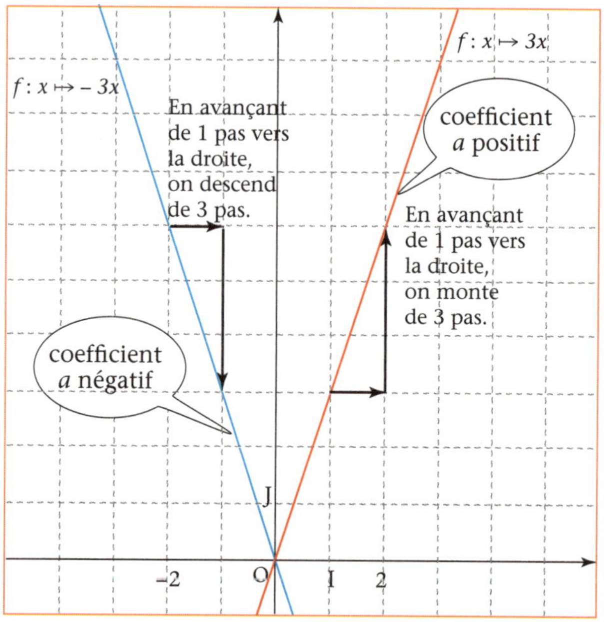

Le conseil du prof

Pour tracer la représentation graphique d'une fonction linéaire, deux points pourraient suffire car c'est une droite. Mais il arrive de faire des erreurs, alors il est conseillé de placer un troisième point qui viendra confirmer votre tracé.

Exercices

Corrigés, p. 167

1 Soit la fonction linéaire $f: x \mapsto 9x$.

1. Calculer :

$f(2)$ = ...

$f(10)$ = ...

$f(12)$ = ...

$f(23)$ = ...

2. Compléter : $f(......) = 72$
$f(......) = 126$
$f(......) = 40{,}5$
$f(......) = 52{,}2$

3. L'image de 72 par la fonction f est : $f(72)$ = ...

4. Le nombre dont l'image vaut 171 par la fonction f est ....

2 **Soient f et g deux fonctions linéaires définies par $f : x \mapsto ax$ et $g : x \mapsto bx$.**

1. Déterminer le coefficient a pour que $f(2) = 16$.

....

Le coefficient vaut a = ...

2. Déterminer le coefficient b pour que $g(12) = -4$.

....

Le coefficient vaut b = ...

3 **Un viticulteur propose son vin au tarif suivant : 7,5 € la bouteille.**

1. Remplir le tableau en indiquant dans chaque case le calcul qui correspond au résultat.

Nombre de bouteilles	1	5			15	x
Prix (en €)			75	97,5		

2. Ce tableau est-il un tableau de proportionnalité ? Justifier la réponse.

....

....

3. Soit la fonction linéaire $f : x \mapsto 7{,}5 \times x$. Compléter :

$f(4)$ = ...	$f(15)$ = ...	$f(0)$ = ...
$f(18)$ = ...	$f(......)$ = 105	$f(......)$ = 157,5

4. Tracer la représentation graphique du tarif.

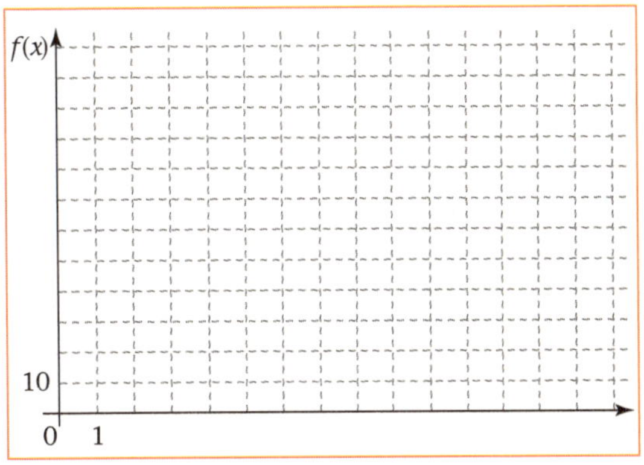

5. Compléter la phrase suivante :
La fonction f représente .... en fonction ....

4 SUJET BREVET 30:00 minutes /7 pts

En physique, la tension U aux bornes d'une « résistance » est proportionnelle à l'intensité I du courant qui la traverse c'est-à-dire : $U = R \times I$ où R (valeur de la résistance) est le coefficient de proportionnalité. On rappelle que l'unité d'intensité est l'ampère et que l'unité de tension est le volt.

Intensité I (en ampères)	0,02	0,03	0,04	0,08
Tension U (en volts)	3	4,5	6	12

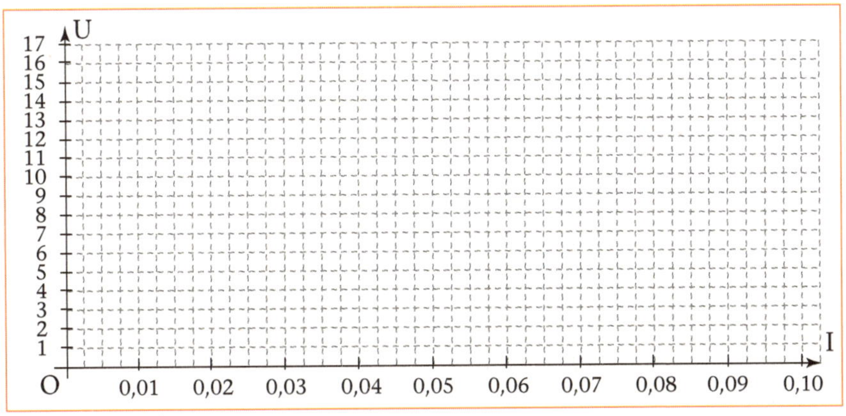

1. a. Vérifier que ce tableau est un tableau de proportionnalité.

....

....

b. Le coefficient de proportionnalité vaut ....

c. Si l'intensité I = 0,07 ampère alors U = ...

On nomme f la fonction qui donne la tension U en fonction de l'intensité I.

2. L'expression de f est $f(x)$ = ...
f est donc une fonction ....

3. Tracer la représentation graphique de la fonction f.

4. Pour U = 10 V, on lit graphiquement $I \approx$ ....
Par le calcul, on trouve I = ...

3

Organisation et gestion de données, fonctions

Fonction affine

Sujet de brevet, p. 107

Cours

Définition

• Une fonction affine est une fonction qui, à un nombre x, associe le nombre $a \times x + b$, où a et b sont des nombres donnés. On la note $f : x \mapsto a \times x + b$ ou $f(x) = a \times x + b$

$f : x \mapsto 3x - 8$; $f(x) = 3x - 8$ $f : x \mapsto 6{,}2x + 4$; $f(x) = 6{,}2x + 4$

Propriétés

1. Si $b = 0$, alors la fonction est une fonction **linéaire**.
2. Si $a = 0$, alors la fonction f est une fonction **constante** : $f(x) = b$ pour tout nombre x.
3. Pour trouver l'**image** de x, on le multiplie par a puis on ajoute b au résultat.
4. Pour trouver l'**antécédent** de x, on lui soustrait b puis on divise le résultat par a.

Représentation graphique d'une fonction affine

1. Le tableau d'une fonction affine n'est pas un tableau de proportionnalité.
2. La représentation graphique est une droite qui passe par le **point de coordonnées** $(0 ; b)$.

a est appelé le **coefficient directeur** de la droite et b est appelé l'**ordonnée à l'origine**.

Pour $a = 2$ et $b = -1$ $f : x \mapsto 2x - 1$

Pour $a = -1$ et $b = 2$ $f : x \mapsto -x + 2$

3. On a : $b = f(0)$ et $a = \dfrac{f(y) - f(x)}{y - x}$ pour tout x et y différents.

On dit que les accroissements sont proportionnels.

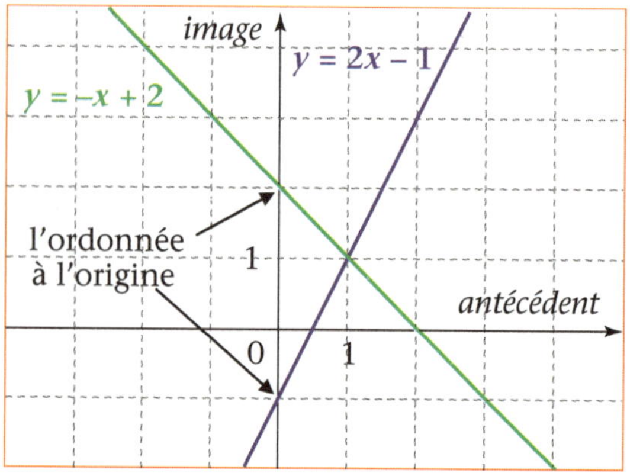

Le conseil du prof

Pour tracer la représentation graphique d'une fonction affine (ou linéaire), on pourrait se contenter de placer deux points pour tracer la droite. Il est utile d'en placer un troisième : les trois points doivent être alignés !

Exercices

Corrigés, p. 168

1 **Soit la fonction $f : x \mapsto 5x + 4$. Calculer l'image des nombres.**

$f(x) = 5 \times x + 4$	$f(x) = 5 \times x + 4$
$f(4) =$	$f(10) =$
$f(4) =$	$f(10) =$

2 **Soit la fonction $g : x \mapsto 3x - 8$. Calculer l'image des nombres.**

$g(x) = 3 \times x - 8$	$g(x) = 3 \times x - 8$
$g(5) =$	$g(-7) =$
$g(5) =$	$g(-7) =$

3 **Soit f la fonction affine $f : x \mapsto 6x - 7$.**

1. Calculer : $f(0)$ = ...
$f(-5)$ = ...
$f\left(\frac{7}{2}\right)$ = ...

2. Quels sont le coefficient directeur et l'ordonnée à l'origine de la droite représentative de la fonction f ? ....
....

3. Quel est le nombre qui a pour image 2 par f ?
....

4 **Voici un programme de calcul qui permet de définir une fonction g :**

- Entrer un nombre x
- Multiplier le nombre x par 9
- Soustraire 6 au résultat obtenu
- Le nombre obtenu s'appelle $g(x)$

1. Calculer l'image de 10 par g.
....

2. Calculer l'antécédent de 133,5 par g.
....

3. Compléter le tableau.

x	2	5		11	
$g(x)$			66		97,5

4. **Tracer le graphique correspondant à la fonction g en prenant 1 cm pour 1 unité en abscisse et 1 cm pour 10 unités en ordonnée.**

5 SUJET BREVET 10:00 minutes /2,5 pts

On donne le programme de calcul suivant :

- Choisir un nombre
- Multiplier ce nombre par 4
- Ajouter 6
- Écrire le résultat

1. Si le nombre choisi est 1,2 le résultat vaut ....

2. Si le nombre choisi est x, le résultat vaut
....

3. Pour que le résultat soit 15, il faut choisir au départ le nombre ....

6 SUJET BREVET 40:00 minutes /10 pts

Un club de squash propose trois tarifs à ses adhérents :
– Tarif A : 8 € par séance.
– Tarif B : achat d'une carte à 40 € pour l'année puis 5 € par séance.
– Tarif C : achat d'une carte à 160 € et donnant droit à un accès illimité.
Tom, nouvel adhérent, étudie les différents tarifs.

1. a. Compléter le tableau.

Nombre de séances	10	18	25
Dépense totale avec le tarif A			
Dépense totale avec le tarif B			
Dépense totale avec le tarif C			

b. Quel est le tarif le plus avantageux si Tom désire faire 10 séances ? ....

2. On appelle x le nombre de séances.
Exprimer, en fonction de x, la dépense totale lorsque Tom fait x séances :
a. tarif A $f(x)$ = ...
b. tarif B $g(x)$ = ...
c. tarif C $h(x)$ = ...

3. Représenter, dans un repère, les trois fonctions f, g et h, pour x compris entre 0 et 30.

4. En utilisant le graphique, compléter ces phrases :
a. Le tarif le plus avantageux pour 10 séances est le tarif ....
b. À partir de .... séances, le tarif C devient avantageux.
c. Tom souhaite ne pas dépasser 130 € pour cette activité. S'il veut faire le plus de séances possibles, il devra choisir le tarif ....

5. L'ami de Tom avait prévu de faire du squash une fois par semaine et avait choisi le tarif C. Il n'a pu se libérer pour ce sport qu'une semaine sur deux. A-t-il fait le bon choix ? On rappelle qu'une année comporte 52 semaines.
....
....
....

4

Organisation et gestion de données, fonctions

Vitesse moyenne, changements d'unités

Sujet de brevet, p. 102

Cours

Définition

La **vitesse moyenne** d'un objet sur un trajet est la vitesse qu'il aurait, en parcourant la même distance, dans la même durée, à une vitesse constante.
Quand la vitesse est la même sur tout le trajet, on parle de mouvement **uniforme**. Le temps et la distance parcourue sont **proportionnels**.

Propriété

Si un objet mobile parcourt une distance d, en un temps t, à une vitesse moyenne v, alors, on a : $\boldsymbol{d = v \times t}$ ou $\boldsymbol{v = \frac{d}{t}}$ ou encore $\boldsymbol{t = \frac{d}{v}}$.

• Un cycliste roule à une vitesse moyenne de 20 km/h pendant 3 h. Il va parcourir une distance $d = v \times t = 20 \times 3 = 60$ km.

• Un avion parcourt 12 000 km en 15 h. Sa vitesse moyenne est de :

$$v = \frac{d}{t} = \frac{12\,000}{15} = 800 \text{ km/h}.$$

• Un piéton parcourt $d = 240$ m à une vitesse moyenne $v = 3$ m/s. La durée de son parcours est de :

$$t = \frac{d}{v} = \frac{240}{3} = 80 \text{ s}.$$

Changement d'unités de vitesse

RAPPEL. 1 h = 60 min = 3 600 s — 0,5 h = 30 min
0,25 h = 15 min — 0,75 h = 45 min

Pour convertir 23,04 km/h en m/s, on peut raisonner de la manière suivante :

$$23{,}04 \text{ km/h} = \frac{23{,}04 \text{ km}}{1 \text{ h}} = \frac{23\,040 \text{ m}}{3\,600 \text{ s}} = 6{,}4 \text{ m/s}.$$

Le conseil du prof

Attention aux unités ! Si la distance est en mètres (m) et le temps en secondes (s), la vitesse sera en m/s (ou $m.s^{-1}$).

Exercices

Corrigés, p. 168

1 **Relier les durées équivalentes.**

1. 3 h 12 min •	• a. 3,9 h
2. 3 h 54 min •	• b. 3,25 h
3. 3 h 45 min •	• c. 3,4 h
4. 3 h 24 min •	• d. 3,5 h
5. 3 h 30 min •	• e. 3,2 h
6. 3 h 15 min •	• f. 3,75 h

2 **La vitesse maximale autorisée sur autoroute est de 130 km/h. En roulant à cette vitesse, combien de temps faut-il pour parcourir les 775 km qu'il y a entre Paris et Marseille ? (arrondir à l'unité)**

....

....

3 **Anaëlle a roulé à vélo à la vitesse moyenne de 19 km/h pendant 2 h 15 min. Quelle distance a-t-elle parcourue ?**

....

4 **Killian adore la moto. Sur un circuit, il a parcouru 343 km en 1 h 45 min. Quelle a été sa vitesse moyenne ?**

....

5 SUJET BREVET 05:00 minutes /2 pts

La fusée Ariane 5 est un lanceur européen qui permet de placer des satellites en orbite autour de la Terre. Lors de la première phase du décollage, les deux propulseurs permettent d'atteindre une altitude de 70 km en 132 s.

1. Calculer la vitesse moyenne, exprimée en m/s de la fusée pendant son décollage.

....

2. Convertir ce résultat en km/h.

....

6 SUJET BREVET 05:00 minutes /2 pts

Pour chaque question, cocher la bonne réponse.

1. Un randonneur parcourt 5 km en 1 h 15 min. Sa vitesse moyenne est :
a. ❑ 4 km/h. b. ❑ 4,3 km/h. c. ❑ 5,75 km/h.

2. Une mouette parcourt 4,2 km en 8 min. Quelle distance aurait-elle parcourue en une heure si elle gardait la même vitesse ?
a. ❑ 0,526 km. b. ❑ 31,5 km.
c. ❑ 42,8 km. d. ❑ 201,6 km.

7 SUJET BREVET 10:00 minutes /4 pts

Dans un collège de Caen (Normandie) est organisé un échange avec le Mexique pour les élèves de 3e qui étudient l'espagnol en seconde langue.
Le voyage se décompose en deux parties : le trajet Caen-Paris (256 km) se fait en bus puis le trajet Paris-Mexico (9 079 km) en avion.

1. Le décollage se fait à 13 h 30. Cependant, les élèves et les accompagnateurs doivent être impérativement à l'aéroport de Paris-Roissy à 11 h 30. On estime la vitesse moyenne du bus à 80 km/h. Jusqu'à quelle heure le bus peut-il partir de Caen ?

....

....

2. L'avion arrive à Mexico à 17 h 24, heure locale. Il faut compter 7 heures de décalage avec la France.
a. Quelle est la durée du trajet ?

....

b. Quelle est la vitesse moyenne de l'avion ? (arrondir à l'unité)

....

8 SUJET BREVET 15:00 minutes /3 pts

Moana décide de participer à un triathlon. Elle prend connaissance des parcours des trois épreuves : natation, cyclisme et course à pied.

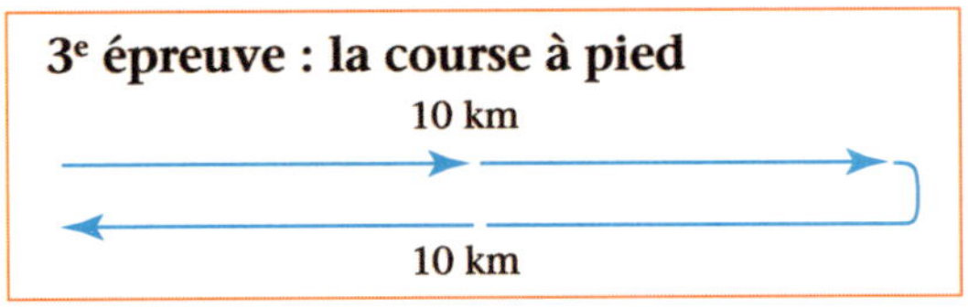

Le circuit « course à pied » est un aller-retour de 20 km (10 km aller et 10 km retour). Pour le trajet aller qui s'effectue dans le sens du vent, Moana estime que sa vitesse moyenne sera de 16 km/h. Pour le trajet retour, à cause du vent de face et de la fatigue, Moana pense courir à la vitesse moyenne de 10 km/h. Peut-on affirmer que sa vitesse moyenne sera de 13 km/h sur l'ensemble du circuit « course à pied » ? Justifier votre réponse.

....

....

9 SUJET BREVET 15:00 minutes /3 pts

À partir du 2 janvier 2012, une compagnie aérienne teste un nouveau vol entre Nantes et Toulouse. Quand l'avion n'est plus très loin de l'aéroport de Toulouse, le radar de la tour de contrôle émet un signal bref en direction de l'avion. Le signal atteint l'avion et revient au radar 0,003 seconde après son émission.

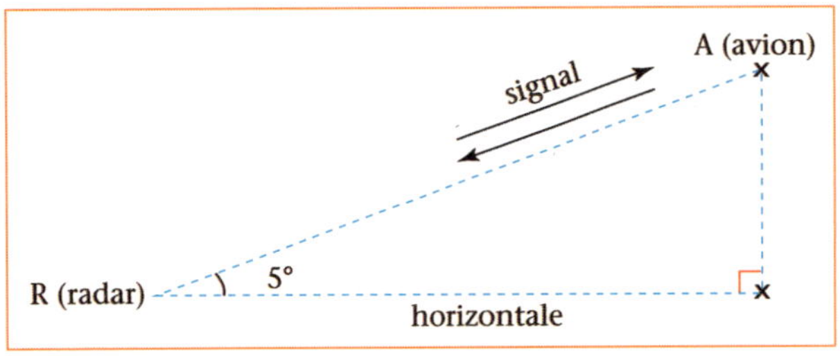

Sachant que le signal est émis à la vitesse de 300 000 kilomètres par seconde, vérifier qu'à cet instant, l'avion se trouve à 45 kilomètres du radar de la tour de contrôle.

....

5

Organisation et gestion de données, fonctions

Tableaux et graphiques

Sujet de brevet, p. 104

Cours

- L'utilisation d'un **logiciel de tableur** permet de faire des calculs en temps réels dans un tableau.
  1. Pour demander à effectuer un calcul, la formule doit commencer par le signe « = ».
  2. La multiplication est symbolisée par le signe « * » et la division par « / ».
  3. Des fonctions sont à connaître comme **=SOMME(B2:B8)** qui permet de faire l'addition des cellules allant de B2 jusqu'à B8. Il existe aussi la fonction **MOYENNE**.
- Dans un **graphique**, les grandeurs représentées sont inscrites sur les axes du repère.

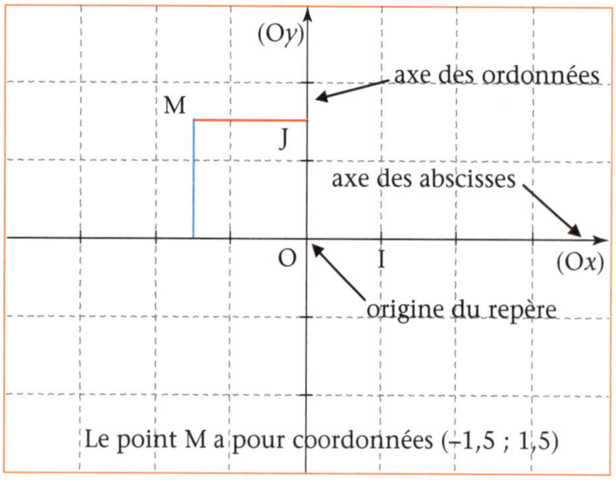

Le point M a pour coordonnées (–1,5 ; 1,5)

Le conseil du prof

Avant de répondre à la question, il faut bien identifier la grandeur demandée pour ne pas se tromper entre l'axe des abscisses et celui des ordonnées ou bien entre ligne et colonne. Ne pas hésiter à utiliser un surligneur pour mettre en avant les éléments importants dans la question.

Exercices

Corrigés, p. 168

1 **Un sportif effectue un effort soutenu pendant 25 minutes puis se repose.**

On mesure sa fréquence cardiaque (FC), c'est-à-dire le nombre de battements de son cœur en une minute. On trace alors le graphique ci-contre.

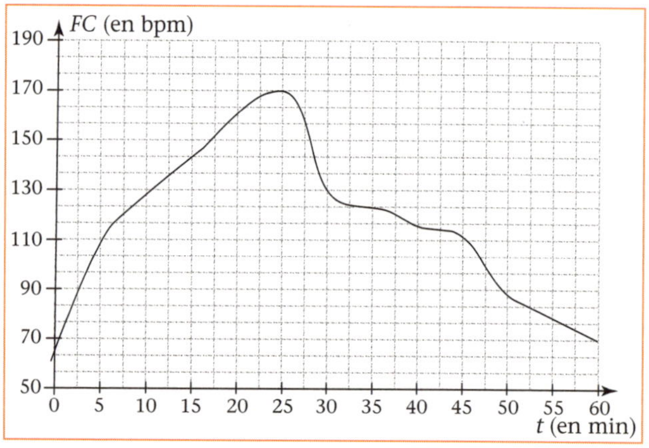

1. Compléter la phrase suivante :
« Ce graphique représente .... en fonction du .... »

2. a. Combien de temps a duré la phase de repos de ce test d'effort ?
....

b. Que signifie « bpm » ? ....

3. Déterminer, par lecture graphique, la fréquence cardiaque du sportif :

a. à la fin de la phase d'effort : ....

b. à la fin de la phase de repos : ....

4. Déterminer, par lecture graphique, à quels moments la fréquence cardiaque du sportif est égale à 130 bpm. ....

2 SUJET BREVET 15:00 minutes /4 pts

Lors d'une étape cycliste, les distances parcourues par un cycliste ont été relevées chaque heure après le départ. Ces données sont précisées dans le graphique ci-contre.

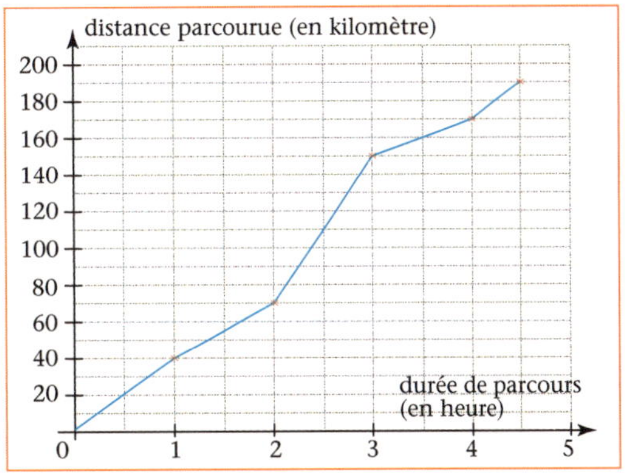

Par lecture graphique, répondre aux questions suivantes. Aucune justification n'est demandée.

1. a. Quelle est la distance totale de cette étape ?

....

b. En combien de temps le cycliste a-t-il parcouru les cent premiers kilomètres ?

....

c. Quelle est la distance parcourue lors de la dernière demi-heure de course ? ....

2. Y a-t-il proportionnalité entre la distance parcourue et la durée de parcours de cette étape ? Justifier votre réponse et proposer une explication. ....

3 SUJET BREVET 15:00 minutes /4 pts

Les appareils de la maison consomment de l'énergie même quand ils sont en veille. La feuille de calcul ci-dessous donne la consommation en kilowattheure (kWh) des appareils en veille d'une famille pour une année et les dépenses correspondantes en euros :

	A	B	C	D	E
1	Appareil	Nombre d'appareils	Consommation en veille par an pour un appareil (en kwh)	Prix du kilowattheure (en €)	Dépenses (en €)
2	Téléviseur	3	77	0,13	30,03
3	Ordinateur	1	209	0,13	27,17
4	Parabole	2	131	0,13	34,06
5	Four	1	86	0,13	11,18
6	Démodulateur satellite	3	59	0,13	23,01
7	Lecteur DVD	2	58	0,13	15,08
8	Machine à laver	1	51	0,13	6,63
9	Console de jeu	1	42	0,13	5,46
10	Four à micro-ondes	1	25	0,13	3,25
11	Téléphone sans fil	1	25	0,13	3,25
12	Lave-vaisselle	1	17	0,13	2,21
13	Chargeur batterie	4	13	0,13	6,76
14				**Dépense Totale**	168,09

Données extraites du site de l'ADEME (www.ademe.fr)

1. **Voici une liste de formules.**

=SOMME(E2:E13) =E2:E13 =E2+E13 =MOYENNE(E2:E13)

=SOMME(B2:D2 =B2+D2 =B2+C2+D2 =MOYENNE(B2:D2)

a. Entourer en vert la formule qui permet de trouver le résultat 34,06 dans la cellule E4.

b. Entourer en rouge la formule saisie dans la cellule E14 pour obtenir le montant total des dépenses.

c. Entourer en bleu la formule qui permet de calculer la dépense moyenne des appareils d'une maison.

2. Dans une pièce de cette maison, les appareils qui sont en veille sont :

- un téléviseur
- une console de jeu
- un ordinateur
- un lecteur DVD

La consommation de l'ordinateur représente-t-elle plus de la moitié de la consommation totale des appareils de cette pièce ? ....

6

Organisation et gestion de données, fonctions

Statistiques

Sujet de brevet, p. 104

Cours

- Une étude statistique est une exploitation de données concernant une population.
Les notes de Tom : 12, 16, 12, 18, 14, 10.
- On appelle **effectif d'une valeur** le nombre de fois que l'on compte cette valeur.
L'effectif de la note 12 est 2.
- L'**effectif total** est le nombre total de données. L'effectif total des notes est 6.
- La **fréquence d'une valeur** est : $\dfrac{\text{effectif de la valeur}}{\text{effectif total}}$

La fréquence de la note 12 est $2 \div 6 \approx 0{,}33 = 33\ \%$.

> Pour exprimer la fréquence en %, on multiplie le résultat précédent par 100.

- La **moyenne** est le nombre égal à la somme des données divisée par l'effectif total.
$\overline{x} = (12 + 16 + 12 + 18 + 14 + 10) \div 6 \approx 13{,}7$
- La **médiane** est un nombre qui sépare la série ordonnée en deux groupes de même effectif.
10, 12, 12, 14, 16, 18. Ici la médiane vaut 13.
- L'**étendue** est la différence entre la plus grande valeur et la plus petite valeur.
L'étendue vaut $18 - 10 = 8$.
- Les **quartiles** partagent la série ordonnée en quatre parties égales :

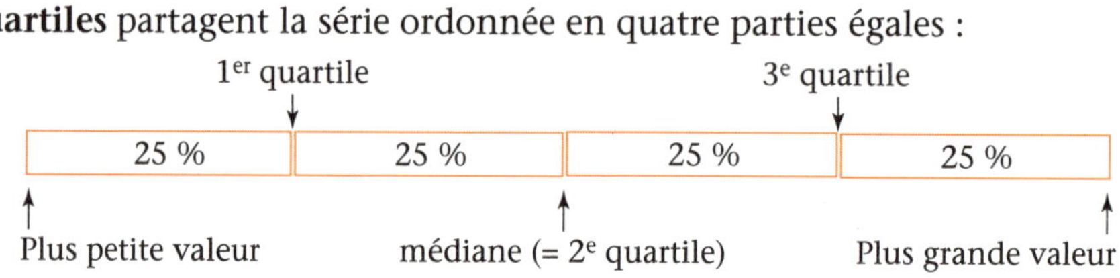

10, 12, 12, 14, 16, 18
↑ 1er quartile (12) ↑ 3e quartile (16)

Le conseil du prof

Quand on cherche le nombre d'élèves qui ont eu **au moins** 12/20, on doit considérer ceux qui ont eu plus de 12/20. Inversement, quand on cherche le nombre d'élèves qui ont eu **au plus** 12/20, on doit considérer ceux qui ont eu moins de 12/20.

Exercices

Corrigés, p. 168

1 Compléter ces phrases avec le vocabulaire du cours.

1. Pour calculer une moyenne, on .... toutes les valeurs et on .... le résultat par .... de la série.
2. Pour calculer une étendue, on calcule la .... entre .... et .... de la série.
3. Dans une série statistique, ... des valeurs sont au-dessus de la médiane et .... sont en dessous de la médiane.
4. Les .... partagent la série ordonnée en quatre parties de même effectif.

2 On a relevé le nombre de pulsations cardiaques par minute (battements du cœur en une minute) de 14 élèves d'une classe au repos.

54	55	58	59	59	59	61	62	62	63	63	63	65	66

1. Calculer le nombre moyen de pulsations cardiaques de cette classe (la moyenne). Arrondir à l'unité près.................................

2. a. Calculer la médiane de cette série.

....

b. Quelle est la signification de cette médiane ?...

3. Calculer l'étendue de cette série.

....

3 Sur une chaîne d'emballage de riz, on indique la masse sur le paquet : 500 g. Pour s'assurer du bon fonctionnement des machines, on pèse quelques paquets. Voici les relevés effectués :

Machine A	500 – 503 – 501 – 502 – 500 – 496 – 500 – 499 – 498 – 501 – 499
Machine B	495 – 502 – 498 – 500 – 494 – 501 – 496 – 495 – 500 – 496 – 500

1. a. Le poids moyen d'un paquet sortant de la machine A est ....

b. Le poids moyen d'un paquet sortant de la machine B est ....

2. En comparant les réponses précédentes, peut-on déterminer quelle machine est mal réglée ? Justifier.

....

4 SUJET BREVET 15:00 minutes /3 pts

Deux classes du collège ont répondu à la question suivante : « Combien de livres avez-vous empruntés durant les 12 derniers mois ? » Les deux classes ont communiqué les réponses de deux manières différentes.

Classe n° 1 : 1, 2, 2, 2, 2, 3, 3, 3, 3, 3, 3, 3, 3, 6, 6, 6, 6, 6, 7, 7, 7.

Classe n° 2 : Effectif total 25. Moyenne 4. Étendue 8. Médiane 5.

1. Comparer les nombres moyens de livres empruntés dans chaque classe.

....

2. « Un grand lecteur » est un élève qui a emprunté au moins 5 livres. Quelle classe a le plus de « grands lecteurs » ?....................

3. Dans quelle classe se trouve l'élève ayant emprunté le plus de livres ?.........................

5 SUJET BREVET 25:00 minutes /5 pts

À partir du 2 janvier 2012, une compagnie aérienne teste un nouveau vol entre Nantes et Toulouse. Ce vol s'effectue chaque jour à bord d'un avion qui peut transporter au maximum 190 passagers.

1. Le tableau suivant donne le nombre de passagers qui ont emprunté ce vol pendant la première semaine de mise en service. L'information concernant le mercredi a été perdue.

Jour	Lundi	Mardi	Mercredi	Jeudi
Nombre de passagers	152	143	....	164

Jour	Vendredi	Samedi	Dim.	Total
Nombre de passagers	189	157	163	1 113

a. Combien de passagers ont emprunté ce vol mercredi ?

b. En moyenne, combien y avait-il de passagers par jour dans l'avion cette semaine-là ?

2. À partir du mois de février, on décide d'étudier la fréquentation de ce vol pendant douze semaines. La compagnie utilise une feuille de calcul indiquant le nombre de passagers par jour.

	A	B	C	D	E	F	G	H	I	J
1		Lun.	Mar.	Merc.	Jeu.	Vend.	Sam.	Dim.	Total	Moyen.
2	Sem. 1	157	145	142	159	190	156	161	1 110	159
3	Sem. 2	147	158	156	141	141	152	155	1 050	150
[...]	[...]	[...]	[...]	[...]	[...]	[...]	[...]	[...]	[...]	[...]
12	Sem. 11	178	181	183	172	178	172	173	1 237	177
13	Sem. 12	171	183	171	184	172	176	173	1 230	176
14					moyenne sur 3 mois :					166

a. Quelle formule a-t-on saisie dans la cellule I2 pour obtenir le nombre total de passagers au cours de la semaine 1 ?

b. Quelle formule a-t-on saisie dans la cellule J2 pour obtenir la moyenne du nombre de passagers au cours de la semaine 1 ?

3. Le nombre moyen de passagers par jour au cours de ces 12 semaines est égal à 166. La compagnie s'était fixée comme objectif d'avoir un nombre moyen de passagers supérieur aux 80 % de la capacité maximale de l'avion. L'objectif est-il atteint ?

7 Organisation et gestion de données, fonctions

Probabilités

Sujet de brevet, p. 102

Cours

Définitions

• Une **expérience aléatoire** est une expérience où le hasard décide de plusieurs résultats possibles qu'on appelle les **issues**.

Si je lance un dé à 6 faces, je ne connais pas avec certitude le numéro de la face qui sera sur le dessus. Je connais les 6 issues possibles : 1, 2, 3, 4, 5, 6.

• Un événement est un ensemble de plusieurs issues.

Pour le dé à 6 faces, l'événement A = « Obtenir un nombre pair » est réalisé pour les issues 2, 4 et 6.

• La **probabilité d'un événement A** est un nombre entre 0 et 1, noté P(A) qui exprime la chance qu'a un événement de se réaliser.

Dire que la probabilité d'un événement est 0,4 signifie que cet événement a 40 % de chance de se produire.

• Quand tous les événements élémentaires (composés d'une seule issue) ont la même probabilité de se réaliser, on dit qu'on est en **situation d'équiprobabilité**.

Propriétés

En situation d'équiprobabilité,

– la probabilité d'un événement A est égale à

$$P(A) = \frac{\text{nombre d'issues favorables à l'événement A}}{\text{nombre d'issues total}}.$$

– la somme des probabilités de tous les événements élémentaires vaut 1.

– On représente une expérience aléatoire par graphique appelé « **arbre des possibles** ».

Pour le lancer d'une pièce, on appelle P le côté pile et F le côté face :

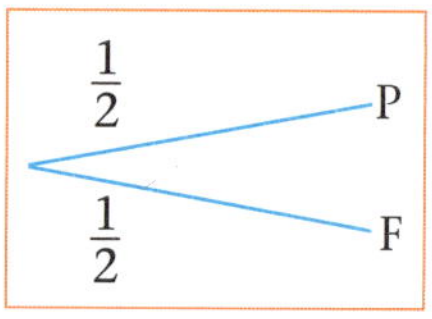

Le conseil du prof

On utilise souvent le tableur pour simuler un grand nombre d'expériences aléatoires, c'est pourquoi il est important de connaître quelques formules :

– pour afficher un nombre aléatoire entre 1 et 6 : « = ALEA.ENTRE.BORNES(1;6) » ou « =1+ENT(ALEA()*6) » ;

– pour trouver l'effectif du chiffre 2 dans la zone A1 : E5 : « =NB.SI(A1:E5;2) ».

Exercices

Corrigés, p. 169

1 On écrit sur un dé à 6 faces les lettres du mot PIERRE. On lance le dé et on regarde la lettre inscrite sur sa face supérieure.

Compléter les phrases suivantes.

1. On ne peut pas prédire le résultat du dé, cette expérience est donc ....

2. A = « Afficher la lettre P » est un .... Il a ...... chance sur ...... de se produire. On dit que sa .... est $P(A) = \frac{1}{6}$.

3. L'.............. B = « Afficher la lettre R » est un événement .... car il est composé d'une seule .... Il a ...... chances sur .... de se réaliser, sa .... est de $\frac{2}{6}$.

2 **Dans un pot A, on a mis 6 bonbons à la fraise et 10 bonbons à la menthe. Dans un pot B, on a mis 8 bonbons à la fraise et 14 bonbons à la menthe. Les bonbons sont enveloppés de telle façon qu'on ne peut pas les différencier. Antoine préfère les bonbons à la fraise.**

1\. a. Combien y a-t-il de bonbons au total dans le pot A ? ....

b. Combien de chances a-t-on de prendre un bonbon à la fraise dans le pot A ? ....

2\. Quelle est la probabilité de prendre un bonbon à la fraise dans le pot B ? ....

3\. Dans quel pot a-t-il le plus de chance de choisir un bonbon à la fraise ? ....

3 SUJET BREVET 10:00 minutes /2 pts

1\. **Alice participe à un jeu télévisé. Elle a devant elle trois portes fermées. Derrière l'une des portes, il y a une voiture ; derrière les autres, il n'y a rien. Alice doit choisir l'une de ces portes ; si elle choisit la porte derrière laquelle il y a une voiture elle gagne cette voiture ; Alice choisit au hasard une porte. Quelle est la probabilité qu'elle gagne la voiture ?**

❑ a. $\frac{1}{2}$ ❑ b. $\frac{1}{3}$ ❑ c. $\frac{2}{3}$

❑ d. On ne peut pas savoir.

2\. **S'il y a quatre portes au lieu de 3 et toujours une seule voiture à gagner, comment évolue la probabilité qu'a Alice de gagner la voiture ?**

❑ a. augmente. ❑ b. diminue. ❑ c. reste identique. ❑ d. On ne peut pas savoir.

4 SUJET BREVET 15:00 minutes /4,5 pts

Dans un jeu, les jetons sont des supports de format carré, de mêmes couleurs sur lesquels une lettre de l'alphabet est inscrite. Le revers n'est pas identifiable. Il y a 100 jetons. Ce tableau donne le nombre de jetons du jeu pour chacune des voyelles.

Lettres du jeu	A	E	I	O	U	Y
Effectif	9	15	8	6	6	1

On choisit au hasard une lettre de ce jeu.

1\. a. Combien de chances a-t-on d'obtenir la lettre I ? .... chances sur ....

b. En déduire la probabilité d'obtenir la lettre I. ....

2\. Quelle est la probabilité d'obtenir une voyelle ? ....

3\. Quelle est la probabilité d'obtenir une consonne ? ....

5 SUJET BREVET 20:00 minutes /4 pts

Un bijoutier achète un lot de 220 perles de Tahiti. Un contrôleur qualité s'intéresse à leur forme (ronde ou baroque) et à leur couleur (grise ou verte). 35 % des perles sont de couleur verte et, parmi celles-ci, 13 sont de forme ronde. Il y a 176 perles de forme baroque. Il note les résultats dans la feuille de calcul ci-dessous.

	A	B	C	D
1		rondes	baroques	total
2	grises			
3	vertes			
4	total			220

1\. Pour obtenir le nombre de perles vertes à partir des informations données dans l'énoncé, quelle formule doit-il saisir en D3 ? Parmi les 4 formules, cocher la bonne.

❑ a. = D4*1,35 ❑ b. 220* 35 / 100

❑ c. = D4* 0,35 ❑ d. = B3 + C3

2\. Compléter le tableau ci-dessus.

3\. On choisit au hasard une perle de ce lot.

a. Quelle est la probabilité pour que cette perle soit de forme baroque ? b. Quelle est la probabilité de tirer une perle baroque verte ?

6 SUJET BREVET 15:00 minutes /3 pts

Pour gagner le gros lot dans une fête foraine, il faut d'abord tirer une boule rouge dans une urne, puis obtenir un multiple de 3 en tournant une roue.

1\. L'urne contient 6 boules vertes, 5 boules blanches et des boules rouges. Le responsable annonce « 50 % de chances de tirer une boule rouge ». Combien y a-t-il de boules rouges dans l'urne ?

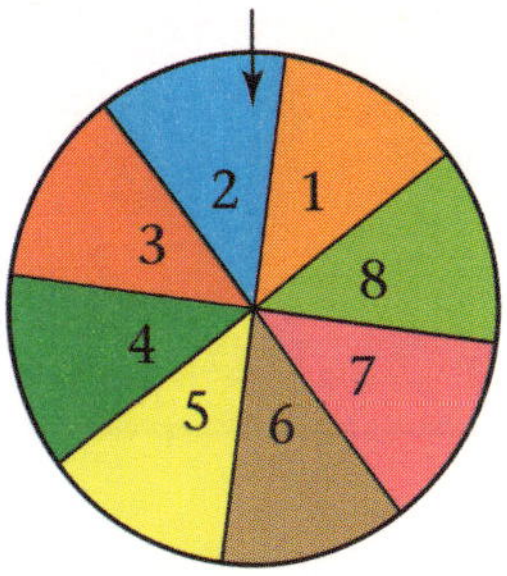

2\. On fait maintenant tourner la roue séparée en 8 secteurs numérotés de 1 à 8 comme indiqué ci-contre. Quelle est la probabilité d'obtenir un multiple de 3 ?

3\. Pierre décide de participer au jeu. Quelle est la probabilité qu'il gagne le gros lot ? *(indication : construire un arbre des possibles)*

MATHÉMATIQUES

8

Nombres et calculs

Opérations sur les fractions

Sujet de brevet, p. 107

Cours

Principe

Une fraction **irréductible** est une fraction qu'on ne peut plus simplifier.

- **Changer** le dénominateur d'une même fraction : on multiplie ou on divise par la même valeur. $\frac{a}{b} = \frac{a \times k}{b \times k}$ ou $\frac{a}{b} = \frac{a \div k}{b \div k}$ avec $k \neq 0$ et $b \neq 0$
- **Additionner ou soustraire** des fractions : on les écrit avec le même dénominateur (en utilisant la règle précédente). $\frac{a}{d} + \frac{b}{d} = \frac{a+b}{d}$ $\frac{a}{d} - \frac{b}{d} = \frac{a-b}{d}$ avec $d \neq 0$
- **Multiplier** des fractions : on multiplie les numérateurs entre eux et les dénominateurs entre eux. $\frac{a}{b} \times \frac{c}{d} = \frac{a \times c}{b \times d}$ avec $b \neq 0$ et $d \neq 0$
- **Diviser** deux fractions : on multiplie la première fraction par l'inverse de la seconde. $\frac{a}{b} \div \frac{c}{d} = \frac{a}{b} \times \frac{d}{c} = \frac{a \times d}{b \times c}$ avec $b \neq 0$, $c \neq 0$ et $d \neq 0$

Priorités opératoires

- On effectue en premier les calculs entre parenthèses.
- On calcule ensuite les puissances.
- On calcule ensuite les multiplications et les divisions.
- On termine par les additions et les soustractions de gauche à droite.

Pourcentage

- Un pourcentage est une fraction sur 100.

$15\ \% = \frac{15}{100} = 0{,}15$; $4\ \% = \frac{4}{100} = 0{,}04$.

Le conseil du prof

N'oubliez pas de donner votre résultat sous la forme d'une fraction irréductible.

Exercices

Corrigés, p. 169

1 Compléter les égalités comme dans l'exemple.

$\frac{3}{5} = \frac{6}{10}$ (× 2 au numérateur, × 2 au dénominateur)

$\frac{6}{8} = \frac{3}{\ldots}$ $\frac{12}{24} = \frac{24}{\cdots}$ $\frac{5}{7} = \frac{\cdots}{21}$ $\frac{3}{11} = \frac{\cdots}{44}$

2 Compléter les égalités suivantes.

$23\ \% = \frac{\ldots\ldots}{\ldots\ldots} = \ldots\ldots$; $\ldots\ldots\ \% = \frac{6}{100} = \ldots\ldots$; $\ldots\ldots\ \% = \frac{\ldots\ldots}{\ldots\ldots} = 0{,}58$; $12{,}3\ \% = \frac{\ldots\ldots}{\ldots\ldots} = \ldots\ldots$.

3 **Effectuer les calculs suivants.**

$A = \frac{4}{5} + \frac{3}{10}$	$B = \frac{3}{2} - \frac{7}{4}$	$C = 6 + \frac{4}{3}$	$D = \frac{12}{5} - 7$
$A = \frac{4 \times \cdots\cdots}{5 \times \cdots\cdots} + \frac{3}{10}$	$B = \frac{3 \times \cdots\cdots}{2 \times \cdots\cdots} - \frac{7}{4}$	$C = \frac{6 \times \cdots\cdots}{1 \times \cdots\cdots} + \frac{4}{3}$	D = ...
$A = \frac{\cdots\cdots + 3}{10}$	$B = \frac{\cdots\cdots - 7}{4}$	$C = \frac{\cdots\cdots + 4}{3}$	D = ...
$A = \frac{\cdots\cdots}{10}$	$B = \frac{\cdots\cdots}{4}$	$C = \frac{\cdots\cdots}{3}$	D = ...

4 **Effectuer les calculs suivants et donner le résultat sous la forme la plus réduite possible.**

$A = \frac{8}{3} \times \frac{5}{7}$	$B = \frac{5}{3} \div \frac{1}{7}$	$C = \frac{6}{5} \times \frac{-15}{2}$	$D = \frac{3}{5} \times \frac{13}{-7} \times \frac{5}{2}$	$E = \frac{4}{3} \times \frac{2}{7} \div \frac{5}{7}$
$A = \frac{\cdots \times \cdots}{\cdots \times \cdots}$	$B = \frac{5}{3} \cdots \frac{\cdots}{\cdots}$			
$A = \frac{\cdots}{\cdots}$	$B = \frac{\cdots \times \cdots}{\cdots \times \cdots}$			
	$B = \frac{\cdots}{\cdots}$			

5 SUJET BREVET 10:00 minutes /4 pts

Sachant que $a = \frac{3}{7}$ et $b = \frac{5}{8}$, calculer :

$A = a \times b$	$B = 5 \times a \div b$	$C = (a + b) \times (b - a)$	$D = \frac{5}{3} \times a - 5 \div b$
$A = \frac{\cdots}{\cdots} \times \frac{\cdots}{\cdots}$			
$A = \frac{\cdots \times \cdots}{\cdots \times \cdots}$			
$A = \frac{\cdots}{\cdots}$			

6 SUJET BREVET 05:00 minutes /3 pts

1. **Calculer** $A = \frac{8 + 3 \times 4}{1 + 2 \times 1{,}5}$

....

2. **Pour calculer A, un élève a tapé sur sa calculatrice la succession de touches ci-dessous :**

[8] [+] [3] [×] [4] [:] [1] [+] [2] [×] [1] [.] [5] [=]

Expliquer pourquoi il n'obtient pas le bon résultat.

....

9

Nombres et calculs

Arithmétique des nombres entiers

Sujet de brevet, p. 102

Cours

Les phrases suivantes ont la même signification :

- $56 = 7 \times k$, avec k un entier non nul (ici $k = 8$).
- 56 est **multiple** du nombre 7.
- 56 est **divisible** par 7.
- 7 est un **diviseur** de 56.
- 7 **divise** 56.

Définitions

- Un **nombre premier** est un nombre entier positif ou nul qui ne peut être divisé que par 1 et par lui-même.
- Le plus grand entier qui divise à la fois deux entiers positifs non nuls a et b est appelé **PGCD** de a et b. On le note PGCD$(a ; b)$.
- Quand le PGCD vaut 1, on dit que les nombres sont **premiers entre eux**.

Méthodes de calcul algorithmiques

- **Algorithme des soustractions successives**

1. On soustrait les deux nombres.
2. On recommence avec le plus petit des deux nombres et le résultat de la différence précédente.
3. Le PGCD est la dernière différence non nulle.

- **Algorithme d'Euclide**

1. On effectue la division euclidienne des deux nombres.
2. On recommence avec le diviseur et le reste de l'opération précédente.
3. Le PGCD est le dernier reste non nul.

Propriété

En simplifiant une fraction par le PGCD du numérateur et du dénominateur, on obtient une **fraction irréductible**.

Le conseil du prof

Attention de ne pas confondre les **nombres premiers** avec des **nombres premiers entre eux.**

12 et 35 ne sont pas des nombres premiers car 12 est divisible par 2 et 35 par 5 mais ils sont premiers entre eux : le PGCD de 12 et 35 vaut 1 !

Exercices

Corrigés, p. 169

1 Compléter les phrases suivantes avec les mots de la leçon.

1. 16 est un .... de 8.
2. 4 est un .... de 32.
3. 64 est .... par 2.
4. 7 .... 21 car $7 \times 3 = 21$.

2 **On souhaite trouver le PGCD de 48 et 60 en dressant la liste de leurs diviseurs.**

1. Écrire tous les diviseurs de 48 :

....

2. Écrire tous les diviseurs de 60 :

....

3. Entourer en vert les diviseurs communs à 48 et 60.

4. Encadrer en rouge le plus grand des diviseurs communs et compléter :
PGCD (48 ; 60) = ...

3 **Calculez le PGCD des nombres suivants :**

1. 295 et 177 en utilisant l'algorithme des soustractions successives.

....

....

2. 264 et 192 avec l'algorithme d'Euclide.

....

....

....

....

3. 238 et 170 avec l'algorithme d'Euclide.

....

....

....

....

4 SUJET BREVET 05:00 minutes /2,5 pts

On souhaite programmer dans un tableur l'algorithme des soustractions successives. Sur une feuille de calcul, Nadia a créé ce tableau pour trouver le PGCD de 2 277 et 1 449.

	A	B	C
1	a	b	*a* - *b*
2	2 277	1 449	828
3	1 449	828	621
4	828	621	207
5	621	207	414
6	414	207	207
7	207	207	0

1. D'après le tableau, on lit PGCD (2 277 ; 1 449) = ...

2. La formule qui permet d'obtenir le résultat de la cellule C2 est ....

5 SUJET BREVET 05:00 minutes /1,5 pts

Cocher la bonne réponse.
Les diviseurs communs à 30 et 42 sont :

❑ a. 1, 2, 3, 5, 6 et 7
❑ b. 1, 2, 3 et 6
❑ c. 1, 2, 3, 5 et 7

6 SUJET BREVET 10:00 minutes /3 pts

1. **Comment sans calcul peut-on justifier que la fraction $\frac{1848}{2040}$ n'est pas irréductible ?**

....

....

2. **Calculer le PGCD des nombres 1 848 et 2 040 en indiquant la méthode.**

....

....

3. **Simplifier la fraction $\frac{1848}{2040}$ pour la rendre irréductible.**

....

....

7 SUJET BREVET 15:00 minutes /5 pts

1. **Déterminer le PGCD de 186 et 155 en expliquant la méthode utilisée (faire apparaître les calculs intermédiaires).**

....

....

....

2. **Un chocolatier a fabriqué 186 pralines et 155 chocolats. Les colis sont constitués ainsi : le nombre de pralines est le même dans chaque colis. Le nombre de chocolats est le même dans chaque colis. Tous les chocolats et toutes les pralines sont utilisés.**

a. Compléter les phrases suivantes pour trouver le nombre maximal de colis que pourra faire le chocolatier.
Appelons d ....
que le chocolatier pourra faire.
d est un ....
à 186 et 155 car le nombre de chocolats et de pralines est le même dans chaque colis.
d doit être le plus grand possible, c'est donc le .... de .... et ....
Donc le chocolatier pourra réaliser .... colis au maximum.

b. Nombre de pralines par colis :
.... = ...
Nombre de chocolats par colis :
.... = ...

10

Nombres et calculs

Calcul littéral – Identités remarquables

Sujet de brevet, p. 107

Cours

Développer une expression littérale (= l'écrire sous la forme d'une somme ou d'une différence)

Soient k, a, b, c et d des nombres, on a :

1. $k \times (a + b) = k \times a + k \times b$ — $2 \times (x + 6) = 2 \times x + 2 \times 6$
2. $k \times (a - b) = k \times a - k \times b$ — $2 \times (x - 6) = 2 \times x - 2 \times 6$
3. $(a + b)(c + d) = ac + ad + bc + bd$ — $(x + 2)(x - 4) = x \times x - x \times 4 + 2 \times x - 2 \times 4$
4. Identité remarquable : $(a + b)^2 = a^2 + 2ab + b^2$ — $(x + 8)^2 = x^2 + 2 \times x \times 8 + 8^2$
5. Identité remarquable : $(a - b)^2 = a^2 - 2ab + b^2$ — $(x - 8)^2 = x^2 - 2 \times x \times 8 + 8^2$
6. Identité remarquable : $(a - b)(a + b) = a^2 - b^2$ — $(x - 8)(x + 8) = x^2 - 8^2$

Factoriser une expression littérale (= l'écrire sous la forme d'un produit)

Soient k, a, b, c et d des nombres, on a :

1. $k \times a + k \times b = k \times (a + b)$
2. $k \times a - k \times b = k \times (a - b)$
3. $ac + ad + bc + bd = (a + b)(c + d)$
4. Identité remarquable : $a^2 + 2ab + b^2 = (a + b)^2$
5. Identité remarquable : $a^2 - 2ab + b^2 = (a - b)^2$
6. Identité remarquable : $a^2 - b^2 = (a - b)(a + b)$

Quand on **multiplie** deux nombres relatifs, voici le signe du résultat :

+ par + donne +
– par – donne +
+ par – donne –
– par + donne –

Le conseil du prof

Attention au signe « – » devant une parenthèse ! Quand on l'enlève, tous les signes à l'intérieur changent ! $5x - (2x + 3 - 5x^2) = \mathbf{5x - 2x - 3 + 5x^2}$

Exercices

Corrigés, p. 170

1 Relier chaque expression à sa forme développée.

1. $3(x + 2)$ •
2. $2(x - 3)$ •
3. $3(x + 3)$ •
4. $2(x - 2)$ •

• a. $2x - 4$
• b. $3x + 9$
• c. $3x + 6$
• d. $2x - 6$

2 Placer les formes factorisées suivantes dans le tableau.

$6(x + 8)$ $8(x - 6)$ $5(3 + x)$ $3(5 - x)$ $8(x + 5)$

$5x + 15$	$8x + 40$	$6x + 48$	$15 - 3x$	$8x - 48$

3 **1. Développer les expressions suivantes.**

$A = (x + 2)(2x + 5) =$ ....

$B = (3x + 8)(4x - 6) =$ ....

$C = (x + 6)^2 =$ ....

$D = (3x - 5)^2 =$ ....

$E = (9x - 7)(9x + 7) =$ ....

2. Factoriser les expressions suivantes.

$A = 6 \times x + 6 \times 4 =$ ....

$B = (x + 1)(3x + 8) + (x + 1)(5x - 3) =$ ....

$C = x^2 + 25 - 10x =$ ....

$D = 64x^2 - 100 =$ ....

4 SUJET BREVET 10:00 minutes /3 pts

On donne $A = (x - 3)^2 + (x - 3)(1 - 2x)$.

1. Développer et réduire A.

....

2. Prouver que l'expression factorisée de A est : $(x - 3)(-x - 2)$.

....

5 SUJET BREVET 10:00 minutes /3,5 pts

Pour chaque question, écrire la lettre correspondant à la bonne réponse.

1. Quelle expression est égale à 6 si on choisit la valeur $x = -1$? ....

A	B	C
$-3x^2$	$6(x + 1)$	$5x^2 + 1$

2. Le développement de $(x + 3)(2x + 4) - 2(5x + 6)$ est ....

A	B	C
$2x^2$	$2x^2 + 20x + 24$	$2x^2 + 24$

3. La factorisation de $9x^2 - 16$ est ....

A	B	C
$(3x + 4)^2$	$(3x + 4)(3x - 4)$	$(3x + 4)^2$

6 SUJET BREVET 20:00 minutes /6 pts

Voici trois affirmations. Pour chacune, indiquer si elle est vraie ou fausse en argumentant la réponse.

1. Si n est un entier, $(n - 1)(n + 1) + 1$ est toujours égal au carré d'un entier.

....

2. Pour tous les nombres x, on a $(2x + 3)^2 = 9 + 2x(2x + 3)$

....

3. Pour toute valeur de b, $4b^2 + 1 = 2$

....

7 SUJET BREVET 20:00 minutes /6 pts

On donne ce programme de calcul :

- Choisir un nombre
- Lui ajouter 1
- Calculer le carré de cette somme
- Enlever 16 au résultat

1. a. Lorsque le nombre de départ est 4, on obtient comme résultat ....
b. Lorsque le nombre de départ est –7, on obtient comme résultat ....
c. Le nombre de départ étant x, l'expression donnant le résultat en fonction de x est $P =$ ....
d. Montrer que $P = x^2 + 2x - 15$.

....

2. a. Montrer que $P = (x - 3)(x + 5)$.
b. Quels nombres de départ peut-on choisir pour que le résultat final soit 0 ? Justifier votre réponse.

....

8 SUJET BREVET 15:00 minutes /5 pts

1. **On pose $A = (x - 1)^2 + x^2 + (x + 1)^2$.**
a. Développer et réduire A.

....

b. Déterminer trois nombres entiers positifs consécutifs, $(x - 1)$, x et $(x + 1)$ dont la somme des carrés est 1 325.

....

2. **On pose $B = 9x^2 - 64$.**
a. Factoriser B.

....

b. Déterminer les nombres relatifs dont le carré du triple est égal à 64.

....

11

Nombres et calculs

Puissances

Sujet de brevet, p. 102

Cours

Définition

Pour tout nombre a et tout nombre entier n, on appelle **puissance $n^{ème}$ de a** et on note a^n le produit de n facteurs égaux à a.

$$a^n = \underbrace{a \times a \times \cdots \times a}_{n \text{ facteurs}}$$

$(-2)^3 = (-2) \times (-2) \times (-2) = -8$

- Cas particuliers : $a^0 = 1$ $a^1 = a$ $0^n = 0$ $1^n = 1$

Les puissances de 10

- $10^0 = 1$ $10^4 = 10\ 000$ $10^{-6} = 0{,}000\ 001$
- Propriété : Multiplier un nombre par une puissance de 10 revient à décaler la virgule de ce nombre.

$18\ 672{,}32 \times 10^{-4} = 1{,}86723$ (4 rangs vers la gauche)

Règles de calculs

Soient a et b des nombres. Soient n et p des nombres entiers.

Règle générale	Exemple avec des puissances de 10
$a^n \times a^p = a^{n+p}$	$10^4 \times 10^3 = 10^{3+4} = 10^7$
$\frac{a^n}{a^p} = a^{n-p}$	$\frac{10^8}{10^6} = 10^{8-6} = 10^2$
$(a^n)^p = a^{n \times p}$	$(10^4)^3 = 10^{4 \times 3} = 10^{12}$
$(a \times b)^n = a^n \times b^n$	$(3 \times 10)^5 = 3^5 \times 10^5$
$\left(\frac{a}{b}\right)^n = \frac{a^n}{b^n}$	$\left(\frac{10}{7}\right)^6 = \frac{10^6}{7^6}$

Écriture scientifique

L'écriture scientifique est l'écriture de la forme $m \times 10^n$ où m est un nombre décimal ayant **un seul chiffre non nul avant la virgule** et n est un nombre entier relatif. **10^n** est appelé l'**ordre de grandeur** du nombre (voir les préfixes sur la formulaire).

$6{,}04 \times 10^{-3}$ est l'écriture scientifique de $0{,}006\ 04$.

$0{,}458 \times 10^6$ n'est pas une écriture scientifique.

Le conseil du prof

Pour convertir $432{,}2 \times 10^3$ en écriture scientifique, il faut utiliser les règles de calcul des puissances : $432{,}2 \times 10^3 = \mathbf{4{,}322 \times 10^2} \times 10^3 = 4{,}322 \times 10^5$

Exercices

Corrigés, p. 170

1 Compléter.

$10^3 =$	..... = 0,000 01
..... = 0,01	..... = 1 000 000

..... = 1 000 000 000	..... = 0,1
..... = 10	..... = 0, 001

2 **Écrire sous la forme « 10^n ».**

1\. a. $10^{-2} \times 10^{-9} =$ ....

b. $10^4 \times 10^{-5} =$ ....

c. $\dfrac{10^{-8}}{10^2}$ ....

d. $\dfrac{10^5}{10^{-4}}$ ....

e. $(10^7)^{-3} =$ ....

f. $(10^{-4})^2 =$ ....

2\. a. $\dfrac{10^2 \times 10^6}{10^4}$ ....

b. $(10^3)^7 \times 10^{10} =$ ....

3 **1. Entourer les nombres écrits en notation scientifique dans la liste ci-dessous.**

56×10^{-5} $8{,}7 \times 10^{12}$ $0{,}56 \times 10^{-1}$
10×10^5 $5{,}98 \times 10^7$

2. Écrire les nombres suivants en notation scientifique.

a. 6 540 = ... × 10 ....

b. – 1 475,2 = ...

c. $156{,}2 \times 10^4 =$ ....

d. $0{,}0148 \times 10^5 =$ ....

4 SUJET BREVET 05:00 minutes /3 pts

Cocher la bonne réponse.

1\. L'écriture sous forme scientifique de $10^2 \times 21 \times 10^{-7}$ est :

❑ a. 21×10^{-3}

❑ b. $2{,}1 \times 10^9$

❑ c. $2{,}1 \times 10^{-4}$

❑ d. $0{,}21 \times 10^{-3}$

2\. $\dfrac{(10^{-3})^2 \times 10^4}{10^{-5}}$ est égal à :

❑ a. 10^{-7}

❑ b. 10^{-15}

❑ c. 10^3

3\. $3^{-2} \times 3^3 - 3 =$

❑ a. 0

❑ b. 3^0

❑ c. 3^{-5}

5 SUJET BREVET 05:00 minutes /1,5 pts

On donne :

$$B = \frac{8 \times 10^8 \times 1{,}6}{0{,}4 \times 10^{-3}}$$

Donner l'écriture scientifique de B.

....

6 SUJET BREVET 10:00 minutes /2 pts

1. Quelle est l'écriture décimale du nombre $\dfrac{10^5 + 1}{10^5}$?

....

2. Antoine utilise sa calculatrice pour calculer le nombre suivant : $\dfrac{10^{15} + 1}{10^{15}}$.
Le résultat affiché est 1.
Antoine pense que ce résultat n'est pas exact. A-t-il raison ?

....

7 SUJET BREVET 10:00 minutes /2 pts

Léa observe à midi, au microscope, une cellule de bambou. Au bout d'une heure, la cellule s'est divisée en deux. On a alors deux cellules. Au bout de deux heures, ces deux cellules se sont divisées en deux. Léa note toutes les heures les résultats de son observation. À quelle heure notera-t-elle, pour la première fois, plus de 200 cellules ?

....

....

....

8 SUJET BREVET 15:00 minutes /4 pts

On donne l'expression numérique :

$A = 2 \times 10^2 + 10^1 + 10^{-1} + 2 \times 10^{-2}$.

1\. Donner l'écriture décimale de A.

....

2\. Donner l'écriture scientifique de A.

....

3\. Écrire A sous la forme d'un produit d'un nombre entier par une puissance de 10.

....

4\. Écrire A sous la forme d'une somme d'un entier et d'une fraction irréductible inférieure à 1.

....

12 Nombres et calculs
Équations

Sujet de brevet, p. 102

Cours

Définition

Résoudre une équation, c'est trouver toutes les valeurs de x qui vérifient l'égalité. On appelle alors ces valeurs les **solutions de l'équation**.

$2x + 23 = 4(x + 8)$

Exemple d'application : pour calculer les antécédents d'une fonction f, on résout l'équation $f(x) = a$.

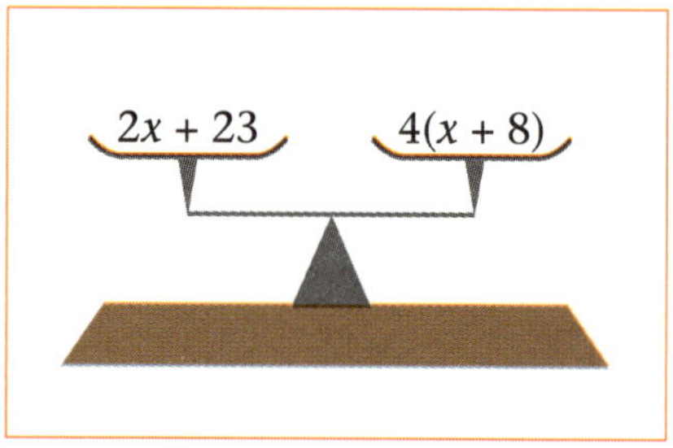

Propriétés

1. On ne change pas une égalité en ajoutant ou en soustrayant la même valeur à chacun de ses membres.	$4x = 2x + 3$ $4x - 2x = 2x + 3 - 2x$	$6x = -4x + 8$ $6x + 4x = -4x + 8 + 4x$
	La « balance » reste équilibrée si on ajoute ou si on retire la même masse de chaque côté	
2. On ne change pas une égalité en multipliant ou en divisant la même valeur non nulle à chacun de ses membres.	$5x + 2 = 7x$ $2 \times (5x + 2) = 2 \times 7x$	$8x = 32$ $8x \div 8 = 32 \div 8$

Équations produit nul

Une équation produit nul est une équation de la forme $(ax + b) \times (cx + d) = 0$ où a, b, c et d sont des nombres relatifs.

$(-8x - 7)(6x - 1) = 0$

Si un produit de facteurs est nul, alors au moins un de ses facteurs est nul.

Si $(2x + 3) \times (4x + 5) = 0$ alors on peut dire que soit $2x + 3 = 0$ soit $4x + 5 = 0$.

Le conseil du prof

Pour ne pas vous tromper, identifiez bien l'expression que vous voulez « déplacer ».

$$-2x + 3 = 8$$
$$-2x + 3 - 3 = 8 - 3$$

Je veux faire disparaître +3 à gauche du =, je soustrais donc 3.

$$-2 \times x = 5$$
$$-2 \times x \div (-2) = 5 \div (-2)$$
$$x = -2{,}5$$

Je veux faire disparaître –2 ×, je divise donc par –2.

Exercices

Corrigés, p. 170

1 Parmi les valeurs proposées, cocher la ou les solutions de l'équation proposée.

1. $3 \times x = 6$	❑ 0	❑ 2	❑ 6	❑ 8
2. $x + 7 = 21$	❑ 4	❑ 14	❑ 16	❑ 21
3. $(x + 1)(x - 5) = 0$	❑ –5	❑ 5	❑ 1	❑ –1

2 Résoudre les équations suivantes en effectuant l'opération qui convient.

1.

$x + 12 = 5$
$x \ldots\ldots = \ldots\ldots$
$x =$

$x - 6 = 14$
$x \ldots\ldots = \ldots\ldots$
$x =$

$x \times 6 = 66$
$x \ldots\ldots = \ldots\ldots$
$x =$

2. a. Faire « disparaître » + 5 dans le premier membre.

$8x + 5 = 55,4$
$8x + 5 \ldots\ldots = 55,4 \ldots$

b. Faire « disparaître » × 8 dans le premier membre.

$8x = 50,4$
………… = …………
………… = …………

3 Résoudre les équations produit nul suivantes.

1. $(x + 3) \times (x + 1) = 0$

Propriété : Si un ………………… de facteurs est …………, alors ……………………………………

On a soit …………… soit ……………

$x =$ ……… $x =$ ………

Les solutions de l'équation sont :

S = {…………… ; ……………}.

2. $(x - 5) \times (x + 4) = 0$

…………………………………………………………………

…………………………………………………………………

…………………………………………………………………

4 SUJET BREVET 05:00 minutes /1,5 pts

On considère la fonction *f* définie par $f(x) = -5x + 1$.

Calculer l'antécédent de 4 par *f*.

…………………………………………………………………

5 SUJET BREVET 15:00 minutes /4 pts

On donne l'expression A = $(2x + 1)(x - 5)$.

1. Développer et réduire A.

…………………………………………………………………

2. Calculer A pour $x = -3$.

…………………………………………………………………

3. Résoudre l'équation A = 0.

…………………………………………………………………

6 SUJET BREVET 20:00 minutes /4 pts

La copie d'écran ci-dessous montre le travail qu'a effectué Camille à l'aide d'un tableur à propos des fonctions *g* et *h* définies par : $g(x) = 5x^2 + x - 7$ et $h(x) = 2x - 7$.

Elle a recopié vers la droite les formules qu'elle avait saisies dans les cellules B2 et B3.

B2 = = 5*B1*B1 + B1 - 7

	A	B	C	D	E	F
1	x	-2	-1	0	1	2
2	$g(x) = 5x^2 + x - 7$	11	-3	-7	-1	15
3	$h(x) = 2x - 7$	-11	-9	-7	-5	-3

Compléter les phrases suivantes.

1. Le nombre qui a pour image –1 par la fonction *g* est ……………………………………

2. Dans la case B3, Camille a saisi la formule :

…………………………………………………………………

3. a. D'après le tableau, une solution de l'équation $5x^2 + x - 7 = 2x - 7$ est ……………

…………………………………………………………………

b. Cette équation admet-elle une autre solution ?

…………………………………………………………………

7 SUJET BREVET 10:00 minutes /3 pts

Voici les tarifs pratiqués dans deux magasins :

- **Magasin A : 17, 30 € la cartouche d'encre, livraison gratuite.**
- **Magasin B : 14, 80 € la cartouche d'encre, frais de livraison de 15 € quel que soit le nombre de cartouches achetées.**

1. Écrire l'équation permettant de déterminer le nombre de cartouches d'encre pour lequel les deux tarifs sont identiques.

…………………………………………………………………

…………………………………………………………………

2. Résoudre cette équation.

…………………………………………………………………

…………………………………………………………………

13 Nombres et calculs

Inéquations

Sujet de brevet, p. 107

Cours

Définition

Résoudre une inéquation, c'est trouver toutes les valeurs de x qui vérifient l'inégalité. On appelle alors ces valeurs les **solutions de l'inéquation**.

$12x + 2 \geqslant 5x$

Dans les symboles $\geqslant$ et $\leqslant$, on tient compte de l'égalité.

Propriétés

1. On ne change pas une inégalité en ajoutant ou en soustrayant la même valeur à chacun de ses membres.

$4x \leqslant 2x + 3 \Rightarrow 4x - 2x \leqslant 2x + 3 - 2x$ $\quad$ $6x > -4x + 8 \Rightarrow 6x + 4x > -4x + 8 + 4x$

2. On ne change pas une inégalité en multipliant ou en divisant la même valeur **positive** non nulle à chacun de ses membres.

$5x + 2 < 7x \Rightarrow 2 \times (5x + 2) < 2 \times 7x$ $\quad$ $8x \geqslant 32 \Rightarrow 8x \div 8 \geqslant 32 \div 8$

3. On change le sens d'une inégalité en multipliant ou en divisant la même valeur **négative** non nulle à chacun de ses membres.

$4x - 7 \leqslant 6x \Rightarrow -2 \times (4x - 7) \geqslant -2 \times 6x$ $\quad$ $8x > 32 \Rightarrow 8x \div (-8) < 32 \div (-8)$

Représentation des solutions d'une inéquation

$2x < 14 \Rightarrow x < 7$

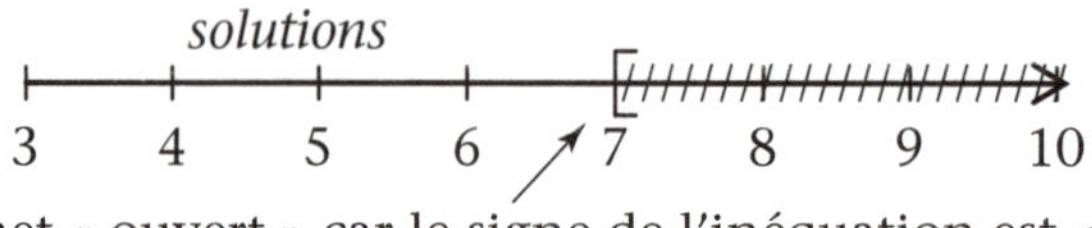

Crochet « ouvert » car le signe de l'inéquation est <.
7 ne fait pas partie des solutions.

$2x \geqslant 14 \Rightarrow x \geqslant 7$

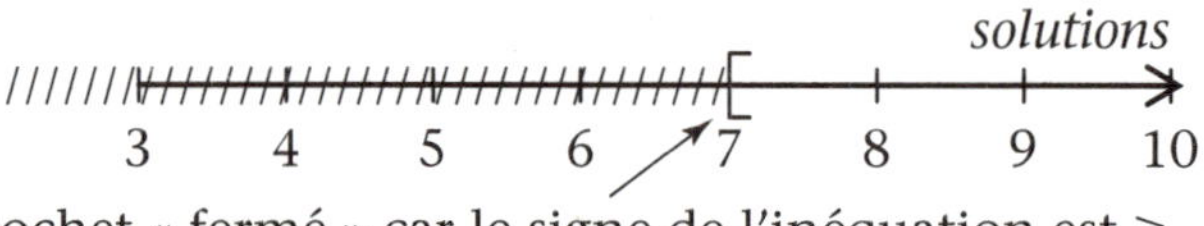

Crochet « fermé » car le signe de l'inéquation est $\geqslant$.
7 fait partie des solutions.

Le conseil du prof

Les inéquations se manipulent comme les équations à la seule différence que le signe change de sens quand on multiplie ou on divise par un nombre négatif.

Exercices

Corrigés, p. 171

1 Relier les inéquations équivalentes.

1. $5x < 20$ •	• a. $x \geqslant -4$
2. $-5x \geqslant 20$ •	• b. $x \leqslant 4$
3. $5x \leqslant 20$ •	• c. $x > 4$
4. $-5x > 20$ •	• d. $x < -4$
5. $5x > 20$ •	• e. $x < 4$
6. $-5x \leqslant 20$ •	• f. $x \leqslant -4$

2 Représenter les solutions sur les droites graduées.

1. $x > 6$

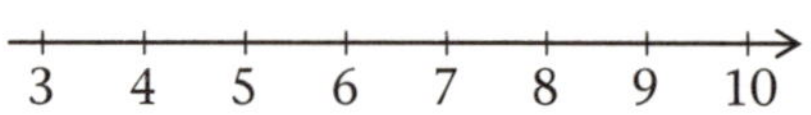

2. $x \leqslant 8$

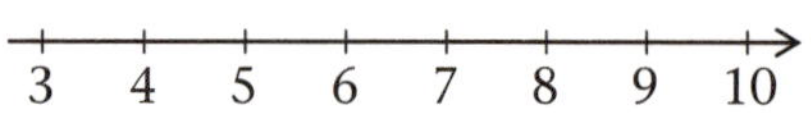

3. $x < 5{,}5$

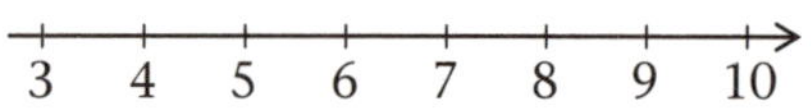

3 **Résoudre les inéquations suivantes.**

1. [-2] $3x + 2 < 5$ [-2]

$3x + 2$ ... ... 5 ......

[$\div 3$] $3x$ ... . [$\div 3$]

x ... .

2. [...] $-8x - 4 \geq 28$ [...]

....

[...] .... [...]

....

3. $5x - 6 < 3x + 2$

....

....

....

....

....

4 SUJET BREVET 15:00 minutes /3 pts

Cocher les bonnes réponses.

1. La partie en gras représente les solutions de l'inéquation $5x + 3 \geq 2x + 9$.

❑ a.

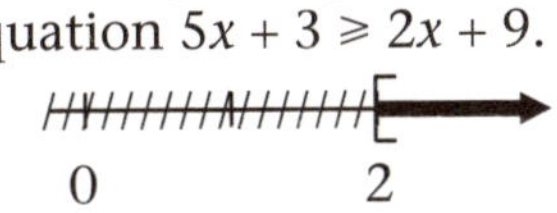

❑ b.

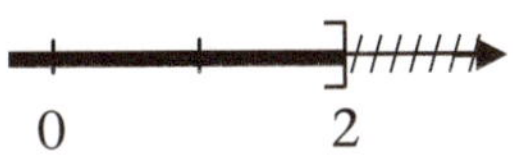

❑ c.

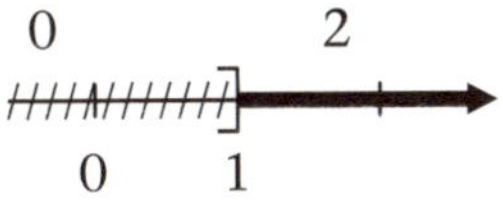

2. Les solutions de l'inéquation $-2x - 1 < 3$ sont les nombres x tels que :

❑ a. $x < -2$ ❑ b. $x > -2$ ❑ c. $x > -1$

3. La représentation graphique des solutions de l'inéquation $7x - 5 < 4x + 1$ est :

❑ a.

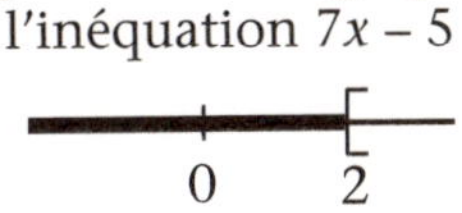

❑ b.

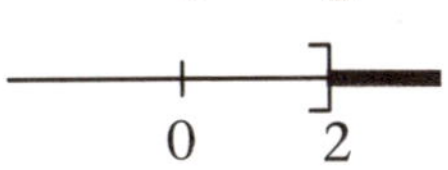

❑ c.

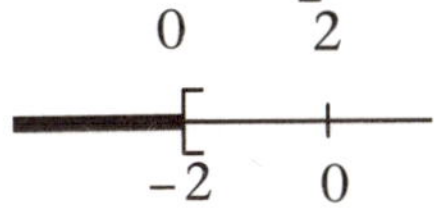

4. Les solutions de l'inéquation $-2x + 5 \geq 7$ sont les nombres x tels que :

❑ a. $x \geq 1$ ❑ b. $x \geq -1$ ❑ c. $x \leq -1$

5 SUJET BREVET 05:00 minutes /1,5 pts

– 2 est-il solution de l'inéquation :
$3x + 12 < 4 - 2x$? Justifier.

....

....

6 SUJET BREVET 20:00 minutes /5 pts

1. a. 60 est-il solution de l'inéquation $2{,}5x - 75 > 76$?

....

b. Résoudre l'inéquation et représenter les solutions sur un axe. Hachurer la partie de l'axe qui ne correspond pas aux solutions.

....

....

....

....

2. Pendant la période estivale, un marchand de glaces a remarqué qu'il dépensait 75 € par semaine pour faire, en moyenne, 150 glaces. Sachant qu'une glace est vendue 2,5 €, combien doit-il vendre de glaces, au minimum, dans la semaine pour avoir un bénéfice supérieur à 76 € ? Expliquer la démarche.

....

....

....

....

7 SUJET BREVET 15:00 minutes /5 pts

Voici les tarifs de deux agences de location de voiture.

Agence A : 30 € d'inscription et 30,50 € par jour de location.

Agence B : 45 € d'inscription et 25,50 € par jour de location.

1. Calculer le coût de location d'une voiture dans chaque agence pour 7 jours.

....

2. On appelle x le nombre de jours de location.

a. Exprimer le prix A(x) payé dans l'agence A pour x jours de location.

....

b. Exprimer le prix B(x) payé dans l'agence B pour x jours de location.

....

3. Écrire une inéquation traduisant la situation suivante : « L'agence A est plus avantageuse que l'agence B. »

....

4. Résoudre l'inéquation précédente et conclure.

....

14

Espace et géométrie

Volumes et solides

Sujet de brevet, p. 101

Cours

Vocabulaire

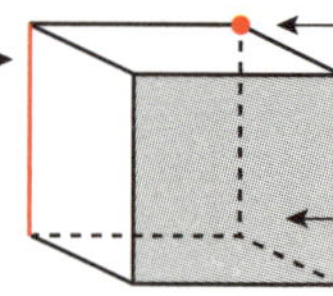

- Le **volume** mesure l'espace compris à l'intérieur d'un solide. L'unité de mesure principale est le mètre cube (m^3).
- Le **patron** d'un solide est une figure géométrique qui permet de reconstituer ce solide après pliage au niveau des arêtes.

Le conseil du prof

Pour calculer le volume d'un solide, il faut le comparer à ceux du formulaire et bien identifier la valeur de chaque lettre (h = hauteur, b = base...). Ensuite, remplacer chaque lettre par sa valeur.

Exercices

Corrigés, p. 171

1 Calculer le volume de chaque objet.

a.

....

b.

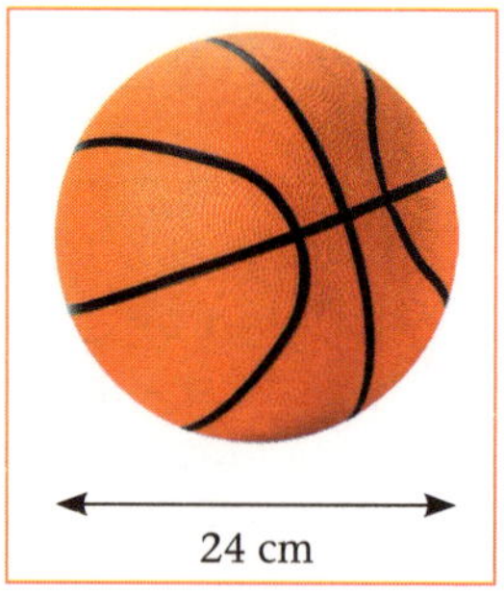

....

c.

Remarque : on considère cet objet comme un cône de révolution.

....

2 **Voici un parallélépipède rectangle. On sait que AB = 5 cm ; AD = 4 cm et AE = 3 cm.**

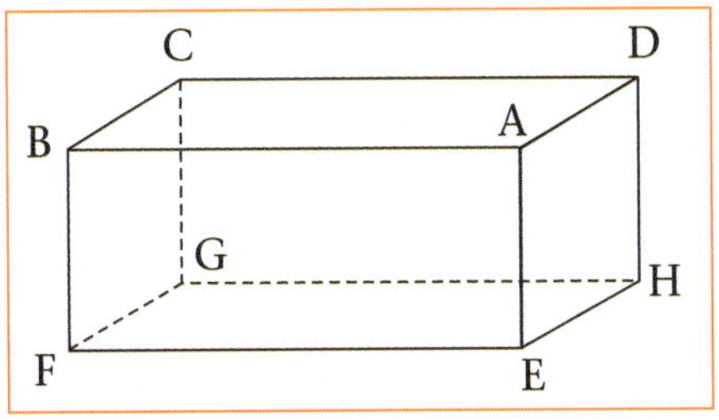

Tracer sur une page blanche, en vraie grandeur, les polygones suivants :

a. le quadrilatère BCGF.

b. le triangle ACD.

c. le triangle AGE.

d. le quadrilatère BDHF.

3 SUJET BREVET 20:00 minutes /8 pts

La pyramide du Louvre est une œuvre de l'architecte Leoh Ming Pei. Il s'agit d'une pyramide régulière dont la base est un carré de côté 35,50 mètres et dont les quatre arêtes qui partent du sommet mesurent toutes 33,14 mètres.

1. La pyramide du Louvre est schématisée comme ci-dessous.

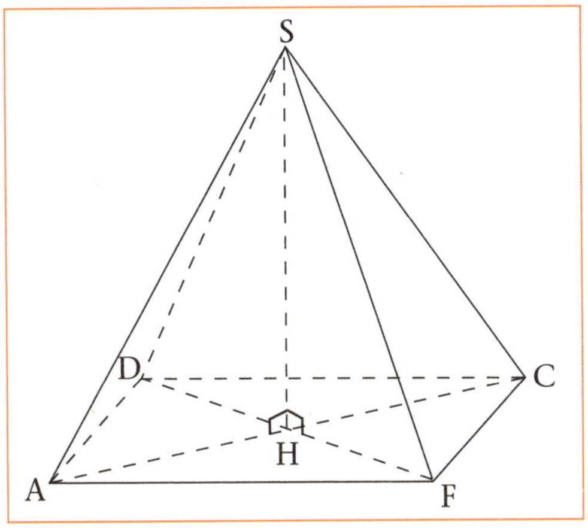

Calculer la hauteur réelle de la pyramide du Louvre. ....

2. On veut réaliser le patron de cette pyramide à l'échelle $\frac{1}{800}$.

a. Calculer les dimensions nécessaires de ce patron en les arrondissant au millimètre.

....

....

b. Construire le patron en faisant apparaître les traits de construction. On attend une précision de tracé au mm.

....

....

4 SUJET BREVET 15:00 minutes /3 pts

Pour amortir les chocs contre les autres embarcations ou le quai, les péniches sont équipées de « boudins » de protection.

Calculer le volume exact en cm^3 du « boudin » de protection ci-dessous, puis arrondir au centième.

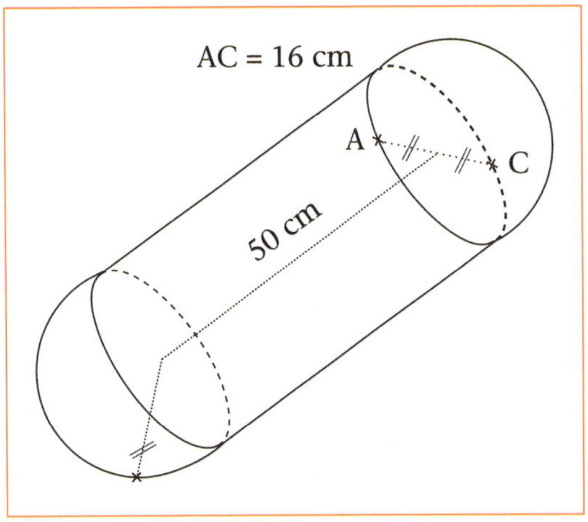

....

....

5 SUJET BREVET 20:00 minutes /6 pts

On considère le parallélépipède rectangle ABCDEFGH. M est un point de [FG] et N un point de [EF]. On donne FE = 15 cm ; FG = 10 cm ; FB = 5 cm ; FN = 4 cm et FM = 3 cm.

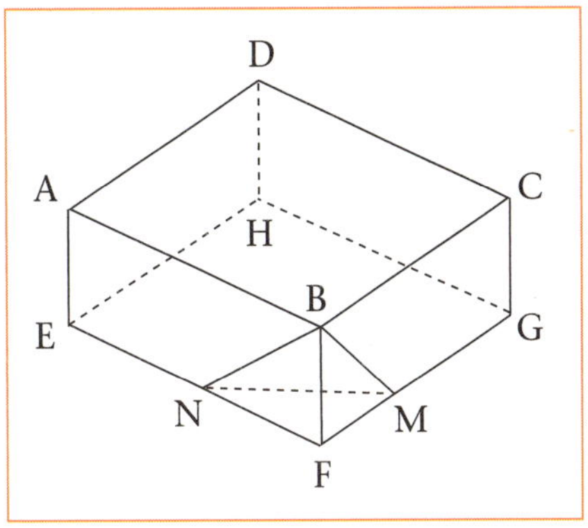

1. Démontrer que l'aire du triangle FNM est égal à 6 cm^2.

2. Calculer le volume de la pyramide de sommet B et de base le triangle FMN.

3. On considère le solide ABCDENMGH obtenu en enlevant la pyramide précédente au parallélépipède rectangle.
Calculer son volume.

15

Espace et géométrie

Transformations géométriques

Sujet de brevet, p. 107

Cours

Translation

Une translation est un glissement dans un direction, un sens et une longueur donnés. Cela ne déforme pas la figure, les longueurs et les angles sont conservés.

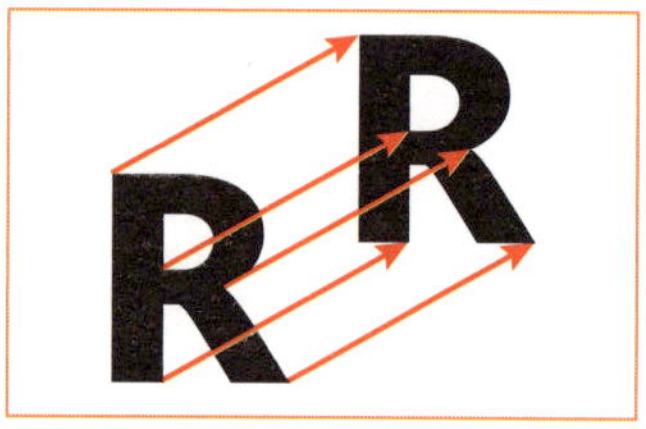

Symétrie axiale

Une symétrie axiale reproduit un pliage ou un effet de miroir. Les longueurs et les angles sont conservés.

Symétrie centrale

Une symétrie centrale fait faire un demi-tour à la figure autour d'un point donné. Celle-ci n'est pas déformée, les longueurs et les angles sont conservés.

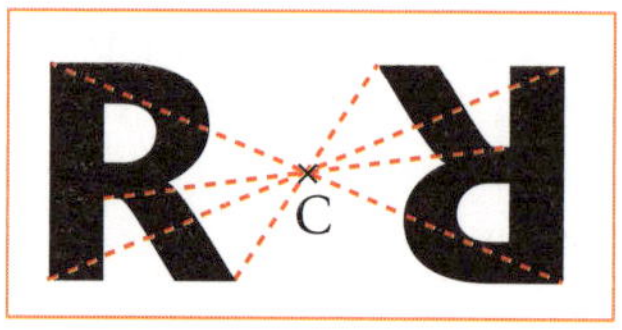

Rotation

Une rotation fait tourner une figure autour d'un point d'un angle donné. Les longueurs et les angles sont conservés.

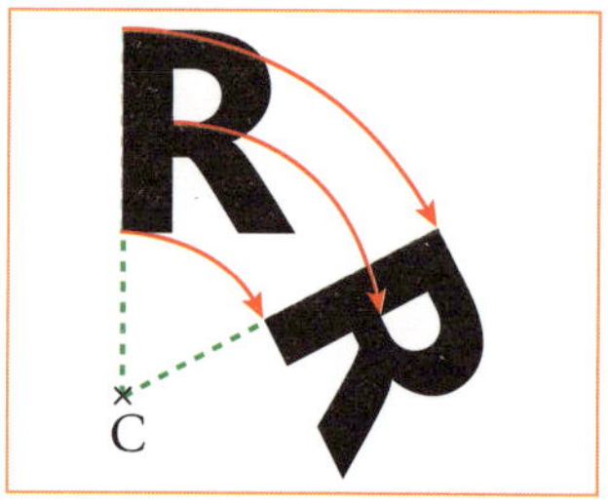

Homothétie

Une homothétie permet d'agrandir ou de rétrécir une figure sans la déformer. Les longueurs changent, mais les angles sont conservés.

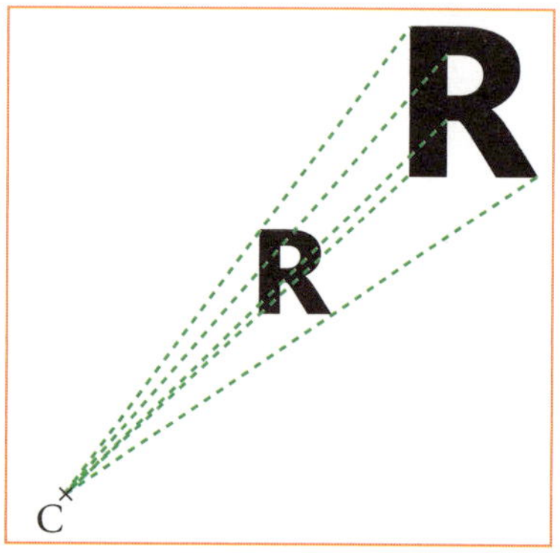

Le conseil du prof

Pour identifier la transformation dans un exercice, comparer les éléments identiques et procéder par élimination. A-t-il été déplacé ? tourné ? inversé ? agrandi ?

Exercices

Corrigés, p. 172

1 Identifier dans chaque cas quelle transformation a été appliquée au drapeau.

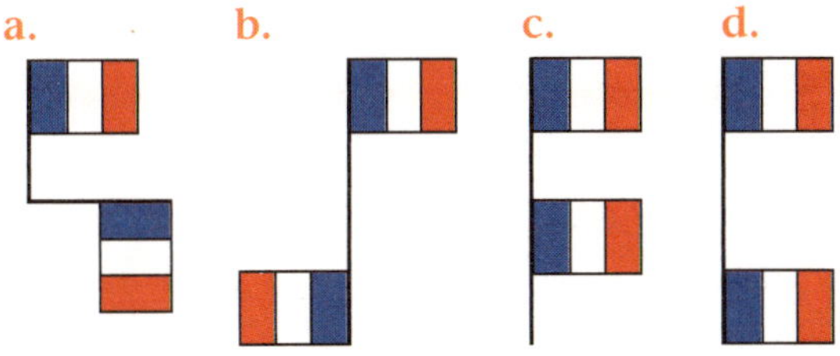

....

....

2 Compléter les phrases suivantes.

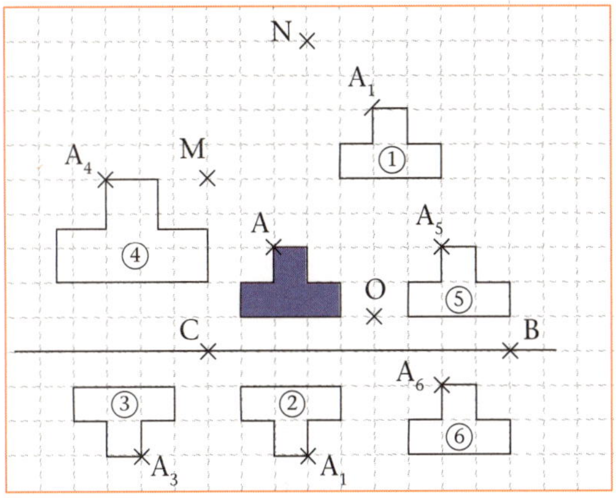

Si on applique à la pièce violette :

a. la symétrie d'axe (BC), on obtient la pièce n°… ;

b. la translation qui transforme le point M en N, on obtient la pièce n°… ;

c. l'homothétie de centre B et de rapport 1,5, on obtient la pièce n°… ;

d. la translation qui transforme le point M en O, on obtient la pièce n°… ;

e. la symétrie de centre C, on obtient la pièce n°… .

3 Répondre aux questions suivantes.

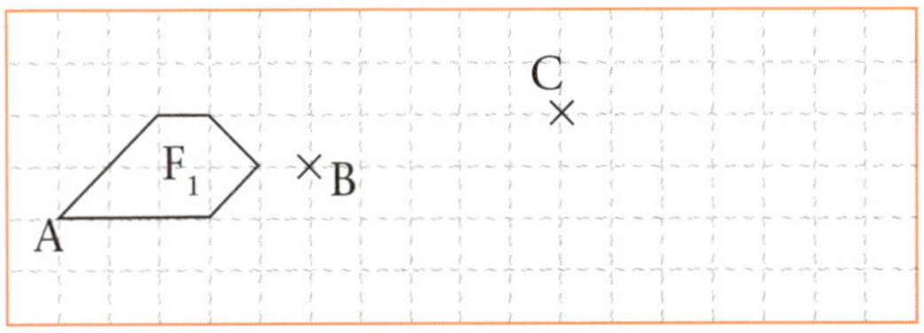

1. Tracer l'image F_2 de F_1 par la symétrie de centre B.

2. Quelle est l'image de A par cette symétrie ? ....

3. Tracer l'image F_3 de F_2 par la symétrie de centre C.

4. Par quelle transformation passe-t-on de F_1 à F_3 ? .... Tracer l'image F_2 de F_1 par la symétrie de centre B.

4 SUJET BREVET 20:00 minutes /4,5 pts

Tracer un triangle équilatéral ABC de 4 cm de côté et faire les trois constructions demandées à partir de ce triangle, sans les justifier.

1. Construire l'image du triangle ABC dans la symétrie de centre C et hachurer au crayon de papier l'intérieur de cette image.

2. Construire l'image du triangle ABC dans la symétrie orthogonale par rapport à la droite (BC) ; la hachurer en rouge.

3. Construire l'image du triangle ABC dans la rotation de centre C, d'angle 120° et de sens, le sens inverse des aiguilles d'une montre ; la hachurer en bleu ou noir.

5 SUJET BREVET 20:00 minutes /4,5 pts

On considère un triangle OAB rectangle en O.

Construire sur la figure ci-dessous.

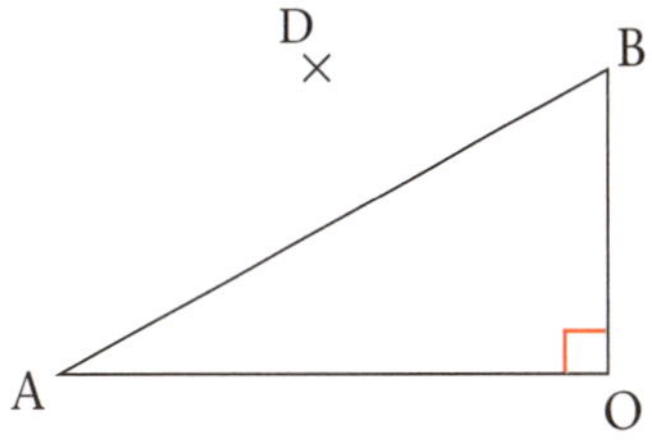

1. Le point C de [OA] tel que OC = DB.

2. Au crayon, la figure symétrique du triangle ABC par rapport à l'axe (DB).

3. En rouge, la figure symétrique du triangle ABC par rapport au point O.

4. En vert, l'image du triangle ABC par la rotation de centre O qui amène B en C.

MATHÉMATIQUES

16

Espace et géométrie

Le théorème de Pythagore et sa réciproque

Sujet de brevet, p. 102

Cours

Le théorème de Pythagore

On utilise le théorème de Pythagore pour calculer des longueurs dans un triangle rectangle.
ABC est un triangle rectangle en C.
$AC^2 + CB^2 = 12^2 + 16^2$
$= 144 + 256 = 400$
Donc $AB = \sqrt{400} = 20$ cm.
Le symbole $\sqrt{\ }$ se lit « racine carrée ».

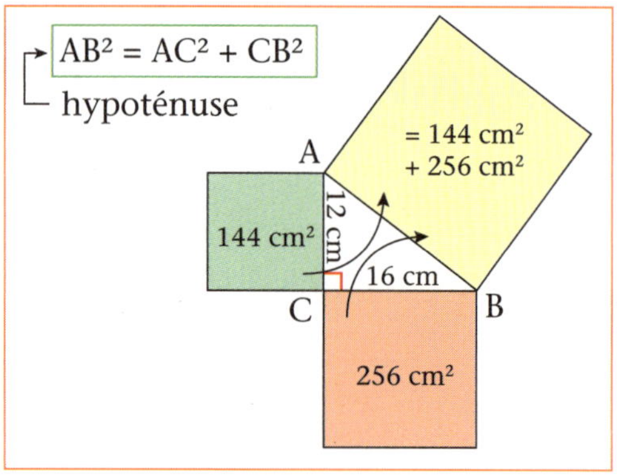

La réciproque du théorème de Pythagore

On utilise la réciproque de ce théorème, quand on connaît toutes les longueurs d'un triangle, pour prouver que c'est un triangle rectangle.
[AB] est le plus grand côté. *(Ce sera l'hypoténuse si le triangle est rectangle.)*
On calcule d'une part : $AB^2 = 5^2 = 25$.
On calcule d'autre part : $AC^2 + CB^2 = 4^2 + 3^2 = 16 + 9 = 25$.
Puisque $AB^2 = AC^2 + CB^2$, alors d'après la réciproque du théorème de Pythagore, le triangle ABC est rectangle en C.

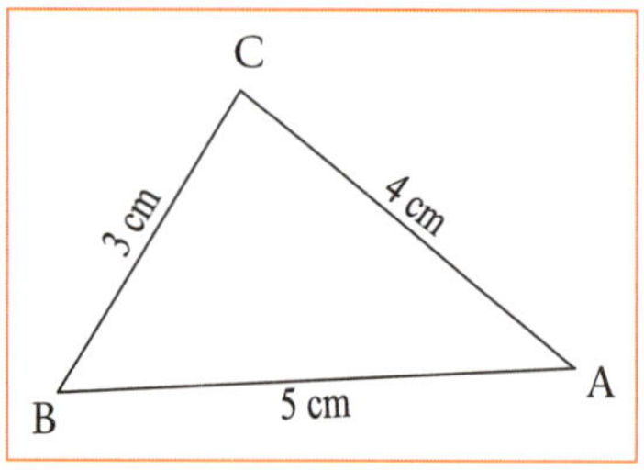

Le conseil du prof

Localiser l'hypoténuse avant d'appliquer le théorème car c'est lui qui vous donnera la bonne égalité : c'est le côté en face de l'angle droit, c'est aussi le côté le plus long !
Connaître quelques carrés parfaits est fort utile : $\sqrt{4} = 2$; $\sqrt{9} = 3$; $\sqrt{16} = 4$; $\sqrt{25} = 5$; $\sqrt{36} = 6$; ... ; $\sqrt{144} = 12$.

Exercices

Corrigés, p. 172

1 **Calculer IJ.**

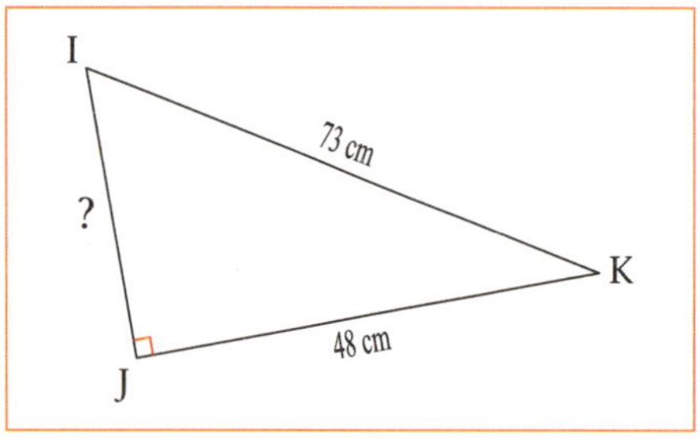

Pour calculer IJ, on applique le théorème de .... dans le triangle .... rectangle en ...... :
.........² = ...² + ...²
On remplace les longueurs connues par leur mesure :
.........² = ...² + ...²
.... = ...² + ...
d'où IJ² = ... = ...
Donc IJ = √............ = ... cm

2 **Montrer que le triangle ABC est un triangle rectangle en C.**

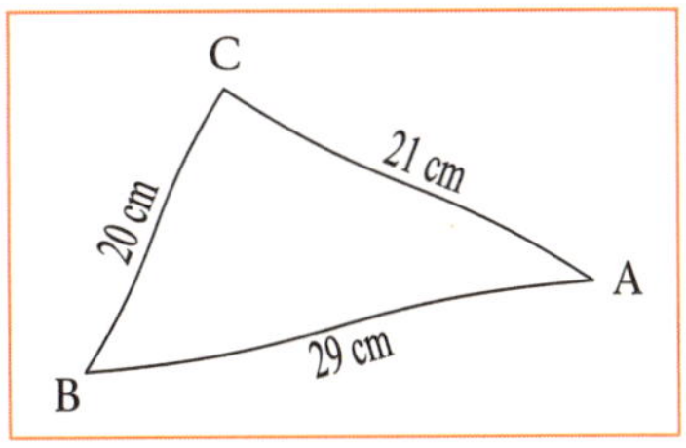

[... ...] est le plus grand côté.
D'une part ....
D'autre part ....
Puisque..,
alors d'après la .... du théorème de ...., le triangle ABC est .... en ....

3 SUJET BREVET 15:00 minutes /3 pts

Cocher la bonne réponse.

1.

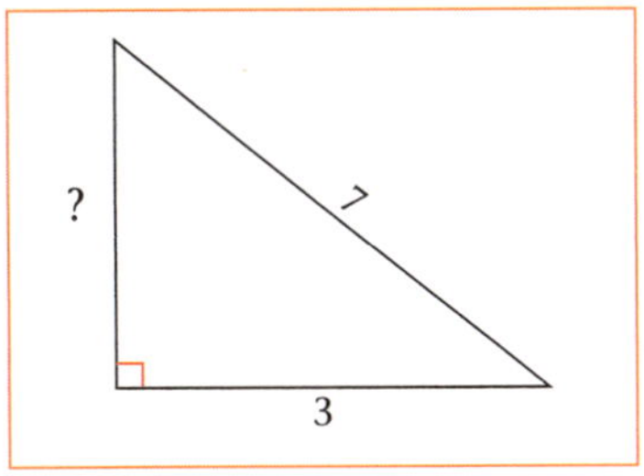

La mesure manquante est :

❑ a. $2\sqrt{10}$ ❑ b. $\sqrt{58}$ ❑ c. 4

2.

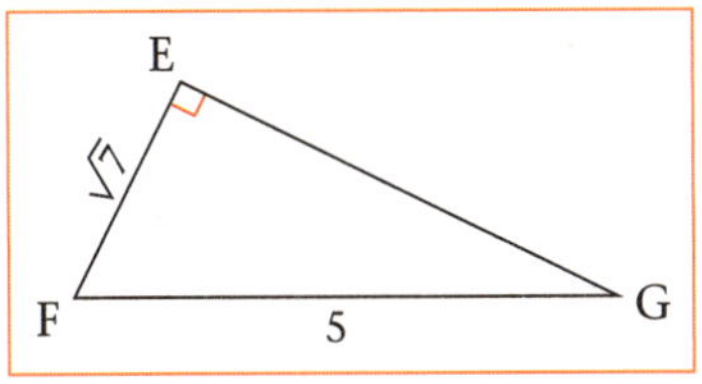

La valeur exacte de EG est :

❑ a. $2\sqrt{3}$ ❑ b. $3\sqrt{2}$ ❑ c. $4\sqrt{2}$

4 SUJET BREVET 15:00 minutes /4 pts

Voici la figure à main levée d'un quadrilatère.

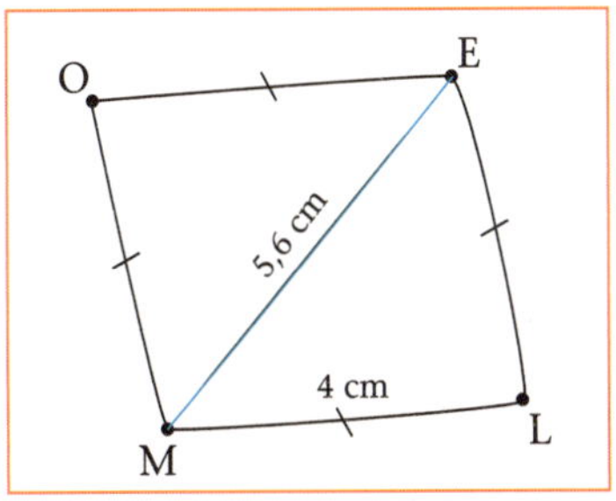

1. Reproduire sur une feuille blanche, en vraie grandeur ce quadrilatère.

2. Pourquoi peut-on affirmer que OELM est un losange ?

....

....

3. Marie soutient que OELM est un carré, mais Charlotte est sûre que ce n'est pas vrai. Qui a raison ? Pourquoi ?

....

....

5 SUJET BREVET 20:00 minutes /4 pts

Rémy dispose de 96 m de grillage avec lesquels il souhaite construire un enclos pour son poney. La forme de son enclos est un hexagone régulier.

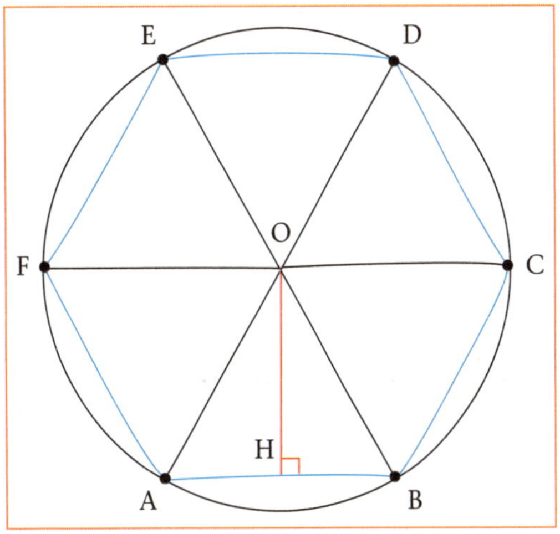

Le schéma à main levée ci-contre représente un hexagone régulier ABCDEF de 96 m de périmètre. Il est inscrit dans un cercle de centre O et de rayon 16 m. Le segment [OH] est une hauteur du triangle équilatéral OBA.

1. Calculer la longueur OH, exprimée en mètres, en donnant l'arrondi au centimètre près.

....

2. Utiliser ce résultat pour calculer l'aire du triangle OBA, exprimée en m² et arrondi au 1/10.

....

3. En déduire l'arrondi à l'unité de l'aire d'un hexagone régulier de 96 m de périmètre.

....

17

Espace et géométrie

Le théorème de Thalès et sa réciproque

Sujet de brevet, p. 107

Cours

La configuration de Thalès

Une configuration de Thalès est composée de deux droites (MB) et (NC) **sécantes** en A et de deux droites **parallèles** (MN) et (BC). On peut y voir deux triangles AMN et ABC « de même forme » mais dans des proportions différentes.

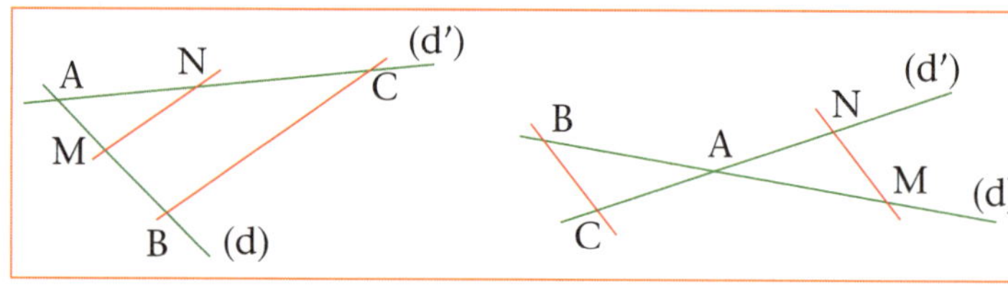

Le théorème de Thalès

Dans une configuration de Thalès, les côtés des deux triangles ont des longueurs proportionnelles. On a donc le tableau de proportionnalité suivant :

AM	AN	MN
AB	AC	BC

c'est-à-dire $\frac{AM}{AB} = \frac{AN}{AC} = \frac{MN}{BC}$.

La réciproque du théorème de Thalès

Si les points A, M, B et les points A, N, C sont alignés dans le même ordre et si $\frac{AM}{AB} = \frac{AN}{AC}$ alors les droites (BC) et (MN) sont parallèles.

Le conseil du prof

Pour démontrer que deux droites sont parallèles, il est parfois utile d'utiliser la propriété suivante : si deux droites sont perpendiculaires à une même droite alors elles sont parallèles entre elles. (CD) ⊥ (OA) et (AB) ⊥ (OA) donc (CD) // (AB).

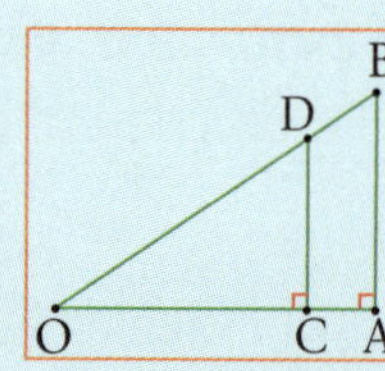

Exercices

Corrigés, p. 172

1 Sur la figure ci-contre, les droites (AB) et (FG) sont parallèles.

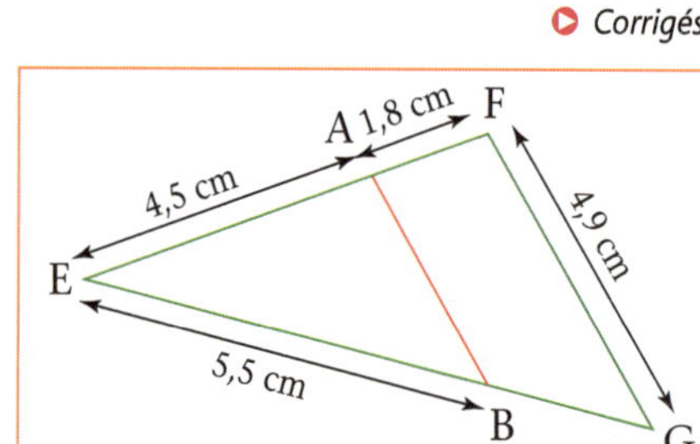

1. Pourquoi peut-on appliquer le théorème de Thalès ?

....

2. Remplir avec les longueurs les égalités du théorème de Thalès : $\frac{\cdots}{\cdots} = \frac{\cdots}{\cdots} = \frac{\cdots}{\cdots}$

3. À l'aide de l'énoncé, remplacer les longueurs par leurs mesures : $\frac{\cdots}{\cdots} = \frac{\cdots}{\cdots} = \frac{\cdots}{\cdots}$

4. À l'aide d'un « produit en croix », calculer EG : $\frac{\cdots}{\cdots} = \frac{\cdots}{\cdots}$

Donc EG $= \frac{\cdots \times \cdots}{\cdots} = \cdots$ cm

5. À l'aide d'un « produit en croix », calculer

AB : $\frac{\cdots\cdots}{\cdots\cdots} = \frac{\cdots\cdots}{\cdots\cdots}$

Donc AB = $\frac{\cdots\cdots \times \cdots\cdots}{\cdots\cdots}$ = …… cm

2 Compléter les phrases suivantes.

IG = 5 ; IH = 7 ; IJ = 8,3 ; IK = 11,62

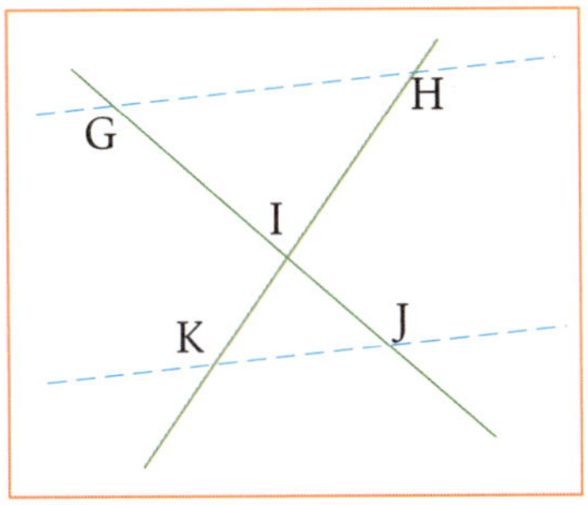

Les droites (……) et (……) sont sécantes en ………

D'une part : $\frac{\cdots\cdots}{\cdots\cdots} = \frac{\cdots\cdots}{\cdots\cdots}$ = ……

D'autre part : $\frac{\cdots\cdots}{\cdots\cdots} = \frac{\cdots\cdots}{\cdots\cdots}$ = ……

Puisque $\frac{\cdots\cdots}{\cdots\cdots} = \frac{\cdots\cdots}{\cdots\cdots}$ et puisque les points … … … et … … … sont alignés dans cet ordre, alors d'après la réciproque du théorème de Thalès, les droites (……) et (……) sont parallèles.

3 SUJET BREVET 15:00 minutes /2 pts

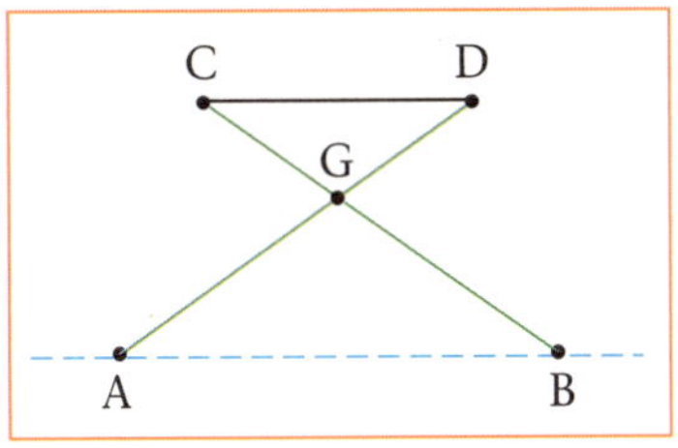

On a modélisé géométriquement un tabouret pliant par les segments [CB] et [AD] pour l'armature métallique et le segment [CD] pour l'assise de toile. On a CG = DG = 30 cm, AG = BG = 45 cm et AB = 51 cm. Pour des raisons de confort, l'assise [CD] est parallèle au sol représenté par la droite (AB). Déterminer la longueur CD de l'assise.

……………………………………………………………

4 SUJET BREVET 20:00 minutes /4 pts

Le niveau de la mer monte et descend suivant le cycle des marées. Le schéma ci-dessous représente une plage parfaitement lisse qui a été recouverte par la mer jusqu'au point L. Deux heures plus tard, la mer s'est retirée et se situe désormais au point A.
Sur le schéma, les points S, B et E sont alignés. Ils correspondent au niveau horizontal.

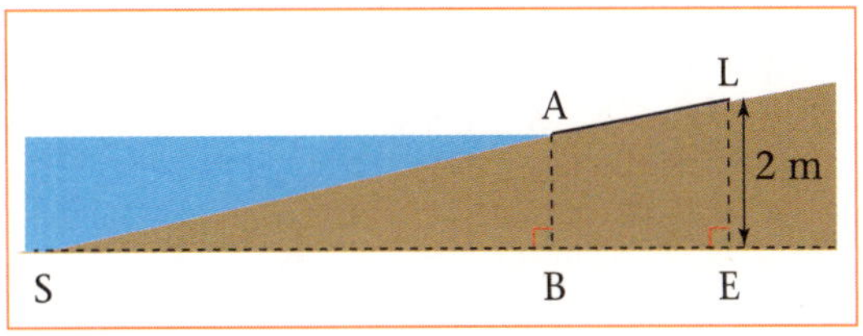

On a : SL = 9 m ; AL = 2,25 m ; (AB) ⊥ (SE) ; (LE) ⊥ (SE).

1. Démontrer que les droites (AB) et (LE) sont parallèles.

……………………………………………………………

2. Calculer la longueur AB, en mètres, du niveau vertical actuel de la mer.

……………………………………………………………

5 SUJET BREVET 15:00 minutes /3 pts

Un silo à grains a la forme d'un cône surmonté d'un cylindre de même axe. Pour réaliser des travaux, deux échelles représentées par les segments [BM] et [CN] ont été posées contre le silo. On donne : HM = 0,80 m et HN = 2 m.

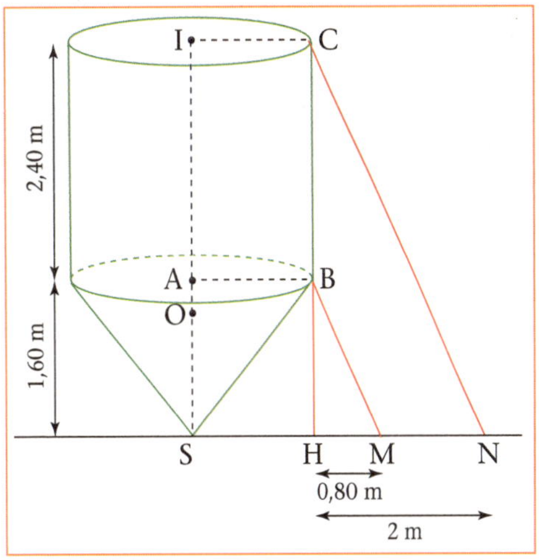

Les deux échelles sont-elles parallèles ? Justifier la réponse.

……………………………………………………………

……………………………………………………………

18 Espace et géométrie
Trigonométrie

Sujet de brevet, p. 102

Cours

• Les relations trigonométriques permettent de calculer des longueurs et des angles dans des triangles rectangles.
• Considérons ABC un triangle rectangle en A.

Le **cosinus**, le **sinus** et la **tangente** de l'angle aigu $\widehat{ABC}$ sont définis par :

$\text{Cos } \hat{B} = \dfrac{\text{côté Adjacent}}{\text{Hypoténuse}} = \dfrac{AB}{BC}$

$\text{Sin } \hat{B} = \dfrac{\text{côté Opposé}}{\text{Hypoténuse}} = \dfrac{AC}{BC}$

$\text{Tan } \hat{B} = \dfrac{\text{côté Opposé}}{\text{côté Adjacent}} = \dfrac{AC}{AB}$

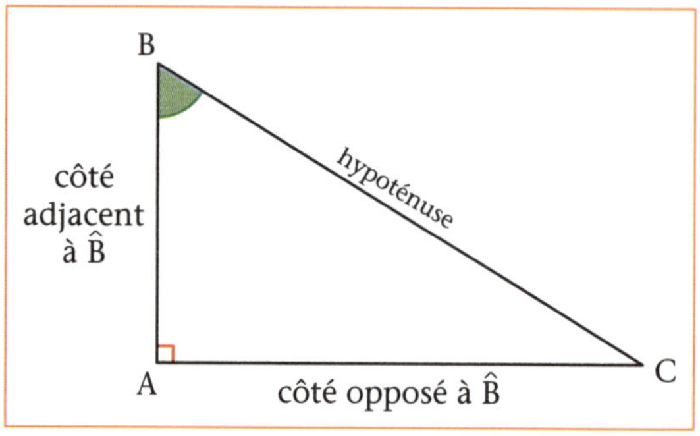

Les côtés adjacents et opposés changent suivant l'angle choisi.

Propriétés

• $\tan \hat{B} = \dfrac{\sin \hat{B}}{\cos \hat{B}}$

• $(\cos \hat{B})^2 + (\sin \hat{B})^2 = 1$

Pour calculer la valeur approchée d'un angle quand on connaît son cosinus, son sinus ou sa tangente, on utilise les fonctions $\cos^{-1}$, $\sin^{-1}$ ou $\tan^{-1}$.

Si $\cos \hat{A} = 0{,}6$ alors $\hat{A} = \cos^{-1}(0{,}6) \approx 53°$

Si $\sin \hat{B} = 0{,}3$ alors $\hat{B} = \sin^{-1}(0{,}3) \approx 17°$

Le conseil du prof

Pour retenir les formules, il existe un moyen mnémotechnique : il faut se souvenir du mot « CAH SOH TOA » qui correspond à la première lettre de chaque mot (en bleu dans les formules).

Exercices

Corrigés, p. 173

1 Calculer KJ en complétant les phrases suivantes.

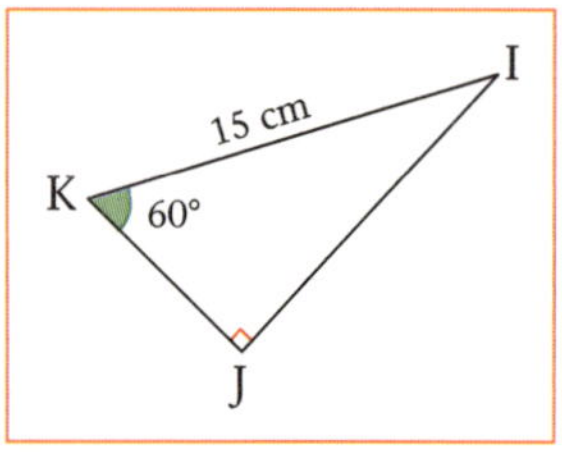

IJK est un triangle .... en ......
On connaît :
– l'angle $\hat{K}$ = ...°
– la longueur .... = ... cm qui est .... du triangle.

On cherche la longueur ...... qui est le côté .... à l'angle $\hat{K}$.

Donc on utilise le cosinus de l'angle $\hat{K}$.

$\cos \hat{K} = \dfrac{......}{......}$ *(avec les lettres)*

D'où : cos ....° = $\dfrac{KJ}{......}$

Donc KJ = ... × cos ....° = ... cm

2 Calculer ON en complétant les phrases suivantes.

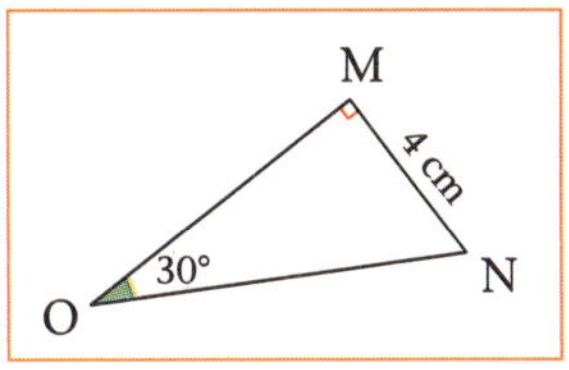

OMN est un triangle .... en ....
On connaît :
– l'angle ...... = ...°
– la longueur .... = ... cm qui est le côté .... à l'angle $\hat{O}$.
On cherche la longueur .... qui est .... du triangle.
Donc on utilise le .... de l'angle $\hat{O}$.

$\sin \hat{O} = \dfrac{......}{......}$ *(avec les lettres)*

D'où : $\sin .... = \dfrac{......}{ON}$

Donc ON = ... ÷ sin .... = ... cm

3 AMI est un triangle rectangle en M tel que AM = 154 m et MI = 7 m.

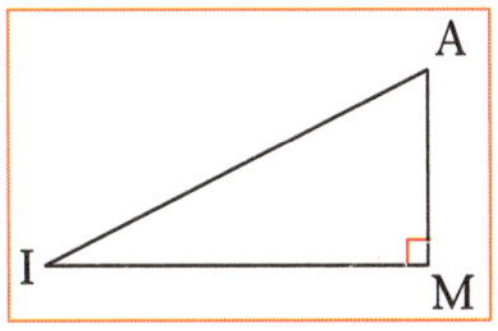

Calculer une valeur approchée à l'unité de l'angle $\hat{I}$ en complétant les phrases suivantes :
On connaît :
– la longueur AM = ... qui est le côté .... à l'angle $\hat{I}$.
– la longueur MI = ... qui est le côté .... à l'angle $\hat{I}$.
On cherche l'angle .....
On calcule donc .... de l'angle $\hat{I}$.

$\tan \hat{I} = \dfrac{......}{......}$ *(avec les lettres)*

D'où : $\tan ...... = \dfrac{......}{......} = ...$

Donc $\hat{I} = \tan^{-1}(.........) \approx$ ....°

4 SUJET BREVET 30:00 minutes /6 pts

On donne BD = 4 cm ; BA = 6 cm et $\widehat{DBC}$ = 60°.
On ne demande pas de faire une figure en vraie grandeur.

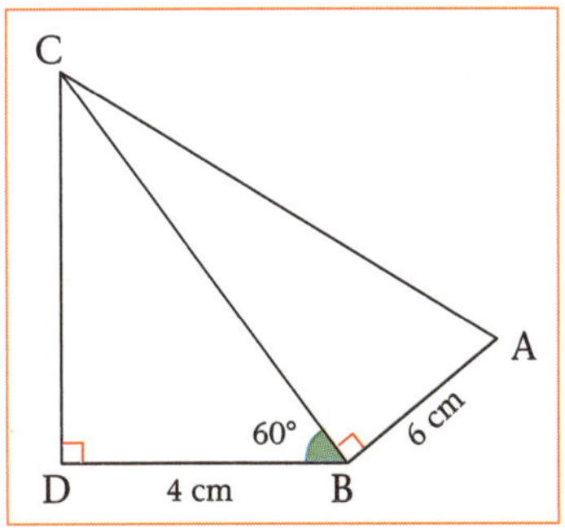

1. Montrer que BC = 8 cm.
....
2. Calculer CD. Donner une valeur arrondie au dixième.
....
CD ≈ ....
3. Calculer AC.
....
AC = ...
4. Quelle est la valeur de tan $\widehat{BAC}$?
....
tan $\widehat{BAC}$ = ...
5. En déduire la valeur arrondie au degré de $\widehat{BAC}$.
....
$\widehat{BAC}$ ≈ ....

5 SUJET BREVET 25:00 minutes /5 pts

Le dessin ci-dessous représente la Terre qui est assimilée à une sphère de 6 370 km de rayon. Le cercle de centre O passant par M représente l'équateur. Le point L représente la ville de Londres. L est situé sur la sphère et sur le cercle de centre S. On admettra que l'angle $\widehat{LSO}$ est un angle droit. On donne OS = 4 880 km.

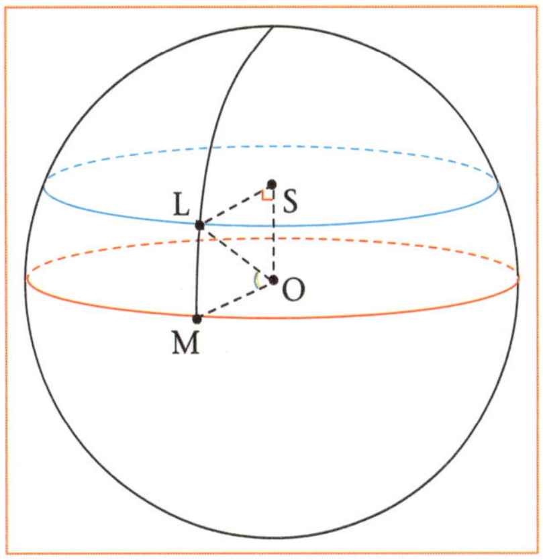

1. Calculer SL au km près.
....
SL = ...
2. Calculer la mesure de l'angle $\widehat{SOL}$ et arrondir au degré près.
....
$\widehat{SOL}$ = ...
3. En déduire au degré près la latitude Nord de Londres par rapport à l'équateur, c'est-à-dire l'angle $\widehat{LOM}$.
....
$\widehat{LOM}$ = ...

19

Espace et géométrie

Agrandissement et réduction

Sujet de brevet, p. 102

Cours

Définition

Une figure (ou un solide) est un **agrandissement** ou une **réduction** d'une autre figure (ou d'un autre solide) si les deux figures (solides) ont des longueurs proportionnelles et des angles de même mesure. Le coefficient de proportionnalité est le **rapport d'agrandissement** ou de **réduction**.

Si le rapport est supérieur à 1, on parle d'agrandissement et si le rapport est inférieur à 1, on parle de réduction.

Propriété

Quand on multiplie les longueurs d'une figure ou d'un solide par un nombre k, son aire est multipliée par k^2 et son volume (pour les solides) est multiplié par k^3.

Application à la pyramide et au cône

La section de la pyramide par le plan $\mathcal{P}$ parallèle à la base est une réduction du polygone de base. Le rapport de réduction est :

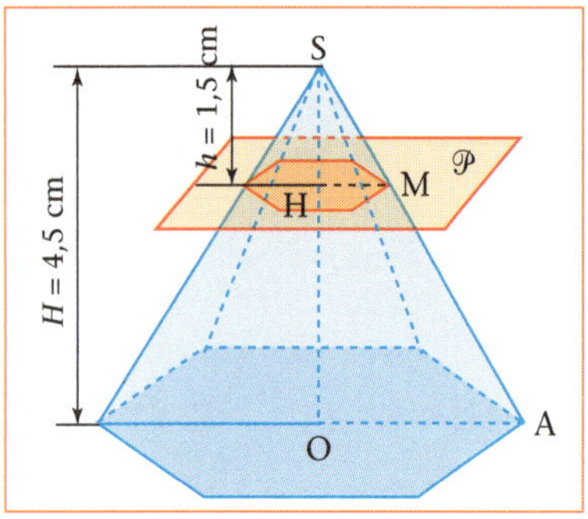

- $\frac{h}{H} = \frac{HM}{OA} = \frac{1,5}{4,5} = \frac{1}{3}$

La section du cône par le plan $\mathcal{P}$ parallèle à la base est une réduction du disque de base. Le rapport de réduction est :

- $\frac{h}{H} = \frac{r}{R} = \frac{3}{6} = \frac{1}{2}$

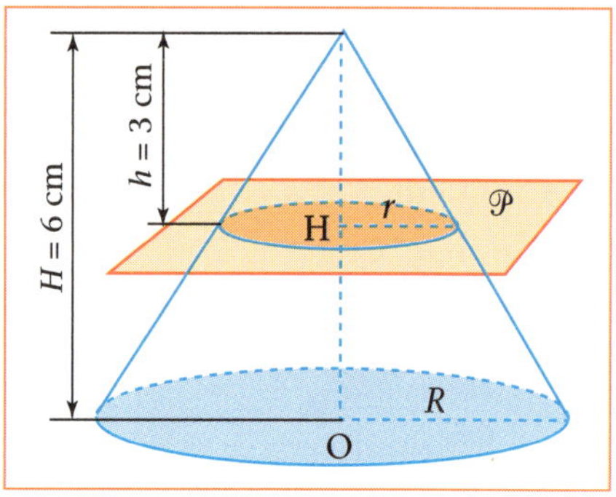

Le conseil du prof

Pour trouver le rapport de réduction ou d'agrandissement, on divise toujours une longueur de la figure réduite ou agrandie par la longueur correspondante de la figure initiale. Attention, ne faites pas l'inverse !

Exercices

Corrigés, p. 173

1 On a multiplié les longueurs d'une figure par différents nombres. Trouver dans chaque cas s'il s'agit d'un agrandissement ou d'une réduction.

1. × 0,8 ❑ agrandissement ❑ réduction
2. × 3,7 ❑ agrandissement ❑ réduction
3. × 5 ❑ agrandissement ❑ réduction
4. × 0,99 ❑ agrandissement ❑ réduction

2 1. **On agrandit un solide en multipliant ses dimensions par 7,2.**

a. Par quel nombre est multipliée son aire ? …

b. Par quel nombre est multiplié son volume ? ....

2. **On réduit un solide en multipliant ses dimensions par 0,52.**

a. Par quel nombre est multipliée son aire ?

....

b. Par quel nombre est multiplié son volume ? ....

3 **On considère un cube ABCDEFGH de côté 23 dm.**

1. a. Calculer l'aire de ce cube. ....

b. Calculer le volume de ce cube. ....

On agrandit maintenant le cube ABCDEFGH pour que chaque côté mesure 23 m.

2. a. Quel est le rapport d'agrandissement ? ....

b. Calculer l'aire du cube agrandi. ....

c. Calculer le volume du cube agrandi. ....

4 SUJET BREVET 05:00 minutes /3 pts

Cocher la bonne réponse.

1. Une petite sphère a pour rayon r. Une grande sphère a pour rayon R, tel que $R = 3r$. Soient v le volume de la petite sphère et V, le volume de la grande sphère.

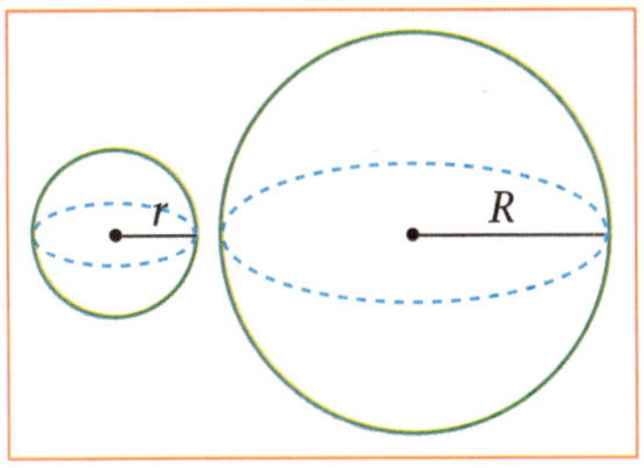

Quelle égalité est vraie ?

❑ **a.** $V = 3v$ ❑ **b.** $V = 9v$ ❑ **c.** $V = 27v$

2.

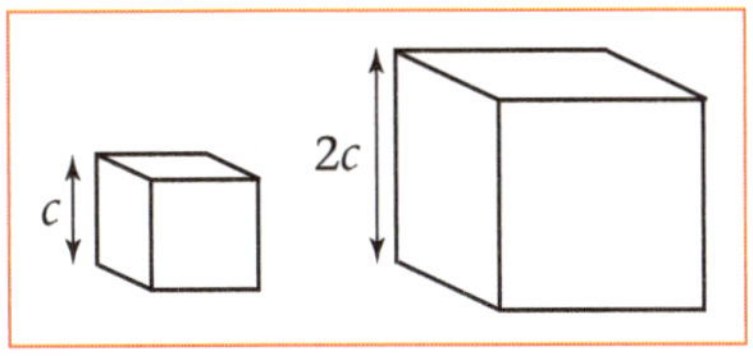

V étant le volume du petit cube et V' étant le volume du grand cube, on a :

❑ **a.** $V' = 4V$ ❑ **b.** $V' = 8V$ ❑ **c.** $V' = 2V$

5 SUJET BREVET 25:00 minutes /5 pts

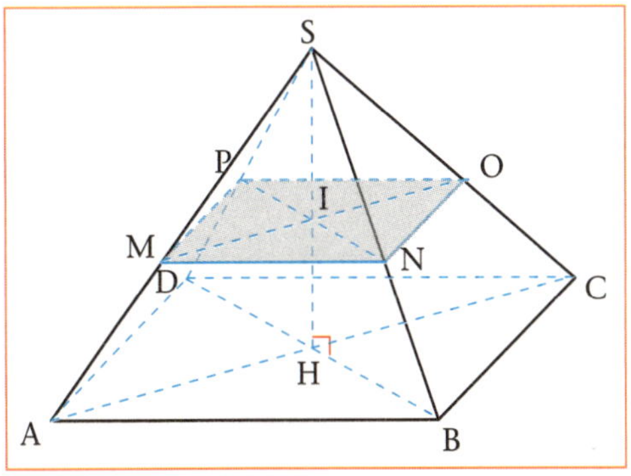

Une pyramide régulière de sommet S a pour base le carré ABCD tel que AB = 5 cm et sa hauteur [SH] est de 10 cm. On coupe la pyramide par un plan ($\mathcal{P}$) parallèle à la base passant par les points M, N, O et P tel que SI = 5 cm.

1. Calculer le volume de la pyramide SABCD au cm³ près.

....

....

V_{SABCD} = ...

2. Quelle est la nature de la section de la pyramide par ce plan ?

❑ **a.** un rectangle ❑ **b.** un parallélogramme

❑ **c.** un carré ❑ **d.** un losange

3. La pyramide SMNOP est une réduction de la pyramide SABCD. Calculer le coefficient de cette réduction.

....

....

4. Calculer la valeur exacte de l'aire de la section MNOP.

....

....

A_{MNOP} = ...

6 SUJET BREVET 10:00 minutes /3,5 pts

On considère un cône de révolution de hauteur 5 cm et dont la base a pour rayon 2 cm. Le point A est le sommet du cône et O le centre de sa base. B est le milieu de [AO].

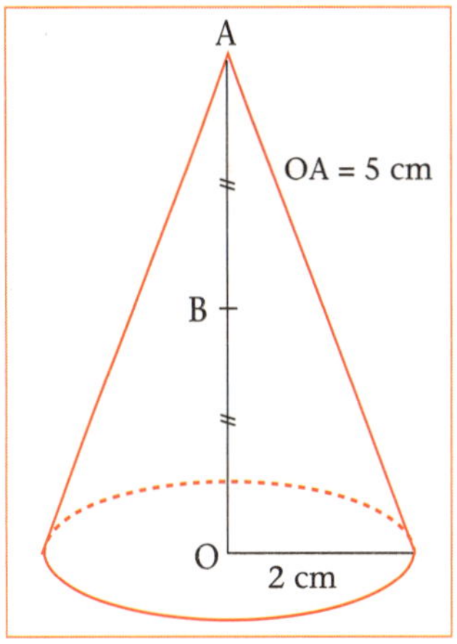

1. Calculer le volume du cône en cm³. On arrondira à l'unité.

$V_{cône} \approx$ ....

2. On effectue la section du cône par le plan parallèle à la base qui passe par B. On obtient ainsi un petit cône. Est-il vrai que le volume du petit cône obtenu est égal à la moitié du volume du cône initial ?

....

....

....

Algorithmique et programmation

Sujet de brevet, p. 105

Cours

- Un **algorithme** est une suite ordonnée de consignes qui conduisent à un résultat. Exemples : une recette de cuisine pour faire un gâteau au chocolat ; effectuer une division. Certains algorithmes peuvent être exécutés par des ordinateurs, on parle alors de **programme informatique**.

- Voici le programme d'un jeu dans lequel il faut deviner un nombre secret :

Départ du programme

Nombre_pensé est une **variable**

Une **boucle**

Une **instruction conditionnelle**

Fin du programme

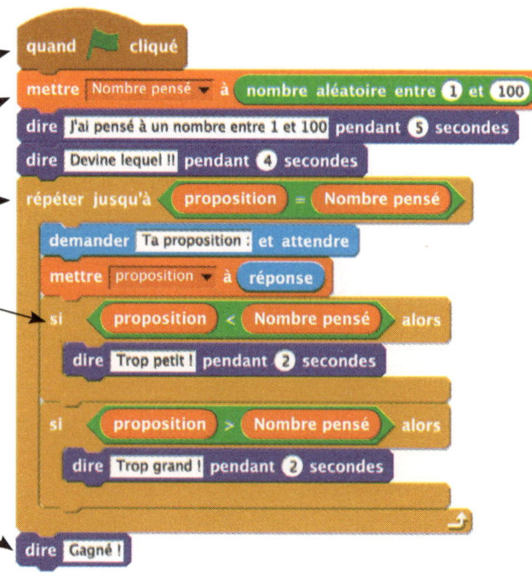

Le conseil du prof

Si vous avez un ordinateur, installez le logiciel gratuit SCRATCH qui va vous permettre de tester et créer vos premiers programmes.

Exercices

Corrigés, p. 173

1 À l'aide des blocs suivants, reconstituer l'algorithme qui permet de tracer les figures demandées.

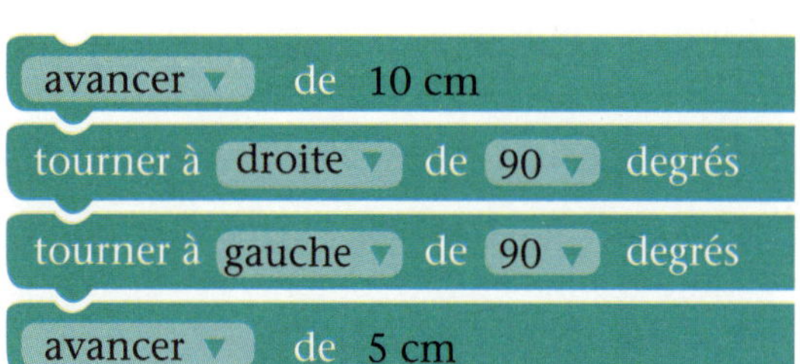

a. Un carré de 10 cm de côté.

....

....

....

....

....

....

....

....

b. Un rectangle de longueur 10 cm et de largeur 5 cm.

- ....
- ....
- ....
- ....
- ....
- ....
- ....
- ....

2 **Compléter les algorithmes suivants permettant de tracer les figures demandées.**

a. Un hexagone régulier de 10 cm de côtés.

répéter .... fois
faire
  avancer ▾ de .... pixels
  tourner à droite ▾ de .... ▾ degrés

b. Un octogone régulier de 10 cm de côtés.

répéter .... fois
faire
  avancer ▾ de .... pixels
  tourner à droite ▾ de .... ▾ degrés

3 **Compléter le programme suivant pour pouvoir diriger un personnage avec les flèches du clavier et qu'il dise « Bonjour ! » quand la touche ESPACE est pressée.**

- Blocs disponibles

déplacer le personnage vers la droite
déplacer le personnage vers la gauche
déplacer le personnage vers le haut
déplacer le personnage vers le bas
dire « Bonjour ! »

- Programme

quand flèche haut pressée
....

quand flèche bas pressée
....

quand flèche gauche pressée
....

quand flèche droite pressée
....

quand touche ESPACE pressée
....

4 **Compléter le programme suivant pour tracer les modèles représentés.**

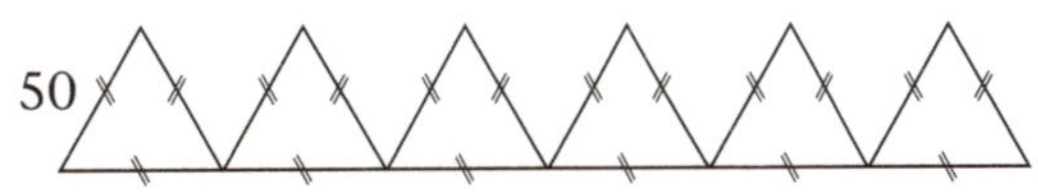

quand l'exécution commence
définir longueur à ....
répéter .... fois
faire
  répéter 3 fois
  faire
    avancer ▾ de .... pixels
    tourner à gauche ▾ de 120 degrés
  avancer ▾ de .... pixels

5 **Aider l'abeille (A) à butiner le nectar des fleurs (F) en reconstituant l'algorithme à l'aide des blocs suivants.**

		A
F ×0 ou 1		F ×4

a. avancer d'une case

b. avancer d'une case

c. si nectar ▾ = ▾ 1
faire prendre du nectar

d. tourner à droite ↻ ▾

e. répéter 4 fois
faire prendre du nectar

f. quand l'exécution commence

g. avancer plus

Mathématiques

Sujet 1

Corrigés, p. 173

Exercice 1 (12 pts)

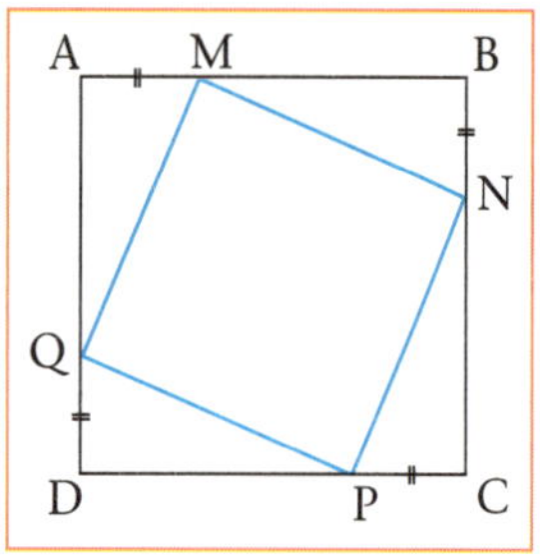

Avec un logiciel :

- **on a construit un carré ABCD, de côté 4 cm ;**
- **on a placé un point M mobile sur [AB] et construit le carré MNPQ comme visualisé sur la copie d'écran ci-contre à gauche ;**
- **on a représenté l'aire du carré MNPQ en fonction de la longueur AM.**

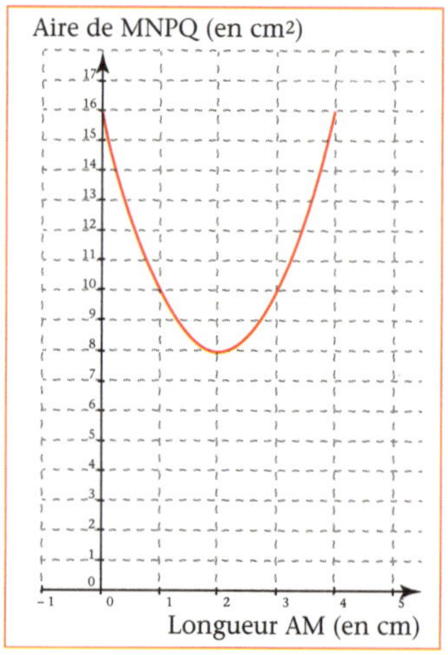

On a obtenu le graphique ci-contre à droite.
En utilisant ce graphique répondre aux questions suivantes.
Aucune justification n'est attendue.

1. Déterminer pour quelle(s) valeur(s) de AM, l'aire de MNPQ est égale à 10 cm^2.
2. Déterminer l'aire de MNPQ lorsque AM est égale à 0,5 cm.
3. Pour quelle valeur de AM l'aire de MNPQ est-elle minimale ? Quelle est alors cette aire ?

Exercice 2 (16 pts)

On a utilisé un tableur pour calculer les images de différentes valeurs de x par une fonction affine f et par une autre fonction g. Une copie de l'écran obtenue est donnée ci-dessous.

C2 | fx | =-5*C1+7

	A	B	C	D	E	F	G	H
1	x	-3	-2	-1	0	1	2	3
2	$f(x)$	22	17	12	7	2	-3	-8
3	$g(x)$	13	8	5	4	5	8	13
4								

1. Quelle est l'image de –3 par f ?
2. Calculer $f(7)$.
3. Donner l'expression de $f(x)$.
4. On sait que $g(x) = x^2 + 4$. Une formule a été saisie dans la cellule B3 et recopiée ensuite vers la droite pour compléter la plage de cellules C3 : H3. Quelle est cette formule ?

Exercice 3 (16 pts)

Les informations suivantes concernent les salaires des hommes et des femmes d'une même entreprise.

Salaires des femmes

1 200 € ; 1 230 € ; 1 250 € ; 1 310 € ; 1 370 € ; 1 400 € ; 1 440 € ; 1 500 € ; 1 700 € ; 2 100 €

Salaires des hommes

Effectif total : 20 Moyenne : 1 769 € Étendue : 2 400 € Médiane : 2 000 €
Les salaires des hommes sont tous différents.

1. Comparer le salaire moyen des hommes et celui des femmes.
2. On tire au sort une personne dans l'entreprise. Quelle est la probabilité que ce soit une femme ?
3. Le plus bas salaire de l'entreprise est de 1 000 €. Quel salaire est le plus élevé ?
4. Dans cette entreprise combien de personnes gagnent plus de 2 000 € ?

Exercice 4 (12 pts)

Trois figures codées sont données ci-contre. Elles ne sont pas dessinées en vraie grandeur.
Pour chacune d'elles, déterminer la mesure de l'angle $\widehat{ABC}$.

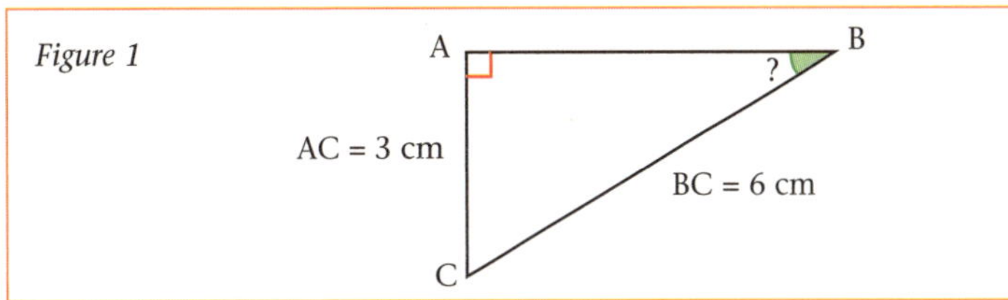

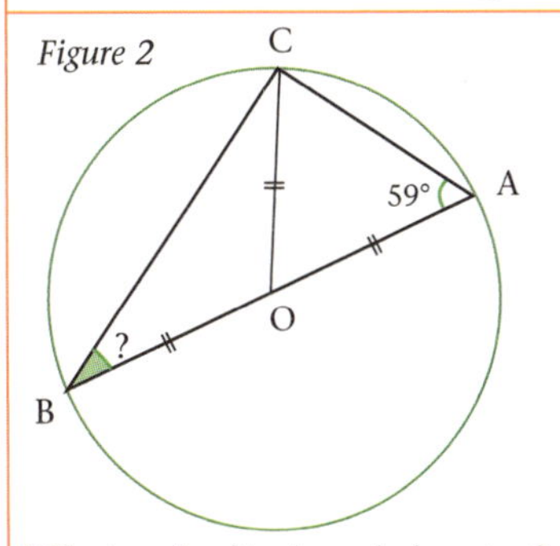

[AB] est un diamètre du cercle de centre O.

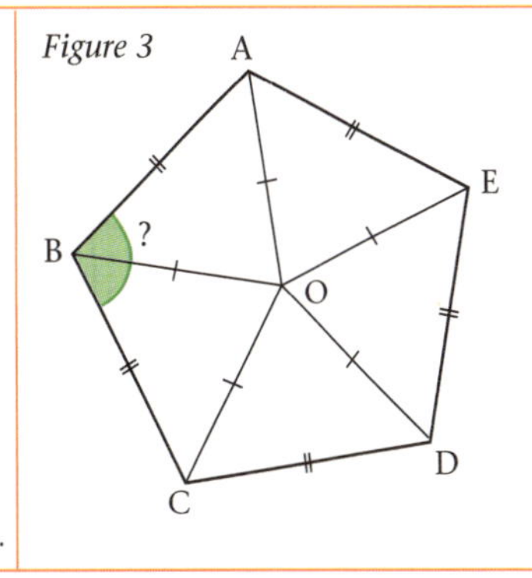

Exercice 5 (20 pts)

Pour réaliser un abri de jardin en parpaings, un bricoleur a besoin de 300 parpaings de dimensions 50 cm × 20 cm × 10 cm pesant chacun 10 kg. Il achète les parpaings dans un magasin situé à 10 km de sa maison.
Pour les transporter, il loue au magasin un fourgon.

Partie 1

Information 1 : Caractéristiques du fourgon
– 3 places assises.
– Dimensions du volume transportable ($L \times l \times h$) : 2,60 m × 1,56 m × 1,84 m.
– Charge pouvant être transportée : 1,7 tonne.
– Volume réservoir : 80 litres.
– Diesel (consommation : 8 litres aux 100 km).

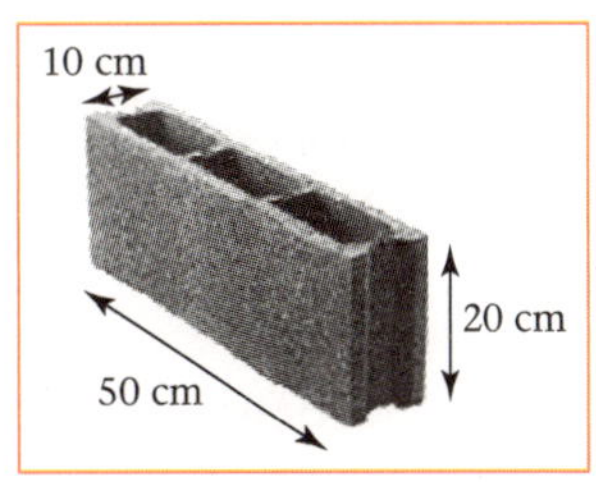

Information 2 : Tarifs de location du fourgon

1 jour 30 km maximum	1 jour 50 km maximum	1 jour 100 km maximum	1 jour 200 km maximum	km supplémentaire
48 €	55 €	61 €	78 €	2 €

Ces prix comprennent le kilométrage indiqué hors carburant.

Information 3 : Un litre de carburant coûte 1,50 €.

1. Expliquer pourquoi il devra effectuer deux aller-retour pour transporter les 300 parpaings jusqu'à sa maison.
2. Quel sera le coût total du transport ?
3. Les tarifs de location du fourgon sont-ils proportionnels à la distance maximale autorisée par jour ?

Partie 2

Ce bricoleur souhaite poser des panneaux photovoltaïques sur le toit de son abri.

1. Placer sur le schéma les 3 principaux composants d'une installation photovoltaïque connectée au réseau : – panneau photovoltaïque – onduleur – réseau électrique

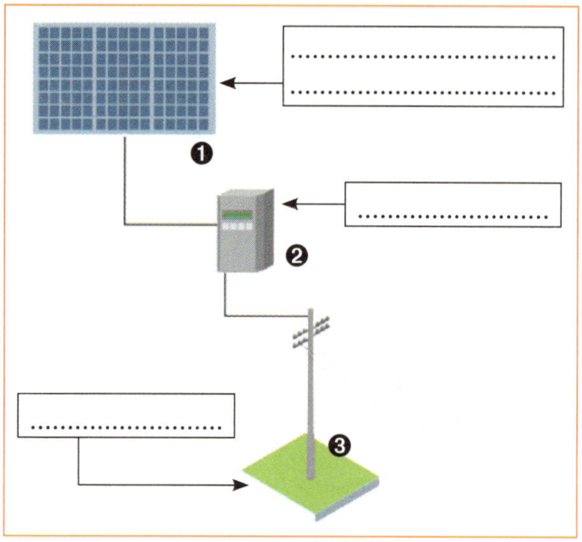

2. a. Identifier en rouge sur le schéma précédent le courant continu et en vert le courant alternatif.

b. Pourquoi revend-on l'électricité ?

c. À quoi sert un onduleur ?

3. Sur l'abri, on prévoit une installation solaire photovoltaïque d'une surface de 20 m² orientée à l'Est et d'une inclinaison de 15°. Cette installation produit 1 843,2 kWh par an.

La famille s'agrandit, la consommation augmente, il faut maintenant 4 608 kWh par an pour répondre à ses besoins. Quelle surface supplémentaire de panneaux doit être installée ?

4. Cette famille a une consommation annuelle de 4 608 kWh (hors chauffage). Finalement, le bricoleur a choisi d'orienter la toiture de son abri vers le Sud et de lui donner une inclinaison de 30° (conditions idéales), ce qui permet d'obtenir 192 kWh par an pour 1 m² de panneaux photovoltaïques. Chaque mètre carré de panneaux photovoltaïques économise l'émission de 91 kg de CO_2 par an.

Donner la quantité annuelle de CO_2 économisée par cette installation.

Exercice 6 (12 pts)

Dans les marais salants, le sel récolté est stocké sur une surface plane comme l'illustre la photo ci-contre. On admet qu'un tas de sel a toujours la forme d'un cône de révolution.

1. a. Pascal souhaite déterminer la hauteur d'un cône de sel de diamètre 5 mètres. Il possède un bâton de longueur 1 mètre. Il effectue des mesures et réalise les deux schémas suivants :

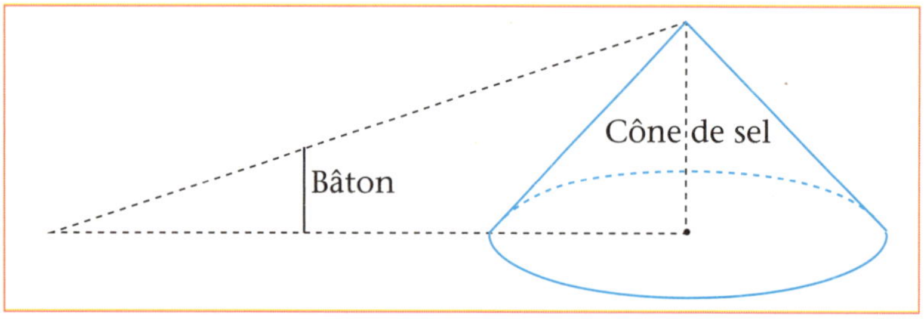

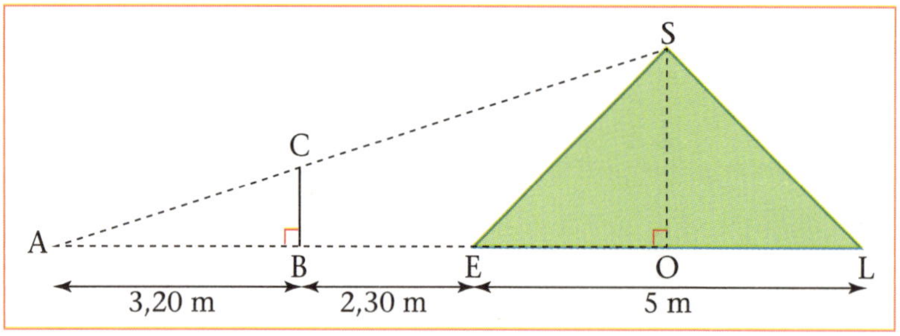

Démontrer que la hauteur de ce cône de sel est égale à 2,50 mètres.

Dans cette question, on n'attend pas de démonstration rédigée. Il suffit d'expliquer brièvement le raisonnement suivi et de présenter clairement les calculs.

b. À l'aide de la formule $V_{\text{cône}} = \dfrac{\pi \times \text{rayon}^2 \times \text{hauteur}}{3}$, déterminer, en m³, le volume de sel contenu dans ce cône. Arrondir le résultat au m³ près.

2. Le sel est ensuite stocké dans un entrepôt sous la forme de cônes de volume 1 000 m³. Par mesure de sécurité, la hauteur d'un tel cône de sel ne doit pas dépasser 6 mètres. Quel rayon faut-il prévoir au minimum pour la base ? Arrondir le résultat au décimètre près.

Exercice 7 (12 pts)

Chacune des trois affirmations suivantes est-elle vraie ou fausse ? On rappelle que les réponses doivent être justifiées.

Affirmation 1 : Dans un club sportif, les trois quarts des adhérents sont mineurs et le tiers des adhérents majeurs a plus de 25 ans. Un adhérent sur six a donc entre 18 ans et 25 ans.

Affirmation 2 : Durant les soldes si on baisse le prix d'un article de 30 % puis de 20 %, au final le prix de l'article a baissé de 50 %.

Affirmation 3 : Pour n'importe quel nombre entier n, $(n + 1)^2 - (n - 1)^2$ est un multiple de 4.

Sujet 2

Corrigés, p. 174

Exercice 1 (16 pts)

Pour chacune des affirmations, indiquer si elle est vraie ou fausse en argumentant la réponse.

Affirmation 1 : $\sqrt{121 + 49}$ est un nombre entier inférieur à 20.

Affirmation 2 : 4 n'admet que deux diviseurs.

Affirmation 3 : Un cube, une pyramide à base carrée et un pavé droit totalisent 17 faces.

Affirmation 4 : Les droites (AB) et (CD) sont parallèles.

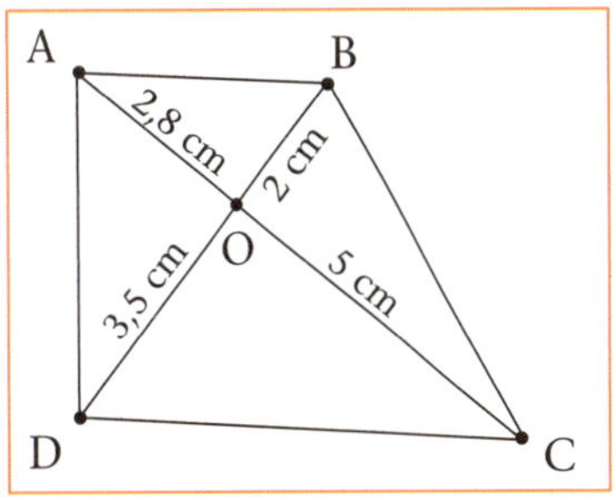

Exercice 2 (24 pts)

Un professeur de SVT demande aux 29 élèves d'une classe de sixième de faire germer des graines de blé chez eux.
Le professeur donne un protocole expérimental à suivre :
- **mettre en culture sur du coton dans une boîte placée dans une pièce éclairée, de température entre 20 ° et 25 °C ;**
- **arroser une fois par jour ;**
- **il est possible de couvrir les graines avec un film transparent pour éviter l'évaporation de l'eau.**

Le tableau ci-dessous donne les tailles des plantules (petites plantes) des 29 élèves à 10 jours après la mise en germination.

Taille en cm	0	8	12	14	16	17	18	19	20	21	22
Effectif	1	2	2	4	2	2	3	3	4	4	2

1. Combien de plantules ont une taille qui mesure au plus 12 cm ?
2. Donner l'étendue de cette série.
3. Calculer la moyenne de cette série. Arrondir au dixième près.
4. Déterminer la médiane de cette série et interpréter le résultat.

5. On considère qu'un élève a bien respecté le protocole si la taille de la plantule à 10 jours est supérieure ou égale à 14 cm. Quel pourcentage des élèves de la classe a bien respecté le protocole ?

6. Le professeur a fait lui-même la même expérience en suivant le même protocole. Il a relevé la taille obtenue à 10 jours de germination.
Prouver que, si on ajoute la donnée du professeur à cette série, la médiane ne changera pas.

Exercice 3 (20 pts)

Le poids d'un corps sur un astre dépend de la masse et de l'accélération de la pesanteur. On peut montrer que la relation est $P = mg$.
P est le poids (en Newton) d'un corps sur un astre (c'est-à-dire la force que l'astre exerce sur le corps), m la masse (en kg) de ce corps, g l'accélération de la pesanteur de cet astre.

1. Sur la Terre, l'accélération de la pesanteur de la Terre g_T est environ de 9,8.
Calculer le poids (en Newton) sur Terre d'un homme ayant une masse de 70 kg.

2. Sur la Lune, la relation $P = mg$ est toujours valable.
On donne le tableau ci-dessous de correspondance poids-masse sur la Lune :

Masse (kg)	3	10	25	40	55
Poids (N)	5,1	17	42,5	68	93,5

a. Est-ce que le tableau ci-contre est un tableau de proportionnalité ?
b. Calculer l'accélération de la pesanteur sur la Lune notée g_L.
c. Est-il vrai que l'on pèse environ 6 fois moins lourd sur la Lune que sur la Terre ?

3. Le dessin ci-dessous représente un cratère de la Lune. BCD est un triangle rectangle en D.

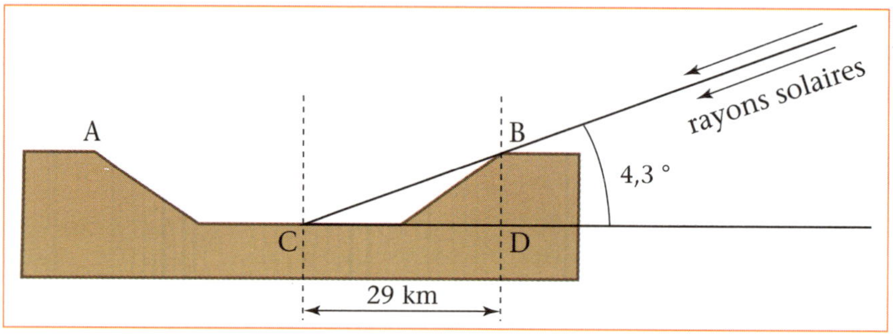

a. Calculer la profondeur BD du cratère. Arrondir au dixième de km près.
b. On considère que la longueur CD représente 20 % du diamètre du cratère.
Calculer la longueur AB du diamètre du cratère.

Exercice 4 (12 pts)

On donne la feuille de calcul ci-contre.
La colonne B donne les valeurs de l'expression $2x^2 - 3x - 9$ pour quelques valeurs de x de la colonne A.

1. Si on tape le nombre 6 dans la cellule A17, quelle valeur va-t-on obtenir dans la cellule B17 ?

2. À l'aide du tableur, trouver deux solutions de l'équation : $2x^2 - 3x - 9 = 0$.

3. L'unité de longueur est le cm.
Donner une valeur de x pour laquelle l'aire du rectangle ci-dessous est égale à 5 cm². Justifier.

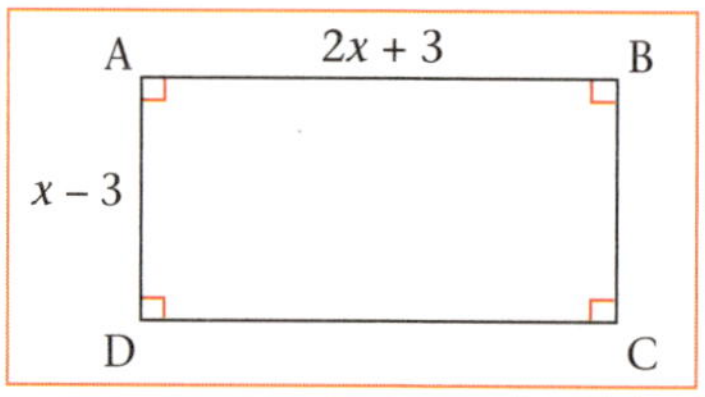

	A	B
	x	$2x^2 - 3x - 9$
1	– 2,5	11
2	– 2	5
3	– 1,5	0
4	– 1	–4
5	– 0,5	– 7
6	0	– 9
7	0,5	– 10
8	1	– 10
9	1,5	– 9
10	2	– 7
11	2,5	– 4
12	3	0
13	3,5	5
14	4	11
15	4,5	18
16	5	26
17		

Exercice 5 (16 pts)

Partie 1

On souhaite tracer un pentagone régulier de côtés 50 pixels avec le logiciel SCRATCH.

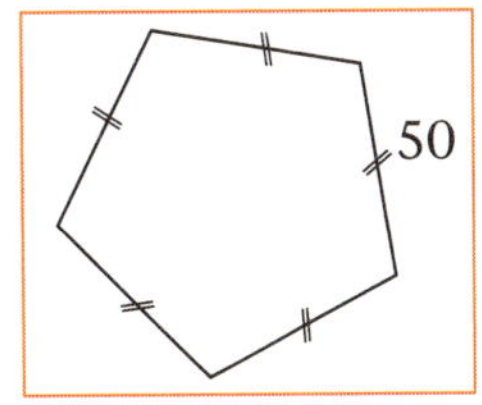

1. Quel programme va permettre de réaliser cette figure ?

Programme 1

Programme 2

Programme 3

2. On souhaite maintenant utiliser un programme plus général qui nous permettrait de tracer n'importe quel polygone régulier à n côtés de longueur 50 pixels. Compléter le programme ci-contre.

Partie 2

1. À quel motif correspond ce programme ?

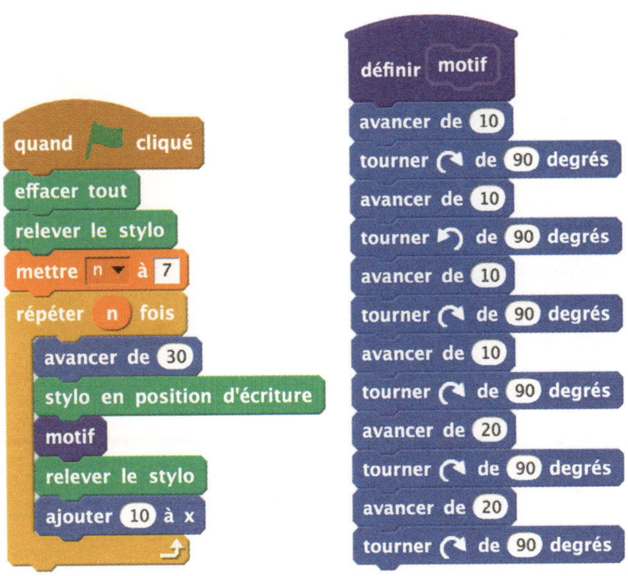

a.

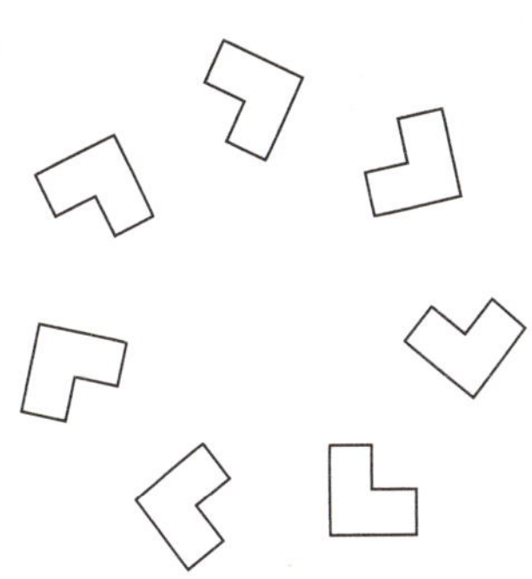

b.

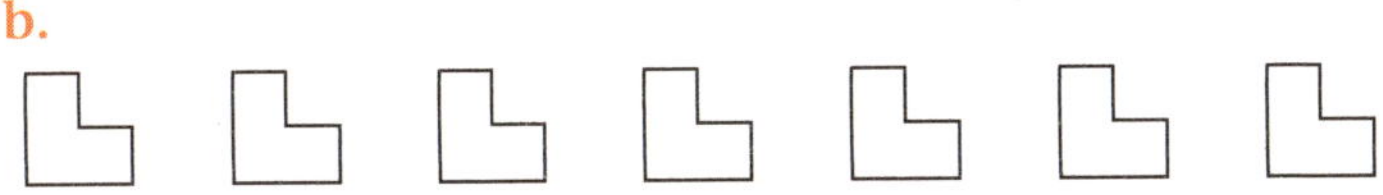

c.

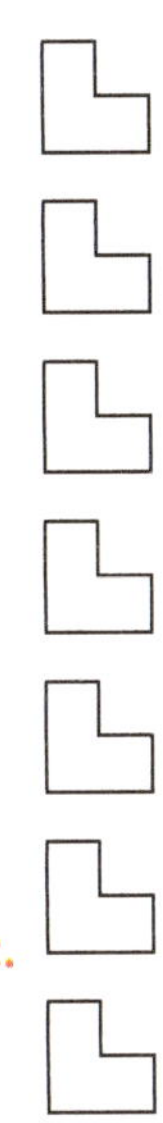

2. Modifier le sous-programme du motif pour le remplacer par la lettre Z.

Exercice 6 (12 pts)

Lancé le 26 novembre 2011, le *Rover Curiosity* de la NASA est chargé d'analyser la planète Mars, appelée aussi Planète Rouge.
Il a atterri sur la Planète Rouge le 6 août 2012, parcourant ainsi une distance d'environ 560 millions de kilomètres en 255 jours.

1. Quelle a été la durée en heure du vol ?
2. Calculer la vitesse moyenne du *Rover* en km/h. Arrondir à la centaine près.
3. Via le satellite *Mars Odyssey*, des images prises et envoyées par le *Rover* ont été retransmises au centre de la NASA.
Les premières images ont été émises de Mars à 7 h 48 min le 6 août 2012.
La distance parcourue par le signal a été de 248×10^6 km à une vitesse moyenne de 300 000 km/s environ (vitesse de la Lumière).
À quelle heure ces premières images sont-elles parvenues au centre de la NASA ? (On donnera l'arrondi à la minute près).

Sujet 3

Corrigés, p. 175

Exercice 1 (12 pts)

On considère l'expérience aléatoire suivante : on tire au hasard une carte dans un jeu bien mélangé de 32 cartes (il y a 4 « familles » cœur, trèfle, carreau et pique et on a 8 cœurs, 8 trèfles, 8 carreaux et 8 piques).
On relève pour la carte tirée la « famille » (trèfle, carreau, cœur ou pique) puis on remet la carte dans le jeu et on mélange. On note A l'événement : « La carte tirée est un trèfle. »

1. Quelle est la probabilité de l'événement A ?
2. On répète 24 fois l'expérience aléatoire ci-dessus. La représentation graphique ci-contre donne la répartition des couleurs obtenues lors des vingt-quatre premiers tirages.
Calculer la fréquence d'une carte de la « famille » cœur et d'une carte de la « famille » trèfle.

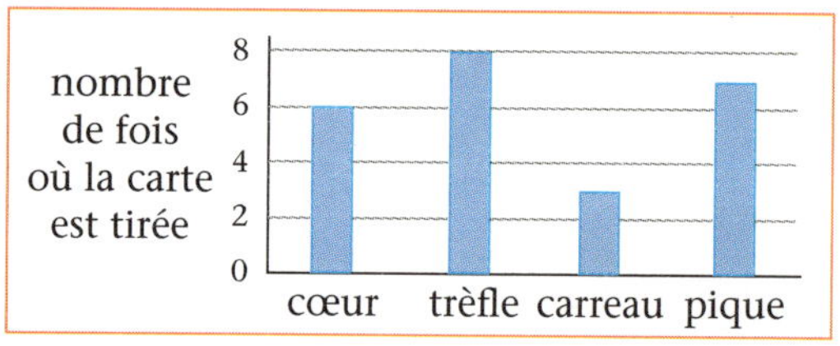

3. On reproduit la même expérience qu'à la question 2.
Arthur mise sur une carte de la « famille » cœur et Julie mise sur une carte de la « famille » trèfle. Est-ce que l'un d'entre deux a plus de chance que l'autre de gagner ?

Exercice 2 (16 pts)

On considère un triangle ABC isocèle en A tel que l'angle $\widehat{BAC}$ mesure 50° et AB est égal à 5 cm. On note O le centre du cercle circonscrit au triangle ABC. La droite (OA) coupe ce cercle, noté ($\mathscr{C}$), en un autre point M.

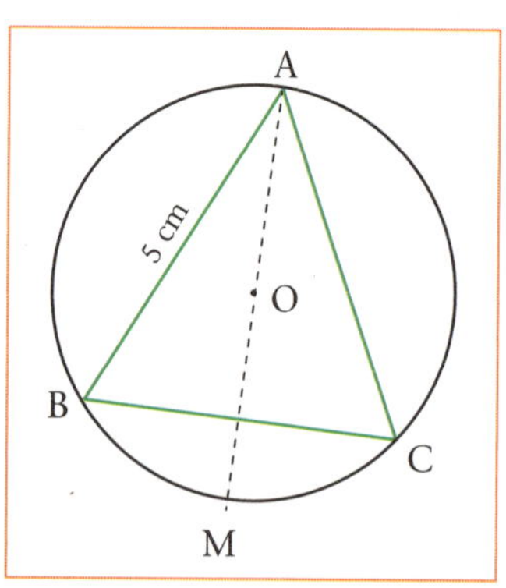

1. Quelle est la mesure de l'angle $\widehat{BAM}$?
2. Quelle est la nature du triangle BAM ? Justifier.
3. Calculer la longueur AM et en donner un arrondi au dixième de centimètre près.
4. La droite (BO) coupe le cercle ($\mathscr{C}$) en un autre point K. Quelle est la mesure de l'angle $\widehat{BKC}$? Justifier.

Exercice 3 (20 pts)

Le nombre d'abonnés à une revue dépend du prix de la revue.
Pour un prix x compris entre 0 et 20 €, le nombre d'abonnés est donné par la fonction A telle que : $A(x) = -50x + 1\,250$.
La recette, c'est-à-dire le montant perçu par l'éditeur de cette revue, est donnée par la fonction R telle que : $R(x) = -50x^2 + 1\,250x$.

Représentation graphique de la fonction A

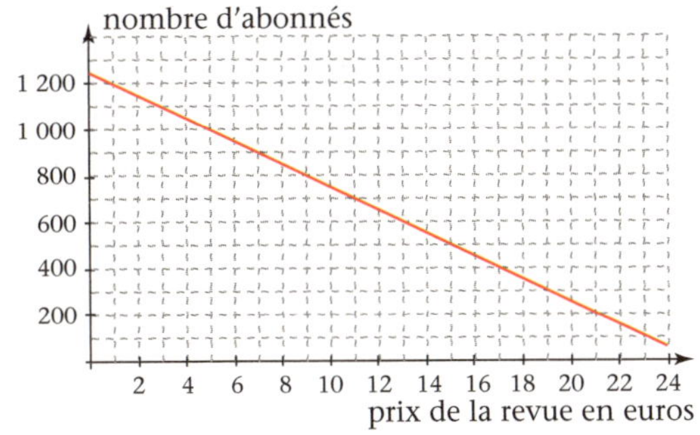

Représentation graphique de la fonction R

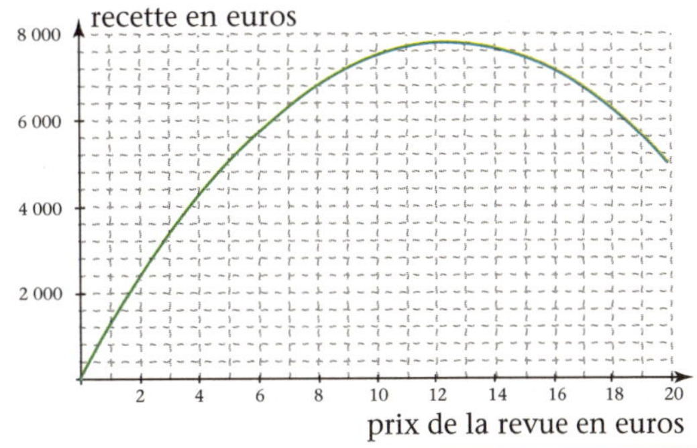

1. Le nombre d'abonnés est-il proportionnel au prix de la revue ? Justifier.
2. Vérifier, par le calcul, que $A(10) = 750$ et interpréter concrètement ce résultat.
3. La fonction R est-elle affine ? Justifier.
4. Déterminer graphiquement pour quel prix la recette de l'éditeur est maximale.
5. Déterminer graphiquement les antécédents de 6 800 par R.
6. Lorsque la revue coûte 5 euros, déterminer le nombre d'abonnés et la recette.

Exercice 4 (12 pts)

On considère la série statistique donnant le SMIC[1] horaire brut en euros de 2001 à 2011 (source : Insee).

1. Quelle est l'étendue de cette série ? Interpréter ce résultat.
2. Quelle est la médiane ?
3. Paul remarque que, entre 2001 et 2002, l'augmentation du SMIC horaire brut est de 16 centimes alors que, entre 2007 et 2008, elle est de 19 centimes.
Il affirme que « le pourcentage d'augmentation en 2011 est supérieur à celui pratiqué entre 2001 et 2002 ». A-t-il raison ?

Année	SMIC
2011	9,40
2010	9,00
2009	8,82
2008	8,63
2007	8,44
2006	8,27
2005	8,03
2004	7,61
2003	7,19
2002	6,83
2001	6,67

1. Salaire minimum interprofessionnel de croissance.

Exercice 5 (4 pts)

Dans cet exercice, toute trace de recherche, même incomplète, sera prise en compte dans l'évaluation.
On considère la figure ci-dessous, qui n'est pas en vraie grandeur.
BCDE est un carré de 6 cm de côté.
Les points A, B et C sont alignés et AB = 3 cm.
F est un point du segment [CD].
La droite (AF) coupe le segment [BE] en M.
Déterminer la longueur CF par calcul ou par construction pour que les longueurs BM et FD soient égales.

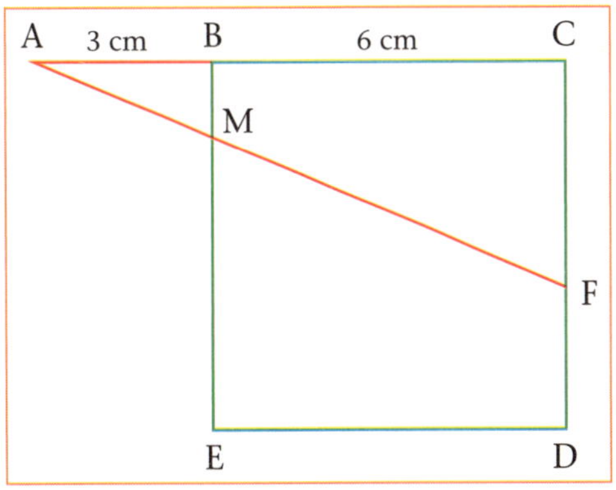

Exercice 6 (20 pts)

Partie 1

On peut lire au sujet d'un médicament : « Chez les enfants (12 mois à 17 ans), la posologie doit être établie en fonction de la surface corporelle du patient [voir formule de Mosteller]. » « Une dose de charge unique de 70 mg par mètre carré (sans dépasser 70 mg par jour) devra être administrée. »
Pour calculer la surface corporelle en m² on utilise la formule suivante :

Formule de Mosteller : surface corporelle en m² $= \sqrt{\dfrac{\text{taille (en cm)} \times \text{masse (en kg)}}{3\,600}}$

On considère les informations ci-dessous :

Patient	Âge	Taille (m)	Masse (kg)	Dose administrée
Lou	5 ans	1,05	17,5	50 mg
Joe	15 ans	1,50	50	100 mg

1. La posologie a-t-elle été respectée pour Joe ? Justifier la réponse.
2. Vérifier que la surface corporelle de Lou est environ de 0, 71 m².
Dans cette question, toute trace de recherche, même incomplète, sera prise en compte dans l'évaluation.
3. La posologie a-t-elle été respectée pour Lou ? Justifier la réponse.

Partie 2

Voici deux documents relatifs à l'utilisation d'un vaccin antigrippal.
Document 1 : Extrait de la notice d'un vaccin antigrippal.

> **Composition**
> Anatoxine tétanique, fragments viraux de grippe.
>
> **Dans quels cas ce médicament est-il prescrit ?**
> C'est une association de vaccins composée d'une toxine inactivée (= anatoxine) et de morceaux de virus de grippe.
> Elle est utilisée dans la prévention de la grippe et du tétanos. L'immunité contre la grippe apparaît entre 10 et 15 jours après l'injection et dure environ 1 an.
>
> **Contre-indication**
> Ce médicament ne doit pas être utilisé en cas d'allergie aux protéines d'œuf.

Document 2 : Évolution de la teneur sanguine en anticorps après deux injections d'un même antigène.

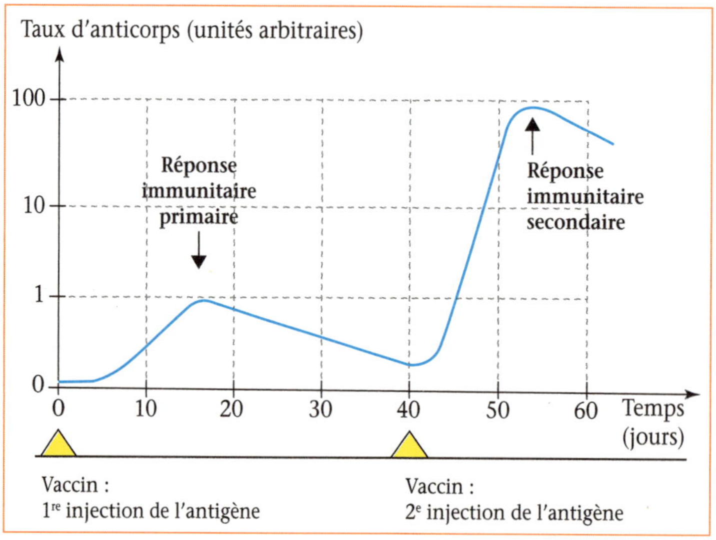

1. Retrouver les éléments du vaccin procurant une immunité et préciser contre quelles maladies ils immunisent.

2. a. Comparer la réponse de l'organisme après la 1re et la 2e injection du vaccin.

b. Expliquer cette différence de réponse immunitaire de l'organisme.

3. Pour fabriquer ce vaccin, les virus de la grippe sont cultivés dans des œufs. Expliquer pourquoi le fabriquant ne doit pas oublier de mentionner cette contre-indication.

Exercice 7 (8 pts) *(d'après concours Castor informatique)*

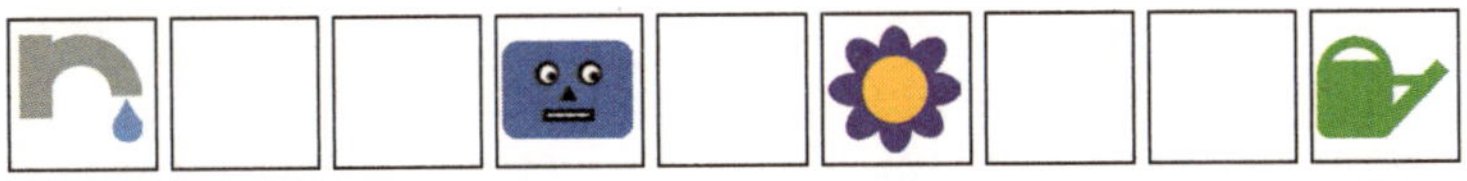

Remettre les instructions dans le bon ordre pour que le robot de la 4e case arrose la fleur à l'aide de l'arrosoir et ne laisse pas couler le robinet.

- Attendre 3 secondes
- Se déplacer de 5 cases vers la droite
- Verser le contenu de l'arrosoir
- Se déplacer de 5 cases vers la droite
- Se déplacer de 8 cases vers la gauche
- Prendre l'arrosoir
- Fermer le robinet
- Ouvrir le robinet

Exercice 8 (8 pts) *(d'après concours Castor informatique)*

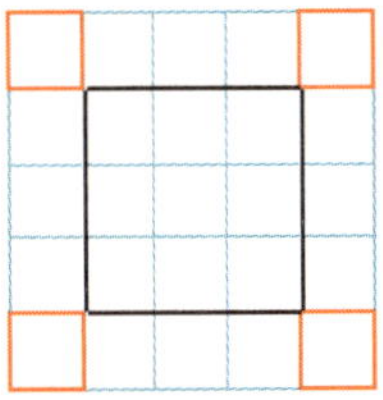

Vous disposez d'un robot capable de se déplacer et tracer des traits noirs ou rouges. Votre objectif est de programmer le robot pour qu'il dessine l'image ci-contre. Le robot, représenté par le triangle vert, va répéter 4 fois de suite votre séquence d'instructions. Pour construire la séquence, faites glisser les instructions ci-dessous.

Choisissez les instructions

- Prends le crayon rouge
- Prends le crayon noir
- Avance d'une case
- Avance de 2 cases
- Avance de 3 cases
- Tourne à gauche
- Tourne à droite

Construisez votre séquence

....
....
....
....
....
....
....
....
....
....
....
....

Résultat avec 4 répétitions

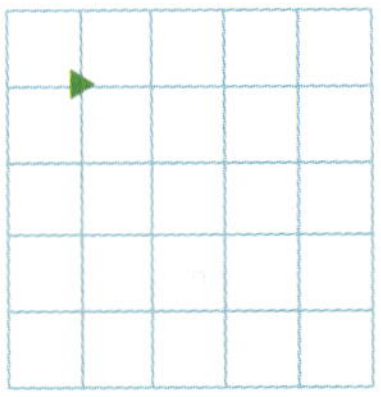

1

Histoire

Civils et militaires dans la Première Guerre mondiale

Cours

L'entrée en guerre

La Grande Guerre de 1914-1918 oppose la **Triple Alliance** (Allemagne, Autriche-Hongrie) à la **Triple Entente** (France, Royaume-Uni, Russie). C'est une **guerre totale** qui mobilise toute la population civile et militaire et entraîne de profondes mutations.

Une guerre d'une violence extrême

Sur le front, les « **Poilus** » font face à une violence inédite comme à Verdun (février-décembre 1916). 60 millions d'obus y sont tirés ! Les conditions de vie sont terrifiantes. Beaucoup d'hommes reviendront avec « la **gueule cassée** ». À l'arrière, l'économie est tournée vers la guerre, les femmes sont incitées à travailler dans les usines ou les champs. La faim, les restrictions, la grippe déciment les populations civiles.

Les révolutions déferlent en Europe

Dans ce contexte, une vague révolutionnaire déferle en Europe. En Russie, **Lénine** et les **bolcheviks** prennent le pouvoir en octobre 1917. Les défaites militaires, l'inflation, les grèves poussent le peuple à renverser le tsar. En Allemagne, les spartakistes avec Rosa Luxembourg et Karl Liebknecht s'opposent à l'empereur Guillame II. Leur mouvement est violemment réprimé. La république de Weimar est proclamée.

Le génocide arménien de 1915

Les Turcs organisent le **génocide** de 800 000 à 1,2 million d'Arméniens. Ils sont accusés de soutenir la Triple Entente contre l'Empire ottoman. Les vraies raisons sont ethniques et religieuses (les Arméniens sont chrétiens).

La fin de la guerre

La guerre prend fin avec l'**armistice du 11 novembre 1918** et le traité de Versailles signé en 1919. Les vainqueurs (Entente) redessinent la carte de l'Europe. La Société des nations (SDN) est créée pour maintenir la paix dans le monde. Mais, l'Allemagne humiliée parle de « *Diktat* ». Le dessin des nouvelles frontières européennes ne tient pas compte des peuples et porte en germe la Seconde Guerre mondiale.

Le conseil du prof

Retenez qu'une guerre totale comporte trois dimensions : la dimension politique et psychologique, la dimension économique et financière et la violence de masse.

Exercices

Corrigés, p. 176

1 Analysez le document page ci-contre.

1. Comment appelle-t-on ce type de document ? À qui s'adresse-t-il ?
....

2. Identifiez les figures représentées.
....

3. Quel symbole représente la victoire ?
....

4. Quel est l'objectif de cette affiche ?
....
....
....

Source : Affiche de 1915, BNF.

2 Lisez le texte et répondez aux questions.

3 mars 1915

Le *Djémièt* (comité central de l'*Ittihad**) a pris la décision de débarrasser la patrie de la convoitise de cette race maudite (les Arméniens). Le *Djémièt* incapable d'oublier l'humiliation et les amertumes du passé, plein d'idées de revanche a décidé de supprimer tous les Arméniens habitant en Turquie, sans laisser vivant un seul individu, et a donné au gouvernement de larges prérogatives à ce sujet. Le gouvernement donnera aux gouverneurs et aux commandants des armées les instructions nécessaires relatives à l'organisation des massacres. Tous les délégués de l'*Ittihad*, partout où ils sont en fonction, poursuivront la mise en exécution de ce projet. On ne tolèrera pas qu'un Arménien puisse obtenir un secours ou une protection (...).

Lettre adressée par l'*Ittihad* à son délégué dans la ville d'Adana (Cilicie).

**Ittihad* : parti politique. En 1914, ses dirigeants contrôlent totalement le pays, ils dirigent le gouvernement, l'armée, la police.

Source : D'après un document officiel turc, cité dans Y. Ternon, *Enquête sur la négation d'un génocide*, éd. Parenthèses, 1989.

1. Quel peuple va être massacré ? Entourez la réponse en rouge.
2. Par qui ? Entourez la réponse en vert.
3. Quelles sont les raisons de ce génocide ? Soulignez la réponse.
4. Donnez la définition de « génocide ».

....

....

3 SUJET BREVET 02:00 minutes /2 pts

Citez deux exemples qui expliquent les difficultés de vie des Poilus sur le front et des civils à l'arrière.

....

....

....

4 SUJET BREVET 02:00 minutes /2 pts

Soulignez la phrase qui vous semble le mieux définir la révolution russe de 1917.

1. En octobre 1917, les bolcheviks de Lénine renversent le tsar et installent un régime communiste en Russie.
2. En 1917, la Russie connaît des défaites militaires et une vague de contestation populaire qui conduisent à la révolution.

5 SUJET BREVET 05:00 minutes /4 pts

Complétez les cartouches à l'aide des propositions suivantes.

quotidien difficile, contrôle de l'information, combats dans les tranchées, économie de guerre, souscription aux emprunts de guerre, devoir patriotique, bombardement, nouvelles armes.

La Première Guerre mondiale, une guerre totale

→ Violence de masse :

....

....

....

....

→ Dimension politique et psychologique :

....

....

....

→ Dimension économique et financière :

....

....

2

Histoire

Sujet de brevet, p. 155

Démocraties fragilisées et expériences totalitaires

Cours

Le régime totalitaire nazi

• Dans les années 1930, l'Europe est frappée par une terrible crise économique qui fragilise les gouvernements. En Allemagne, la République de Weimar est balayée par le parti nazi, dirigé par Adolf Hitler, qui instaure un régime totalitaire dès 1933. La population voit ses libertés restreintes et ses actes surveillés par la Gestapo (police politique). Les opposants sont jetés dans des camps de concentration. La jeunesse est embrigadée (Jeunesse hitlérienne).

• Le régime nazi a pour objectif la domination des « races inférieures » et l'extermination des Juifs. Ses symboles sont la croix gammée et l'aigle impérial. Hitler met ainsi en place le IIIe Reich.

La République en crise

• Dans les années 1930, la France est touchée par la crise économique mondiale. Le chômage s'étend. L'instabilité gouvernementale développe un **antiparlementarisme** entretenu par les **ligues** qui veulent mettre en place un État autoritaire comme en Allemagne ou en Italie. Elles organisent une manifestation le **6 février 1934**. Les manifestants veulent marcher sur l'Assemblée nationale. La France échappe à un coup d'État, le gouvernement démissionne.

• Face à cette menace fasciste, les partis de gauche qui défendent des idéaux démocratiques et républicains s'unissent et se rassemblent dans un « **Front populaire** ». Celui-ci organise une contre-manifestation sous le slogan : « Pain, Paix, Liberté ». En mai 1936, les socialistes de la SFIO, les communistes (PCF) et les radicaux remportent les élections. Léon Blum devient chef du gouvernement.

Le Front populaire

• Le Front populaire représente l'**espoir des classes populaires** qui organisent des grèves pour obtenir de meilleures conditions de travail. Elles obtiennent une hausse des salaires, le droit syndical, 15 jours de congés payés, 40 heures de travail par semaine, l'école obligatoire jusqu'à 14 ans...

• L'embellie est courte, le Front populaire se heurte à l'extrême droite, aux milieux financiers et ne résiste pas au spectre de la Seconde Guerre mondiale.

Le conseil du prof

La France de l'entre-deux-guerres subit les conséquences de la Grande Guerre, de la crise mondiale et de la révolution russe. Il faut bien maîtriser ces leçons.

Exercices

Corrigés, p. 176

1 Soulignez la bonne définition de « ligue » dans les années 1930 en France.

1. Un groupe fasciste d'extrême droite.
2. Un groupe démocratique et républicain.
3. Un groupe qui souhaite une restauration monarchique.

2 **Lisez le texte et répondez aux questions.**

Les lois de Nuremberg

« Le Reichstag a adopté à l'unanimité la loi suivante [...] :
1. Les mariages entre Juifs et citoyens de sang allemand, ou assimilé, sont interdits.
2. Les relations entre Juifs et citoyens de sang allemand, ou assimilé, en dehors du mariage sont interdites.
3. Les Juifs n'ont pas le droit d'employer dans leur ménage des femmes de sang allemand, ou assimilé, âgées de moins de 45 ans.
4. Il est interdit aux Juifs de pavoiser aux couleurs allemandes nationales. Par contre, ils peuvent pavoiser aux couleurs juives : l'exercice de ce droit est protégé par l'État.
5. Les infractions au paragraphe 1 seront sanctionnées par une peine de réclusion. Les infractions au paragraphe 2 seront sanctionnées par une peine d'emprisonnement ou de réclusion. »

Loi pour la protection du sang et de l'honneur allemands, 15 septembre 1935.

1. De quand date les lois de Nuremberg ? Entourez la date sur le document.

2. Quelle population est visée par ces lois ? Soulignez en vert une discrimination qui la frappe.

3. Comment appelle-t-on cet aspect de l'idéologie nazie ?

3 **La vie politique française dès les années 1930.**

1. Citez une figure du Front populaire.

....

....

2. Citez deux avancées des accords Matignon.

....

3. Quel est le régime politique de la France en 1936 ?

....

4. Citez deux problèmes qui caractérisent l'entre-deux-guerres.

....

5. Qu'est-ce que l'antiparlementarisme ?

....

4 **Observez le document et répondez à la question.**

La victoire du Front populaire aux élections législatives de mai 1936

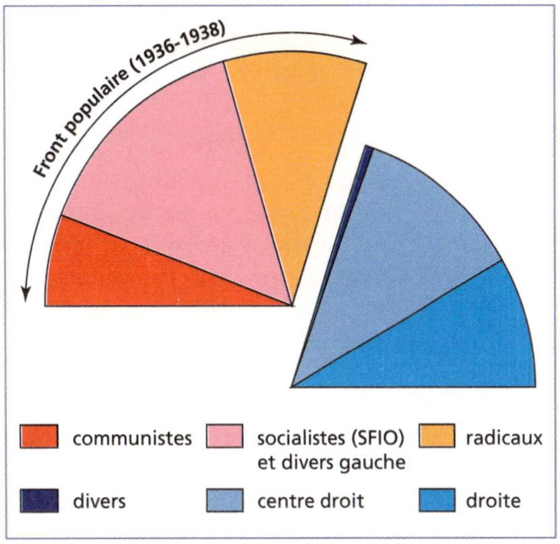

Quelles sont les trois forces qui composent le Front populaire ?

....

....

5 SUJET BREVET 04:00 minutes /5 pts

1. Citez deux moyens utilisés par les nazis pour soumettre la population.

....

....

2. Citez trois « ennemis » du nazisme.

....

....

....

3. Expliquez ce qu'est un camp de concentration.

....

....

....

6 SUJET BREVET 02:00 minutes /2 pts

Parmi les propositions suivantes, soulignez la définition de « propagande ».

1. C'est une action qui cherche à propager une idée.
2. C'est une action qui cherche à influencer l'opinion et à lui faire admettre une idée.
3. C'est une action qui cherche à combattre les idées fausses propagées par les régimes totalitaires.

3

Histoire

Sujet de brevet, p. 155

La Seconde Guerre mondiale, une guerre d'anéantissement

Cours

Une guerre idéologique

- La Seconde Guerre mondiale (1939-1945) fait plus de 65 millions de morts. Sa caractéristique réside dans la volonté d'anéantir des peuples entiers. Les civils sont la cible des combats : c'est une **guerre d'anéantissement**.
- Deux forces s'opposent : l'**Axe** (Allemagne, Italie, Japon) qui prône la domination de « la race supérieure » et la discrimination raciale et les **Alliés** (États-Unis, Royaume-Uni, URSS à partir de 1941) qui défendent les Droits de l'homme, la démocratie, la liberté et l'égalité.

Les phases du conflit et la fin de la guerre

- **1939-1942** : les victoires de l'Axe. La technique de la guerre-éclair permet de conquérir l'Europe, de la Pologne à la France. En Asie, le Japon annexe une partie de la Chine.
- **1942-1945** : les victoires des Alliés. Les nazis reculent lors de la bataille de Stalingrad (août 1942-février 1943) et du débarquement en Normandie (6 juin 1944). Les Japonais anéantis par deux bombes atomiques à Hiroshima et Nagasaki (6 et 9 août 1945), capitulent.
- La guerre prend fin le 8 mai 1945 en Europe et le 2 septembre en Asie.

« Crime contre l'Humanité »

Dès 1945, l'idée de « crime contre l'Humanité » est forgée. Lors de la conférence de Wannsee en 1942, les nazis ont mis en place un plan d'extermination systématique des Juifs et des Tsiganes d'Europe : « la **Solution finale** ». Le monde découvre l'horreur des camps de concentration et d'extermination symbolisés par le **camp d'Auschwitz**.

Le conseil du prof

Retenez l'orthographe de « Auschwitz ».
Faites une chronologie avec les dates clés pour mieux les apprendre : 1939, 7 décembre 1941, 1942, 8 mai 1945, 1939-1942, 1942-1945, 6 et 9 août 1945, 2 septembre 1945.

Exercices

Corrigés, p. 176

1 Complétez les phrases avec les mots suivants. (Attention aux pièges.)

Hiroshima, Nagasaki, Tokyo, 6 juin 1944, 8 mai 1945, les USA, l'URSS, la France et le Royaume-Uni, le Pacifique, l'Amérique, Juifs, les Italiens, Tsiganes, les nazis.

1. Durant la Seconde Guerre mondiale, les nazis organisent l'extermination des ....
2. Les Alliés débarquent en France sur les côtes normandes le ....
3. La Seconde Guerre mondiale est un conflit planétaire car elle se déroule en Europe et dans le ....
4. L'armistice de la Seconde Guerre mondiale est signé le .... en Europe.
5. Ce sont sur les villes japonaises de .... et .... que sont larguées les bombes atomiques.
6. Ce sont les .... qui sont les vainqueurs de la guerre.

2 Vrai ou faux ? Entourez la bonne proposition.

1. La Seconde Guerre mondiale est une guerre d'anéantissement.
vrai faux

2. Les Alliés n'apprennent l'existence des camps qu'à la Libération.
vrai faux

3. Les forces de l'Axe sont composées de la France, des États-Unis et de l'URSS.
vrai faux

4. La bataille de Stalingrad (août 1942-février 1943) oppose les Soviétiques aux nazis.
vrai faux

5. Ce sont les Soviétiques qui lancent deux bombes atomiques sur le Japon.
vrai faux

6. Le camp d'Auschwitz est à la fois un camp de concentration et d'extermination.
vrai faux

3 SUJET BREVET 05:00 minutes /4 pts

1. Donnez deux exemples qui peuvent expliquer pourquoi la Seconde Guerre mondiale est une guerre d'anéantissement.
....

2. Caractérisez l'action des *Einsatzgruppen*.
....

3. Donnez la date de deux principales phases de la Seconde Guerre mondiale.
....

4. Nommez un acteur militaire français de la guerre.
....

5. Expliquez ce qui se passe le 7 décembre 1941 dans le Pacifique.
....
....
....

4 SUJET BREVET 05:00 minutes /4 pts

Témoignage d'un rescapé du camp de Buchenwald

Il ne suffit pas aux SS d'avoir rasé et déguisé les détenus (...) il faut que les détenus se battent entre eux pour manger (...) Nous sommes ici pour mourir. C'est l'objectif que les SS ont choisi pour nous. Ils ne nous ont ni fusillés ni pendus, mais chacun, rationnellement privé de nourriture, doit devenir le mort prévu, dans un temps variable. (...) Le froid est douloureux, mais les SS veulent que nous mourions par le froid, il faut s'en protéger parce que c'est la mort qui est dans le froid. Le travail est vidant – absurde – mais il use, et les SS veulent que nous mourions par le travail (...) Les SS pensent qu'ils nous auront par la fatigue, c'est-à-dire par le temps, la mort est dans le temps.

Source : Robert Anthelme, *L'espèce humaine*, éd. Gallimard, 1947.

1. Dans quel type de camp se trouve le narrateur ?
2. Comment la mort des déportées est-elle organisée dans les camps ? Donnez trois exemples.
3. Qui surveille les déportés et organise la vie de ces lieux ?
4. Quel autre type de camp existe-t-il ? Comment y était organisée la mort ?

5 SUJET BREVET 02:00 minutes /2 pts

1. Complétez la légende de la carte.
2. Donnez un titre à cette carte.
....
....

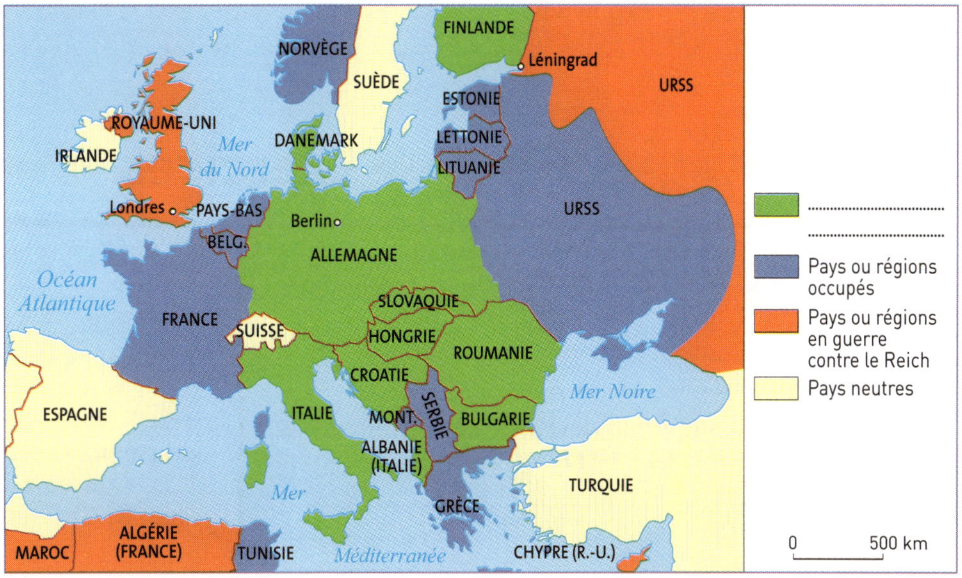

4

Histoire

Sujet de brevet, p. 149

La France défaite et occupée

Cours

La défaite

En mai-juin 1940, la France est occupée par les nazis (Nord du pays). Le 16 juin, **Philippe Pétain** est nommé chef du gouvernement. Le 17 juin, il fait cesser les combats et signe le 22 juin, un armistice avec le Reich.

La dictature de Vichy

Le 10 juillet 1940, Pétain obtient les pleins pouvoirs et instaure une dictature, l'**État français**, dirigée depuis Vichy. Sa devise est « Travail, Famille, Patrie ». Les libertés fondamentales sont restreintes. Pétain fait sa « Révolution nationale » et collabore avec l'Allemagne : STO (service de travail obligatoire), milice (1943), lois antisémites d'octobre 1940, déportation des Juifs.

La résistance civile et militaire

- Le **18 juin 1940**, Charles de Gaulle appelle à résister depuis la BBC de Londres et crée les FFL (Forces françaises libres). Il coordonne les réseaux de résistance, les actions clandestines et les maquis.
- En 1942, **Jean Moulin** unifie la résistance intérieure et la France libre avec le CNR (Conseil national de la résistance), qui prépare le retour des valeurs républicaines.
- Les résistants forment une petite minorité de Français de toutes origines et de toutes professions. Ce sont des femmes et des hommes ordinaires qui décident de risquer leur vie pour défendre leurs valeurs. Ils sont choqués par les rafles et la déportation des Juifs, le STO, la dégradation des conditions de vie et viennent peu à peu grossir les rangs des résistants. Ceux qui ont protégé les Juifs des persécutions seront appelés « Justes parmi les nations » par l'État d'Israël après la guerre.

Le conseil du prof

Ne confondez pas les principes et les valeurs de la République française et ceux de l'État français (1940-1944). Assurez-vous de la chronologie en réalisant une fiche de révision. Retenez bien qui est Pétain et qui est De Gaulle.

Exercices

Corrigés, p. 176

1 Définissez le mot « armistice », datez celui de la Grande Guerre et celui signé par Pétain.

....

....

2 Expliquez la devise de l'État français de 1940 à 1944 : « Travail, Famille, Patrie ».

Travail : ....

Famille : ....

Patrie : ....

3 Soulignez les bonnes propositions pour définir :

1. le CNR.

a. Le Conseil national de la résistance organisé par Jean Moulin.

b. Le Conseil de la nouvelle république organisé par Léon Blum.

c. Le Conseil nationaliste républicain organisé par Charles de Gaulle.

2. **un « maquis ».**

a. Un groupe secret de miliciens chassant les résistants.

b. Un groupe de résistants armés et cachés dans une zone difficile d'accès.

4 Complétez la fin des phrases à l'aide des propositions suivantes.

Pierre Laval, Philippe Pétain, Charles de Gaulle, Jean Moulin, Manouchian.

1. Je suis un héros de la Première Guerre mondiale et je dirige l'État français de 1940 à 1944, je suis :

....

2. J'organise la résistance française depuis Londres où je suis réfugié, je suis :

....

3. Je suis un grand résistant français connu sous le nom de code « Rex », je suis :

....

4. Je suis arrêté, jugé et condamné à mort pour haute trahison et collaboration avec l'Allemagne nazie, je suis :

....

5 Répondez aux questions par vrai ou faux.

1. À la Libération, les femmes obtiennent le droit de vote et la Sécurité Sociale est créée.

vrai faux

2. Philippe Pétain met en place « la Révolution nationale » sous l'État français.

vrai faux

3. L'entreprise Renault accusée de collaboration est nationalisée en 1945.

vrai faux

6 SUJET BREVET 02:00 minutes /2 pts

Soulignez la définition qui correspond le mieux à « collaboration ».

1. C'est une coopération avec l'Allemagne nazie qui est à la fois économique et policière, décidée par le maréchal Pétain et Pierre Laval.

2. C'est une entraide mutuelle entre l'Allemagne et la France pour améliorer les relations économiques et policières, décidée par le maréchal Pétain et Pierre Laval.

7 SUJET BREVET 05:00 minutes /3 pts

Témoignage de Lucie Aubrac : pourquoi j'ai résisté

« Je me suis engagée dans la Résistance par rébellion contre Pétain. Il venait de signer un accord de collaboration avec Hitler en octobre 1940. Durant ma vie d'étudiante, j'avais milité activement contre la montée du fascisme et cette collaboration avec les nazis m'avait bouleversée. Jean Cavaillès, professeur de philosophie (fusillé en janvier 1944), Emmanuel d'Astier de La Vigerie journaliste et moi-même, professeur d'histoire, nous étions du côté de la Liberté. Nous avons donc fondé le mouvement Libération-Sud à Clermont-Ferrand. Par la force des choses, ce mouvement est devenu antinazi avec l'occupation allemande. Le statut des Juifs était aussi pour moi un sujet de révolte. Vichy avait, par exemple, interdit aux Juifs d'exercer des fonctions publiques. »

Extrait de la revue TDC n°852, mars 2003.

1. Quelle résistante témoigne ici ? Quel est son métier ? Entourez les réponses en rouge.
2. Soulignez en vert les motifs de son engagement.
3. Quelles valeurs de la République française défendait-elle ?

8 SUJET BREVET 06:00 minutes /6 pts

Affiche de propagande nazie justifiant l'exécution du groupe Manouchian le 21 janvier 1944.

1. Qui sont ces hommes ?
2. De quels crimes les nazis les accusent-ils ?
3. Quel est le but recherché par les nazis en placardant cette affiche ?

5

Histoire

Indépendance et construction de nouveaux États

Cours

Les origines de la décolonisation

• Au XIXe siècle, la France et le Royaume-Uni se sont constitué de vastes empires coloniaux en Afrique et en Asie. Au lendemain de la Seconde Guerre mondiale, les colonies réclament leur **indépendance**.

• Les peuples colonisés profitent du contexte international : perte du mythe d'infaillibilité des puissances coloniales battues pendant la guerre, promesses d'indépendance faites en échange de l'aide à la lutte contre l'Axe, la guerre froide, l'ONU et son droit des peuples à disposer d'eux-mêmes.

Les formes de la décolonisation

• La première phase d'indépendance se déroule entre 1947 et 1962 en Asie et en Afrique. En Inde, **Gandhi** obtient le départ des Britanniques et l'indépendance de son pays par des actions non violentes. L'empire des Indes se divise en trois nations : le Pakistan occidental, l'Union indienne et le Pakistan oriental aujourd'hui le Bangladesh. L'Union indienne adhère au **Commonwealth**.

• La France refuse l'indépendance à ses colonies. L'Indochine (1954) et l'Algérie (1962) entrent alors en guerre. Face à ces échecs, la France négocie l'accès à l'indépendance de ses colonies africaines à partir des années 1960. C'est la deuxième phase de la décolonisation.

Les problèmes des nouveaux États indépendants

Devenus indépendants, ces États doivent faire face à de nombreux problèmes. Les États-Unis et l'URSS veulent, dans un contexte de guerre froide, étendre leur influence. Lors de la **conférence de Bandung** en Indonésie (1955), plusieurs nouveaux États indépendants déclarent leur refus d'entrer dans un bloc : c'est le **non-alignement**.

Le conseil du prof

N'oubliez pas que la décolonisation se déroule dans le contexte de la guerre froide.

Exercices

Corrigés, p. 176

1 Complétez les phrases suivantes avec les noms de la liste.

De Gaulle, Hô Chi Minh, Nehru, Kennedy, Sédar Senghor, Ben Bella.

1. Je suis le premier président du Sénégal, je m'appelle : ....

2. Je suis un des chefs du FLN et le premier président algérien, je m'appelle : ....

3. Avec Gandhi, je suis le leader de l'indépendance de l'Union indienne, je m'appelle : ....

4. Je suis le leader de l'indépendance de l'Indochine et le chef du Vietminh, je m'appelle : ....

2 SUJET BREVET 01:00 minute /1 pt

Soulignez la bonne définition de « pays non alignés ».

1. Ce sont les pays qui refusent d'adhérer au bloc capitaliste et au bloc communiste.

2. Ce sont les pays qui refusent d'adhérer à l'Organisation des Nations Unies.

3. Ce sont les pays qui refusent d'adhérer au Commonwealth.

3 SUJET BREVET 05:00 minutes /6 pts

1. L'empire des Indes est indépendant en 1947. À quels pays donne-t-il naissance ?
2. Donnez deux exemples de luttes non violentes de Gandhi en Inde.
3. Expliquez ce qu'est un pays du tiers-monde et donnez un exemple.

4 SUJET BREVET 10:00 minutes /6 pts

1. Légendez la caricature de Plantu à l'aide des propositions suivantes : le bloc américain, le bloc soviétique, un nouvel État indépendant, le non-alignement.
2. Quel est le contexte géopolitique du dessin ?
3. Le personnage du dessin est-il libre ? Expliquez.

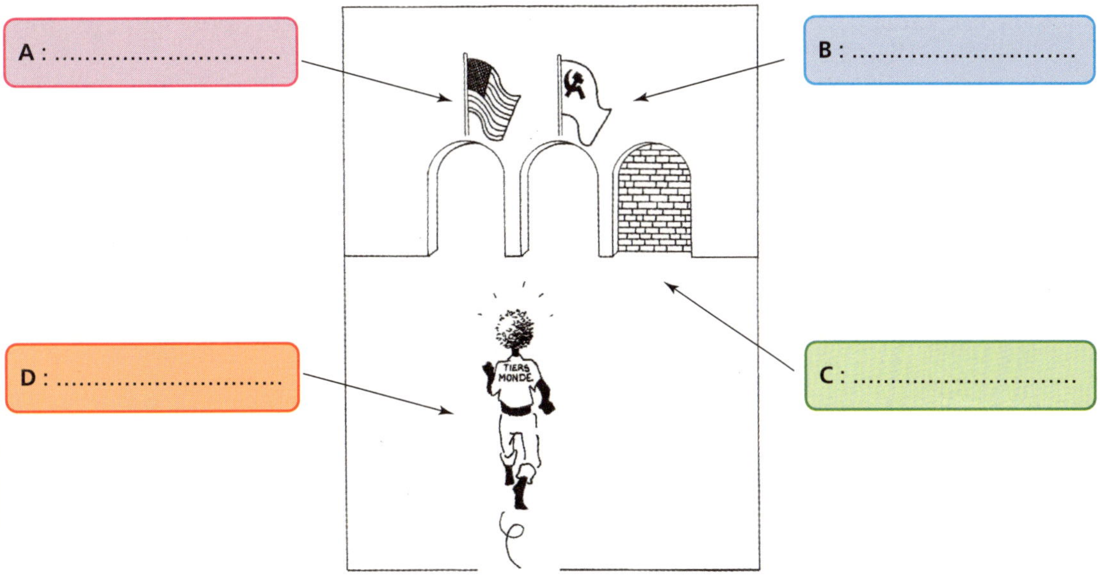

Caricature de Plantu, *Pauvres chéris*, 1978.

5 SUJET BREVET 07:00 minutes /5 pts

1. Coloriez l'Algérie en rouge et hachurez son ancienne métropole.
2. Coloriez l'Inde en vert et hachurez son ancienne métropole.
3. Placez sur la carte le Pakistan et le Bangladesh.
4. Coloriez en bleu les USA et l'URSS.
5. Placez la ville de Bandung en Indonésie.

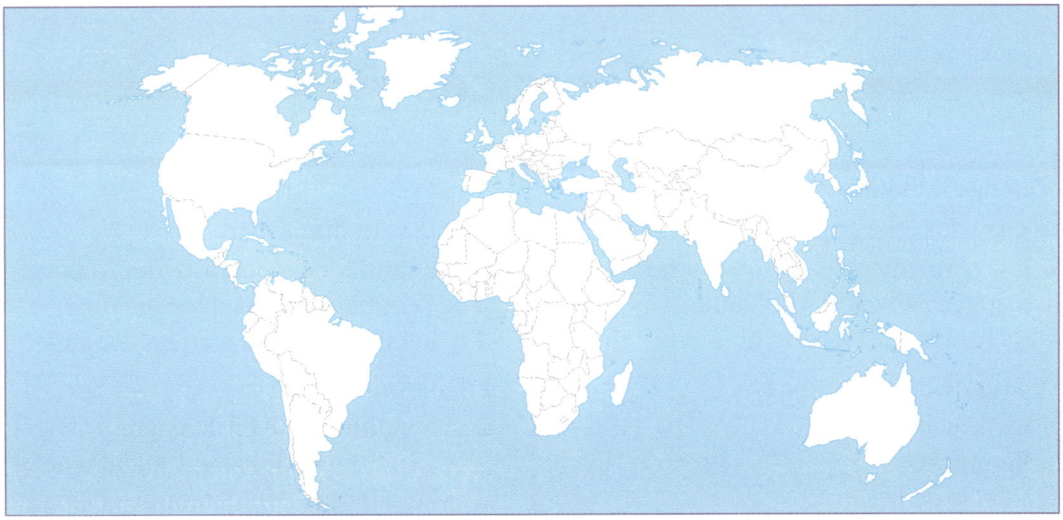

6

Histoire

Sujets de brevet, p. 146, 158

Un monde bipolaire au temps de la Guerre froide

Cours

Qu'est-ce que la Guerre froide ?

• Après 1945, les enjeux géopolitiques changent. Les USA et l'URSS étendent leur influence. C'est la naissance de la Guerre froide. Ce **conflit indirect** oppose les États-Unis à l'URSS de 1947 à 1991 sur plusieurs plans.

• **Le plan politique** : les États-Unis défendent le capitalisme, la liberté d'entreprendre et la démocratie libérale. L'URSS défend le communisme, la collectivisation et un parti unique.

• **Le plan idéologique** : chacun utilise la propagande pour discréditer « l'ennemi », promouvoir son modèle en utilisant le sport (JO), la course à l'espace, le cinéma…

• **Le plan militaire** : chacun signe des alliances défensives, l'OTAN (Organisation du traité de l'Atlantique Nord) en 1949 pour les USA et le pacte de Varsovie en 1955 pour l'URSS. C'est aussi le temps de la « course aux armements » et de la dissuasion nucléaire.

• Le monde est ainsi divisé en deux blocs et l'Europe, par un « **rideau de fer** ».

Une succession de crises importantes

La Guerre froide est marquée par des crises.

• À **Berlin** : blocus de 1948-1949, la RFA adhère aux valeurs démocratiques et la RDA, aux valeurs de l'Est, construction du mur dans la nuit du 12 au 13 août 1961, chute du mur le 9 novembre 1989, fin du conflit avec l'effondrement de l'URSS en décembre 1991.

• À **Cuba** : en 1962 construction d'une base de lancement de missiles nucléaires qui peuvent menacer le territoire des États-Unis.

• En **Corée**, de 1950 à 1953, la guerre oppose la Corée du Nord, soutenue par les Soviétiques, à la Corée du Sud, soutenue par les Américains. Elles sont séparées par une frontière définie par le 38e parallèle.

Le conseil du prof

Il faut connaître les caractéristiques idéologiques et économiques de chaque camp ainsi que des exemples précis d'affrontements indirects.

Exercices

Corrigés, p. 177

1 Cochez la bonne réponse.

1. La crise de Cuba oppose :
- ❑ a. J.-F. Kennedy et N. Khrouchtchev.
- ❑ b. J.-F. Kennedy et C. de Gaulle.
- ❑ c. H. Truman et M. Gorbatchev.

2. Le mur de Berlin entoure :
- ❑ a. Berlin-Ouest.
- ❑ b. Berlin-Est.
- ❑ c. La ville de Berlin.

3. Que veut dire RFA ?
- ❑ a. République fédéraliste des Allemagnes
- ❑ b. République fédérale allemande
- ❑ c. République fière d'être allemande

4. Que veut dire RDA ?
- ❑ a. République de l'Allemagne
- ❑ b. République durable d'Allemagne
- ❑ c. République démocratique allemande

2 **Complétez le tableau.**

Blocs	Ouest	Est
Pays leader		
Valeurs		
Alliance militaire		

3 **Complétez et datez ces quatre croquis.**

L'Allemagne au cœur de la Guerre froide

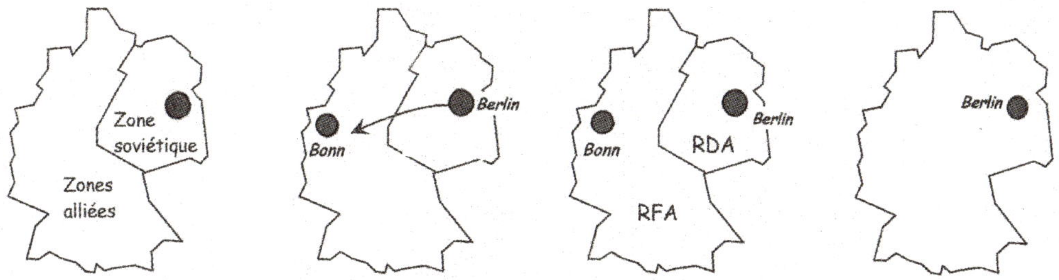

4 SUJET BREVET 02:00 minutes /2 pts

Expliquez l'expression de Churchill : « rideau de fer ».

....

....

5 SUJET BREVET 01:00 minute /1 pt

Soulignez la bonne définition de la Guerre froide.

1. C'est un affrontement nucléaire entre les États-Unis et l'URSS de 1947 à 1991.
2. C'est un affrontement indirect entre les États-Unis et l'URSS de 1947 à 1991.
3. C'est un affrontement entre les États-Unis et l'URSS qui est résolu par l'ONU entre 1947 et 1991.

6 SUJET BREVET 05:00 minutes /3 pts

Observez le document et répondez aux questions.

1. Ce document est une caricature de propagande, à quel camp appartient l'auteur ?

....

2. Quelle crise importante de la Guerre froide est ici suggérée ? Datez-la.

....

3. Qui sont les acteurs de cette crise ?

....

4. Que veut montrer ce document ?

....

....

Source : Caricature de Dick Spencer publiée en juin 1948 dans le journal américain *Saint Louis Post Dispatch.*

7

Histoire

Sujet de brevet, p. 150

Affirmation et mise en œuvre du projet européen

Cours

La construction européenne : son projet

• Le **traité de Rome** (25 mars 1957) fonde la CEE, embryon de l'Europe actuelle. Le **traité de Maastricht**, signé le 7 février 1992, fonde l'Union européenne qui compte aujourd'hui 28 États membres. Les liens entre les États se renforcent avec l'espace Schengen et la monnaie unique (2000).
• Les pères fondateurs de l'Europe défendent les valeurs occidentales : paix, démocratie, droits de l'homme. Ils ont pour objectif de permettre les échanges commerciaux, d'assurer l'autosuffisance alimentaire, de favoriser les échanges culturels et d'encadrer le nucléaire.
• Les symboles de l'Europe sont le drapeau bleu avec des étoiles jaunes, l'*Hymne à la joie* de Beethoven, la devise : « Unie dans la diversité », l'euro.

Les limites de l'UE

• Les pays membres ne parlent pas d'une seule voix. Les sujets de désaccords restent nombreux : immigration, indépendance énergétique, création d'une défense commune.
• L'UE peine à s'adapter à la mondialisation qui accentue le déficit de sa balance commerciale et fait reculer son influence culturelle.

Plusieurs ensembles

• L'Europe du Nord-Ouest avec la **dorsale européenne** concentre la richesse, les pouvoirs et les grandes infrastructures de transport et de communication de l'UE ;
• l'Europe centrale et orientale se développe doucement depuis la chute du communisme, au rythme des adhésions à l'UE ;
• l'Europe du Sud traverse une crise financière très importante.
L'Union européenne tente de réduire ces écarts en mettant en place une politique régionale et une plus grande cohésion territoriale.

Le conseil du prof

Faites une fiche synthèse des dates de la construction européenne en utilisant les leçons d'histoire et de géographie. Sachez placer sur une carte les pays membres et leur capitale. Attention la Suisse est en Europe mais elle n'est pas membre de l'UE !

Exercices

Corrigés, p. 177

1 Donnez un exemple :

1. de succès de la construction européenne :
....
....
2. d'échec de la construction européenne :
....
....

2 Complétez les définitions à l'aide des propositions suivantes. (Attention aux pièges.)
Schengen, Union européenne, élargissement, CEE, CECA, marché commun, zone euro, le Parlement européen.

1. Le fait de faire entrer de nouveaux membres dans l'Union européenne :

....

2. L'espace de libre circulation des personnes entre les États signataires de cet accord :

....

3. L'organisation européenne regroupant 28 États membres en 2013 :

....

4. L'organisation européenne regroupant 6 États membres en 1957 :

....

....

5. Un espace économique sans droit de douane reposant sur la libre circulation des marchandises, des personnes et des capitaux :

....

....

....

3 SUJET BREVET 10:00 minutes /8 pts

1. Nommez la zone qui rassemble la population, les richesses et les centres de décision de l'UE et placez-la sur la carte.

2. À quels États correspondent les lettres A, B, C ? Donnez la capitale de chacun d'eux.

A ....

B ....

C ....

3. Hachurez en rouge un pays riche de l'UE et en vert un pays plus pauvre. Nommez-les :

....

....

....

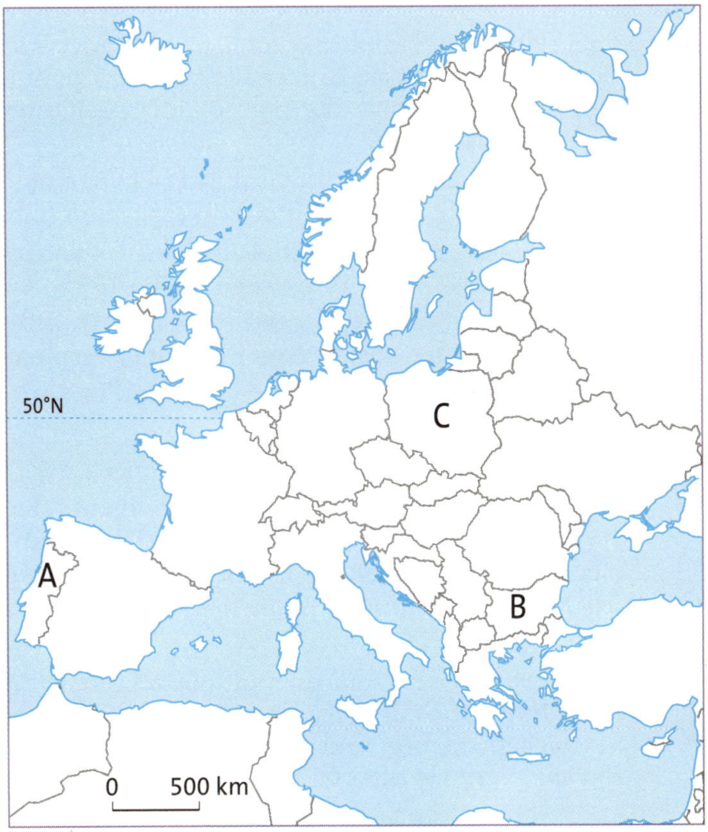

4 SUJET BREVET 05:00 minutes /6 pts

Caractérisez les trois grands ensembles régionaux européens.

1er ensemble : ....

2e ensemble : ....

3e ensemble : ....

5 SUJET BREVET 05:00 minutes /3 pts

Citez 10 pays membres de l'Union européenne.

6 SUJET BREVET 02:00 minutes /2 pts

Reliez les institutions européennes à la ville où elles siègent.

a. Le Parlement.
b. La Commission européenne.
c. La Banque centrale européenne.
d. La Cour de justice.

1. Strasbourg
2. Francfort
3. Bruxelles
4. Luxembourg

7 SUJET BREVET 02:00 minutes /2 pts

1. Citez deux États de l'Union européenne qui possèdent l'euro.

....

2. Citez deux États de l'Union européenne qui ne possèdent pas l'euro.

....

8

Histoire

Sujet de brevet, p. 152

Enjeux et conflits dans le monde après 1989

Cours

Les principales lignes de force de la géopolitique mondiale

• En 1991, l'URSS implose, c'est la fin de la guerre froide. Un nouvel ordre mondial éclôt, on pense qu'une paix universelle va naître puisqu'il n'y a plus de **monde bipolaire**. L'ONU paraît capable de jouer ce rôle pacificateur. Mais c'est un échec. Le monde devient multipolaire.

• Les USA prennent le leadership et deviennent une **hyperpuissance** économique, financière, militaire et culturelle. Ils sont surnommés les « **gendarmes du monde** ».

• Les guerres civiles se multiplient dans les années 1990 : en Algérie (1992-2002), au Rwanda (1994) et en Yougoslavie (1991-1995). Le Moyen-Orient reste une véritable poudrière : conflit israélo-palestinien, guerre Iran-Irak, montée de l'islamisme.

• Les attentats terroristes se multiplient (11 septembre 2001, New York). L'ONU est impuissante face à ces menaces.

Un monde multipolaire

• La géopolitique se complexifie au XXIe siècle avec :

– la montée en puissance des **pays émergents** (Brésil, Russie, Inde, Chine, Afrique du Sud) qui concurrencent la **Triade** (USA, UE, Japon) ;

– la menace de nouvelles puissances nucléaires (Inde, Pakistan, Corée du Nord, Iran) ;

– le développement de la piraterie maritime dans l'océan Indien.

• Le monde et les relations internationales deviennent de plus en plus complexes. L'ONU, malgré ses carences, multiplie les échanges diplomatiques et défend la communauté internationale grâce aux tribunaux pénaux internationaux.

• Actuellement, une tendance à l'islamisme radical se développe au Moyen-Orient multipliant guerres et actes terroristes.

Le conseil du prof

Faites le lien avec les contenus des fiches 5 (la guerre froide), et 6 (la décolonisation) pour bien comprendre cette leçon.

Exercices

Corrigés, p. 177

1 Cochez la bonne case.

1. Avant 1991, le monde bipolaire était :

❑ a. le monde séparé par deux hémisphères.

❑ b. le monde séparé entre les pays riches et les pays en voie de développement.

❑ c. le monde séparé entre colonies et métropoles.

❑ d. le monde séparé en deux blocs durant la guerre froide.

2. La géopolitique du monde change dans les années 1990, les États-Unis deviennent :
- ❑ a. une hyperpuissance.
- ❑ b. une hypernuisance.
- ❑ c. une hyperchance.

3. Après 1990, les États-Unis sont surnommés :
- ❑ a. les chevaliers du monde.
- ❑ b. les policiers du monde.
- ❑ c. les gendarmes du monde.

3. Le mur de Berlin s'effondre :
- ❑ a. le 9 novembre 1789.
- ❑ b. le 9 novembre 1989.
- ❑ c. le 9 novembre 1991.

2 Complétez les phrases à l'aide des mots suivants.

Génocide, l'Europe de l'Est, multipolaire, le terrorisme, la première guerre du Golfe.

1. En 1990-1991, les États-Unis interviennent en Irak, c'est ....
....

2. Depuis la fin de la guerre froide le monde est devenu plus complexe et ....
....

3. En 1994, le Rwanda connaît un ....
....

4. Depuis les années 1990, de nombreuses attaques visant les populations civiles se sont développées afin de terroriser et de faire pression sur les États, c'est ce que l'on appelle :
....

5. Depuis l'effondrement de l'URSS, l'Union européenne s'élargit vers ....
....

3 Qui sont-ils ?

Vladimir Poutine, Bill Clinton, Saddam Hussein, George W. Bush.

1. Je suis président des États-Unis de 1992 à 2000 et j'organise les accords d'Oslo en 1993 entre Palestiniens et Israéliens. Je suis :
....

2. Je suis président des États-Unis de 2000 à 2008 et j'organise la seconde guerre du Golfe. Je suis :
....

3. Je suis un dictateur et je dirige l'Irak de 1969 à 2003. Je suis :
....

4. Je suis plusieurs fois président et premier ministre de la Russie. Je suis :
....

4 SUJET BREVET 05:00 minutes /3 pts

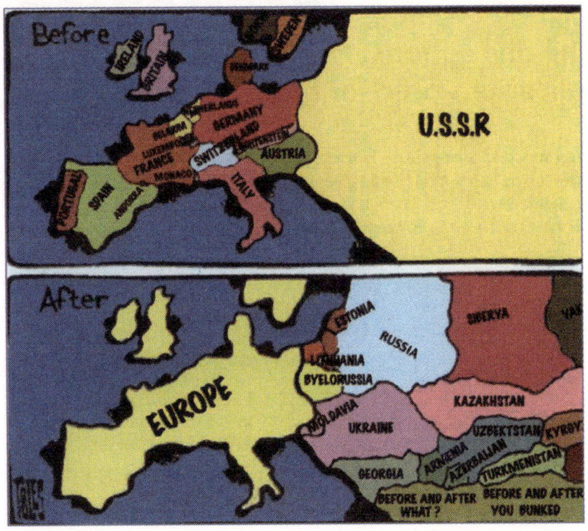

Caricature de Tom Toles : « L'Europe avant/après » paru dans *Buffalo News* du 4 décembre 1991.

1. Datez la première partie du dessin. Que montre-t-il ? ....
2. Datez la seconde partie du dessin. Que montre-t-il ?
....
3. Quel événement majeur s'est produit entre ces deux représentations ?
....

5 SUJET BREVET 05:00 minutes /6 pts

1. Expliquez ce qu'était le monde bipolaire.
....
2. Expliquez ce que sont les BRICS ?
....
3. Les États-Unis sont une grande puissance, donnez un exemple :
- a. économique : ....
- b. politique : ....
- c. militaire : ....
- d. culturel : ....

6 SUJET BREVET 01:00 minute /1 pt

Soulignez la bonne définition de mondialisation.

1. C'est le développement très rapide des concurrences commerciales, des ruptures sociales et culturelles dans le monde.
2. C'est le développement très rapide de l'urbanisation et de la consommation dans le monde.
3. C'est le développement très rapide des liens commerciaux, sociaux et culturels entre les différentes parties du monde.

9

Histoire

Françaises et Français dans une République repensée

Cours

Refonder la République, redéfinir la démocratie

• En 1944, De Gaulle, à la tête du Gouvernement Provisoire de la République Française (GPRF) restaure les lois de la République et organise des élections. Les femmes obtiennent le droit de vote.

• En 1946, une nouvelle Constitution donne naissance à la **IVe République** qui s'appuie sur le programme du CNR et la Déclaration des Droits de l'Homme et du Citoyen. Cette nouvelle république prévoit la nationalisation de secteurs clés (banques, transports, énergie) et élargit la démocratie sociale en créant la Sécurité Sociale (1945).

La Ve République

• En 1958 est créée la **Ve République**. Cette Constitution affirme que la France est « indivisible, laïque, démocratique et sociale ». Le général de Gaulle devient président de la République, élu au suffrage universel direct pour 7 ans (septennat).

• En 1981, pour la première fois depuis 1958, un président de gauche, François Mitterrand, arrive au pouvoir. C'est l'**alternance**.

• Trois **cohabitations** suivront : 1986-1988, 1993-1995, 1997-2002. Le président de la République et son Premier ministre n'appartiennent pas au même courant politique. Mais cela ne gêne pas le fonctionnement de la République et est permis par l'article 8 de la Constitution. Les fonctions du chef de l'État et de son Premier ministre sont parfaitement définies.

Les nouveaux enjeux sociaux et culturels

• Depuis 1958, la Ve République s'adapte aux évolutions politiques et sociétales :
– 1970 : la femme partage l'autorité parentale.
– 1974 : majorité à 18 ans, loi Veil sur l'avortement. Les femmes s'émancipent.
– 1981 : abolition de la peine de mort, cinq semaines de congés payés, 39 h de travail hebdomadaire.

Les difficultés

• Même si la Ve République sait s'adapter aux évolutions, elle doit faire face à de nombreuses difficultés : montée du chômage, crises économiques successives depuis 1973, montée de l'abstentionnisme chez les jeunes, poussée du parti d'extrême droite, violences des banlieues.

Le conseil du prof

Retenez la chronologie des présidents de la Ve République qui est celle sous laquelle vous vivez. Faites une fiche sur deux grandes évolutions sociétales (IVG, abolition de la peine de mort), afin d'avoir des exemples précis à donner.

Exercices

Corrigés, p. 177

1 Vous avez la définition, donnez le mot défini à l'aide des propositions suivantes. L'abstention, l'alternance, le référendum, un citoyen, le féminisme, le droit de vote.

1. Le fait de ne pas voter : ....

2. L'arrivée au pouvoir d'un autre courant/mouvement politique : ....

3. Scrutin au cours duquel le citoyen vote « oui » ou « non » à une question posée : ....

4. Personne de 18 ans et plus qui peut exercer son droit de vote : ....

2 Répondez aux questions sur le texte.

Préambule de la Constitution de 1958

« Article 3 : La souveraineté nationale appartient au peuple français qui l'exerce par ses représentants et par la voie du référendum. Aucune section du peuple ni individu ne peut s'en attribuer l'exercice. Le suffrage peut être direct et indirect dans les conditions prévues par la Constitution. **Il est toujours universel, égal et secret.** Sont électeurs, dans les conditions déterminées par la loi, tous les nationaux français majeurs des deux sexes, jouissant de leurs droits civils et politiques. »

1. Soulignez dans le texte, la phrase qui montre que la France est une démocratie.
2. Citez deux suffrages directs et un suffrage indirect.
3. Donnez trois conditions nécessaires pour voter en France.
4. Expliquez la phrase en gras dans le texte.
universel : ....
égal : ....
secret : ....

3 Entourez la bonne réponse.

1. C'est en 1981 que la peine de mort est abolie en France. vrai faux
2. Jusqu'en 1973, la majorité était à 21 ans. vrai faux
3. La Ve République est née en 1958 et se termine en 1995. vrai faux
4. En France, l'avortement est autorisé depuis 1995. vrai faux

4 Complétez le tableau suivant.

Mandats	Présidents de la Ve République
	Charles de Gaulle
1969-1974	
1974-1981	
	François Mitterrand
	Jacques Chirac
	Nicolas Sarkozy
2012	

5 SUJET BREVET 05:00 minutes /6 pts

Affiche pour le droit à l'IVG

1. Quel droit défend cette affiche des années 1970 ?
2. Quelle évolution de la société la Ve République prend-t-elle en compte avec la loi Veil ?
3. Citez deux autres exemples d'adaptation de la Ve République aux évolutions de la société civile.

10

Géographie

Sujets de brevet, p. 147, 153, 156

Les aires urbaines d'une France mondialisée

Cours

Son origine

• L'organisation du territoire français est à la fois le fruit de l'histoire du pays, des diverses politiques d'aménagement et d'influences externes comme l'Europe ou la mondialisation.

• La population française vit majoritairement (80 %) en **milieu urbain** ou **périurbain**. Les métropoles, les régions frontalières et littorales concentrent la population pour des raisons historiques et économiques.

Les aires urbaines

• Les villes attirent les hommes et les activités. Plus une ville est importante, plus son impact sur l'espace environnant est grand. C'est la **métropolisation**. La croissance des villes s'accompagne d'un étalement spatial qui transforme les territoires périurbains.

• Le **centre** (quartier historique et commerces de proximité) est occupé par une population aisée ; la **périphérie** est composée de pavillons et de petits immeubles ; le **périurbain** (grands ensembles, centres commerciaux) est occupé par une population plus modeste ; le **suburbain** (maisons individuelles) est souvent occupé par des familles qui cherchent plus de confort (jardin) et un logement plus accessible financièrement.

L'hypertrophie parisienne

La capitale et son agglomération comptent plus de 10 millions d'habitants et les principales fonctions culturelles, politiques, financières et économiques du pays. Le réseau de transport est construit en étoile depuis la capitale. C'est la seule ville du territoire national qui a un **rayonnement mondial**.

Le conseil du prof

Concentrez-vous sur votre région afin d'avoir des exemples précis à donner : noms de ses grandes villes, de ses espaces périurbains, de ses zones en difficulté et liste de ses moyens de transports urbains peu polluants.

Exercices

Corrigés, p. 177

1 Soulignez la bonne définition.

1. Une aire urbaine, c'est :

a. un espace constitué d'un pôle urbain et de sa couronne périurbaine.

b. un espace constitué d'une ville et son périphérique.

c. une zone rurale étendue.

2. La périurbanisation, c'est un terme désignant :

a. l'étalement de la zone rurale qui entoure la zone urbaine.

b. les villages loin des grandes métropoles.

c. l'étalement de la ville au-delà de ses limites, sur les communes et les espaces ruraux proches.

2 Parmi ces propositions, soulignez les aires urbaines très dynamiques.

Paris – Agen – Clermont-Ferrand – Lyon – Bordeaux – Périgueux – Marseille.

3 Répondez par vrai/faux aux propositions suivantes.

1. Plus de 80 % des Français vit dans une aire rurale.
   vrai faux
2. La ville de Périgueux est une métropole de rang national.
   vrai faux
3. Paris est l'aire urbaine la plus peuplée de France.
   vrai faux
4. Une agglomération est un territoire formé d'une ville et de sa banlieue.
   vrai faux
5. Les espaces suburbains se développent sur le territoire rural entraînant un phénomène de mitage.
   vrai faux
6. L'aire urbaine de Lyon est une aire urbaine de rang mondial.
   vrai faux

4 SUJET BREVET 05:00 minute /3 pt

Répondez aux questions suivantes.

1. Citez deux moyens de transports urbains peu polluants et citez une ville en France qui en est équipée.

....

....

....

2. Citez deux problèmes liés à l'étalement urbain.

....

....

....

3. Expliquez ce qu'est une technopole.

....

....

....

4. Quelle est l'aire urbaine la plus puissante du territoire national ?

....

....

....

5 SUJET BREVET 05:00 minutes /4 pts

1. Complétez le croquis en indiquant le nom des villes, des mers et des océans.

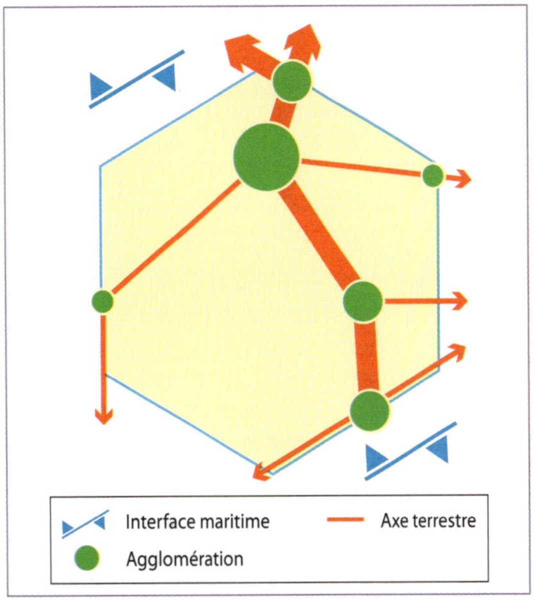

2. Expliquez les contrastes qui apparaissent sur le croquis.

....

....

....

6 SUJET BREVET 05:00 minutes /4 pts

Identifier les différents espaces qui composent une aire urbaine à l'aide des propositions suivantes: **espace périurbain – espace suburbain – ville centre – espace péricentral**.

Schéma d'une aire urbaine

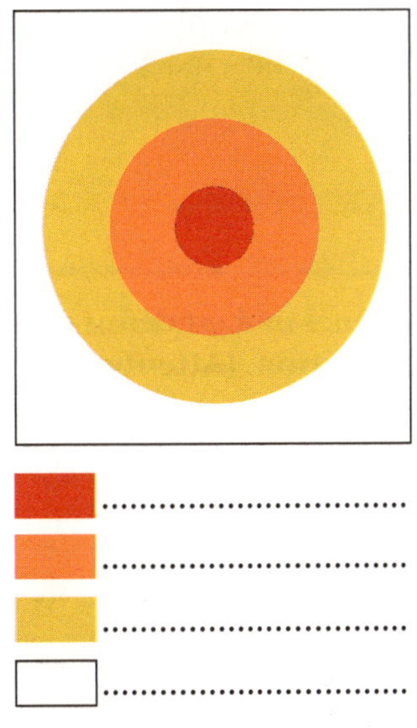

11

Géographie

Les espaces productifs français

Cours

Définir un espace productif

Les espaces productifs sont des espaces aménagés et mis en valeur pour et autour d'une activité économique : agricole, industrielle ou de service.

Les espaces productifs primaires

La France est un **grand pays agricole** (1er rang de l'UE, 2e exportateur mondial). 59 % de sa superficie est consacrée à la production agricole et 3 % de la population active travaille dans ce secteur. Les régions sont spécialisées : viticulture (Bordeaux), viande (Bretagne), céréaliculture (Beauce). Ces espaces, intégrés aux marchés mondiaux, travaillent avec les industries agro-alimentaires.
Aujourd'hui, l'**agriculture intensive** doit s'adapter au **développement durable**.

Les espaces productifs secondaires

Au niveau industriel, la France est au 2e rang européen et au 5e rang mondial avec moins de 15 % de la population active. La **région parisienne** est le **premier pôle industriel**. L'industrie française soumise à la mondialisation doit s'adapter : spécialisation, robotisation, informatisation et parfois délocalisation. Des espaces productifs industriels se développent et associent industriels, universités, centres de recherche comme à Toulouse avec Airbus (aérospace valley) ou à Lyon avec le pôle chimique d'Axelera.

Les espaces productifs tertiaires

Les espaces productifs tertiaires dominent l'économie française (82 % des emplois). La France est la **première destination touristique** au monde et attire les touristes par ses atouts : la variété de ses reliefs et de ses climats qui offrent des paysages contrastés, sa gastronomie, son luxe, sa culture, sa démocratie, ses infrastructures de transport et d'accueil développées. Les services contribuent à près de 80 % de la richesse du pays.

Le conseil du prof

Apprenez le découpage régional de la France pour pouvoir localiser les espaces productifs et retenez plus précisément un espace productif agricole, un espace productif industriel et un espace productif tertiaire.

Exercices

Corrigés, p. 178

1 Trouvez quel mot est défini et entourez la bonne proposition. (Attention aux pièges.)

1. C'est un espace qui concentre et associe des industries, des centres de recherche, des universités :
a. technopôle. b. technopole.

2. C'est une agriculture avec de très forts rendements :
a. agriculture extensive.
b. agriculture intensive.

3. C'est une activité économique dans le secteur tertiaire qui entraîne des déplacements et/ou un séjour :
a. tourisme.
b. loisir.

4. C'est un changement d'activité économique pour un espace donné.
a. reconversion.
b. restructuration.

5. C'est le secteur économique qui regroupe toutes les activités liées à la forêt, l'agriculture et la pêche :
a. secteur primaire.
b. secteur secondaire.

6. C'est le secteur économique qui regroupe toutes les activités de services :
a. secteur secondaire.
b. secteur tertiaire.

7. C'est le secteur économique qui regroupe toutes les activités industrielles et du BTP :
a. secteur primaire.
b. secteur secondaire.

2 Citez un exemple d'activité et de pôle :

1. industriel français à vocation mondiale : ....
....

2. tertiaire français à vocation mondiale : ....
....

3 SUJET BREVET 05:00 minutes /6 pts

Citez :

1. Trois exemples d'activité tertiaire : ....
....
....

2. Deux exemples de technopôle en France : ....
....

3. Quatre exemples d'activités agricoles en France : ....
....
....
....

4 SUJET BREVET 05:00 minutes /2 pts

Expliquez les principales évolutions des espaces productifs français. Quels facteurs faut-il aujourd'hui prendre en compte ?
....
....
....

5 SUJET BREVET 10:00 minutes /6 pts

Complétez les légendes à l'aide des propositions suivantes.
grandes métropoles tertiaires – agriculture spécialisée (vin, fruits et légumes) – technopôles – principales zones d'activités tertiaires (supérieures et tourisme) – espaces industriels anciens – agriculture intensive – espaces industriels récents et dynamiques

1. Espaces productifs agricoles | **2. Espaces productifs industriels** | **3. Espaces productifs tertiaires**

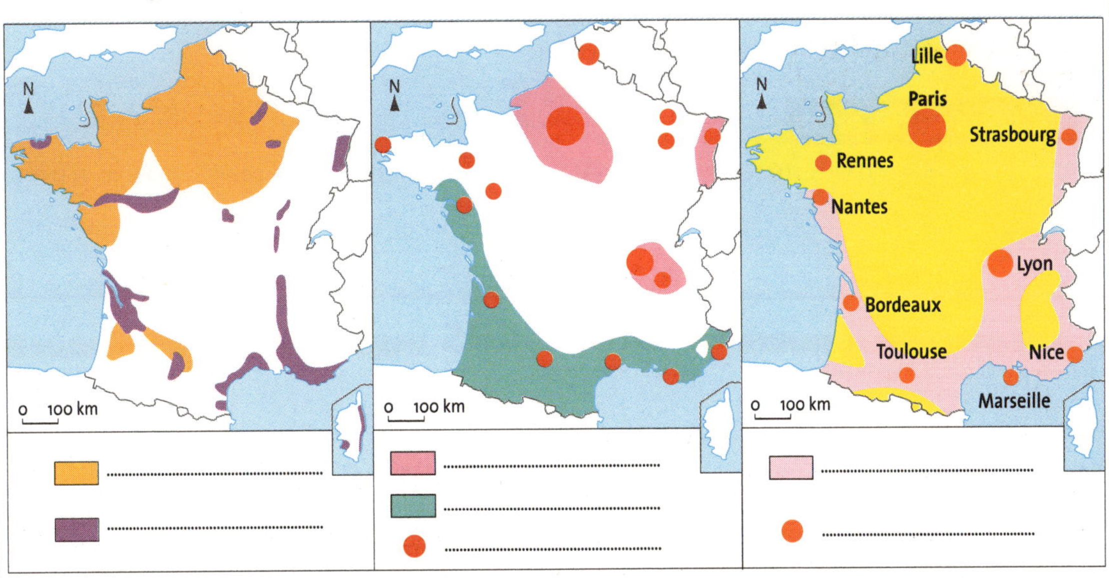

12

Géographie

Les espaces de faible densité et leurs atouts

Cours

Définir un espace rural

• Les espaces ruraux composent la plus grande superficie du territoire français (70 %) pour 20 % de la population.

• Ces espaces peuvent être des zones de campagne ou de montagnes. Ils se caractérisent par leur faible densité de peuplement et peuvent être en **déprise**, **isolés** ou **dynamiques**.

Une nouvelle organisation de l'espace

• Les espaces ruraux se transforment. Ils ne sont plus uniquement peuplés par des agriculteurs. Des **néo-ruraux** s'y installent car le logement y est moins cher. Les nouveaux moyens de communication, le développement du bio et le développement durable favorisent la redécouverte de ces espaces. Les campagnes, les montagnes sont le lieu de multiples activités : récréatives, touristiques, industrielles et agricoles. Cela peut parfois créer des conflits d'usages.

Leurs forces

• Ces espaces attirent par le cadre de vie agréable qu'ils offrent. Depuis 1967, 67 parcs naturels régionaux (PNR) ont été créés avec un triple objectif : préserver l'espace de l'urbanisation et l'environnement, maintenir une activité économique locale. Le développement touristique associé à ces parcs assure de l'emploi. Les communes mutualisent leurs ressources pour créer des pôles de services (centres médicaux, poste, écoles…), assurer le confort des habitants et rester attractives.

Leurs faiblesses

• Aujourd'hui les espaces ruraux et montagnards se réinventent pour faire face à leurs problèmes. Il faut freiner le **mitage urbain**, protéger l'espace agricole, la faune et la flore, lutter contre les pollutions liées à l'agriculture intensive, la déprise engendrée par les fermetures d'écoles et des services étatiques. Il est nécessaire aussi de lutter contre le départ des jeunes attirés par les grandes villes. Les zones de « la diagonale du vide » souffrent particulièrement de ces problèmes.

Le conseil du prof

Attention, les espaces ruraux sont aussi des espaces dynamiques. Faites la liste de leurs atouts.

Exercices

Corrigés, p. 178

1 Répondez par vrai ou faux aux propositions suivantes.

1. Certaines régions de la «métropole du vide » sont en marge de l'aménagement du territoire. vrai faux
2. Les zones rurales sont des zones fortement peuplées. vrai faux
3. Les zones montagnardes sont systématiquement des zones de déprise. vrai faux
4. Dans les espaces ruraux, les emplois sont majoritairement agricoles. vrai faux
5. Les zones de montagnes peuvent être dynamiques économiquement. vrai faux

2 **Citez :**

1. deux activités tertiaires qui peuvent être présentes dans les zones rurales.

....

....

2. deux activités industrielles qui peuvent être présentes dans les zones rurales.

....

....

3. deux activités agricoles qui peuvent être présentes dans les zones rurales.

....

....

3 **Reliez chaque proposition à son exemple :**

Proposition :

1. Campagne périurbaine fortement artificialisée
2. Campagnes intermédiaires
3. Campagne à agriculture intensive
4. Campagne attractive (tourisme)
5. Campagnes à revitaliser

Exemples :

A. Les campagnes autour des grandes villes

B. Les espaces ruraux de « la diagonale du vide »

C. Les espaces ruraux de l'arrière pays méditerranéen

D. Les « campagnes » bretonnes

E. Les espaces ruraux situés entre deux villes moyennes

4 SUJET BREVET 08:00 minutes /5 pts

1. Définissez ce qu'est le tourisme vert.

....

....

....

....

2. Citez deux exemples de parc nationaux.

....

....

3. Citez deux parcs d'attractions situés dans des zones de faibles densités.

....

....

5 SUJET BREVET 08:00 minutes /5 pts

La population française et sa répartition

« La carte des densités montre de très grands contrastes de peuplement. À l'exception de la région parisienne et des principaux axes qui sont le plus souvent les vallées fluviales, les zones les plus peuplées correspondent aux littoraux et aux frontières du Nord et de l'Est. L'intérieur de la France est sous-peuplé. Les espaces peu peuplés (…) peuvent s'expliquer par (…) des massifs montagneux, des sols pauvres pour l'agriculture (…), parce que certaines régions sont restées à l'écart de l'industrialisation. »

Source : D'après J.-Y. Cleach, *La France*, éd. Bréal, 2010.

1. Placez sur la carte ci-dessous en rouge deux zones très peuplées et en vert une zone peu peuplée. (N'oubliez pas de compléter avec une légende.)

2. Soulignez, dans le texte, trois raisons qui expliquent les faibles densités de peuplement.

3. Donnez deux raisons expliquant que certains espaces sont très peuplés.

....

....

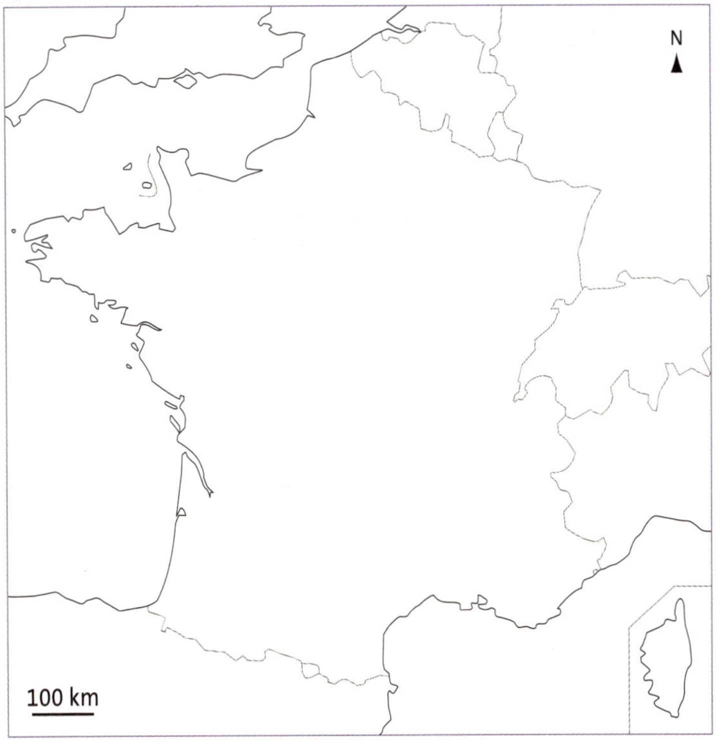

13

Géographie

Sujet de brevet, p. 156

L'organisation du territoire français

Cours

Présentation du territoire métropolitain

• Le territoire métropolitain, d'une superficie de 550 000 km^2, est peuplé de 65 millions d'habitants (2011). Sa densité moyenne est de 114 hab/km^2. C'est le deuxième pays le plus peuplé d'Europe (derrière l'Allemagne). Historiquement, l'aménagement du territoire s'est fait autour de Paris.

Une organisation déséquilibrée

• D'autres zones dynamiques organisent le territoire : les **régions frontalières** et **littorales** qui attirent les activités, les hommes et sont de véritables **interfaces** profitant de la mondialisation et de la construction de l'Union européenne.

• Les territoires de la « **diagonale du vide** » sont mal intégrés et souffrent de contraintes liées au relief, de « l'**effet tunnel** » (les axes de communications les traversent mais ne s'y arrêtent pas), de la faiblesse de leur activité économique qui réduit leur attractivité.

Rééquilibrer le territoire

• Pour réduire ces contrastes, la **DATAR** (Délégation interministérielle à l'aménagement du territoire et à l'attractivité régionale), créée dans les années 1960, propose des solutions comme le déménagement de l'ENA à Strasbourg, le développement de stations touristiques sur le littoral méditerranéen, la construction du viaduc de Millau.

Les territoires ultramarins

• Les territoires ultramarins français, souvent entourés de zones plus pauvres, apparaissent comme des îlots de prospérité dans le monde. Celle-ci est pourtant relative. Ces espaces, en crise, vivent des aides de la métropole et sont soumis à de fortes contraintes naturelles (îles), historiques (esclavage) et économiques (niveau de vie inférieur à la métropole). Valoriser le tourisme et l'agriculture est un enjeu important pour ces espaces.

• Aménager le territoire reste difficile dans un contexte de mondialisation et de crise économique car il faut renforcer l'influence mondiale de Paris et financer les rééquilibrages du territoire.

Le conseil du prof

Cherchez des exemples d'aménagement du territoire dans votre région pour avoir des exemples précis à donner. Faites une fiche sur Paris avec trois exemples de son pouvoir politique, économique, financier et culturel. Cherchez aussi les atouts qui en font une métropole mondiale.

Exercices

Corrigés, p. 178

1 Répondez par vrai ou faux aux propositions suivantes.

1. La France ne compte aucune métropole mondiale.

vrai faux

2. Le déséquilibre entre Paris et le reste du territoire français est considérable.

vrai faux

3. Les métropoles françaises concentrent les activités « décisionnelles ». vrai faux

4. Certaines régions de la « diagonale du vide » sont en marge de l'aménagement du territoire. vrai faux

5. Il n'y a aucun phénomène de littoralisation des activités en France. vrai faux

6. Les infrastructures de transport ne participent pas à l'organisation du territoire français. vrai faux

2 Citez :

1. Deux « zones périphériques » en France :

....

....

2. La région la plus puissance du territoire français : ....

3. Deux ports français importants :

....

....

4. Un espace périphérique dynamique ouvert sur le monde et l'Europe :

....

3 Complétez les définitions à l'aide des propositions suivantes.

DATAR, périphéries, mégalopole, interface, aménagement du territoire.

1. C'est une zone de contact entre deux espaces différents : ....

2. C'est la Délégation interministérielle à l'aménagement du territoire et à l'attractivité régionale : ....

3. Ville de plus de 10 millions d'habitants :

....

4. C'est l'ensemble des projets qui permettent de développer et de dynamiser les divers espaces du territoire français :

....

5. Territoires français situés loin de la métropole : ....

4 SUJET BREVET 05:00 minutes /4 pts

1. Citez une possession française dans l'océan Atlantique, l'Océan pacifique, l'Océan Indien.

....

....

2. Citez une possession française sur le continent américain et en Antarctique.

....

....

5 SUJET BREVET 02:00 minutes /4 pts

Complétez les phrases suivantes en donnant des lieux symboliques parisiens.

1. Paris est une puissance financière car on y trouve : ....

2. Paris est une puissance économique car on y trouve :

....

3. Paris est une puissance politique car on y trouve : ....

4. Paris est une puissance culturelle car on y trouve : ....

6 SUJET BREVET 05:00 minutes /4 pts

Complétez le croquis en indiquant les villes, puis la légende en plaçant les lettres dans les zones correspondantes.

A – aire urbaine de Paris

B – zones littorales attractives, héliotropisme

C – zones sous influence européenne

D – zones peu dynamiques

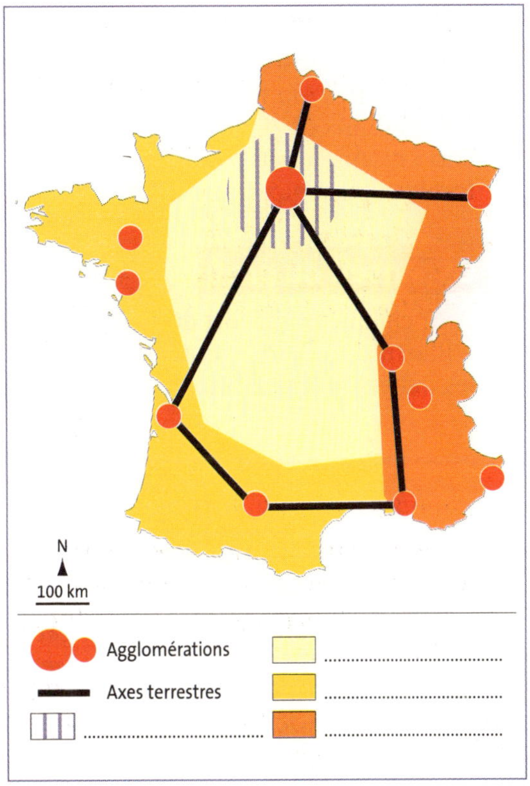

14

Géographie

Sujet de brevet, p. 160

La France et l'Union européenne dans le monde

Cours

L'Europe : un territoire en construction

• Deux dates marquent durablement la construction européenne : le **traité de Rome**, signé le 25 mars 1957 qui fonde la CEE, et le **traité de Maastricht**, signé le 7 février 1992 qui fonde l'Union européenne. Depuis 2013, elle compte 28 États membres. Les États européens ont renforcé leurs liens en créant l'**espace Schengen**, zone de libre circulation, et la monnaie unique. De nombreux États sont candidats à l'Union comme la Turquie.
• L'UE est un pôle majeur de la **Triade** et représente 40 % du commerce mondial. C'est la 1re puissance mondiale pour les exportations de service. Elle assure 20 % de la production industrielle mondiale. L'**euro** est reconnu comme étant une monnaie puissante, concurrente du dollar.

La France dans le monde

La France exerce une influence mondiale. Pour des raisons :
• **géographiques** : elle est présente dans tous les océans et sur tous les continents (DROM). Cela lui assure une zone économique exclusive (ZEE) de 10 millions de km^2 et le rang de 2e puissance maritime mondiale.
• **politiques et diplomatiques** : elle est membre permanent du Conseil de sécurité de l'ONU et participe à la construction de l'UE (le Parlement européen est à Strasbourg).
• **militaires** : elle possède l'arme nucléaire et est membre de l'OTAN. Son armée peut intervenir partout dans le monde.
• **économiques** : c'est un acteur de la Triade. Elle est membre du G8 et du G20, elle est au 2e rang des puissances agricoles. C'est un des pays leaders en matière d'aéronautique (Airbus), d'aérospatial (Ariane) et le 1er pays touristique au monde.
• **culturelles** : la France est une puissance culturelle majeure. Sa langue est parlée par 200 millions de personnes dans le monde et sert de langue officielle à l'ONU et au JO. Son rayonnement culturel est lié à la renommée de sa création artistique, ses idéaux fondateurs, son patrimoine, sa gastronomie, son industrie du luxe.

Le conseil du prof

Pour chaque point fort de la France, cherchez un exemple précis qui vous servira d'illustration. Variez les idées pour montrer que vous êtes cultivé et que vous appréciez les richesses de la France. Celles qui font sa renommée mondiale !

Exercices

Corrigés, p. 178

1 Répondez par vrai ou faux.

1. La France est un des membres fondateurs de l'UE. vrai faux
2. Airbus est une entreprise à laquelle participe plusieurs pays européens. vrai faux
3. La France et l'Allemagne sont membres permanents du Conseil de sécurité de l'ONU. vrai faux
4. Les territoires ultramarins français n'appartiennent pas à l'UE. vrai faux
5. Les droits de l'Homme rédigés en France en 1789 ne sont pas appliqués dans l'Union européenne. vrai faux

2 Observez la carte et répondez aux questions.

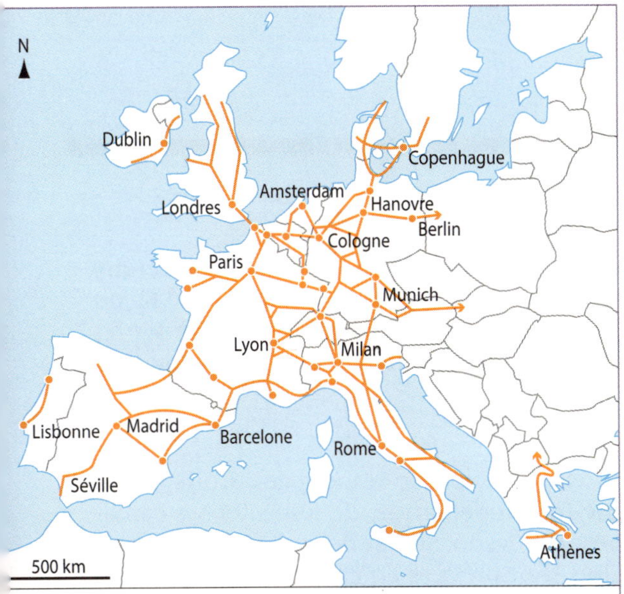

Le train à grande vitesse en 2010

—— Ligne à plus de 200 Km/h

1. Entourez sur la carte, la zone qui concentre les réseaux de communication les plus denses et nommez-la.

....

2. La France est-elle bien intégrée à l'espace européen ? Donnez deux exemples.

....

....

3. Quelle information de la carte montre que la France est un élément important du maillage européen ?

....

....

3 SUJET BREVET 04:00 minutes /6 pts

Donnez deux exemples :

1. de l'influence culturelle de la France dans le monde.

....

....

2. de la puissance économique de la France dans le monde.

....

....

3. de la puissance politique de la France dans le monde.

....

....

4 SUJET BREVET 05:00 minutes /4 pts

« La construction européenne a profondément transformé la gestion des réseaux de transports nationaux : les États doivent prendre en compte la nécessité d'insérer leur espace à celui de l'Europe à [28]. En France, les pouvoirs publics ont ainsi construit dans les années 1990 des autoroutes permettant de raccorder le réseau national à celui des États voisins. Le TGV Paris-Londres a également constitué en 1993 un premier tronçon européen. Le développement ( ) des réseaux à grande vitesse dans les autres États européens rend ( ) possible l'interconnexion des différents réseaux nationaux, pour rapprocher les métropoles françaises de celles européennes ».

D'après A. Frémont, *Les transports en France*, La documentation photographique N° 8066, 2008.

1. Qu'est-ce qui modifie le développement des réseaux de transport en France ? Soulignez la réponse dans le texte.
2. Pourquoi est-il important pour l'État français de développer un réseau de transport européen ?
3. Quels réseaux de transports permettent à la France de s'ancrer à l'Europe ? Entourez les réponses dans le texte.

5 SUJET BREVET 05:00 minutes /3 pts

« La Francophonie a pour objectifs d'aider à l'instauration et au développement de la démocratie, à la prévention, à la gestion et au règlement des conflits, à la protection des Droits de l'homme. À l'intensification du dialogue des cultures et des civilisations (...) Au renforcement de leur solidarité par des actions de coopération multilatérale en vue de favoriser l'essor de leurs économies ; à la promotion de l'éducation et de la formation. »

D'après la charte adoptée par la conférence ministérielle de la Francophonie à Madagascar, 23 novembre 2005.

1. La francophonie exprime trois idéaux fondateurs de la République française. Lesquels ?
2. Soulignez en vert ce qui montre dans le texte que la francophonie a une dimension culturelle.
3. Soulignez en bleu ce qui montre dans le texte que la francophonie a une dimension économique.

15 Enseignement moral et civique

La sensibilité

Sujet de brevet, p. 157

Cours

Qu'est-ce que la sensibilité ? À quoi sert-elle ?

• La sensibilité est la faculté de ressentir des impressions, des émotions. Comprendre sa propre sensibilité et celle des autres permet à tous les citoyens de participer de façon juste à la vie morale et civique de son pays. En effet, elle permet d'appréhender les différences qui existent au sein de la société : différences sexuées, d'origines, sociales, religieuses, générationnelles.

Vivre ensemble

• Devenir citoyen commence, au collège par exemple, par le respect des droits et des devoirs de chacun : il est nécessaire de faire le travail demandé, de respecter ses camarades et de n'être ni en retard ni absent. Le respect des locaux et des manuels permet à chacun d'en profiter. Des mesures disciplinaires sont prévues en cas de non respect des règles. Les délégués de classe ou les élèves médiateurs sont des marques concrètes de la liberté et de la démocratie française.

Réfléchir, agir, vivre ensemble

• Percevoir les différentes sensibilités qui composent la société permet de réfléchir à l'égalité, une des valeurs pilier de notre pays. Le sexisme, le racisme, l'antisémitisme naissent du rejet de la différence. La Déclaration des droits de l'Homme et du citoyen de 1789 affirme que tous les êtres humains naissent et demeurent égaux en droit, que chacun peut vivre en totale égalité, liberté et fraternité.

• La communauté française s'est constituée au cours de l'histoire par de multiples immigrations. Le droit du sang, le droit du sol, la naturalisation permettent d'être ou de devenir Français.

• Par le traité de Maastricht de 1992, les Européens ont créé l'Union européenne. La paix, la liberté et les droits de l'Homme sont des valeurs communes et défendues par les pays de l'UE.

Le conseil du prof

Faites une fiche de synthèse sur les valeurs de la République française et soyez capable d'expliquer sa devise : « Liberté, Égalité, Fraternité ».

Exercices

Corrigés, p. 178

1 Pour dépasser les différences entre les personnes, la République réunit les Français derrière des symboles et valeurs. À vous de les connaître.

1. Que représentent les trois couleurs du drapeau français ?

....

2. Qui a composé *La Marseillaise ?*

....

3. À quel événement est rattaché le 14 juillet ? ....

4. Que symbolise le bonnet phrygien ?

....

5. À quelles occasions « le coq » apparaît-il aujourd'hui ?

....

2 **Reliez le mot à sa définition.**

1. sexisme ●
2. règlement intérieur ●
3. stéréotype ●
4. antisémitisme ●

● A. haine des juifs
● B. préjugé qui consiste à croire que les garçons sont supérieurs aux filles.
● C. pensées préconçues sur une personne, un objet, une société.
● D. texte officiel enregistré lors du Conseil d'Administration du collège, qui fixe les règles à respecter par les élèves.

3

Doc. 1 : Sage-femme homme.

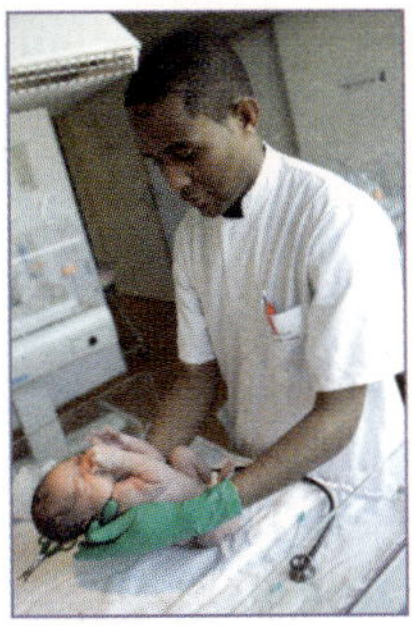

Doc. 2

Sage-femme
(littéralement prendre soin des femmes)

Fonction : aider les femmes lors de l'accouchement et s'occuper du suivi de la grossesse.

Formation : bac+5

Métier accessible aux hommes depuis 1982.
2,5 % des hommes exercent ce métier en 2015.

Source : Ordre des sages-femmes

1. Quel métier exerce cet homme (doc. 1) ?
2. Est-ce fréquent ? Entourez la bonne réponse dans le doc. 2.
3. Pourquoi cela bouleverse-t-il les stéréotypes sexistes ?
4. Les hommes et les femmes peuvent-ils exercer les mêmes métiers ?

4 SUJET BREVET 05:00 minutes /3 pts

Lorsque les Nazis sont venus chercher les communistes, je n'ai rien dit, je n'étais pas communiste.
Lorsqu'ils ont enfermé les sociaux-démocrates, je n'ai rien dit, je n'étais pas social-démocrate.
Lorsqu'ils sont venus chercher les syndicalistes, je n'ai rien dit, je n'étais pas syndicaliste.
Lorsqu'ils sont venus me chercher, il ne restait plus personne pour protester.

Fondation Martin Niemöller.
Traduit d'un texte allemand.

1. Quel est le sens de ce texte ?

....

....

....

2. Quels droits sont ici défendus ?

....

....

....

....

5 SUJET BREVET 05:00 minutes /3 pts

La déclaration universelle des droits de l'Homme, 1948. (DUDH)

Art. 3 : Tout individu a droit à la vie, à la liberté et à la sûreté de sa personne.
Art. 4 : Nul ne sera tenu en esclavage et la traite des esclaves est interdite sous toutes ses formes.
Art. 5 : Nul ne sera soumis à la torture, ni à des peines ou traitements cruels, inhumains ou dégradants.
Art. 20 : Toute personne a droit à la liberté de réunion et d'association pacifiques. Nul ne peut-être obligé de faire partie d'une association.

1. De quel texte fondateur s'inspire la DUDH ?

....

2. De quand date la DUDH ? Entourez la réponse sur le document.
3. Quelle institution internationale a voté cette Déclaration ?

....

4. Encadrez en vert les droits défendus par cette déclaration.

Le droit, la règle

Sujets de brevet, p. 148, 151

Cours

La France est une démocratie. Le pouvoir est fait par le peuple pour le peuple. La République française repose sur des principes : elle est indivisible, laïque, démocratique et sociale.

La République est démocratique

• L'élaboration de la loi est définie par la Constitution. Les lois peuvent être à l'initiative du Premier ministre, du gouvernement ou des députés.
• Les lois sont discutées à l'Assemblée nationale et au Sénat. En cas de désaccord, c'est l'Assemblée nationale qui a le dernier mot. Les lois sont promulguées par le président de la République. Elles sont ensuite publiées au Journal officiel.
• L'élaboration des lois est démocratique en France car le peuple y participe à travers ses représentants élus ou en manifestant.

La République est laïque

• Depuis 1905, les Églises et l'État sont séparés en France. Le choix de la religion est un choix personnel. La religion n'a sa place ni dans les institutions publiques ni à l'école. Cette neutralité de l'État garantit à chaque citoyen la liberté de conscience et le libre exercice des cultes. Chacun est donc libre de croire et de penser. Cette liberté est énoncée dès 1789 dans l'article 10 de la Déclaration des droits de l'Homme et du citoyen. La laïcité protège à la fois les croyants et les non-croyants.
• La laïcité est un des principes fondateurs de la République car elle favorise la tolérance et permet de « vivre ensemble ».

Le conseil du prof

Vous faites sûrement une activité extrascolaire : musique, sport, dessin, théâtre... Cette activité est possible car la France est une démocratie ; elle fait aussi de vous un citoyen. Cherchez à partir de votre expérience des éléments pour illustrer ce thème.

Exercices

Corrigés, p. 179

1 Associez à chaque article la loi dont il est extrait.

1. 1789 – Déclaration des droits de l'Homme et du citoyen •
2. 1905 – Loi de séparation des Églises et de l'État •
3. 1958 – Constitution de la Ve République •

• A. Art. 1 : La France est une République indivisible, laïque, démocratique et sociale.
• B. Art. 10 : Nul ne doit être inquiété pour ses opinions, mêmes religieuses, pourvu que leur manifestation ne trouble pas l'ordre public établi par la loi.
• C. Art. 2 : la République ne reconnaît, ne salarie ni ne subventionne aucun culte.

2 Cochez les bonnes réponses.

1. La laïcité c'est : ❑ la liberté de croire ou ne pas croire ❑ l'obligation de croire.
2. La Ve République dure depuis : ❑ 1848 ❑ 1948 ❑ 1958 ❑ 2008.
3. Le vote est : ❑ secret ❑ discret ❑ imposé.

4. En France la loi est votée par : ❑ le Parlement ❑ le gouvernement ❑ le président.
5. La République est :
❑ invincible, laïque, démocratique et sociétale. ❑ indivisible, laïque, démocratique et sociale.
❑ indispensable, laïque, gratuite et gouvernable. ❑ laïque, gratuite, obligatoire et sociale.

3 **Complétez les phrases à l'aide des propositions :** Sénat – Parlement – Premier ministre – président de la République – Assemblée nationale – Journal officiel.
1. Il propose des lois avec le Parlement : ....
2. Les débats et le vote des lois ont lieu au : ....
3. Il promulgue les lois : ....
4. Pour rentrer en vigueur, les lois sont publiées au : ....
5. Le Parlement est composé du .... et de ....

4 SUJET BREVET 05:00 minutes /3 pts
À l'aide des propositions suivantes, identifiez ces lieux et indiquez qui y siège : A. Élysée, **B.** Assemblée Nationale, C. Sénat, **a.** Sénateurs, **b.** députés, **c.** président de la République.

1. .... 2. .... 3. ....

5 SUJET BREVET 05:00 minutes /3 pts **Répondez en entourant la bonne réponse :**

1. Au collège, je peux voter.	vrai	faux
2. Au collège, le règlement est différent pour les élèves de 3e.	vrai	faux
3. Au collège, j'ai le droit d'exprimer mon opinion en créant un journal.	vrai	faux
4. Au collège, je ne peux pas créer une association.	vrai	faux

6 SUJET BREVET 05:00 minutes /3 pts **Lisez ce texte et répondez aux questions.**

Le mariage pour tous

Doc. 1. De la proposition du candidat socialiste François Hollande à l'adoption du projet pour « le mariage pour tous », les propositions des uns et des autres se sont exprimées sur le pavé au cours de nombreuses manifestations.
Par exemple, le 24 mars 2013, 300 000 (selon la police) à 1,4 millions (selon les organisateurs) d'opposants manifestent à Paris. Le 10 avril environ 5 000 partisans du mariage homosexuel se rassemblent à Paris pour dénoncer « l'homophobie » des opposants.

D'après figaro.fr, 17 mai 2013.

Doc. 2. Christiane Taubira, ministre de la Justice déclare le 29 janvier 2013 devant l'Assemblée nationale : « C'est une acte d'égalité (...) Nous proclamons, par ce texte, l'égalité de tous les couples (...) parce qu'aucune différence ne peut servir de prétexte à des discriminations d'État ».

1. Quel projet législatif est proposé en 2013 ?
2. Où ce projet de loi est-il discuté ? Par qui est-il présenté ?
3. Pourquoi peut-on dire que l'élaboration de cette loi est démocratique ?
4. Au nom de quel principe républicain et contre quoi ce projet est-il défendu ?
5. Comment les citoyens opposés ou soutenant ce projet de loi ont-ils pu se faire entendre ?

L'engagement

Sujets de brevet, p. 147, 158, 159, 161

Cours

L'engagement social des Français

• De nombreux types d'actions sociales sont proposées aux citoyens qui peuvent s'engager dans leur vie quotidienne au travers d'ONG, de clubs... L'engagement est alors solidaire ou collectif. Il peut être également social avec l'adhésion à un syndicat. Les syndicats sont des organisations structurées qui défendent les intérêts et les droits des citoyens dans la vie sociale, dans la vie politique ou dans la vie professionnelle.
• Les Français peuvent aussi s'engager dans la « démocratie participative » en donnant leur avis, à l'échelle locale, sur des projets d'aménagements.

Être un citoyen dans la démocratie

• Être citoyen, c'est faire vivre la démocratie en participant aux élections et en luttant contre l'abstentionnisme.
• On peut également s'engager à travers des actions organisées par l'armée. En France, chaque citoyen – garçon et fille – doit participer à la JDC : Journée Défense Citoyenneté durant laquelle une formation sur les enjeux de la défense et sur les responsabilités de chaque citoyen(nne) en matière de défense nationale est donnée. Il est aussi possible de faire son service civique et de participer pendant 6 à 12 mois à une mission citoyenne : aide aux personnes âgées, protection de l'environnement...

La défense et l'action internationale de la France

• En France, c'est le Président de la République qui est le chef des armées ; le Premier Ministre est responsable de la Défense et le Parlement autorise les déclarations de guerre.
• L'armée française est composée de 4 groupes différents : la gendarmerie, l'armée de Terre, la Marine, l'armée de l'air. Elle est formée uniquement de professionnels.
• L'armée française remplit des missions importantes : elle protège les citoyens avec Vigipirate contre les menaces terroristes, se mobilise lors des catastrophes naturelles ; Elle intervient dans des conflits internationaux comme en Syrie en 2015 ou dans la lutte contre la piraterie dans l'océan Indien. Elle défend les valeurs des droits de l'Homme et de la démocratie, intervient dans des missions humanitaires dans le cadre de l'ONU (membres permanents au conseil de sécurité).

Le conseil du prof

La démocratie nécessite la participation de tous les citoyens pour qu'elle fonctionne. Interrogez-vous aussi sur la nécessité de voter et sur ce que signifie être un citoyen pour vous.

Exercices

Corrigés, p. 179

1 Répondez par vrai ou faux aux propositions suivantes :

1. L'armée française peut intervenir à l'intérieur et à l'extérieur du territoire français.
vrai faux

2. La France dispose de la puissance nucléaire.
vrai faux

3. La France ne fait pas partie de l'OTAN.
vrai faux

2 **Répondez aux questions à l'aide des propositions suivantes : A.** Pour protéger la population – **B.** Pour sensibiliser – **C.** Pour anticiper et connaître les risques et les menaces – **D.** Pour dissuader.

1. Pourquoi la France collecte-t-elle des renseignements ? ....
2. Pourquoi la France est-elle dotée d'armes nucléaires ? ....
3. Pourquoi la France développe-t-elle un laboratoire biologique de la Défense ? ....
4. Pourquoi la France organise-t-elle la JDC ? ....

3 **Observez le document.**

1. Contre quoi cette affiche cherche-t-elle à lutter ?
....
....
....
2. Quel message souhaite-t-elle diffuser ?
....
....
3. Quelles conditions faut-il remplir pour pouvoir voter ? Donnez trois exemples :
– ....
– ....
– ....

4 SUJET BREVET 05:00 minute /3 pts

Analysez le document.

LES RESTAURANTS DU COEUR
LES RELAIS DU CŒUR

1. Qu'est-ce qu'une association caritative ?
....
....
2. Que fait cette association ?
....
....
....
....
3. Citez une autre association caritative française. ....
....
4. Citez une ONG française.
....
5. Ce type d'engagement est-il obligatoire ? Entourez la bonne réponse :

OUI NON

5 SUJET BREVET 03:00 minutes /6 pts

Lisez le texte et répondez aux questions.

Les syndicats formulent des revendications au nom des salariés. Celles-ci portent sur tous les éléments du travail (rémunérations, durée, conditions…) mais aussi, plus largement, sur les problèmes sociaux (Sécurité sociale, retraite, chômage…). Pour promouvoir ces revendications, les syndicats utilisent un large répertoire d'actions, allant de la distribution de tracts […] à l'arrêt de travail […] en passant par les défilés, les meetings… Tous ces moyens visent une même fin : imposer à l'employeur une négociation au cours de laquelle il discutera avec les représentants syndicaux et acceptera, au moins en partie, certaines de leurs demandes.

Source : Dominique Andolfatto et Dominique Labbé, *Sociologie des syndicats*, éd. La Découverte, 2011.

1. Quels sont les domaines dans lesquels les syndicats peuvent intervenir ?
....
....
....
2. Quels sont les moyens d'actions que les syndicats peuvent utiliser ?
....
....
....
3. Quel est le rôle d'un syndicat ?
....
....
....

18

Enseignement moral et civique

Le jugement

Sujet de brevet, p. 154

Cours

Le jugement est la faculté de l'entendement qui compare et qui décide. Il permet de se former une opinion, un sentiment, de prendre une décision, un parti.

L'opinion publique et les médias

- Dans une démocratie comme la France, la diffusion de l'information est libre et l'opinion publique se forge à l'aide des nombreux médias représentant l'ensemble des moyens d'information. La France protège et défend la liberté de la presse.
- Les médias (télévision, presse écrite, radio, Internet) ont un pouvoir important dans la société. Ils sont parfois critiqués et accusés de manipuler l'opinion publique lorsqu'ils grossissent artificiellement des faits divers. Le Conseil Supérieur de l'Audiovisuel (CSA) veille au respect des règles journalistiques. Aujourd'hui l'ère d'Internet pose le problème de la surinformation qui peut conduire au zapping.

Vérifier l'information

- Internet est un formidable média, mais on y trouve également des sites malveillants ou simplement remplis d'erreur. Il est important de toujours vérifier l'information pour ne pas diffuser ces erreurs. Il faut donc faire preuve d'esprit critique, croiser ses sources, vérifier les dates, se renseigner sur l'auteur des articles lus.

Penser par soi-même et avec les autres

Le jugement permet de développer ses aptitudes à la réflexion critique : en recherchant les critères de validité, des jugements moraux par exemple ou en confrontant ses jugements à ceux d'autrui dans une discussion ou un débat argumenté. Ainsi en cas de dangers les valeurs des citoyens Français doivent être plus importantes que les différences sexuelles, religieuses, ethniques. L'intérêt général doit passer avant l'intérêt particulier.

Le conseil du prof

Profitez des événements diffusés par les actualités pour vous faire une liste d'exemples concrets d'engagements ; et analysez leurs présentations pour savoir si celles-ci sont toujours impartiales. La télévision, Internet, la radio peuvent présenter un même fait de façon différente.

Exercices

Corrigés, p. 179

1 Vérifiez vos connaissances.

1. Un citoyen peut s'engager en votant.
   vrai faux
2. Le service civique est un engagement uniquement ouvert aux plus de 18 ans.
   vrai faux
3. L'État Français s'engage dans des opérations internationales de maintien de l'ordre.
   vrai faux
4. Respecter la laïcité, c'est s'engager dans le prosélytisme religieux.
   vrai faux
5. Le Panthéon accueille les « grands Hommes » qui se sont engagés pour la Nation.
   vrai faux

2 **Lisez ce texte et répondez aux questions.**

Le 9 janvier 2015, alors qu'un terroriste attaque le super marché casher de Vincennes, un jeune malien de 24 ans, Lassana Bathily aide une quinzaine de personnes à échapper aux preneurs d'otage. Il a déclaré « je suis musulman, pratiquant (...) Et j'ai aidé des Juifs. On est frères, a-t-il déclaré. Ce n'est pas une question de juifs, de chrétiens ou de musulmans, on est tous dans le même bateau ». Pour son acte héroïque, Lassana Bathily a été naturalisé français le 20 janvier 2015.

D'après lemonde.fr, 25 janvier 2015.

1. Pourquoi Lassana Bathily est-il considéré comme un héros ?

....

....

....

2. Pourquoi peut-on dire qu'il a pensé à l'intérêt général plutôt qu'au sien ?

....

....

....

3. Quelles valeurs de la France a-t-il défendues ?

....

....

....

4. Comment la République française l'a-t-elle remerciée de son courage ?

....

....

....

3 SUJET BREVET 02:00 minutes /3 pts

Analysez le document.

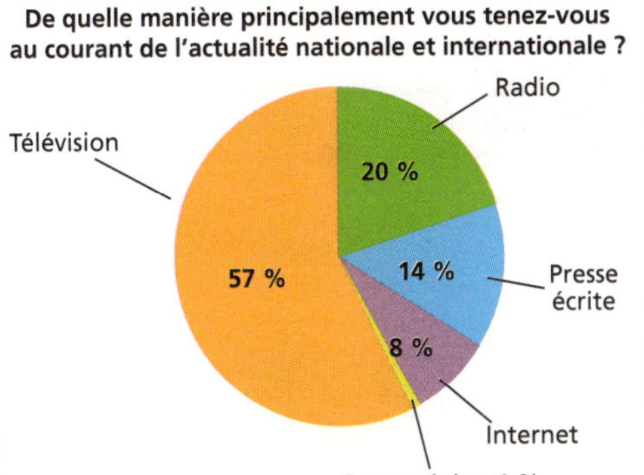

Source : TNS-Sofres, *Baromètre de confiance dans les médias*, 2010.

1. D'après ce document, quels sont les principaux médias français ?

....

....

2. D'après ce document, quel média touche le plus de citoyens ?

....

3. Ce document est réalisé par un sondage. Soulignez la bonne définition.

a. C'est une technique basée sur le hasard qui permet une lecture aléatoire de l'opinion publique de l'ensemble.

b. C'est une technique statistique qui permet par l'étude d'un échantillon de la population de donner une idée ponctuelle des opinions de l'ensemble.

c. C'est une technique basée sur une sélection précise des intervenants qui permet de rassembler l'avis de plusieurs experts pour donner une idée de l'opinion publique.

4 SUJET BREVET 05:00 minutes /4 pts

Complétez le tableau suivant à l'aide des propositions :

A. Les médias sont libres en France.

B. Les sondages peuvent influencer l'opinion publique.

C. Les informations sont parfois incomplètes.

D. Les médias contribuent aux débats.

E. Il faut rester critique face à l'information.

F. Les médias informent les citoyens.

Comment les médias participent-ils de la démocratie ?

Les médias favorisent la démocratie.	Les médias peuvent parfois représenter un risque.

Sujet 1

Corrigés, p. 179

Exercice 1 – Histoire

Analyser et comprendre des documents (20 pts)

Doc. 1 : Discours de Fulton (1946)

« De Stettin dans la Baltique à Trieste dans l'Adriatique, un rideau de fer est tombé sur le continent. Derrière cette ligne se trouvent toutes les capitales des anciens États de l'Europe centrale et de l'Est. Varsovie, Berlin, Prague, Vienne, Budapest, Belgrade, Bucarest et Sofia, toutes ces illustres villes, avec leurs populations se trouvent dans ce que je dois appeler la sphère soviétique et toutes sont soumises d'une manière ou d'une autre non seulement à l'influence soviétique mais à un contrôle très étroit et, dans un certains cas, croissant de Moscou. [...] Le gouvernement polonais sous domination russe a été encouragé à faire des incursions énormes et injustifiées en Allemagne... Les partis communistes, qui étaient très faibles dans tous ces États de l'Est de l'Europe ont obtenu une prééminence* et un pouvoir qui dépassent de beaucoup leur importance et ils cherchent partout à exercer un contrôle totalitaire. (...) »

*une supériorité

Discours de Winston Churchill prononcé à Fulton (États-Unis) le 5 mars 1946

Doc. 2 : Chute du mur de Berlin 9 novembre 1989.

Questions

1. Comment se divise le monde au lendemain de la seconde Guerre Mondiale ?
2. Quelles sont les deux puissances qui dominent alors le monde ?
3. Dans quel camp se situe l'auteur du texte n° 1 ?
4. De quel continent parle-t-il ligne 1, lorsqu'il évoque le « rideau de fer » ?
5. Quel aspect de la domination soviétique dénonce-t-il ?

6. Pourquoi peut-on dire que le doc. 2 annonce la fin de la Guerre Froide ?
7. Présentez dans un paragraphe d'une vingtaine de lignes la Guerre Froide et ses évolutions.

Exercice 2 – Géographie

Maîtriser différents langages pour raisonner et se repérer (20 pts)

Questions

1. Sous la forme d'un développement construit d'une vingtaine de lignes et en vous appuyant sur une ou des exemples de productions françaises, décrivez les espaces productifs français.
2. Représentez une aire urbaine en complétant et coloriant le croquis vierge.

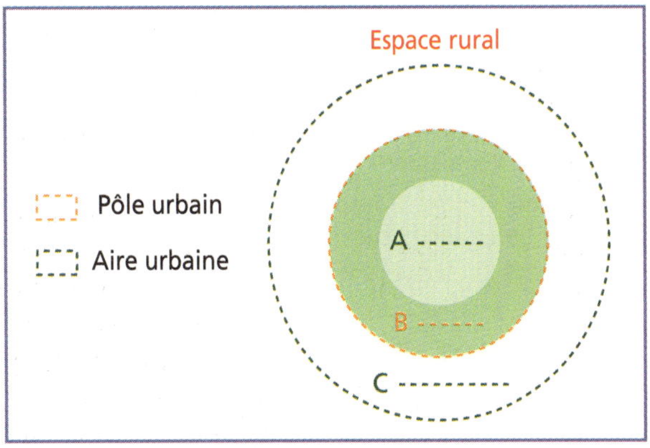

Exercice 3 – Enseignement moral et civique

Travail sur document (10 pts)

Doc. 1 : Cérémonie de remise de carte électorale à Nouméa en Nouvelle-Calédonie (date inconnue).

Doc. 2 : Dialogue sur la citoyenneté et la nationalité

– Mais le peuple, c'est qui, c'est quoi ?
– Au sens large, c'est l'ensemble des individus vivant sur le territoire national et soumis aux mêmes lois. C'est le corps vivant de la nation.
– Tout le monde, en somme !
– Sauf que sont exclus du droit de souveraineté les étrangers, les aliénés mentaux, les criminels condamnés et les mineurs. Ils ne peuvent pas voter.
– Alors, moi, à 17 ans et demi, je ne fais pas partie du peuple souverain ?
– Au sens strict du terme, non. Tu fais partie de la population. La population est l'ensemble des gens qui vivent en France, avec ou sans droits politiques [...].
– Et les immigrés du Maghreb et d'Afrique, ils ont bien des droits car ce sont des êtres humains à part entière, non ?
– Oui, ils ont tous leurs droits civils et personnels. Par exemple, le droit de se marier, de léguer leurs biens, d'adopter un enfant, de témoigner en justice. Les règles qui protègent le citoyen français contre l'arbitraire, l'immigré en bénéficie aussi : on ne peut pas perquisitionner la nuit à son domicile entre 21 heures et 6 heures du matin. Il a les mêmes droits sociaux qu'un citoyen français. Un travailleur étranger peut participer à l'élection du comité d'entreprise, des caisses de la Sécurité sociale et des conseils des Prud'hommes. [...]. Le droit de participer à la vie des institutions, d'être éligible à l'Assemblée ou de rendre la justice « au nom du peuple français », c'est autre chose. Les droits politiques réclament partout certaines conditions d'exercice.

Régis Debray, *La République expliquée à ma fille*, Seuil, 1998.

Droits ....

Exemple : ....

Droits ....

Exemple : ....

Droits ....

Exemple : ....

Questions

1. Quel public est visé par cette affiche ? Quel message ses auteurs souhaitent-ils faire passer ?
2. Quels procédés les auteurs utilisent-ils pour convaincre ?
3. En vous appuyant sur vos connaissances, expliquez pourquoi ce genre de cérémonie peut être nécessaire.
4. Pourquoi Régis Debray peut-il dire à son interlocutrice qu'elle fait partie de la « population » et non du « peuple souverain » ?
5. Complétez les cases ci-dessous à l'aide du document. Indiquez les trois catégories de droits évoqués par l'auteur, ainsi qu'un exemple illustrant chacun d'eux.
6. D'après le document et vos connaissances, comment nomme-t-on les membres du « peuple souverain » ?

Sujet 2

Corrigés, p. 179

Exercice 1 – Histoire

Analyser et comprendre des documents (20 pts)

Evelyne Sullerot est une jeune fille française qui décide de s'engager dans la Résistance.

Ma mère est morte en 1943. […] Je me suis retrouvée seule chez nous avec un frère et une sœur plus jeunes que moi. Très rapidement, je suis rentrée dans un réseau grâce à des camarades d'enfance. Mon rôle consistait surtout à transporter des paquets à des adresses qu'on m'indiquait. Une fille de dix-sept ans et demi qui élève son frère et sa sœur, personne ne la suspecte. Mon armoire était pleine de grenades, de plastic[1], etc. Puis je suis tombée malade et je suis allée habiter dans la clinique de mon père, dans la forêt. Il soignait à ce moment-là douze malades et cachait onze Juifs. C'était un tour de force que de donner à manger à tout ce monde. […] Nous avons aussi abrité des aviateurs anglais. Tout a commencé le jour où un bûcheron, qui s'en allait travailler, a trouvé un parachutiste accroché dans un arbre. Il a réussi à le décrocher et il nous l'a amené. Cet homme ne parlait pas un mot de français. Et très vite, nous avons pu le loger chez des paysans dans un village voisin. […]

Durant l'été 1944, Evelyne rejoint un maquis en Sologne au centre de la France.

C'était un bon coin pour se cacher : il y a des bois, des milliers d'étangs. Mon travail consistait toujours à assurer les liaisons, à trouver des médicaments pour les blessés. Nous, les filles, nous ne faisions pas des choses très dangereuses. J'étais toujours avec deux camarades qui avaient l'un seize ans, l'autre dix-sept ans, et nous essayions de ravitailler nos garçons. Et puis la nuit, il fallait attendre les parachutages. Alors là, vraiment, ça ressemblait à un « grand jeu », comme on dit chez les scouts. Avant de parachuter le matériel, les avions anglais nous avertissaient par fusées. Mais, comme les Allemands, repéraient aussi les signaux, c'était à qui arriverait le premier.

1. matériel explosif.

Source : M. Collins-Weitz, *Les Combattantes de l'ombre*, Albin Michel, 1998.

Questions

1. Qui est l'auteur du texte ? Comment s'appelle ce type de document ?

2. À travers l'exemple d'Evelyne Sullerot, décrivez les différentes actions organisées par les résistants.

3. Soulignez dans le texte, les deux formes d'organisation de la Résistance auxquelles a appartenu Evelyne Sullerot.

4. D'après le texte et vos connaissances, citez une valeur républicaine dont se réclament les résistants.

5. À partir de deux exemples précis, relevés dans le texte, montrez qu'être résistant relève d'un engagement pour défendre la Patrie contre l'occupant et que cela a permis de repenser la République.

Exercice 2 – Géographie

Maîtriser différents langages pour raisonner et se repérer

20 pts

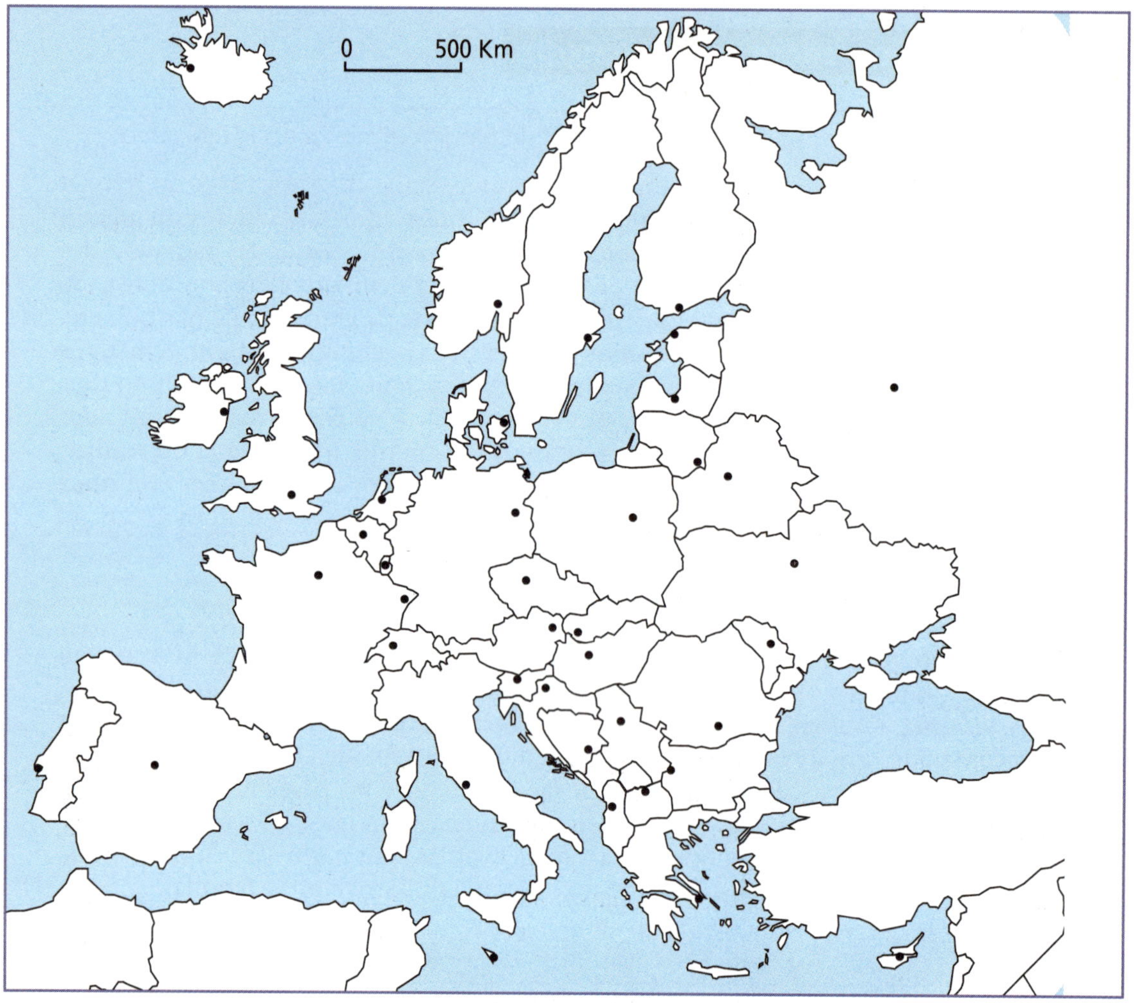

Questions

1. Sur la carte :

a. Localisez et nommez deux villes où siègent les institutions européennes.

b. Localisez et nommez quatre États appartenant à la fois à l'Union européenne et à la zone euro.

2. Sous la forme d'un développement construit d'une vingtaine de lignes et en vous appuyant sur un ou des exemples expliquez la place de la France et de l'Union Européenne dans le monde.

Exercice 3 – Enseignement moral et civique

Travail sur document (10 pts)

Doc. 1 :

Doc. 2 : Extrait de la charte de la laïcité à l'école (2013)

2. La république laïque organise **la séparation des religions et de l'État.** L'État est neutre à l'égard des convictions religieuses ou spirituelles. Il n'y a pas de religion d'État.

3. La laïcité garantit la **liberté de conscience** à tous. **Chacun est libre de croire ou de ne pas croire**

7. La laïcité assure aux élèves l'accès à **une culture commune et partagée.**

14. (…) **port de signes ou tenues par lesquels les élèves manifestent ostensiblement une appartenance religieuse est interdit.**

Questions

1. Donnez trois valeurs de la République Française.
2. Citez deux symboles qui la représentent.
3. À partir de l'article 7, vous expliquerez pourquoi la laïcité garantit à tous une éducation libre à l'école.
4. Sous la forme d'un développement construit de quelques lignes vous expliquerez que la laïcité est un droit et une règle française qui permet d'être ensemble à l'école.

Sujet 3

Corrigés, p. 180

Exercice 1 – Histoire

Analyser et comprendre des documents (20 pts)

Doc. 1 :

Doc. 2 :

« Le terme géopolitique, dont on fait de nos jours de multiples usages, désigne en fait tout ce qui concerne les rivalités de pouvoir ou d'influence sur des territoires et les populations qui y vivent : rivalités entre les pouvoirs politiques de toutes sortes, - et pas seulement des États, mais aussi entre des mouvements politiques ou des groupes armés plus ou moins clandestins -, rivalités pour le contrôle ou la domination de territoires de grande ou de petite taille. »

Yves Lacoste, article « Géopolitique », dictionnaire de géopolitique, 1995.

Questions

1. Identifiez la nature et les auteurs des documents.
2. Décrivez le puzzle de gauche et celui de droite. Quelles évolutions depuis 1945 montrent-ils ?
3. L'événement qui a provoqué ces changements est nommé sur le document. Entourez-le dans le doc. 2.

4. Que désigne la géopolitique et quels en sont les différents acteurs ?

5. Citez l'exemple d'un conflit qui peut illustrer cette définition. Résumez cet évènement.

6. Sous la forme d'un développement construit d'une vingtaine de lignes et en vous appuyant sur des exemples concrets, décrivez les principaux changements géopolitiques après le Guerre Froide.

Exercice 2 – Géographie

Maîtriser différents langages pour raisonner et se repérer (20 pts)

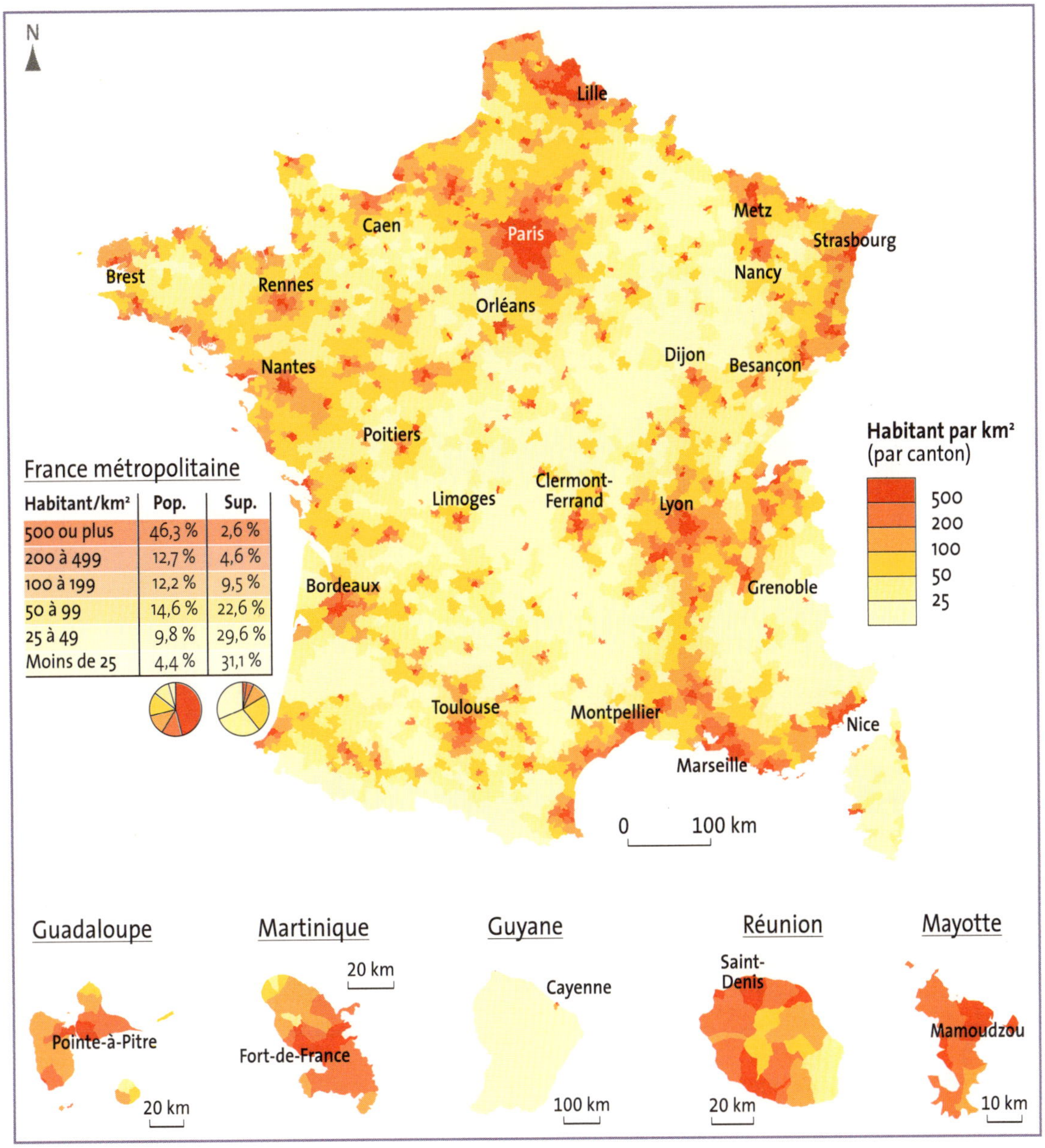

Habitant/km²	Pop.	Sup.
500 ou plus	46,3 %	2,6 %
200 à 499	12,7 %	4,6 %
100 à 199	12,2 %	9,5 %
50 à 99	14,6 %	22,6 %
25 à 49	9,8 %	29,6 %
Moins de 25	4,4 %	31,1 %

Questions

1. Sous la forme d'un développement construit d'une vingtaine de lignes et en vous appuyant sur une ou des exemples, décrivez les aires urbaines françaises, leurs dynamiques et leurs espaces.

2. Localisez et nommez sur la carte : 4 grandes aires urbaines, 1 zone en déclin et vous hachurerez une zone dynamique.

Exercice 3 – Enseignement moral et civique

Travail sur document (10 pts)

Doc. 1 :

(…)
La question de la transparence : si en démocratie, il est nécessaire de proscrire tout secret, faut-il pour autant tout porter à la connaissance du public (…) Tout gouvernement a besoin d'une certaine part de secret au moins dans la préparation des décisions ou s'agissant des affaires internationales. En revanche, la démocratie exige la transparence absolue après-coup.
Le risque de manipulation. Le financement des médias dépend de capitaux privés qui peuvent vouloir modifier l'information en fonction de leurs intérêts ou peser sur le fonctionnement démocratique.
Pluralisme des médias ne rime donc pas toujours avec pluralité d'opinions et diversité de l'information. De même, les sondages peuvent influencer, voire fausser, les comportements électoraux.
L'État continue d'encadrer les médias. Il doit le faire démocratiquement (organes de contrôle non soumis aux pressions politiques, comme le Conseil supérieur de l'audiovisuel (CSA)) afin de garantir l'égalité d'accès, le pluralisme de l'information, la neutralité de la presse dans le respect de la liberté d'opinion, etc.
Les médias doivent respecter les choix et les attentes des citoyens.
Les médias reflètent autant qu'ils forment les phénomènes de société. L'audimat sert d'instrument de mesure et permet de constituer les programmes proposés.

www.vie-publique.fr

Doc. 2 :

Luki Bancher

Questions

1. Pourquoi peut-on dire que les médias peuvent être un danger pour la démocratie ?
2. Quel est le rôle de l'État sur les médias ?
3. Quelle place occupent respectivement la télévision et Internet dans l'opinion publique quant à la véracité des faits relatés ?
4. Décrivez les éléments qui composent cette caricature et expliquez le point de vue du dessinateur Luki Bancher.

Sujet 4

Corrigés, p. 180

Exercice 1 – Histoire

Analyser et comprendre des documents (20 pts)

Doc. 1 :

Doc. 2 :

Les lois de Nuremberg :

« Le Reichstag a adopté à l'unanimité la loi suivante [...] :

1. Les mariages entre Juifs et citoyens de sang allemand, ou assimilé, sont interdits.
2. Les relations entre Juifs et citoyens de sang allemand, ou assimilé, en dehors du mariage sont interdites.
3. Les Juifs n'ont pas le droit d'employer dans leur ménage des femmes de sang allemand, ou assimilé, âgées de moins de 45 ans.
4. Il est interdit aux Juifs de pavoiser aux couleurs allemandes nationales. Par contre, ils peuvent pavoiser aux couleurs juives : l'exercice de ce droit est protégé par l'État.
5. Les infractions au paragraphe 1 seront sanctionnées par une peine de réclusion. Les infractions au paragraphe 2 seront sanctionnées par une peine d'emprisonnement ou de réclusion. »

Loi pour la protection du sang et de l'honneur allemands, 15 septembre 1935

Doc. 3 :

Témoignage d'un rescapé du camp de Buchenwald.

« Il ne suffit pas aux SS d'avoir rasé et déguisé les détenus (…) il faut que les détenus se battent entre eux pour manger (…) Nous sommes ici pour nourrir. C'est objectif que les SS ont choisi pour nous. Ils ne nous ont ni fusillés ni pendus, mais chacun, rationnellement privé de nourriture, doit devenir le mort prévus, dans un temps variable. (…) Le froid est douloureux, mais les SS veulent que nous mourions par le froid, il faut s'en protéger parce que c'est la mort qui est dans le froid. Le travail est vidant –absurde- mais il use, et les SS veulent que nous mourions par le travail (…) Les SS pensent qu'ils nous auront par la fatigue, c'est-à-dire par le temps, la mort est dans le temps. »

Robert Anthelme, *L'espèce humaine*, Édition Gallimard, 1947, manuel Bordas 3e, p. 105

Questions

1. Dans quels pays sont apparus les régimes totalitaires ?
2. À l'aide des documents donnez 5 caractéristiques de ces régimes.
3. Quelle est la caractéristique principale du régime nazi ?
4. Donnez une pratique totalitaire en contradiction avec le message de l'affiche.
5. À partir des deux textes, qui témoignent du sort des Juifs durant la Seconde guerre mondiale, montrez que celle-ci a été une guerre d'anéantissement.

Exercice 2 – Géographie

Maîtriser différents langages pour raisonner et se repérer (20 pts)

L'ouverture du Centre Pompidou Metz

L'inauguration du Centre Pompidou fait entrer Metz (Lorraine) dans le réseau des villes disposant d'un lieu contemporain à « double marque », c'est-à-dire celle de l'architecte de renom et celle du Centre Pompidou […].

Le tourisme est un enjeu : réussir à attirer des populations nationales et internationales vers une destination nouvelle. Il est aussi un instrument, utilisé pour accomplir des projets touchants des populations de locaux et régionaux. […]

Metz représente un bel exemple de développement touristique d'une ville accusant un déficit d'image et confronté à des difficultés : crise de la sidérurgie et démantèlement des installations militaires. L'appel à des architectes parmi les plus prestigieux de la planète est en effet de plus en plus utilisé par les décideurs locaux français dans un effort de reconversion économique et de création de nouvelles identités.

D'après M. Gravari-Barbas, « Tourisme et villes, tourisme en ville », *La France en ville*, 2010

Questions

1. Quelles sont les difficultés de Metz et de sa région ?
2. Quels sont les objectifs de cette construction ?
3. Quels sont les acteurs de ces aménagements ?
4. Pourquoi ces aménagements participent-ils à une nouvelle organisation de l'espace ?

Exercice 3 – Enseignement moral et civique

Travail sur document (10 pts)

Doc. 1 :

Doc. 2 : Extrait de la Déclaration des droits de l'Homme et du Citoyen (1789)

Article premier – Les hommes naissent et demeurent libres et égaux en droits. Les distinctions sociales ne peuvent être fondées que sur l'utilité commune.
Article X – Nul ne doit être inquiété pour ses opinions, même religieuses, pourvu que leur manifestation ne trouble pas l'ordre public établi par la loi.

Doc. 3 : Extrait de la Déclaration universelle des droits de l'Homme (1948)

Article premier
Tous les êtres humains naissent libres et égaux en dignité et en droits. Ils sont doués de raison et de conscience et doivent agir les uns envers les autres dans un esprit de fraternité.
Article 2
Chacun peut se prévaloir de tous les droits et de toutes les libertés proclamés dans la présente Déclaration, sans distinction aucune, notamment de race, de couleur, de sexe, de langue, de religion, d'opinion politique ou de toute autre opinion, d'origine nationale ou sociale, de fortune, de naissance ou de toute autre situation.

Questions

1. Qu'est-ce qu'une discrimination ? Justifiez votre explication en vous aidant des éléments composants l'affiche.
2. À l'aide des textes donnez d'autres discriminations possibles.
3. Montrez en quoi ces textes garantissent « le vivre ensemble ».

Sujet 5

Corrigés, p. 181

Exercice 1 – Histoire

Analyser et comprendre des documents (20 pts)

Couverture du journal italien : *Domenica del Corriere*, **27 mai 1962.**

Questions

1. Quelle crise opposant J.-F. Kennedy et N. Khrouchtchev est illustrée par ce journal italien ? Datez-la.
2. D'après le document, comment s'est résolue cette crise ?
3. Expliquez dans quel contexte international a lieu cette crise ?

Exercice 2 – Géographie

Maîtriser différents langages pour raisonner et se repérer (20 pts)

Au printemps 2011, les pays de l'UE s'interrogent sur une intervention en Libye pour soutenir le peuple révolté.

« La crise libyenne offrait à l'Europe l'opportunité de tester sa "politique de défense commune". La Méditerranée fait partie des "intérêts vitaux" de l'UE. L'Europe doit être aux côtés de ceux qui réclament la démocratie. (…)
Ce ne sont que deux pays européens, qui ont mené le bal dans l'affaire libyenne (…) : la France et la Grande-Bretagne. L'Allemagne a adopté (une) position de repli neutraliste. (…) L'Europe de l'Est (…) craint que le volume des fonds européens dont elle bénéficie ne pâtisse (du coût de ces opérations). »

D'après Alain Franchon, « l'Europe et la défense, morte et enterrée en Libye », *Le Monde*, 1er avril 2001.

Questions

1. Pourquoi la France et la Grande-Bretagne peuvent-elles intervenir en Libye ?
2. Soulignez dans le texte deux exemples qui montrent les limites politiques et militaires de l'UE ?
3. Citez deux autres exemples des limites de la puissance européenne.

Exercice 3 – Enseignement moral et civique

Questions (10 pts)

1. 1848 et 1944 sont deux dates essentielles dans l'histoire du droit de vote en France. Justifiez cette affirmation.
2. Citez deux exemples d'utilisation des sondages d'opinion dans une démocratie.
3. « La France est une République indivisible, laïque, démocratique et sociale. » Article 1 de la Constitution de 1958.
Dans le tableau, placez chacune des quatre caractéristiques de la République en face de la définition qui lui correspond.

Définition	Caractéristiques de la République
L'État respecte les différents cultes mais n'en subventionne aucun.	a.
La loi s'applique à tous et partout sur le territoire.	b.
L'État cherche à atténuer les inégalités de revenus.	c.
Les Français bénéficient de libertés et exercent leur souveraineté en votant à des élections libres.	d.

Sujet 6

Corrigés, p. 181

Exercice 1 – Histoire

Analyser et comprendre des documents (20 pts)

Affiche soviétique de 1937.

Questions

1. Quel est le personnage principal de cette affiche ? Dans quel pays a-t-il exercé le pouvoir et pendant combien de temps (donnez des dates) ?
2. Décrivez cette affiche. Quel message veut-elle faire passer ? Comment appelle-t-on ce type d'affiche ?
3. Donnez une pratique totalitaire de ce régime en contradiction avec le message de cette affiche.

Exercice 2 – Géographie

Maîtriser différents langages pour raisonner et se repérer (20 pts)

La France, une influence mondiale

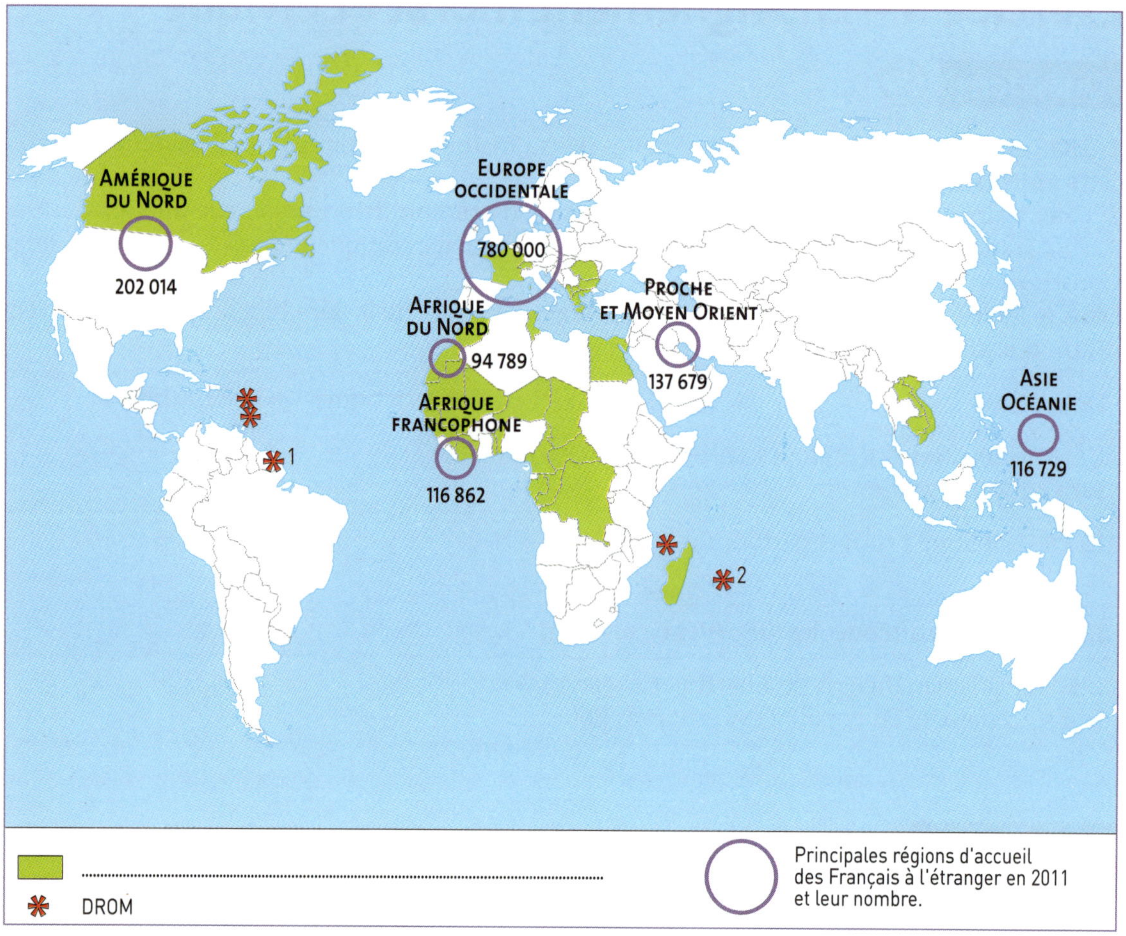

Questions

1. Que veut dire le sigle « DROM » ?

2. Tâche cartographique :
– Placez sur la carte les « DROM » désignés par les chiffres 1 et 2.
– Complétez la légende.

3. En vous appuyant sur le document et sur vos connaissances, montrez que la France exerce une influence mondiale.

Exercice 3 – Enseignement moral et civique

Travail sur document (10 pts)

Affiche de la CGT pour les élections professionnelles d'octobre 2011.

Questions

1. À qui s'adresse cette affiche et à quelle occasion ?
2. À quel type d'organisation appartient la CGT ?
3. Quel est le message de cette affiche ?
4. D'après l'affiche et vos connaissances, expliquez quel est le rôle d'une organisation comme la CGT.

Français

1 – page 12

① **Mots variables** : esquisse, certain, voir, un. **Mots invariables** : longtemps, bonjour, par, lorsque. ② **Entourer** : **1.** gracieusement. **2.** Quand **3.** Donc ③ **Adjectifs** : effilées, chers, noir, grillagée. **Prépositions** : sur, à, dans, près de. **Adverbes** : vite, très, doucement, ici. ④ **a.** j', tu, lui, le. **b.** la sienne, des miennes, les nôtres, les leurs. **c.** quelqu'un, personne. **d.** ceci, c', ceux, celle-ci. ⑤ **a.** la, le. **b.** mon, sa. **c.** quelques, certains. **d.** cette, ce. ⑥ **1.** Les meilleures amies de mes sœurs sont très malades. **2.** Des pièces exiguës et sales servaient de cuisine. **3.** Lesquels d'entre vous ont oublié leurs affaires ? ⑦ **1.** pronom possessif. **2.** déterminant possessif. **3.** adverbe. **4.** préposition. **5.** déterminant numéral cardinal. **6.** conjonction (ou locution) de subordination. **7.** adjectif qualificatif. **8.** nom commun. **9.** pronom démonstratif. **10.** conjonction de coordination. ⑧ **1.** me, je, je, me (pronoms personnels), mes (déterminants possessifs). **2.** nous, moi (pronoms personnels), ma, notre, notre (déterminants possessifs).

2 – page 14

① **1.** CDN. **2.** attribut du COD. **3.** apposition. **4.** COS. **5.** apostrophe. **6.** C du comparatif. ② **1.** mardi, tôt, à la gare, pour prendre le train. **2.** avec des planches, en quelques heures, pour traverser les rapides, sans risque. **3.** dans la grotte, assez, remarquablement, au fil des millénaires. **4.** soudain, littéralement, parce qu'elle avait réussi l'examen, quelques mois plus tôt. ③ **CC temps** : 3, 5. **CC comparaison** : 2, 4. **CC cause** : 1, 6. ④ **1.** CC lieu. **2.** Complément d'agent. **3.** CC manière. **4.** CC temps. ⑤ **1.** attribut du sujet. **2.** épithète détaché. **3.** attribut du sujet. **4.** attribut du COD. ⑥ **1.** lui parler. **2.** la protéger. **3.** leur ai prêté. **4.** le lui ai. ⑦ **1.** « C'est aujourd'hui que paraît ma nouvelle », COD. **2.** « ce moment de minuit », COD. **3.** elle, COS. ⑧ **1.** dès qu'il fera nuit, CC temps. **2.** même si / alors qu'il a de la fièvre, CC concession. **3.** si la ville était silencieuse, CC condition.

3 – page 16

① **1.** plus-que-parfait. **2.** imparfait. **3.** conditionnel présent. **4.** passé composé. **5.** passé simple. **6.** futur simple. **7.** futur antérieur. **8.** présent. ② **1.** temporelle. **2.** injonctive. **3.** temporelle. **4.** injonctive. ③ **1.** habitude. **2.** hypothèse. **3.** second plan. **4.** description. ④ **1.** n'auras pas pris. **2.** avais prises. **3.** eut touchée. **4.** a été. ⑤ **1.** dormais, jeta. **2.** ornait, avait été exécuté. **3.** préparais, entendis. **4.** repassâmes, avait été abandonnée. ⑥ **1.** Elle me confessa…, elle avait perdu…, qu'elle était en train…, elle me rachèterait… . **2.** Elle savait que je partirais et qu'elle ne pourrait pas…, que rien ne pourrait l'empêcher ; l'avait-elle compris… dès que nous étions venus… (C. Laye, *L'Enfant noir*). **3.** Il ignorait qui elle était, ce qu'elle avait vécu, mais il savait qu'il voulait rester. Elle lui proposa… Il accepta tandis qu'elle commandait… La nuit venait de tomber. ⑦ **1.** imparfait d'habitude (répétés dans le passé). **2.** passé simple de premier plan (faits ponctuels et très brefs). **3.** imparfait de description (portrait du héros). **4.** plus-que-parfait d'antériorité (flash-back sur des événements antérieurs).

4 – page 18

① **1.** comprennes. **2.** vienne. **3.** arrive. **4.** écoutes. **5.** vaccine. ② **1.** saches. **2.** veuillent. **3.** soit. **4.** fasse. **5.** ait. ③ **Exemples** : **1.** tu fasses du judo. **2.** ils viennent danser. **3.** tu reviennes tôt. **4.** je puisse lui faire. **5.** il ait oublié son pantalon. ④ **1. a.** Tu ne crois pas que le temps soit venu. **b.** Ne crois-tu pas que le temps soit venu ? **2. a.** Vous ne croyez pas qu'ils soient là. **b.** Ne croyez-vous pas qu'ils soient là ? **3. a.** Nous ne pensons pas qu'il soit coupable. **b.** Ne pensons-nous pas qu'il soit coupable ? ⑤ **1.** plaise. **2.** voie. **3.** aie vu. **4.** est arrivé. **5.** voies. **6.** ait parlé. ⑥ **1.** indignation. **2.** défense. **3.** condition. **4.** ordre. **5.** souhait. ⑦ **1.** complétive / opinion à la forme négative. **2.** complétive / action non réalisée avec « en attendant que ». **3.** indépendante / souhait. **4.** relative / emploi avec le superlatif. **5.** complétive / principale interrogative pour une action probable. **6.** complétive / opinion et crainte. ⑧ Tous les verbes sont au mode subjonctif. **1.** souhait dans une circonstancielle. **2.** après un verbe de sentiment dans une complétive. **3.** après un verbe de souhait dans une complétive. **4.** but dans une circonstancielle.

5 – page 20

① **1.** ? **2.** . **3.** ? **4.** ! **5.** . **6.** ! ② **1.** injonctive. **2.** exclamative. **3.** injonctive. **4.** exclamative. ③ **1.** C'est toi qui es responsable. C'est toi le responsable. **2.** Ton secret, on le connaît. **3.** C'est ce modèle qui plaît aux ados. **4.** Les ados, c'est ce modèle qui leur plaît. C'est aux ados que ce modèle plaît. ④ **1.** Est-il impératif de respecter ce règlement ? **2.** Ne t'avais-je pas prévenu ? **3.** Le scrutin sera organisé par le gouvernement. **4.** Ce sont mes indications que vous devez suivre. ⑤ **1.** Les journalistes sont toujours passionnés par ce genre de détail **2.** Sans les digues, les Pays-Bas seraient submergés par la mer. **3.** L'Union européenne a été très intéressée par ce procédé. **4.** Pompéi et Herculanum furent ensevelies par les cendres volcaniques. **5.** Il fut reconnu coupable et condamné par le jury. ⑥ **1.** déclaratif, négative. **2.** interrogatif, négative. **3.** déclaratif, passive. **4.** exclamatif, emphatique. **5.** injonctif, impersonnelle. **6.** exclamatif, emphatique. ⑦ **1.** exclamatif, enthousiasme et énergie. **2.** interrogatif, étonnement et questions. **3.** déclaratif, information ou opinion.

6 – page 22

① **1.** trois. **2.** quatre. **3.** trois. **4.** quatre. ② **1.** sais, peux / si. **2.** reste, battais / pour lesquels. **3.** est, reste / du fait qu'. **4.** présente, ai parlé / dont. **5.** est, fasse /

bien qu'. 6. ignore, seront / quelles. 3 1. C. 2. J. 3. S. 4. J. 5. S. 6. C. 4 1. I. 2. Co. 3. Ci. 4. R. 5. I. 6. R. 7. Ci. 8. Co. 5 1. tandis que, alors que, quand (temps). 2. du fait que, puisque, comme (cause). 3. si bien que, à tel point que (conséquence). 4. si bien que, si malade que, au point que (conséquence). 5. Même si, quand bien même (conséquence). 6 1. aller / mais je (opposition). 2. jour / la moto, phares et / cela (conséquence). 3. auberge / j'ai faim et / je reste (conséquence). 4. constante car / les années (cause). 7 1. trop résistant pour qu'on puisse... (conséquence). 2. si bien que des crampes lui serraient... (conséquence) ou puisqu'il n'avait pas mangé... (cause). 3. alors que chacun parle... (opposition). 4. même si Poulet devenait... ou quand bien même il restait... (concession). 5. Les cas mortels se multiplièrent tant qu'il devint évident... (conséquence).

7 – page 24

1 1. rejeter. 2. vouvoyer. 3. rappeler. 4. résoudre. 5. décroître. 6. ondoyer. 7. percevoir. 8. émouvoir. 2 1. aller. 2. savoir. 3. vouloir. 4. pouvoir. 5. faire. 6. croître. 7. survenir. 8. aller. 3 1. interpelle. 2. repeint. 3. surprends. 4. remues. 5. vouvoient. 6. projettent. 7. résous. 8. huent. 4 1. ait. 2. finisses. 3. me blottisse. 4. craignions. 5. vaille. 6. plaisent. 5 sorte. inspire. 6 1. voies. 2. vois. 3. crois. 4. croies. 5. viennes. 6. viens. 7 1. restons seuls, jetons, notre chambre, nous nous arrêtons devant notre, nous nous regardons, nous prenons, près de nous, notre image, nous le lançons. 2. Nous croyons, nous avons appris, nous colle, nous aimerions, nous avons été élevés, notre ville. 8 1. J'en conviens, nous commençons, peuvent être, qui brûlent, qui préparent. 2. Il croit, a regardé, la suit, ait disparu, se met, il est, le croit.

8 – page 26

1 1. sauront. 2. enverront. 3. rejetteras. 4. huerons. 2 1. rangeais. 2. reniiez. 3. fuyions. 4. faisait. 5. prenais. 6. nettoyions. 7. riiez. 3 1. crut. 2. survinrent. 3. laçâmes. 4. vécut. 5. dûtes. 6. rêvai. 7. naquirent. 4 1. surgirent. 2. mîmes. 3. revinrent. 4. sortit. 5. allai. 6. pûtes. 7. vins. 5 1. nous en parlions, la rue était, nous avions su, elles avaient été faites, il nous semblait, alors enfants. 2. Nous, seuls, nous sentions nos, nous connaissions, nous étions faits, nous avions vus, nous n'osions croire n'être faits, ceux qui existaient, nous ne valions, nous étions autres. 6 expliqua, s'appelait, permettait, pouvait, voulut, réussit, ressentis, pardonnai, saurait. 7 1. furent des serpents qui se mordaient/mordirent, ils ne muèrent, ils ne s'usèrent, ils se décolorèrent, se craquelèrent, blanchirent, leurs ruptures survinrent, ils cassèrent. 2. nous conseilla, nous commençâmes notre, ce fut quelque chose qui nous était arrivé/nous arriva, nous eûmes, ne nous étaient pas arrivées/arrivèrent pas.

9 – page 28

1 1. imparfait. 2. passé simple. 3. futur simple. 4. conditionnel présent. 5. présent de l'indicatif. 6. présent du subjonctif. 2 1. /. 2. t. 3. /. 4. s. 5. t. 6. t. 3 1. ai. 2. ais. 3. ais. 4. ai. 5. ais. 6. ai. 4 1. rai. 2. rais. 3. rai. 4. rais. 5. rais. 6. rai. 7. rais. 8. rais. 5 1. ait. 2. est. 3. ait. 4. est. 5. ait. 6. est. 6 1. crois, croies. 2. voie, vois. 3. rie, ris. 4. meurs, meure. 7 1. Je cédai soudain : « Oui, je voudrais le voir. ». 2. J'aimerais le croire mais crains qu'il ait tort. 3. Je l'avouai : « Je veux que tu me croies. ». 4. Elle veut que j'aie confiance. Je vois mal comment. 8 1. Je bus. 2. Il vécut. 3. Tu eus. 4. Tu ris. 5. Il finit. 6. On me mentit. 9 1. J'ai pu, Il m'a aperçu, a-t-il dit, J'ai hésité, j'ai pris, je suis allé. 2. a défait, sont tombés, est coupé, a été sortie, a ouvert, a fait, est montée, a disparu.

10 – page 30

1 1. Ce sont eux les traîtres. 2. C'étaient les Allemands. 3. Les sauveurs, ce sont eux. 4. C'étaient les amies d'Élie. 2 1. penses. 2. passent. 3. traquent. 4. vivent. 5. pensez. 6. jouent. 7. tournent. 8. attends. 3 1. sommes. 2. êtes. 3. sommes. 4. vous mettez. 5. ont. 6. restons. 4 1. connaissiez. 2. devais. 3. harcelaient. 4. creusions. 5. voulais. 6. marchaient. 5 1. cherchait. 2. s'accordaient. 3. étaient. 4. trouvait. 5. sortaient. 6. se perdait. 7. restaient. 8. allait. 6 1. Ils ne disent rien. Ils ne sont pas là. Ils sont restés accrochés au grillage... Ils sont heureux. Ils sourient aux anges qui planent... 2. Les portemonnaies rabattables sont des révolutions unisexes. Ils s'imposent..., qu'ils incarnent... Conçus..., ils seront souvent offerts... 7 revenaient, étaient, apparaissait, se promenait, occupaient, se mettaient, me retirais, rentrait, descendaient.

11 – page 32

1 2, 5, 6. 2 1. seul. 2. être. 3. avoir. 4. être. 5. seul. 6. avoir. 3 1. achetées. 2. réparés. 3. achevées. 4. poursuivis. 5. perdus. 6. oubliées. 4 1. rencontrée. 2. classifiés. 3. vues. 4. trouvée. 5. laissé. 6. fait. 5 1. Combien de tombes a-t-elle trouvées ? 2. Quels pays a-t-il visités ? 3. Quelles attentions as-tu appréciées ? 4. Lesquelles de ces robes a-t-elle choisies ? 6 Phrases 1, 2, 3 et 5. 7 1. perdus. 2. confié. 3. exposé. 4. souhaité. 5. insulté. 6. préparés. 8 1. elle a tiré, a mis, a réglé, nous l'avons vue qui a travaillé. 2. Elle s'est réveillée, a savouré, elle s'est assoupie, n'a pas duré. 9 1. Les soldats se sont préparé du café. Jamais, ils ne se sont plaints. 2. Les sauveteurs se sont fixé une heure de retour et se sont préparés. 3. Ils se sont agenouillés et se sont adressé au prêtre. 4. Les alpinistes se sont accordé du repos et se sont couchés.

12 – page 34

1 1. là. 2. où. 3. ou. 4. la. 5. là. 6. où. 7. ou. 8. la. 2 1. a. 2. à. 3. à. 4. a. 5. à. 6. à. 7. a. 8. à. 3 1. ma, m'a. 2. m'a, ma. 3. m'a, ma. 4. ma, ma. 5. m'a, m'a. 6. m'a, m'a. 4 1. s'est, c'est. 2. s'est, c'est. 3. s'est, s'est. 4. c'est, s'est. 5. s'est, s'est. 5 1. Quelle, qu'elle. 2. qu'elle, quelle. 3. Quelles, quelle. 4. qu'elle, qu'elle. 5. Quelles, qu'elles. 6. qu'elle, quelle. 6 1. Quand, qu'en. 2. Quant, qu'en. 3. qu'en, quand. 4. Quant, quand. 5 Qu'en, quand. 7 1. Quelles égoïstes ! Elles

croient qu'il n'y a qu'elles ? 2. Qu'est-ce qu'elles croient ? Je suis plus maligne qu'elles. 3. Quelles qu'elles soient, les coupables sont cruelles. Qu'elles soient arrêtées vite ! 4. Je les prends telles quelles : qu'elles me soient expédiées au plus tôt. ❽ **1.** Il s'est plu au Japon et il s'est intégré très vite. **2.** Elle m'a répondu qu'elle s'est enfin décidée. **3.** Il s'est permis une chose qui m'a choqué(e). **4.** Elle ne m'a rien dit et cela m'a gêné(e).

13 – page 36

❶ **1.** dans ses bras. **2.** attendait. **3.** le gros dos. **4.** gémissait. **5.** mange. ❷ **1.** Parisiens. **2.** bateaux. **3.** violence, guerre. **4.** individu, pacifiste. **5.** habitants. ❸ **1.** aimable pestilence. **2.** blancheur sombre. **3.** merveilleuse grimace. **4.** joyeux carnage. ❹ **1.** C'est un pic ! C'est un roc ! C'est un cap ! C'est une péninsule. **2.** Je suis perdu, je suis assassiné, on m'a coupé la gorge. **3.** Je suis blessé, je suis troué, je suis perforé, je suis enterré. ❺ **1.** mille, mille, cent. **2.** dix mille ans. **3.** épaisseur des montagnes. **4.** tout, continents. ❻ **1.** personnification. **2.** comparaison. **3.** métaphore. **4.** chiasme. **5.** antithèse. **6.** gradation ou énumération. **7.** périphrase. **8.** métaphore. ❼ **1.** personnification / insister sur l'aspect désagréable des bruits. **2.** métonymie / déshumaniser ceux qui arrivent. **3.** métaphore / montrer la beauté et la fragilité du bébé. **4.** anaphore de « adieu » / frapper en insistant, donner un effet de litanie.

14 – page 38

❶ **1.** effroi. **2.** hôpital. **3.** amour / amabilité. **4.** fleur. **5.** fête. **6.** air. **7.** bête. **8.** été. ❷ **1.** paru. **2.** achèv(e). **3.** fai. **4.** commenc. **5.** aqua. **6.** odor. **7.** motiv. **8.** class. ❸ **1.** immangeable. **2.** inaction. **3.** imberbe. **4.** immortalité. **5.** inachevé. **6.** inaudible. ❹ **1.** désertifier, désertification. **2.** authentifier, authentification. **3.** fluidifier, fluidification. **4.** amplifier, amplification. ❺ **1.** alliage, alliance. **2.** décollage, décollement. **3.** croisière, croisade. **4.** justice, justesse. **5.** inclinaison, inclination. ❻ **dérivation** : 1, 5, 9. **composition** : 2, 6, 7. **emprunt** : 3, 4, 8. ❼ **1.** fraternité, fraternel, frère. **2.** spectacle, spectaculaire, inspecter. **3.** scolaire, écolier, scolarité. **4.** enfance, enfantin, enfanter. **5.** santé, malsain, sainement. **6.** spacieux, spatial, espacement. ❽ Chaque barre sépare préfixe, radical et suffixe : **1.** in/nombr/able. **2.** in/crédul/ité. **3.** télé/vis/uel. **4.** in/tariss/able. **5.** il/logiqu/ement. **6.** a/patr/ide. ❾ **Exemples** : **1.** somn- (somnifère) et ambul- (ambulatoire). **2.** anthropo- (anthropomorphe) et phag- (chronophage). **3.** mono (monospace) et ton- (tonalité). **4.** hémi- (hémisphère) et cycl- (cyclisme). **5.** mytho- (mythique) et man- (toxicomanie). **6.** mégalo- (mégalomanie) et pole- (métropole).

15 – page 40

❶ **1.** taïga. **2.** pirogue. **3.** souk. **4.** cithare. ❷ **Exemples** : **1. a.** bagnole, tacot. **b.** bolide. **2. a.** bouquin. **b.** œuvre, opuscule. **3. a.** rengaine, scie. **b.** ritournelle, mélodie. **4. a.** torchon, canard, feuille de chou. **b.** quotidien, référence. ❸ **1.** figuré. **2.** propre. **3.** figuré. **4.** propre. **5.** propre. **6.** figuré. **7.** figuré. **8.** propre. ❹ **Exemples** : **1.** Il a un corps de rêve. **2.** Elle révise sa table de 5. **3.** Il a la figure sale. **4.** Le conflit armé s'enlise. ❺ **1.** 1er mot. **2.** 2e mot. **3.** 2e mot. **4.** 2e mot. ❻ **Exemples** : **1.** désert, eau / science, savoir. **2.** feu, incendie / passion, amour. **3.** cheminée, feu / prix, taux. **4.** foudre, Zeus / génie, intelligence. ❼ **Exemples** : **1.** humeur, idée. **2.** nouvelle, actualité. **3.** tête, pensée. **4.** accueil, individu. ❽ **réalité positive** : paix, poussette, rose, cocotier. **réalité négative** : cercueil, rat, iceberg, scorpion. ❾ **1.** solidité, sagesse, vieillesse. **2.** vacances, Orient, exotisme. **3.** paix. **4.** cruauté. **5.** mort. **6.** beauté ou vanité. **7.** temps qui passe. **8.** agriculture. ❿ **1.** Non pas le contraire de *pluriel* mais *insolite*. **2.** Déjà *fatigués* malgré l'heure. **3.** Une torture morale et non physique : *harcelé, embêté*... **4.** Une *métamorphose* mystérieuse. ⓫ **1. a.** regarder. **b.** idée de discrétion, de regard en coin. **2. a.** bateaux. **b.** exotisme ou volonté d'exactitude. **3. a.** bleus. **b.** nuance péjorative, bleu un peu sale.

16 – page 42

❶ **synonymes** : 1, 4, 10. **antonymes** : 2, 7, 12. **paronymes** : 3, 6, 8. **homonymes** : 5, 9, 11 ❷ **1.** im. **2.** il. **3.** ir. **4.** des. **5.** in. **6.** dé. ❸ **1.** décrépit. **2.** vif. **3.** bête. **4.** vrai. ❹ **1.** pointue / émoussée. **2.** perçante / grave. **3.** vive / sourde. **4.** subtile / lente. ❺ **1.** empreintes. **2.** consume. **3.** induit. **4.** irruption. **5.** vénéneux. **6.** infesté. ❻ baderne, débris, ganache, ruine, vioc. ❼ **1.** pause, repos. **2.** parlant, discutant. **3.** inévitable, nécessaire. **4.** sévères, strictes. **5.** tombe, tombeau. **6.** exagéré, maladif. ❽ **1.** excellent / dégoûtant. **2.** sinistre / joyeuse. **3.** relevé / insipide. **4.** forte / faible. **5.** radical / léger. **6.** colérique / apaisé. ❾ **1.** Expression familière pour faire un jeu de mots avec le fleuve qui coule ; syn. : rester tranquille, ne rien faire. **2.** Victor Hugo devient à la fois une figure paternelle (« père » dans l'idée de paternité, de la nation, du poète, etc.) et une figure très proche (« père » en l'argot). **3.** Utilisé pour faire une allitération en –v (écho de consonnes) ou pour rendre Paris familier et proche ; syn. : personne âgée, vieillarde.

17 – page 44

❶ **1.** expliquez, formation. **2.** relevez, indications temporelles. **3.** relation logique, conjonction de coordination. **4.** indiquez, vers. **5.** donnez, classe. **6.** identifiez, propositions. ❷ **relevé seul** : 2, 6. **cours** : 1, 3. **réflexion** : 4, 5. ❸ **1.** c. **2.** a. **3.** b. ❹ **1.** niveau / registre, rapportée, niveau / registre, emphatique, abréviations. **2.** genre, genre, pronom, champ lexical / lexique. **3.** vers, vers, juxtaposées, syllabes, répétition / anaphore. ❺ **1.** a. **2.** b. **3.** a.

18 – page 46

❶ **1.** a. **2.** b. **3.** c. ❷ **1. descriptif** : belle, pâle, roux, fauve. **2. narratif** : dirige, ouvre, me trouve. **3. narratif** : vers la fin du mois, entra, au moment où... **4. descriptif** : chaude, propre, éclairaient, se faisaient. ❸ **1. 1re** : je, me. **2. 3e** : il, sa, ses, sa. **3. 1re** : je, me, moi-même, ma. **4. 3e** : il, elle. ❹ **1. science-fiction** :

turbo-élévateurs, ascension. **2. aventures** ou **action** : pont, bôme, assommé, pivota, charge d'eau. **3. autobiographie** ou **récit autobiographique** : je, enfant, maladies. **4. fantastique** ou **frisson** : anxiété, angoisse, on, terrifié. **5** **1. interne** : un seul personnage, ses pensées et son regard. **2. omniscient** : plusieurs personnages dont on connaît l'état d'esprit. **3. interne** : un seul personnage et importance du regard. **4. omniscient** : deux personnages dont on connaît sentiments et actions. **6** **Exemples** : **1.** D'un geste désinvolte, elle lança le robot-jouet à l'autre bout de la pièce. **2.** Elle se tient immobile, elle ne sourit pas. Elle l'observe en silence. **3.** Mes parents me prénommèrent Marguerite en l'honneur d'une cousine du Brabant. **4.** C'est un livre de la bibliothèque rose, et j'y tiens beaucoup.

19 – page 48

1 **1.** effectivement. **2.** en effet. **3.** adhère tout à fait. **4.** je soutiens. **5.** à mon avis. **6.** Je souscris à. **2** **1.** ainsi. **2.** excepté. **3.** car. **4.** pour que. **5.** d'abord. **3** **1.** en effet. de plus. Enfin. en fin de compte. **2.** en effet. en premier lieu. également. pour finir. **4** **Entourer** : 2, 4, 5. **Relier** : 1 et 5, 2 et 6, 3 et 4. **5** **1.** Je sais, il paraît que, pourraient. **2.** semblaient, on eût dit. **6** **1. En rouge** : « le spectacle le démoralise et ruine en lui toute sensibilité ». **En vert** : de « À Saint-Pol » à la fin. **Encadrer** : « les preuves abondent » et « nous signalerons pourtant un fait ». **2. En rouge** : « stupides comme nos enfants » (et « un signe de sauvagerie »). **En vert** : « par exemple » jusqu'à la fin. **Encadrer** : « par exemple ». **7** **Exemples** : **1.** Elle a toujours poussé l'homme à se surpasser et a permis de grandes découvertes, comme celle de l'Amérique. **2.** Les mots dépassent en effet souvent la pensée, notamment lors de disputes pouvant dégénérer. **3.** Sans loi, l'anarchie pourrait s'installer : cet État n'assure pas la sécurité de chacun.

20 – page 50

1 **1.** Elle me rétorqua. **2.** chuchota-t-il. **3.** dit-elle. **4.** l'encourageaient-elles. **5.** insistai-je. **6.** pensai-je. **2** 1, 4, 5. **3** **1.** irait. **2.** était allé. **3.** allait. **4.** va. **5.** ira. **6.** est allé. **4** **1.** qu'elle ne sortirait pas. **2.** qu'il avait compris et qu'il y allait. **3.** que j'étais venu la veille et que je reviendrais le lendemain. **4.** que c'était vrai, qu'elle avait une idée. **5** **1.** Le cuisinier déclara : « Je ne viendrai pas demain. » **2.** Il me suggéra : « Va voir la PDG et dis-lui tout. » **3.** Je l'avouai : « Je suis content d'en avoir fini avec ça. » **6** **1.** pourquoi je n'avais pas averti la réceptionniste de mon arrivée. **2.** que ces haricots verts étaient pleins de fils et que toute cette huile lui resterait sur l'estomac. **3.** Hiro leur roi [...] avait rejoint ses ancêtres à l'heure où le soleil était au zénith. Il reposerait selon sa volonté [...]. Il y serait porté par son peuple quand l'ombre serait chassée par le soleil nouveau. **7** **1.** indirect. **2.** direct. **3.** indirect. **4.** indirect libre. **5.** direct. **6.** indirect libre.

Sujet du Brevet n° 1 – page 52

Questions : **1.** Le voyage se déroule dans des conditions effroyables : température (« trop chaud le jour, trop froid la nuit » l. 2), maladie (« contracté la malaria » l. 3) et mort (« trois morts » l. 4). **2. a.** Les corps sont jetés à la mer pour des raisons d'hygiène. **b.** Le narrateur y voit une méconnaissance des croyances kanaks au sujet de l'au-delà (« sans nous laisser le temps de leur expliquer » l. 2.3). **3. a.** On utilise ici la comparaison « comme des moutons. » **b.** Comparer les Kanaks à des moutons permet de mettre en évidence la crainte des passagers involontaires, qui ne comprennent pas ce qui se passe. **4.** Comme l'indique le radical *terr-*, « terrasser » signifie « mettre à terre » et donc « tuer ». Ici, il est employé dans un sens figuré, « vaincre », « empêcher de bouger ». **5. a.** Cette phrase est nominale : elle ne comporte aucun verbe. **b.** L'absence de verbe renforce l'effet d'énumération et d'accumulation des éléments qui se présentent aux yeux du narrateur. **6.** La neige tombant sur le Morvan est « magique » car le narrateur la voit pour la première fois, venant des zones équatoriales : pour lui, ce phénomène relève de la magie et non de la normalité. **7. a.** Les paroles sont rapportées au style indirect, comme l'indiquent le verbe de parole « expliquer » suivi de « que » et la concordance des temps (passé composé et imparfait). **b.** L'explication fournie par l'officier est mensongère : il ne s'agit pas d'éviter « les mauvais éléments » urbains mais de traiter les Kanaks en véritables esclaves voire en animaux ne méritant ni repos ni temps libre. **8.** Les Kanaks sont traités comme des animaux de zoo : « parqués derrière des grilles » (l. 25) « nous dresser » (l. 30). Ce sont également des esclaves auxquels on demande des actions répétitives, physiques et difficiles : « faire du feu » (l. 31) dans des conditions impossibles, « creuser d'énormes troncs » dans des arbres peu adaptés et « se baigner et nager » (l. 36). Les femmes sont rabaissées à de simples objets sexuels qui doivent « danser le pilou-pilou à heures fixes » (l. 34) et « exhibent leur poitrine » (l. 35). **9.** L'image que la direction veut montrer est celle d'hommes quasi préhistoriques (« huttes mal conçues », « pirogues », « feu ») qui vivent nus alors que ce n'est plus le cas (« quittent la robe-mission ») et qui ressemblent à des animaux (« cris de bête »). Le narrateur, lui, sait lire (« déchiffrer quelques mots »), a des croyances complexes sur l'au-delà et respecte des traditions familiales (« serment à son père »). **10.** L'éditeur a choisi cette photographie car elle illustre l'exhibition des kanaks en habits traditionnels, et mis en situation comme l'auteur l'évoque dans le deuxième paragraphe : ici, ils ne coupent pas du bois mais portent des armes factices qui indiqueraient leur - fausse - dangerosité. Ils se trouvent au milieu d'un public de touristes européens dans un lieu qui ressemble à un zoo ou à un lieu de promenade européen tel que le texte le présente à la fin du premier paragraphe. **11.** Cette photo est un témoignage des zoos humains qui furent présentés durant des expositions officielles de l'époque coloniale française. Tout en étant un témoignage d'un des aspects plus que négatifs du colonialisme français, elle montre le racisme qui traversait la société d'alors.

12. Réécriture : Parvenues à la gare, elles n'osaient pas bouger. Elles restaient collées les unes aux autres, comme des moutons, effrayées par le bruit, les fumées [...]. La fatigue les a terrassées.

CORRIGÉS

Rédaction (critères de réussite)

Sujet 1 (imagination) : le narrateur est un journaliste qui emploie « je » et qui signe à la fin ; le texte est un article de presse (titre, accroche, intertitres) ; le ton est indigné, engagé, virulent au sujet de la manière dont on traite les Kanaks ; le texte mêle narration (la visite) et description (la « cage » des Kanaks) ; le texte se termine sur un passage argumenté présentant une thèse très claire.

Sujet 2 (réflexion) : le texte est argumentatif et donne une opinion ; le texte développe la thèse suivante : la rencontre d'une autre culture est enrichissante (il n'est donc pas une réponse à « la rencontre est-elle enrichissante ? ») ; une réflexion est organisée : introduction, au moins trois paragraphes avec arguments, conclusion ; des exemples sont présentés : historiques, sociétaux, littéraires, artistiques ou personnels, qui permettent d'illustrer les arguments.

Sujet du Brevet n° 2 – page 55

Questions : **1. a.** Le continent dont il s'agit est l'Amérique comme l'indiquent « New York » et « Ellis Island ». **b.** Les « crasseux » désignent les immigrants, les pauvres. Cette formulation est péjorative. **2.** Les personnages passent par différents sentiments tout au long de leur voyage : d'abord apeurés lorsqu'ils arrivent (« tenus par la main pour ne pas nous perdre dans la foule » et « craignant les mains vicieuses ») ; tristes lorsque le paquebot s'éloigne de l'Italie (« nous avons pleuré lorsque l'immense bateau a quitté la baie de Naples ») ; plein d'espoir (« espérant, dans des rêves étranges ») ; excités à la vue de l'Amérique (« Nous dansions et criions », « une agitation frénétique », « nous acclamions », ils « montraient du doigt » et dévoraient « des yeux chaque détail de la côte ») ; enfin, au débarquement, très joyeux (« brouhaha de joie et d'impatience »). **3.** Les deux temps utilisés dans cette phrase sont l'imparfait (« se dirigeait », « dansions et criions ») et le futur (« oublierai »). L'imparfait désigne un événement non délimité dans le passé ; le futur est ancré dans la situation d'énonciation : le narrateur adulte évoque ses souvenirs. **4. a.** Ces deux phrases sont nominales (pas de verbe). **b.** Elles décrivent les personnages sans verbe d'action, comme des photos. Elles sont également plus frappantes. **5.** Domenico a raison en murmurant : « La vie commence ». En effet, ils étaient « crève-la-faim », « miséreux d'Europe au regard affamé » : quel que soit leur destin américain, même misérable, leur vie changera. Il s'agit d'une nouvelle vie pour eux, pleine d'espoir : « espérant que tout là-bas soit différent ». À l'époque, les États-Unis étaient un grand pays d'immigration (« Nous entendions parler des langues... ») où certains émigrés pouvaient connaître des réussites étonnantes. **6.** Cette photographie illustrerait bien le texte car elle a été prise à Ellis Island, au large de New York, lieu évoqué dans le texte. Elle présente aussi des personnages semblables : des « miséreux d'Europe au regard affamé » (l. 4), comme les personnages pauvrement vêtus de l'image. Enfin, l'époque est la même que celle du texte (première moitié du XXe siècle) et présente la même scène d'émigration en masse vers les États-Unis. **7.** Si le texte parle de « brouhaha de joie et d'impatience » (l. 25), l'image, elle, présente une file bien calme et ordonnée et surtout des visages plus graves et surtout plus fatigués. Alors que le texte évoque l'idée d'être « à notre place » (l. 30), les personnes photographiées semblent bien plus angoissées, sans doute de ne pas être acceptés sur le sol américain.

8. Réécriture : Comme tous les autres, ils se sont tenus par la main pour ne pas se perdre dans la foule. Comme tous les autres, la première nuit, ils n'ont pu trouver le sommeil, craignant que des mains vicieuses ne leur dérobent la couverture qu'ils se partageaient.

Rédaction (critères de réussite)

Sujet 1 (imagination) : un texte à la 1re personne et aux temps du récit au passé ; un point de vue interne d'une narratrice âgée (quelques remarques au présent d'énonciation) ; le récit de l'arrivée et des premiers jours à New York (passage des services de migration, découverte de la ville...) ; la prise en compte de leur allure misérable et de la situation difficile (difficultés de logement ou retrouvailles avec des parents) ; l'expression de sentiments (émerveillement, peur...).

Sujet 2 (réflexion) : un thème précis : l'ailleurs rêvé de nos jours (et non un développement exclusivement « politique » sur l'immigration en France par exemple) ; une thèse nettement formulée : oui / non ; une réflexion organisée : introduction, au moins deux paragraphes avec arguments, une conclusion ; des exemples historiques, sociétaux, littéraire, artistiques qui permettent une comparaison entre passé et présent.

Sujet du Brevet n° 3 – page 58

Questions : **1.** On distingue deux lieux : le désert, « entre du sable et des étoiles » (l. 2) et d'autre part un « parc chargé de sapins noirs et de tilleuls » dans lequel se trouve « une vieille maison » (l. 10). Le désert est la triste réalité (« ce corps échoué sur une grève » l. 14), qui s'oppose au souvenir agréable (« songes » l. 4 et « enchantements de la mémoire » l. 9.). **2. a.** C'est une forme impersonnelle identifiable grâce au pronom personnel « il » qui ne désigne personne. Le sujet réel serait « parc ». **b.** Cette tournure de phrase fait penser au conte et à la formule « Il était une fois ». **3.** Dans ce paragraphe, les sens convoqués sont : l'odorat (« souvenir de ses odeurs », l. 15), l'ouïe (« plein des voix » l. 16 et « chant des grenouilles », l. 17) et le goût (l. 19). Tout cela crée une « présence » (l. 14). **4. a.** Le nom « enchantement » provient du verbe « enchanter » lui-même dérivé de « chanter ». à ce radical, on ajoute le préfixe en- et le suffixe -ment. **b.** L'enchantement désigne un sort, un charme magique. C'est aussi un émerveillement au sens figuré. Saint-Exupéry joue sur ce double sens : le souvenir tient à la fois du sortilège et de la joie. **5.** Le champ lexical de l'eau traverse tout le texte : « eaux de source » (l. 5), « grève » (l. 14), « mares » (l. 17) et « neige » (dernier mot). La comparaison provient probablement de la soif dont souffre l'aviateur échoué (un autre mot en rapport avec l'eau). Mais cette comparaison, qui effectue un rapprochement entre l'eau de source et les songes, donne à ceux-ci une idée de pureté qui remonte à la surface et vient enchanter le désert (« douceur » (l. 6) et « enchantements »). **6.** Ce texte est narratif mais surtout poétique notamment dans les figures de style utilisées : deux comparaisons (« comme des eaux de source » l. 5, « comme neige » l. 26), des répétitions de sons (« absences, sens, silence ») et des anaphores (« plein de » l. 15) et une métaphore (« chant des grenouilles » l. 17). De plus, le texte est poétique car l'auteur évoque davantage ses souvenirs et ses sensations, les « enchantements de la mémoire », qu'il ne raconte des faits précis et successifs. **7.** Au premier plan du tableau figure le cadavre d'un dromadaire, symbole même de la mortalité et des dangers du désert. L'égarement est évoqué par l'absence d'autres détails, ou presque, mises à part quelques maigres plantes et une silhouette de ville – ou un mirage – au loin : solitaire, au centre du tableau, le cadavre pourrait évoquer une caravane perdue ou un voyageur mort de soif. **8.** Le peintre accroît la monotonie et l'immensité du désert grâce à une palette de couleurs volontairement limitée, par une absence de détails et de personnages et surtout par la succession monotone de lignes horizontales parallèles, sans verticale ni oblique. La silhouette de la ville à l'horizon loin est juste esquissée, presque irréelle, et renforce cette impression d'immensité.

9. Réécriture : Nous n'étions rien que des mortels égarés entre du sable et des étoiles, conscients de la seule douceur de respirer. Et cependant nous nous découvrîmes pleins de songes.

Dictée : Il n'y a pas de réelle difficulté lexicale sauf « sécheresse » et « rongeait ». « Ils disaient / Ils ne voulaient » peuvent poser problème si l'on oublie que le référent est aussi « ils » au pluriel. A la fin du texte, les attributs du sujet « muets » et « pleins » sont loin du verbe et leur accord ne doit pas être oublié.

Travail d'écriture. Faites attention aux éléments suivants dans votre rédaction.

Sujet 1 (imagination). **1.** le texte est bien la suite immédiate du texte (même action, **2 pts**). **2.** La production reprend les mêmes caractéristiques (narration à la 1re personne, mêmes lieu et époque, **4 pts**). **3.** La narration est structurée, bien menée et développée (**3 pts**). **4.** Le lexique des sentiments et des émotions est utilisé (**2 pts**). **5.** Les temps du récit au passé sont bien utilisés (**2 pts**). **6.** Il y a des mentions du passé et des souvenirs encourageants (**2 pts**). **7.** Le lexique, l'orthographe et la syntaxe sont corrects (**5 pts**).

Sujet 2 (réflexion) : **1.** le texte est argumentatif et donne une opinion. (**2 pts**). **2.** Il développe une thèse claire et bien exprimée en rapport avec les moments de solitude. (**2 pts**). **3.** La réflexion est organisée : introduction, développement, conclusion (**3 pts**). **4.** Il y au moins trois paragraphes qui sont des arguments développés (**6 pts**). **5.** Les exemples sont systématiquement donnés en illustration (historiques, sociétaux, littéraires, artistiques ou personnels) (**2 pts**). **6.** Le lexique, l'orthographe et la syntaxe sont corrects (**5 pts**).

Mathématiques

1 – page 60

❶ **1.** c. **2.** b. **3.** d. **4.** a. ❷ **1. a.** 1. **b.** 2. **2. a.** 3. **b.** –2, –1 et 5. ❸ **1.** 10 km/h. **2.** 500 kW. **3.** environ 45 km/h. **4.** 800 kW. **5.** Le vent est trop fort. On arrête l'éolienne. **6. a.** 100. **b.** 800. **c.** P(35 ou 36). **d.** P(48 ou 49). ❹ **1.** 2 m. **2.** 40°, 19 m. **3.** 60°, 8,5 m. ❺ **1.** 450 m. **2.** L'avion est à l'arrêt. **3.** 20 s.

2 – page 62

❶ **1.** $9 \times 2 = 18$; $9 \times 10 = 90$; $9 \times 12 = 108$; $9 \times 23 = 207$. **2.** $f(8)$; $f(14)$; $f(4,5)$; $f(5,8)$. **3.** $9 \times 72 = 648$. **4.** $171 \div 9 = 19$. L'image de 19 est 171. ❷ **1.** $f(2) = a \times 2 = 16$ donc a vaut $16 \div 2 = 8$. **2.** $g(12) = b \times 12 = -4$. $b = \frac{-4}{12} = -\frac{1}{3}$.
❸ **1.**

Nombre de bouteilles	1	5	75 ÷ 7,5 = 10	97,5 ÷ 7,5 = 13	15	x
Prix (en €)	7,5 × 1 = 7,5	7,5 × 5 = 37,5	75	97,5	15 × 7,5 = 112,5	7,5 × x

2. $7,5 \div 1 = 7,5$; $37,5 \div 5 = 7,5$; $75 \div 10 = 7,5$; $97,5 \div 13 = 7,5$; $112,5 \div 15 = 7,5$. Comme nous trouvons la même valeur, ce tableau est un tableau de proportionnalité. **3.** $f(4) = 7,5 \times 4 = 30$; $f(15) = 7,5 \times 15 = 112,5$; $f(0) = 7,5 \times 0 = 0$; $f(18) = 7,5 \times 18 = 135$; $105 \div 7,5 = 14$; $f(14) = 105$; $157,5 \div 7,5 = 21$; $f(21) = 157,5$.

4.

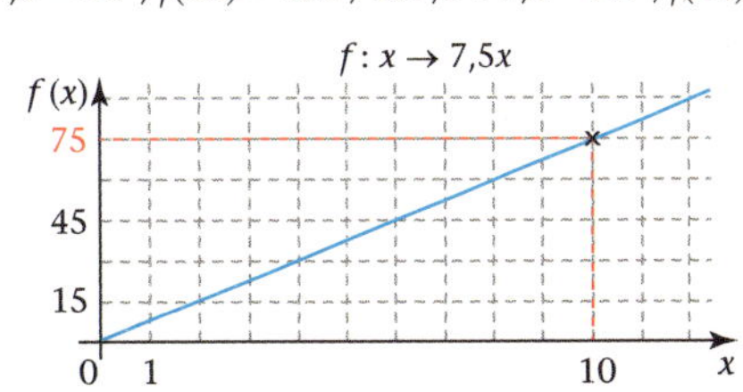

5. le prix des bouteilles en fonction du nombre de bouteilles. ❹ **1. a.** $3 \div 0,02 = 150$; $4,5 \div 0,03 = 150$; $6 \div 0,04 = 150$; $12 \div 0,08 = 150$. Les résultats sont identiques, c'est bien un tableau de proportionnalité. **b.** 150. **c.** $U = 0,07 \times 150 = 10,5$ V. **2.** $150x$. une fonction linéaire.

3.

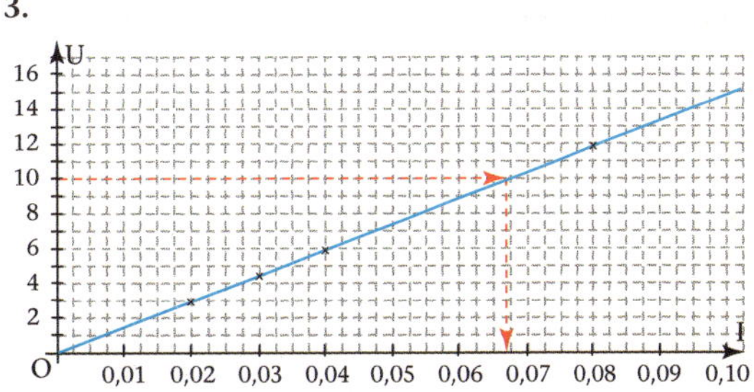

4. $I \approx 0,066$ V ; $I = \frac{10}{150} = \frac{1}{15}$ V.

3 – page 64

❶ $f(4) = 5 \times 4 + 4 = 24$. $f(10) = 5 \times 10 + 4 = 54$.
❷ $g(5) = 3 \times 5 - 8 = 7$; $g(-7) = 3 \times (-7) - 8 = -29$.
❸ **1.** $f(0) = 6 \times 0 - 7 = -7$. $f(-5) = 6 \times (-5) - 7 = -30 - 7 = -37$. $f\left(\frac{7}{2}\right) = 6 \times \frac{7}{2} - 7 = \frac{42}{2} - 7 = 21 - 7 = 14$. **2.** $a = 6$ et $b = -7$. Le coefficient directeur est 6 et l'ordonnée à l'origine est –7. **3.** 2 + 7 = 9 et 9 ÷ 6 = 1,5. 1,5 a pour image 2.
❹ **1.** 10 × 9 – 6 = 84. **2.** (133,5 + 6) ÷ 9 = 15,5.
3.

x	2	5	(66 + 6) ÷ 9 = 8	11	(97,5 + 6) ÷ 9 = 11,5
$g(x)$	(2 × 9) – 6 = 12	(5 × 9) – 6 = 39	66	(11 × 9) – 6 = 93	97,5

4.
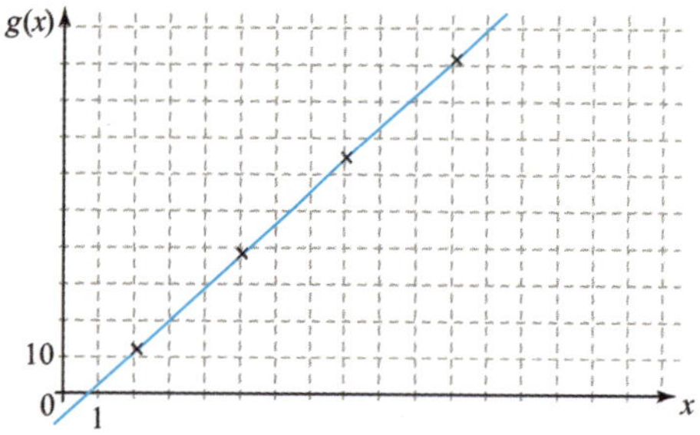

❺ **1.** 1,2 × 4 + 6 = 10,8. **2.** $4x + 6$. **3.** (15 – 6) ÷ 4 = 2,25.
❻ **1. a.**

10 × 8 = 80	18 × 8 = 144	25 × 8 = 200
40 + (5 × 10) = 90	40 + (5 × 18) = 130	40 + (5 × 25) = 165
160	160	160

b. Le tarif A. **2. a.** $8 \times x$. **b.** $5 \times x + 40$. **c.** 160.
3.
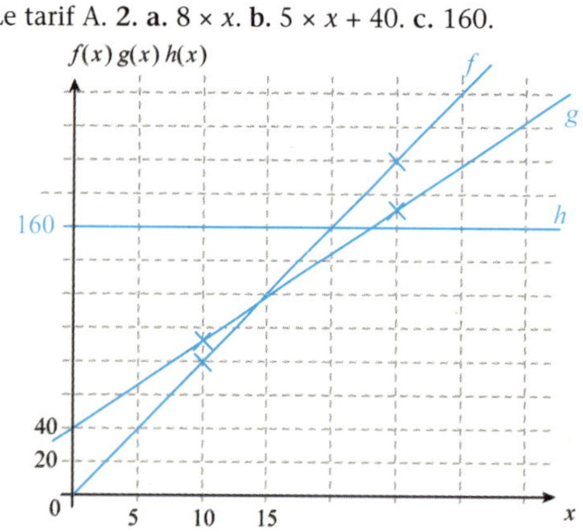

4. a. tarif A. **b.** 24 séances. **c.** tarif B. **5.** Il fera 52 ÷ 2 = 26 séances. Pour 26 séances, le tarif le plus avantageux est le tarif C. Il a donc fait le bon choix.

4 – page 66

❶ **1.** e. **2.** a. **3.** f. **4.** c. **5.** d. **6.** b.
❷ $t = \frac{d}{v} = \frac{775}{130} \approx 6$ h.
❸ 2 h 15 min = 2,25 h. $d = v \times t = 19 \times 2,25 = 42,75$ km.
❹ 1 h 45 min = 1,75 h. $v = \frac{d}{t} = \frac{343}{1,75} = 196$ km/h.
❺ **1.** 70 km = 70 000 m. $v = \frac{d}{t} = \frac{70\,000}{132} \approx 530$ m/s.
2. 530 m/s = 530 × 3 600 ÷ 1 000 km/h = 1 908 km/h.
❻ **1.** a car $v = \frac{d}{t} = \frac{5}{1,25} = 4$.
2. b car $d = 4,2 \times 60 \div 8 = 31,5$ km. ❼ **1.** Le temps pour aller de Caen à l'aéroport est $t = \frac{d}{v} = \frac{256}{80} = 3,2$ h = 3 h 12 min. Si le bus doit arriver à 11 h 30, il doit partir de Caen à 11 h 30 – 3 h 12 = 8 h 18 dernier délai. **2. a.** L'avion part à 13 h 30 et arrive à 17 h 24 + 7 h = 0 h 24 heure de Paris. Le trajet aura donc duré 10 h 54 min. **b.** 10 h 54 min = 10 h + $\frac{54}{60}$ h = 10,9 h. $v = \frac{d}{t} = \frac{9\,079}{10,9} \approx 833$ km/h.
❽ Pour l'aller, Moana va mettre $t = \frac{d}{v} = \frac{10}{16} = 0,625$ h.
Pour le retour, elle va mettre $t = \frac{d}{v} = \frac{10}{10} = 1$ h.
Au total, elle va mettre 1 h + 0,625 h = 1,625 h. Sa vitesse moyenne sur l'ensemble du circuit sera donc $v = \frac{d}{t} = \frac{20}{1,625} \approx 12,3$ km/h.
❾ $d = v \times t = 300\,000 \times 0,003 = 900$ km. Le signal fait un aller et un retour, l'avion est à 900 ÷ 2 = 450 km.

5 – page 68

❶ **1.** la fréquence cardiaque (en bpm) en fonction du temps (en min). **2. a.** 35 minutes. **b.** battements par minute. **3. a.** 170 bpm. **b.** 70 bpm. **4.** à 10 minutes et à 30 minutes.
❷ **1. a.** 190 km. **b.** un peu moins de 2 h 30 min. **c.** 20 km. **2.** Non, la distance parcourue n'est pas proportionnelle au temps car la courbe du graphique n'est pas une droite.
❸ **1. a.** =SOMME(B2:D2). **b.** =SOMME(E2:E13). **c.** =MOYENNE(E2:E13). **2.** La consommation totale est de 77 + 42 + 209 + 58 = 386 kWh ; la moitié de cette consommation vaut 386 ÷ 2 = 193 kWh. Oui, l'ordinateur (209 kWh) représente plus de la moitié de la consommation totale.

6 – page 70

❶ **1.** … on additionne … on divise … le total. **2.** … la différence entre la plus grande valeur et la plus petite valeur. **3.** … la moitié (ou 50 %) … la moitié (ou 50 %). **4.** Les quartiles.
❷ **1.** (54 + 55 + 58 + 59 + 59 + 59 + 61 + 62 + 62 + 63 + 63 + 63 + 65 + 66) ÷ 14 = 849 ÷ 14 ≈ 61 pulsations.
2. a.

54	55	58	59	59	59	61	62	62	63	63	63	65	66

La médiane vaut $\frac{61 + 62}{2} = 61,5$. **b.** La moitié des élèves a des pulsations cardiaques supérieures à 61,5 bpm et la moitié des élèves a des pulsations cardiaques inférieures à 61,5 bpm. **3.** L'étendue vaut 66 – 54 = 12.
❸ **1. a.** (500 + 503 + 501 + 502 + 500 + 496 + 500 + 499 + 498 + 501 + 499) ÷ 11 = 5 499 ÷ 11 ≈ 499,9 kg. **b.** (495 + 502 + 498 + 500 + 494 + 501 + 496 + 495 + 500 + 496 + 500) ÷ 11 = 5 477 ÷ 11 ≈ 497,9 kg. **2.** La machine B est mal réglée.
❹ **1.** classe n° 1: (1 + 2 × 4 + 3 × 8 + 6 × 5 + 7 × 3) ÷ 21 = 4. Le nombre moyen de livres empruntés dans les deux classes est le même. **2.** Dans la classe n° 1, il y a 8 grands lecteurs. Dans la classe n° 2, la médiane vaut 5 donc il y a au moins la moitié des élèves qui lisent plus de 5 livres, c'est-à-dire au moins 13 élèves. Il y a donc plus de grands lecteurs dans la classe n° 2. **3.** Dans la

classe n° 1, l'élève ayant emprunté le plus de livres en a pris 7. Dans la classe n° 2, l'étendue vaut 8. Cela veut dire que l'élève qui a emprunté le plus de livres en a pris au moins 8. Donc c'est dans la classe n° 2 qu'il y a l'élève qui a emprunté le plus de livres.

5 **1. a.** 1 113 – (152 + 143 + 164 + 189 + 157 + 163) = 145 passagers. **b.** 1 113 ÷ 7 = 159 passagers.

2. a. = SOMME(B2 :H2) ou = B2+C2+D2+E2+F2+G2+H2. **b.** = MOYENNE(B2 :H2) ou = (B2+C2+D2+E2+F2+G2+H2)/7 ou = I2/7. **3.** L'avion accueille 190 passagers au maximum. $\frac{166}{190} \times 100 = 87{,}4$. Donc l'objectif est atteint.

7 – page 72

1 **1.** aléatoire. **2.** événement élémentaire … 1 chance sur 6 … probabilité. 3. événement … élémentaire … issue … 2 chances sur 6 … probabilité.

2 **1. a.** 6 + 10 = 16. **b.** 6 chances sur 16. **2.** 8 + 14 = 22 bonbons au total. La probabilité est $P = \frac{8}{22} = \frac{4}{11}$.

Pour le pot A, $P = \frac{6}{16} = \frac{3}{8} = 0{,}375$.

Pour le pot B, $\frac{4}{11} \approx 0{,}364$. **3.** Dans le pot A.

3 **1.** b. **2.** b : diminue car la probabilité est de $\frac{1}{4}$.

4 **1. a.** 8 chances sur 100. **b.** P(« obtenir la lettre I ») $= \frac{8}{100} = 0{,}08$. **2.** Les voyelles sont A, E, I, O, U et Y.

P(« obtenir une voyelle ») $= \frac{9+15+8+6+6+1}{100} = 0{,}45$.

3. Il reste 100 – 45 = 55 consonnes. P(« obtenir une consonne ») $= \frac{55}{100} = 0{,}55$.

5 **1.** c car 35 % des perles sont vertes. **2.** D3 = 220 × 0,35 = **77** ; D2 = 220 – 77 = **143** ; B3 = **13** ; C3 = 77 – 13 = **64** ; C4 = **176** ; C2 = 176 – 64 = **112** ; B2 = 143 – 112 = **31** ; B4 = 31 + 13 = **44**. **3. a.** Il y a 176 perles baroques sur 220 perles au total. La probabilité est $P = \frac{176}{220} = 0{,}8$.**b.** Il y a 64 perles baroques vertes sur 220 perles au total. La probabilité est $P = \frac{64}{220} \approx 0{,}29$.

6 **1.** Pour qu'il y ait 50 % de chances de tirer une boule rouge, il faut autant de boules rouges que de boules vertes et blanches. On compte 6 + 5 = 11 boules vertes et blanches. On a donc 11 boules rouges. **2.** Les multiples de 3 sont : 3 et 6. On a donc 2 chances sur 8 d'obtenir un multiple de 3. La probabilité est $P = \frac{2}{8} = 0{,}25$.

3. On construit l'arbre suivant :
On a 2 issues gagnantes sur 24.

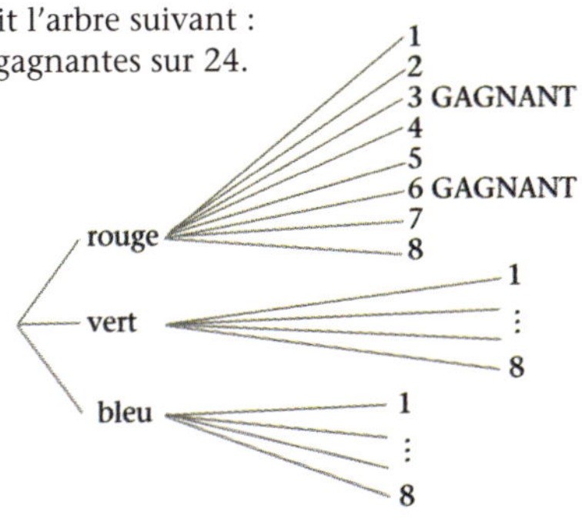

La probabilité de gagner le gros lot est $\frac{2}{24} \approx 0{,}08$.

8 – page 74

1 $\frac{6}{8} \underset{\div 2}{\overset{\div 2}{=}} \frac{3}{4}$; $\frac{12}{24} \underset{\times 2}{\overset{\times 2}{=}} \frac{24}{48}$; $\frac{5}{7} \underset{\times 3}{\overset{\times 3}{=}} \frac{15}{21}$; $\frac{3}{11} \underset{\times 4}{\overset{\times 4}{=}} \frac{12}{44}$

2 $23\ \% = \frac{23}{100} = 0{,}23$; $6\ \% = \frac{6}{100} = 0{,}06$;

$58\ \% = \frac{58}{100} = 0{,}58$; $12{,}3\ \% = \frac{12{,}3}{100} = 0{,}123$

3 $A = \frac{4 \times 2}{5 \times 2} + \frac{3}{10} = \frac{8+3}{10} = \frac{11}{10}$.

$B = \frac{3 \times 2}{2 \times 2} - \frac{7}{4} = \frac{6-7}{4} = \frac{-1}{4}$.

$C = \frac{6 \times 3}{1 \times 3} + \frac{4}{3} = \frac{18+4}{3} = \frac{22}{3}$.

$D = \frac{12}{5} - \frac{7 \times 5}{1 \times 5} = \frac{12-35}{5} = \frac{-23}{5}$.

4 $A = \frac{8 \times 5}{3 \times 7} = \frac{40}{21}$. $B = \frac{5}{3} \times \frac{7}{1} = \frac{5 \times 7}{3 \times 1} = \frac{35}{3}$.

$C = \frac{6 \times (-15)}{5 \times 2} = \frac{-90}{10} = -9$.

$D = \frac{3}{\cancel{5}} \times \frac{13}{-7} \times \frac{\cancel{5}}{2} = \frac{3 \times 13}{-7 \times 2} = -\frac{39}{14}$.

$E = \frac{4}{3} \times \frac{2}{\cancel{7}} \times \frac{\cancel{7}}{5} = \frac{4 \times 2}{3 \times 5} = \frac{8}{15}$.

5 $A = \frac{3}{7} \times \frac{5}{8} = \frac{3 \times 5}{7 \times 8} = \frac{15}{56}$.

$B = 5 \times \frac{3}{7} \div \frac{5}{8} = \cancel{5} \times \frac{3}{7} \times \frac{8}{\cancel{5}} = \frac{3 \times 8}{7} = \frac{24}{7}$.

$C = \left(\frac{3}{7} + \frac{5}{8}\right) \times \left(\frac{5}{8} - \frac{3}{7}\right) = \left(\frac{3 \times 8}{7 \times 8} + \frac{5 \times 7}{8 \times 7}\right) \times \left(\frac{5 \times 7}{8 \times 7} - \frac{3 \times 8}{7 \times 8}\right)$

$\left(\frac{24}{56} + \frac{35}{56}\right) \times \left(\frac{35}{56} - \frac{24}{56}\right) = \frac{24+35}{56} \times \frac{35-24}{56} =$

$\frac{59}{56} \times \frac{11}{56} = \frac{649}{56}$.

$D = \frac{5}{\cancel{3}} \times \frac{\cancel{3}}{7} - 5 \div \frac{5}{8} = \frac{5}{7} - \cancel{5} \times \frac{8}{\cancel{5}} = \frac{5}{7} - 8 =$

$\frac{5}{7} - \frac{8 \times 7}{1 \times 7} = \frac{5}{7} - \frac{56}{7} = \frac{5-56}{7} = \frac{-51}{7}$.

6 **1.** $A = \frac{8 + 3 \times 4}{1 + 2 \times 1{,}5} = \frac{8+12}{1+3} = \frac{20}{4} = 5$. **2.** Il n'a pas mis de parenthèses autour du numérateur et du dénominateur.

9 – page 76

1 **1.** multiple. **2.** diviseur. **3.** divisible. **4.** divise.

2 **1. 2. 3. 4.**

Diviseurs de 48 : (1) (2) (3) (4) (6) 8 (12) 16 24 48

Diviseurs de 60 : (1) (2) (3) (4) 5 (6) 10 (12) 15 20 30 60

PGCD (48 ; 60) = 12.

3 **1.**

295	177	118	59
– 177	– 118	– 59	– 59
118	59	59	0

donc PGCD (295 ; 177) = 59

2.

Dividende	Diviseur	Reste	Quotient
264	192	72	1
192	72	48	2
72	48	24	1
48	24	0	2

donc PGCD (264 ; 192) = 24

3.

$\begin{array}{r|l} 238 & 170 \\ \hline 68 & 1 \end{array}$ $\quad$ $\begin{array}{r|l} 170 & 68 \\ \hline 34 & 2 \end{array}$ $\quad$ $\begin{array}{r|l} 68 & 34 \\ \hline 0 & 2 \end{array}$

donc PGCD (238 ; 170) = 34

④ **1.** 207. **2.** = A2–B2.

⑤ b : car 7 ne divise pas 30.

⑥ **1.** 1 848 et 2 040 sont divisibles par 2 car leurs chiffres des unités sont 8 et 0.
2. On utilise l'algorithme d'Euclide :

$\begin{array}{r|l} 2040 & 1848 \\ \hline 192 & 1 \end{array}$ $\quad$ $\begin{array}{r|l} 1848 & 192 \\ \hline 120 & 9 \end{array}$ $\quad$ $\begin{array}{r|l} 192 & 120 \\ \hline 72 & 1 \end{array}$

$\begin{array}{r|l} 120 & 72 \\ \hline 48 & 1 \end{array}$ $\quad$ $\begin{array}{r|l} 72 & 48 \\ \hline 24 & 1 \end{array}$ $\quad$ $\begin{array}{r|l} 48 & 24 \\ \hline 0 & 2 \end{array}$

donc PGCD (2 040 ; 1 848) = 24.

3. $\dfrac{1\,848}{2\,040} = \dfrac{1\,848 \div 24}{2\,040 \div 24} = \dfrac{77}{85}$

⑦ **1.** On utilise l'algorithme d'Euclide :

$\begin{array}{r|l} 186 & 155 \\ \hline 31 & 1 \end{array}$ $\quad$ $\begin{array}{r|l} 155 & 31 \\ \hline 0 & 5 \end{array}$

donc PGCD (186 ; 155) = 31. **2. a.** le nombre maximal de colis. d est un diviseur commun. le PGCD de 186 et 155. 31 colis au maximum. **b.** 186 ÷ 31 = 6 et 155 ÷ 31 = 5. Dans chaque colis, il y aura 6 pralines et 5 chocolats.

10 – page 78

① **1.** c. **2.** d. **3.** b. **4.** a.

②

$5\,(3 + x)$	$8\,(x + 5)$	$6\,(x + 8)$	$3\,(5 - x)$	$8\,(x - 6)$

③ **1.** $\mathbf{A} = x \times 2x + x \times 5 + 2 \times 2x + 2 \times 5 = 2x^2 + 5x + 4x + 10 = 2x^2 + 9x + 10$. $\mathbf{B} = 3x \times 4x - 3x \times 6 + 8 \times 4x - 8 \times 6 = 12x^2 - 18x + 32x - 48 = 12x^2 + 14x - 48$. $\mathbf{C} = x^2 + 2 \times x \times 6 + 6^2 = x^2 + 12x + 36$. $\mathbf{D} = (3x)^2 - 2 \times 3x \times 5 + 5^2 = 9x^2 - 30x + 25$. $\mathbf{E} = (9x)^2 - 7^2 = 81x^2 - 49$.
2. $\mathbf{A} = 6 \times (x + 4)$. $\mathbf{B} = (x + 1)(3x + 8) + (x + 1)(5x - 3) = (x + 1) \times [(3x + 8) + (5x - 3)] = (x + 1)(3x + 8 + 5x - 3) = (x + 1)(8x + 5)$.
$\mathbf{C} = x^2 + 5^2 - 2 \times x \times 5 = (x - 5)^2$.
$\mathbf{D} = (8x)^2 - 10^2 = (8x - 10)(8x + 10)$.

④ **1.** $\mathbf{A} = x^2 - 2 \times x \times 3 + 3^2 + x \times 1 - x \times 2x - 3 \times 1 + 3 \times 2x = x^2 - 6x + 9 + x - 2x^2 - 3 + 6x = -x^2 + x + 6$.
2. On factorise par $(x - 3)$. $\mathbf{A} = (x - 3) \times [(x - 3) + (1 - 2x)] = (x - 3)(x - 3 + 1 - 2x) = (x - 3)(-x - 2)$.

⑤ **1.** réponse C car $5 \times (-1)^2 + 1 = 5 \times 1 + 1 = 6$.
2. réponse A car $(x + 3)(2x + 4) - 2(5x + 6) = x \times 2x + x \times 4 + 3 \times 2x + 3 \times 4 - 2 \times 5x - 2 \times 6 = 2x^2 + 4x + 6x + 12 - 10x - 12 = 2x^2$.
3. réponse B car $9x^2 - 16 = (3x)^2 - 4^2 = (3x + 4)(3x - 4)$.

⑥ **1.** $(n - 1)(n + 1) + 1 = n^2 - 1^2 + 1 = n^2$: vrai.
2. On développe les deux expressions : $(2x + 3)^2 = (2x)^2 + 2 \times 2x \times 3 + 3^2 = 4x^2 + 12x + 9$. $9 + 2x(2x + 3) = 9 + 2x \times 2x + 2x \times 3 = 9 + 4x^2 + 6x$: faux.
3. Pour $b = 0$, $4b^2 + 1 = 1 \neq 2$: faux.

⑦ **1. a.** 4 + 1 = 5. $5^2 = 25$. 25 – 16 = 9. Le résultat est 9.
b. –7 + 1 = –6. $(-6)^2 = 36$. 36 – 16 = 20. On obtient 20.
c. $P = (x + 1)^2 - 16$.
d. $P = (x + 1)^2 - 16 = x^2 + 2 \times x + 1 - 16 = x^2 + 2x - 15$.
2. a. $P = (x + 1)^2 - 4^2 = (x + 1 - 4)(x + 1 + 4) = (x - 3)(x + 5)$. **b.** Si P = 0 alors, en utilisant la question 2.a., on a $(x - 3)(x + 5) = 0$ d'où $x = 3$ ou $x = -5$.

⑧ **1. a.** $A = (x - 1)^2 + x^2 + (x + 1)^2 = x^2 - 2x + 1 + x^2 + x^2 + 2x + 1 = 3x^2 + 2$.
b. On doit résoudre A = 1 325. $3x^2 + 2 = 1\,325$ d'où $3x^2 = 1\,323$ d'où $x^2 = 1\,323 \div 3 = 441$. Donc $x = \sqrt{441} = 21$ car $x > 0$. Les trois nombres sont donc 20 ; 21 et 22.
2. a. $B = (3x)^2 - 8^2 = (3x + 8)(3x - 8)$ **b.** On veut résoudre $(3x)^2 = 64$ d'où $B = 0$; $x = -\dfrac{8}{3}$ ou $x = \dfrac{8}{3}$.

11 – page 80

①

$10^3 = 1\,000$	$10^{-5} = 0{,}000\,01$	$10^9 = 1\,000\,000\,000$	$10^{-1} = 0{,}1$
$10^{-2} = 0{,}01$	$10^6 = 1\,000\,000$	$10^1 = 10$	$10^{-3} = 0{,}\,001$

② **1. a.** $10^{-2+(-9)} = 10^{-11}$. **b.** $10^{4+(-5)} = 10^{-1}$. **c.** 10^{-10}. **d.** $10^{5-(-4)} = 10^{5+4} = 10^9$. **e.** $10^{7\times(-3)} = 10^{-21}$. **f.** $10^{-4\times2} = 10^{-8}$.
2. a. $\dfrac{10^{2+6}}{10^4} = \dfrac{10^8}{10^4} = 10^{8-4} = 10^4$. **b.** $10^{3\times7} \times 10^{10} = 10^{21} \times 10^{10} = 10^{21+10} = 10^{31}$.

③ **1.** $8{,}7 \times 10^{12}$; $5{,}98 \times 10^7$. **2. a.** $6{,}54 \times 10^3$. **b.** $-1{,}4752 \times 10^{-3}$. **c.** $1{,}562 \times 10^{-2} \times 10^4 = 1{,}562 \times 10^2$. **d.** $1{,}48 \times 10^{-2} \times 10^5 = 1{,}48 \times 10^3$.

④ **1.** c : $10^2 \times 21 \times 10^{-7} = 21 \times 10^{2+(-7)} = 21 \times 10^{-5} = 2{,}1 \times 10^{-4}$. **2.** c : $\dfrac{(10^{-3})^2 \times 10^4}{10^{-5}} = \dfrac{10^{-3\times2} \times 10^4}{10^{-5}} = \dfrac{10^{-6+4}}{10^{-5}} = 10^{-2-(-5)} = 10^{-2+5} = 10^3$. **3.** a. $3^{-2} \times 3^3 - 3 = 3^{-2+3} - 3 = 3^1 - 3 = 3 - 3 = 0$.

⑤ $B = \dfrac{8 \times 1{,}6}{0{,}4} \times \dfrac{10^8}{10^{-3}} = 32 \times 10^{8-(-3)} = 32 \times 10^{8+3} = 32 \times 10^{11} = 3{,}2 \times 10^{12}$.

⑥ **1.** $\dfrac{10^5 + 1}{10^5} = \dfrac{100\,001}{10^5} = 100\,001 \times 10^{-5} = 1{,}00001$. **2.** Il a raison car la calculatrice a un affichage limité à 10 chiffres. Le résultat est 1,000000000000001 et dépasse les capacités d'affichage de la calculatrice.

⑦ On peut construire le tableau suivant :

Temps (h)	nombre de cellules
1	2
2	$2 \times 2 = 4$
3	$2 \times 2 \times 2 = 2^3 = 8$
…	…
7	$2^7 = 128$
8	$2^8 = 256$

Au bout de 8 heures, on note plus de 200 cellules.

⑧ **1.** A = 210,12. **2.** $A = 2{,}1012 \times 10^2$. **3.** $A = 21\,012 \times 10^{-2}$. **4.** $A = 210 + \dfrac{12}{100} = 210 + \dfrac{3}{25}$.

12 – page 82

① **1.** 2. **2.** 14. **3.** –1 et 5.

② **1.**

$x + 12 = 5$ $\quad$ (– 12)
$x + 12 - 12 = 5 - 12$ $\quad$ (– 12)
$x = -7$

$x - 6 = 14$ $\quad$ (+ 6)
$x - 6 + 6 = 14 + 6$ $\quad$ (+ 6)
$x = 20$

$x \times 6 = 66$ $\quad$ (÷ 6)
$x \times 6 \div 6 = 66 \div 6$ $\quad$ (÷ 6)
$x = 11$

2. a. $\boxed{-5}$ $8x + 5 = 55{,}4$; $8x + 5 - 5 = 55{,}4 - 5$ $\boxed{-5}$

b. $\boxed{\div 8}$ $8x = 50{,}4$; $8 \times x \div 8 = 50{,}4 \div 8$; $x = 6{,}3$ $\boxed{\div 8}$

3 **1.** … produit … nul … au moins un de ses facteurs est nul. On a soit $x + 3 = 0$ soit $x + 1 = 0$

$x = -3$ $\quad x = -1 \quad$ S = {–3 ; –1}

2. Si un produit de facteurs est nul alors au moins un de ses facteurs est nul.
On a soit $x - 5 = 0$ soit $x + 4 = 0$

$x = 5 \quad x = -4 \quad$ S = {–4 ; 5}.

4 On doit résoudre l'équation $f(x) = 4$; $-5x + 1 = 4$; $-5x = 4 - 1$; $-5x = 3$; $x = -\frac{3}{5}$.

5 **1.** $A = (2x + 1)(x - 5) = 2x \times x - 2x \times 5 + 1 \times x - 1 \times 5 = 2x^2 - 10x + x - 5 = 2x^2 - 9x - 5$. **2.** Pour x = –3, $A = 2 \times (-3)^2 - 9 \times (-3) - 5 = 2 \times 9 + 27 - 5 = 40$. **3.** $(2x + 1)(x - 5) = 0$. Si un produit de facteurs est nul alors au moins un de ses facteurs est nul. Soit $2x + 1 = 0$ soit $x - 5 = 0$; $2x = -1$ ou $x = 5$; $x = -\frac{1}{2}$ ou $x = 5$.

6 **1.** 1. **2.** =2*B1–7. **3. a.** $x = 0$. **b.** Pour x plus petit que –2, la fonction g est de plus en plus grande et h de plus en plus petite. Donc pas de solution de ce côté. Pour x plus grand que 2, g est de plus en plus grande ($g(3) = 41$) et h augmente aussi mais pas « aussi vite » que g. Donc il n'y a pas de solution de ce côté non plus. L'équation n'admet pas d'autre solution.

7 **1.** x le nombre de cartouches achetées. Prix dans le magasin A : $17{,}30 \times x$.
Prix dans le magasin B : $14{,}80 \times x + 15$. L'équation est donc $17{,}30x = 14{,}80x + 15$. **2.** $17{,}30x = 14{,}80x + 15$; $17{,}30x - 14{,}80x = 15$; $2{,}5x = 15$; $x = 15 \div 2{,}5$; $x = 6$. Pour 6 cartouches, les tarifs sont identiques.

13 – page 84

1 **1.** e. **2.** f. **3.** b. **4.** d. **5.** c. **6.** a.

2 **1.**

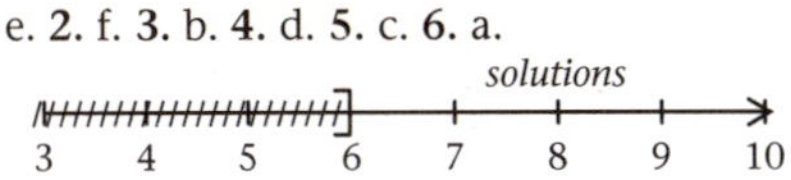

2.

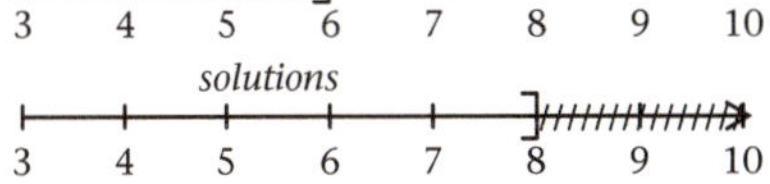

3.

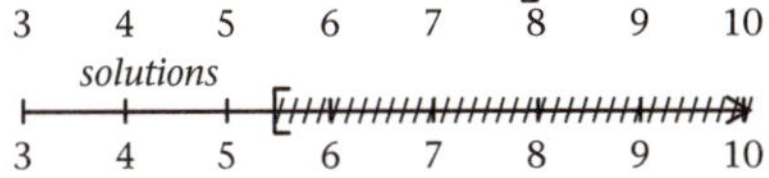

3 **1.** $\boxed{-2}$ $3x + 2 < 5$; $3x + 2 - 2 < 5 - 2$ $\boxed{-2}$

$\boxed{\div 3}$ $3x < 3$; $x < 1$ $\boxed{\div 3}$

2. $\boxed{+4}$ $-8x - 4 \geq 28$; $-8x - 4 + 4 \geq 28 + 4$ $\boxed{+4}$

$\boxed{\div(-8)}$ $-8x \geq 32$; $x \leq -4$ $\boxed{\div(-8)}$

3. $\boxed{-3x}$ $5x - 6 < 3x + 2$; $5x - 6 - 3x < 3x + 2 - 3x$ $\boxed{-3x}$

$\boxed{+6}$ $2x - 6 < 2$; $2x - 6 + 6 < 2 + 6$ $\boxed{+6}$

$2x < 8$

$x < 4$

4 **1. a.** $5x + 3 - 2x \geqslant 2x + 9 - 2x$; $3x + 3 \geqslant 9$; $3x + 3 - 3 \geqslant 9 - 3$; $3x \geqslant 6$; $x \geqslant 2$. **2. b.** $-2x - 1 + 1 < 3 + 1$; $-2x < 4$; $-2x \div (-2) > 4 \div (-2)$; $x > -2$. **3. a.** $7x - 5 - 4x < 4x + 1 - 4x$; $3x - 5 < 1$; $3x - 5 + 5 < 1 + 5$; $3x < 6$; $x < 6 \div 3$; $x < 2$. **4.** c. $-2x + 5 - 5 \leqslant 7 - 5$; $-2x \geqslant 2$; $-2x \div (-2) \leqslant 2 \div (-2)$; $x \leqslant -1$.

5 Si $x = -2$, $3x + 12 = 3 \times (-2) + 12 = -6 + 12 = 6$ et $4 - 2x = 4 - 2 \times (-2) = 4 + 4 = 8$. Comme $6 < 8$, –2 est la solution.

6 **1. a.** Si $x = 60$ alors $2{,}5x - 75 = 2{,}5 \times 60 - 75 = 75 < 76$ donc 60 n'est pas solution. **b.** $2{,}5x - 75 > 76$; $2{,}5x - 75 + 75 > 76 + 75$; $2{,}5x > 151$; $2{,}5x \div 2{,}5 > 151 \div 2{,}5$; $x > 60{,}4$.

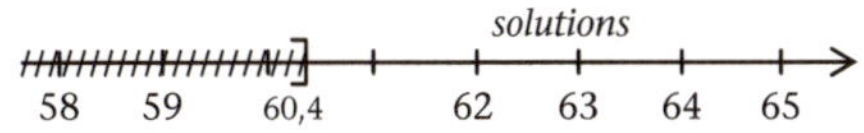

2. x le nombre de glaces vendues. Le bénéfice effectué en vendant x glaces est : $2{,}5 \times x - 75$ (on soustrait les dépenses). On souhaite un bénéfice supérieur à 76 €. On doit donc résoudre $2{,}5x - 75 > 76$. Les solutions sont les nombres supérieurs à 60,4. Le marchand devra donc vendre au minimum 150 + 61 = 211 glaces.

7 **1.** Agence A : $30 + 30{,}5 \times 7 = 243{,}50$ € et Agence B : $45 + 25{,}5 \times 7 = 223{,}50$ €. **2. a.** $A(x) = 30 + 30{,}5 \times x$. **b.** $B(x) = 45 + 25{,}5 \times x$. **3.** L'inéquation est $A(x) < B(x)$ c'est-à-dire $30 + 30{,}5 \times x < 45 + 25{,}5 \times x$. **4.** $30 + 30{,}5x < 45 + 25{,}5x$; $30 + 30{,}5x - 25{,}5x < 45 + 25{,}5x - 25{,}5x$; $30 + 5x - 30 < 45 - 30$; $5x < 15$; $5x \div 5 < 15 \div 5$; $x < 3$. Pour une durée inférieure à 3 jours, l'agence A est plus avantageuse que l'agence B.

14 – page 86

1 **a.** $V = \pi \times 36{,}5^2 \times 109 \approx 456\,209$ cm³.
b. $V = \frac{4 \times \pi \times 12}{3} \approx 50$ cm³. **c.** $V = \frac{\pi \times 11{,}5^2 \times 45}{3} \approx 6\,232$ cm³.

2 **a.** Un rectangle de 4 cm sur 3 cm. **b.** Un triangle rectangle en D avec CD = 5 cm et AD = 4 cm. **c.** Un triangle en E avec AE = 3 cm et EG à calculer avec le théorème de Pythagore dans le triangle EFG : $EG = \sqrt{4^2 + 5^2} \approx 6{,}4$ cm. **d.** Un rectangle de 6,4 cm sur 3 cm.

3 **1.** On applique le théorème de Pythagore deux fois : dans le triangle ADF rectangle en A pour calculer DF puis dans le triangle SH F rectangle en H. $DF = \sqrt{35{,}5^2 + 35{,}5^2} \approx 50{,}20$ m puis $SH = \sqrt{33{,}14^2 - 25{,}10^2} \approx 26{,}35$ m. **2.** $35{,}50 \div 800 = 0{,}044375$ m = 4,4375 cm et $33{,}14 \div 800 = 0{,}041425$ m = 4,1425cm. **3.** *Le dessin n'est pas à l'échelle.*

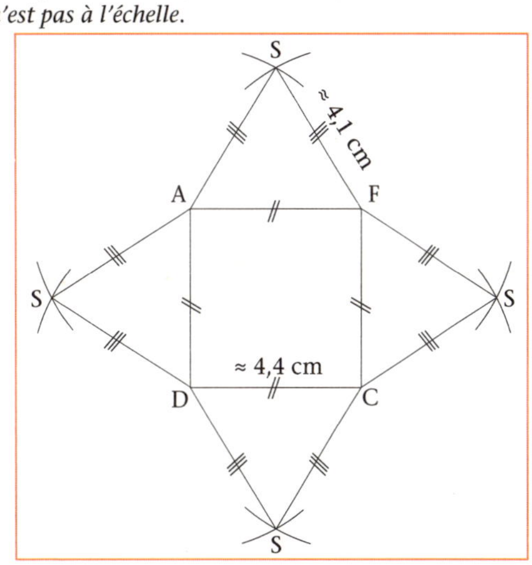

CORRIGÉS

4 Ce boudin peut être décomposé en une boule de diamètre 16 cm et un cylindre de diamètre 16 cm et de hauteur 50 cm.

$V_{boudin} = V_{sphère} + V_{cylindre} = \frac{4}{3} \times \pi \times 8^2 + \pi \times 8^2 \times 50$

$= \frac{11\,648\,\pi}{3} \approx 12\,197{,}76\ cm^3$.

5 **1.** $A_{FNM} = \frac{FN \times FM}{2} = \frac{4 \times 3}{2} = 6\ cm^2$.

2. $V_{FNMB} = \frac{A_{FNM} \times BF}{3} = \frac{6 \times 5}{3} = 15\ cm^3$.

3. $V_{ABCDENMGH} - V_{FNMB} = 15 \times 10 \times 5 - 15 = 735\ cm^3$.

15 – page 88

1 **1. a.** rotation. **b.** symétrie centrale. **c.** translation. **d.** symétrie axiale.

2 **a.** 2. **b.** 1. **c.** 4. **d.** 6. **e.** 3.

3 **1.**

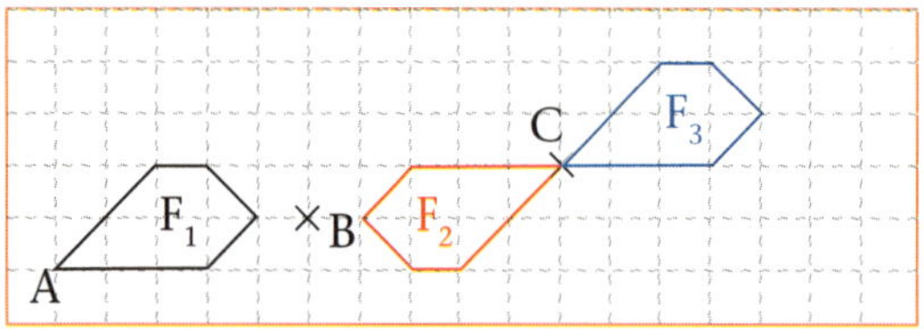

2. C'est C. **4.** La translation qui transforme le point A en C.

4

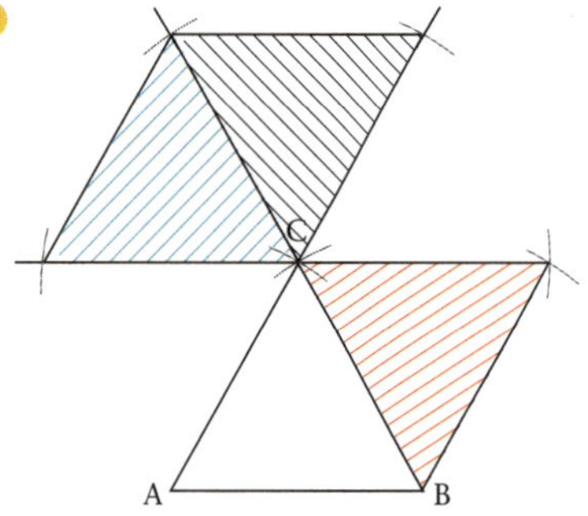

5

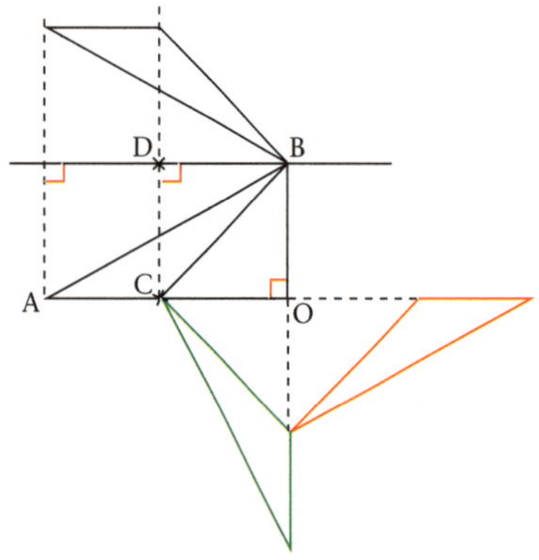

16 – page 90

1 Pythagore … IJK … J :
$IK^2 = IJ^2 + JK^2$; $73^2 = IJ^2 + 48^2$; $5\,329 = IJ^2 + 2\,304$.
$IJ^2 = 5\,329 - 2\,304 = 3\,025$; $IJ = \sqrt{3\,025} = 55$ cm.

2 [AB] … $AB^2 = 29^2 = 841$. … $AC^2 + CB^2 = 21^2 + 20^2 = 841$. … $AB^2 = AC^2 + CB^2$, … réciproque … Pythagore, … rectangle … C.

3 **1.** a. $7^2 = ?^2 + 3^2$ d'où $?^2 = 49 - 9 = 40$ donc $? = \sqrt{40} = \sqrt{4 \times 10} = 2\sqrt{10}$. **2.** b. $FG^2 = FE^2 + EG^2$ d'où $5^2 = \sqrt{7}^2 + EG^2$ d'où $EG^2 = 25 - 7 = 18$, donc $EG = \sqrt{18} = \sqrt{9 \times 2} = 3\sqrt{2}$

4 **1.**

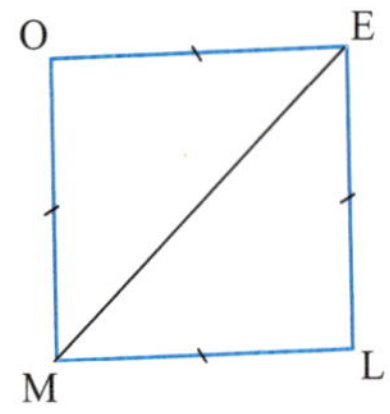

2. OELM est un quadrilatère qui a ses quatre côtés de la même longueur donc c'est un losange. **3.** Pour prouver que le losange OELM est un carré, il faut montrer qu'il a au moins un angle droit. Vérifions si le triangle MEL est un triangle rectangle. $ME^2 = 5{,}6^2 = 31{,}36$; $ML^2 + LE^2 = 4^2 + 4^2 = 32$. Puisque $ME^2 \neq ML^2 + LE^2$, alors d'après le théorème de Pythagore, le triangle MEL n'est pas rectangle en L. Donc EOLM n'est pas un carré, Charlotte a raison.

5 **1.** H est le milieu de [AB] car c'est le pied de la hauteur issue de O du triangle équilatéral OAB, [OH] est donc aussi une médiane. AH = 16 ÷ 2 = 8. On applique le théorème de Pythagore dans le triangle OAH rectangle en H : $OA^2 = AH^2 + OH^2$; $16^2 = 8^2 + OH^2$.
$OH^2 = 16^2 - 8^2 = 192$; $OH = \sqrt{192} \approx 13{,}86$ cm. **2.** Aire $(OAB) = \frac{AB \times OH}{2} \approx \frac{16 \times 13{,}86}{2} = 110{,}9\ m^2$. **3.** L'aire de l'hexagone vaut environ $110{,}9 \times 6 = 665{,}4\ m^2$.

17 – page 92

1 **1.** Les droites (AF) et (BG) se coupent en E et les droites (AB) et (FG) sont parallèles.

2. $\frac{EA}{EF} = \frac{EB}{EG} = \frac{AB}{FG}$. **3.** $\frac{4{,}5}{6{,}3} = \frac{5{,}5}{EG} = \frac{AB}{4{,}9}$

4. $\frac{4{,}5}{6{,}3} = \frac{5{,}5}{EG}$ donc $EG = \frac{6{,}3 \times 5{,}5}{4{,}5} = 7{,}7$ cm.

5. $\frac{4{,}5}{6{,}3} = \frac{AB}{4{,}9}$ donc $AB = \frac{4{,}5 \times 4{,}9}{6{,}3} = 3{,}5$ cm

2 (GJ) et (KH) … I … $\frac{IJ}{IG} = \frac{8{,}3}{5} = 1{,}66$ … $\frac{IK}{IH} = \frac{11{,}62}{7} = 1{,}66$

$\frac{IJ}{IG} = \frac{IK}{IH}$ … G, I, J et H, I, K … (GH) … (KJ) .

3 Les droites (AD) et (BC) sont sécantes au point G.
Les droites (CD) et (AB) sont parallèles.
On applique le théorème de Thalès :

$\frac{GA}{GD} = \frac{GB}{GC} = \frac{AB}{CD}$ d'où : $\frac{45}{30} = \frac{51}{CD}$

Donc : $CD = \frac{51 \times 30}{45} = 34$ cm

4 **1.** Les droites (AB) et (LE) sont perpendiculaires à la même droite (SE), donc elles sont parallèles.
2. Les droites (AL) et (EB) sont sécantes au point S.
Les droites (AB) et (LE) sont parallèles.
On applique le théorème de Thalès : $\frac{SA}{SL} = \frac{SB}{SE} = \frac{AB}{LE}$
SA = SL – AL = 9 – 2,25 = 6,75 m.

D'où : $\frac{6{,}75}{9} = \frac{SB}{SE} = \frac{AB}{2}$. Donc $AB = \frac{6{,}75 \times 2}{9} = 1{,}5$ m.

5 Puisque les points H, B, C et H, M, N sont alignés dans cet ordre, on calcule :

$\frac{HB}{HC} = \frac{1{,}6}{1{,}6 + 2{,}4} = 0{,}4$; $\frac{HM}{HN} = \frac{0{,}8}{2} = 0{,}4$.

D'après la réciproque du théorème de Thalès, on peut affirmer que les droites (BM) et (CN) sont parallèles.

18 – page 94

❶ rectangle en J. … 60° … IK = 15 cm qui est l'hypoténuse… KJ … adjacent. $\cos \hat{K} = \frac{KJ}{IK}$; $\cos 60° = \frac{KJ}{15}$.
Donc KJ = 15 × cos 60° = 7,5 cm

❷ rectangle en M. … l'angle $\hat{O} = 30°$. … MN = 4 cm … opposé… ON … l'hypoténuse.
… sinus … $\sin \hat{O} = \frac{MN}{ON}$ … D'où : $\sin 30° = \frac{4}{ON}$
Donc ON = 4 ÷ sin 30° = 8 cm.

❸ … 154 m … opposé … 7 m … adjacent … l'angle Î.
Î… la tangente … $\tan \hat{I} = \frac{AM}{MI}$ … $\tan \hat{I} = \frac{154}{7} = 22$.
Donc $\hat{I} = \tan^{-1}(22) \approx 87°$.

❹ **1.** Dans le triangle rectangle BCD, on connaît l'angle $\widehat{DBC} = 60°$ et la longueur de DB = 4 cm qui est le côté adjacent à l'angle $\widehat{CBD}$. On cherche la longueur BC qui est l'hypoténuse du triangle. On calcule donc $\cos \widehat{CBD} = \frac{DB}{BC}$; $\cos 60° = \frac{4}{BC}$, donc BC = 4 ÷ cos 60° = 8 cm. **2.** On peut utiliser le théorème de Pythagore ou on calcule le sinus de l'angle $\widehat{CBD}$: $\sin \widehat{CBD} = \frac{CD}{BC}$; $\sin 60° = \frac{CD}{8}$. Donc CD = 8 × sin 60° ≈ 6,9 cm. **3.** On utilise le théorème de Pythagore dans le triangle ABC rectangle en B : $AC^2 = AB^2 + BC^2$; $AC^2 = 6^2 + 8^2 = 100$; $AC = \sqrt{100} = 10$ cm. **4.** $\tan \widehat{BAC} = \frac{BC}{AB} = \frac{8}{6} = \frac{4}{3}$.
5. $\widehat{BAC} = \tan^{-1}\left(\frac{4}{3}\right) \approx 53°$

❺ **1.** SOL est un triangle rectangle en S. On applique le théorème de Pythagore : $OL^2 = OS^2 + SL^2$; $6\,370^2 = 4\,880^2 + SL^2$. D'où $SL^2 = 6\,370^2 - 4\,880^2 = 16\,762\,500$.
Donc $SL = \sqrt{16\,762\,500} \approx 4\,094$ km.
2. On calcule $\cos \widehat{SOL} = \frac{SO}{OL} = \frac{4\,880}{6\,370}$.
Donc $\widehat{SOL} = \cos^{-1}\left(\frac{4\,880}{6\,370}\right) \approx 40°$
2. $\widehat{SOM}$ est un angle droit, $\widehat{LOM} = 90° - \widehat{SOL} = 50°$.

19 – page 96

❶ **1.** réduction. **2.** agrandissement. **3.** agrandissement. **4.** réduction.

❷ **1. a.** $7{,}2^2 = 51{,}84$. **b.** $7{,}2^3 = 373{,}248$.
2. a. $0{,}52^2 = 0{,}270\,4$. **b.** $0{,}52^3 = 0{,}140\,608$.

❸ **1. a.** A = 6 × 23 × 23 = 3 174 dm².
b. V = 23 × 23 × 23 = 12 167 dm³. **2. a.** Pour passer de 23 dm = 2,3 m à 23 m, on multiplie par 10. Le rapport d'agrandissement est 10.
b. A' = 3 174 × 10² = 317 400 dm².
c. V' = 12 167 × 10³ =12 167 000 dm³.

❹ **1. c.** Le volume est multiplié par $3^3 = 27$.
2. b. Le volume est multiplié par $2^3 = 8$.

❺ **1.** $V_{SABCD} = \frac{AB \times BC \times SH}{3} = \frac{5 \times 5 \times 10}{3} \approx 83$ cm³.
2. un carré. **3.** $k = \frac{SI}{SH} = \frac{5}{10} = 0{,}5$.
4. On a MN = 0,5 × AB = 0,5 × 5 = 2,5. Donc :
$A_{MNOP} = 2{,}5^2 = 6{,}25$ cm².

❻ **1.** $V_{cône} = \frac{\pi \times 2^2 \times 5}{3} \approx 21$ cm³.
2. B est le milieu de [OA], on obtient une réduction du cône de coefficient $\frac{1}{2}$. Le volume est multiplié par $\left(\frac{1}{2}\right)^3 = \frac{1}{8}$ ce n'est donc pas la moitié.

20 – page 98

❶ **a.**

- avancer de 10 cm
- tourner à droite de 90°
- avancer de 10 cm
- tourner à droite de 90°
- avancer de 10 cm
- tourner à droite de 90°
- avancer de 10 cm

b.

- avancer de 10 cm
- tourner à gauche de 90°
- avancer de 5 cm
- tourner à gauche de 90°
- avancer de 10 cm
- tourner à gauche de 90°
- avancer de 5 cm

❷ **a.** Dans l'ordre : 6 ; 10 ; 60. **b.** Dans l'ordre : 8 ; 10 ; 45.

❸ Dans l'ordre : bloc 3 ; bloc 4 ; bloc 2 ; bloc 1 ; bloc 5.

❹ Dans l'ordre : 50 ; 6 ; 50 ; 50.

Sujet du Brevet n° 1 – page 100

❶ **1.** AM = 1 cm ou AM = 3 cm. **2.** 12,5 cm². **3.** AM = 2 cm et l'aire vaut 8 cm².

Commentaire Les capacités évaluées sont : lire une image (2. ou 3.), lire un antécédent (1. ou 3.), comprendre la question posée sur le minimum et utiliser correctement les unités cm et cm².

❷ **1.** $f(-3) = 22$. **2.** $f(7) = -28$. **3.** $f(x) = -5x + 7$.
4. = B1*B1+4 ou = PUISSANCE(B1;2)+4
ou encore = B1^2+4.

Commentaire Les capacités évaluées sont : calculer une image par une fonction affine en utilisant une formule, déterminer une fonction affine en passant d'une formule tableur à une formule algébrique, traduire une formule algébrique par une formule tableur.

❸ **1.** Le salaire moyen des femmes est (1 200 + 1 230 + 1 250 + 1 310 + 1 370 + 1 400 + 1 440 + 1 500 + 1 700 + 2 100) ÷ 10 = 1 450 €. Le salaire moyen des hommes est 1 769 €. Le salaire moyen des hommes est supérieur à celui des femmes. **2.** Il y a 10 femmes et au total : 10 + 20 = 30 employés. La probabilité cherchée est $\frac{10}{30} = \frac{1}{3}$. **3.** Le plus bas salaire est 1 000 €. C'est donc un homme car il n'est pas dans la liste des salaires des femmes. Pour les salaires des hommes, l'étendue vaut 2 400 €. Le salaire le plus élevé vaut donc : 1 000 + 2 400 = 3 400 €. **4.** Une seule femme gagne plus de 2 000 €. Chez les hommes, la médiane vaut 2 000 €, c'est-à-dire que 10 hommes (la moitié) gagnent plus de 2 000 € car leurs salaires sont tous différents. Au total, 11 personnes gagnent plus de 2 000 €.

Commentaire Les capacités évaluées sont la compréhension de la moyenne, de la médiane et de l'étendue d'une série statistique.

❹ **Figure 1** : Dans le triangle ABC rectangle en A, on calcule : $\sin \widehat{ABC} = \frac{AC}{BC} = \frac{3}{6}$ d'où $\widehat{ABC} = \sin^{-1}\left(\frac{3}{6}\right) = 30°$.
Figure 2 : ACO est un triangle isocèle en O, ses angles à la base sont donc égaux : $\widehat{OAC} = \widehat{ACO} = 59°$. D'où, comme la somme des angles d'un triangle vaut 180°, $\widehat{AOC} = 180° - (\widehat{ACO} + \widehat{OAC}) = 180 - (59 + 59) = 62°$. Comme l'angle inscrit $\widehat{ABC}$ au cercle et l'angle au centre $\widehat{AOC}$ interceptent le même arc $\widehat{AC}$, on a : $\widehat{ABC} = \widehat{AOC} \div 2 = 62 \div 2 = 31°$

Figure 3 : ABCDE est un pentagone régulier car il a 5 côtés égaux et est inscrit dans un cercle. On a donc $\widehat{AOB}$= 360 ÷ 5 = 72°. ABO est un triangle isocèle en O, ses angles à la base sont donc égaux : $\widehat{OAB} = \widehat{OBA}$. Comme la somme des angles d'un triangle vaut 180°, on a donc $\widehat{AOB} + 2 \times \widehat{OBA} = 180°$.
D'où $\widehat{OBA}$ = (180 – 72) ÷ 2 = 54°.
Donc $\widehat{ABC}$ = 54 × 2 = 108°.

5 Partie 1. **1. Vérification du volume** : Le volume d'un parpaing est 50 × 20 × 10 = 10 000 cm³ = 0,01 m³. Le volume de 300 parpaings est donc : 300 × 0,01 = 3 m³. Le volume transportable du fourgon est : 2,6 × 1,56 × 1,84 = 7,46304 m³. Donc le volume n'est pas un critère décisif.

Vérification de la masse totale : La masse d'un parpaing est de 10 kg, donc 300 parpaings pèsent 3 000 kg = 3 tonnes. Comme le camion ne peut transporter qu'au maximum 1,7 tonne, il devra faire deux aller-retour. **2.** Nous devons considérer le forfait et la consommation de carburant. On choisit le forfait 50 km car le bricoleur doit parcourir 40 km au total. Le prix est de 55 €. Le véhicule consomme 8 L de carburant pour 100 km. D'où pour 40 km, il consomme : 40 × 8 ÷ 100 = 3,2 L. Le prix de ces 3,2 L de carburant est : 3,2 × 1,50 = 4,80 €. Le coût total du transport est : 55 + 4,80 = 59,80 €. **3.** 48 ÷ 30 = 1,6 et 55 ÷ 50 = 1,1, donc les tarifs ne sont pas proportionnels.

Partie 2. **1.** et **2. a.**

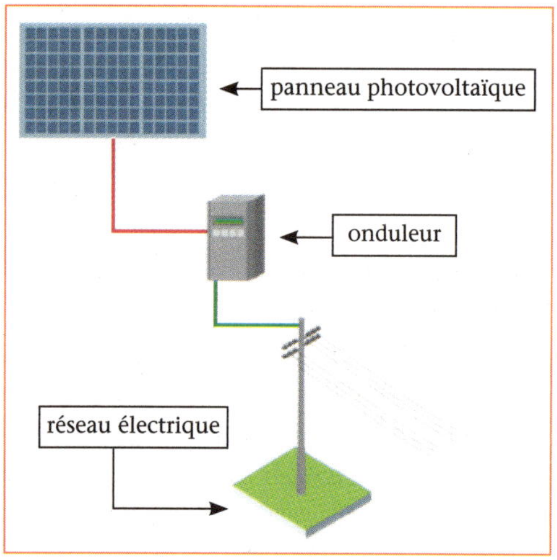

2. b. On revend l'électricité pour favoriser le développement de l'énergie solaire. L'électricité est revendue plus chère qu'elle n'est achetée au distributeur. **c.** Un onduleur sert à transformer le courant continu du panneau en courant alternatif pour être injecté dans le réseau. **3.** Pour 20 m², l'installation produit 1843,2 kWh par an. Pour 4608 kWh, il faudra donc 4608 × 20 ÷ 1843,2 = 50 m² de surface totale. Cette famille devra donc installer 30 m² supplémentaires. **4.** Il lui faut 4608 ÷ 192 = 24 m² de panneaux solaires. Cette installation économise 24 × 91 = 2 184 kg de CO_2 par an.

6 **1. a.** Les droites (BC) et (OS) sont perpendiculaires à (AL), donc elles sont parallèles entre elles. Les droites (SA) et (OA) sont sécantes au point A. On peut donc appliquer le théorème de Thalès : $\frac{AS}{AC} = \frac{AO}{AB} = \frac{OS}{BC}$ d'où $\frac{8}{3,2} = \frac{OS}{1}$ car O étant le centre du cercle de diamètre EL, EO = 2,5 cm, d'où AO = 3,2 + 2,3 + 2,5 = 8 cm. SEL est un triangle isocèle en S, O est donc le milieu de [EL]. Donc OS = 8 ÷ 3,2 = 2,5 m.

b. $V = \frac{\pi \times 2,5^2 \times 2,5}{3} \approx 16$ m². **2.** On doit résoudre l'équation : $\frac{\pi \times r^2 \times 6}{3} = 1\,000$; d'où $r^2 = \frac{500}{p}$ donc $r \approx 12,6$ m.

Commentaire Dans cet exercice, c'est la démarche scientifique qui est évaluée.

7 **Affirmation 1**

Vrai car $\frac{1}{4} \times \frac{2}{3} = \frac{2}{12} = \frac{1}{6}$

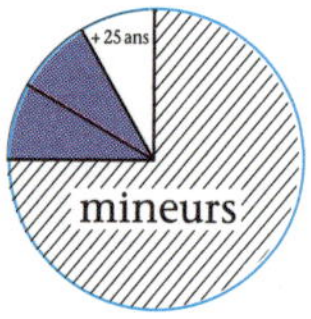

Affirmation 2

Faux car $\left(1 - \frac{30}{100}\right) \times \left(1 - \frac{20}{100}\right) = 0,56$ et non 0,50.

Affirmation 3

Vrai car $(n + 1)^2 - (n - 1)^2 = n^2 + 2n + 1 - (n^2 - 2n + 1) = 4n$.

Sujet du Brevet n° 2 – page 103

1 **Affirmation 1** : Faux car $\sqrt{121 + 49} = \sqrt{170}$ n'est pas entier. **Affirmation 2** : Faux car 1, 2 et 4 divisent 4. **Affirmation 3** : Vrai car un cube a 6 faces, une pyramide à base carrée a 5 faces et un pavé droit a 6 faces. **Affirmation 4** :

Faux car $\frac{OA}{OC} = \frac{2,8}{5} \approx 0,56$ et $\frac{OB}{OD} = \frac{2}{3,5} \approx 0,57$. D'après le théorème de Thalès, les droites ne sont pas parallèles.

2 **1.** Au plus 12 = moins de 12. Il y a donc 5 plantules. **2.** L'étendue vaut 22 – 0 = 22. **3.** La moyenne vaut 16,6 cm car 0 × 1 + 8 × 2 + 12 × 2 + 14 × 4 + 16 × 2 + 17 × 2 + 18 × 3 + 19 × 3 + 20 × 4 + 21 × 4 + 22 × 2 = 481 et 481 ÷ 29 ≈ 16,6 cm. **4.** La médiane est le 15ᵉ résultat de la série ordonnée. C'est donc 18. Cela signifie que la moitié des plantules mesure plus de 18 cm et l'autre moitié mesure moins de 18 cm. **5.** 24 plantules ont une taille supérieure ou égale à 14 cm. $\frac{24}{29} \times 100 \approx 83$.
83 % des élèves ont bien respecté le protocole.
6. 0-8-8-12-12-14-14-14-14-16-16-17-17-18-(18)-18-19-19-19-20-20-20-20-21-21-21-21-22-22
médiane
Si on ajoute une valeur supérieure ou inférieure à 18, la médiane va se décaler d'un rang au maximum. Ce sera donc encore 18.

3 **1.** $P = m \times g \approx 70 \times 9,8 \approx 686$ N. **2. a.** 5,1 ÷ 3 = 1,7 ; 17 ÷ 10 = 1,7 ; 42,5 ÷ 25 = 1,7 ; 68 ÷ 40 = 1,7 ; 93,5 ÷ 55 = 1,7. Comme les valeurs sont égales, c'est un tableau de proportionnalité. **b.** g_L est le coefficient de proportionnalité : $g_L = 1,7$. **c.** Sur la Terre, notre poids est $P_T = 9,8 \times m$. Sur la Lune, notre poids est $P_L = 1,7 \times m$.
$\frac{P_T}{P_L} = \frac{9,8 \times m}{1,7 \times m} \approx 6$. Donc c'est vrai : $P_T \approx 6 \times P_L$.

3. a. $\tan \widehat{BCD} = \frac{BD}{CD}$. D'où $\tan 4,3° = \frac{BD}{29}$. Donc BD = 29 × tan 4,3° ≈ 2,2 km. **b.** On sait que CD = 0,2 × AB. D'où AB = 29 ÷ 0,2 = 145 km.

4 **1.** Si $x = 6$, alors $2x^2 - 3x - 9 = 2 \times 6^2 - 3 \times 6 - 9 = 45$. **2.** $x = -1,5$ et $x = 3$. **3.** A = L × l = $(2x + 3) \times (x - 3) = 2x \times x - 2x \times 3 + 3 \times x - 3 \times 3 = 2x^2 - 6x + 3x - 9 = 2x^2 - 3x - 9$. L'aire du rectangle vaut 5 cm² lorsque $x = -2$ et $x = 3,5$. La solution $x = -2$ est impossible car x représente une longueur. La solution est donc $x = 3,5$.

5 Partie 1. **1.** le programme 2. **2.** dans l'ordre : 5 ; 50 ; 360.

Partie 2. **1.** le motif b. **2.** dans l'ordre : 10 ; 135 ; 15 ; 135 ; 10.

6 **1.** $t = 255$ jours $= 255 \times 24$ h $= 6\,120$ h.

2. $v = \frac{d}{t} = \frac{560 \times 10^6}{6\,120} \approx 91\,500$ km/h.

3. Le temps mis par le signal est de : $t = \frac{d}{v} = \frac{248 \times 10^6}{3 \times 10^5}$ s $= \frac{248}{3} \times 10^{6-5}$ s $= \frac{2\,480}{3}$ s $= \frac{2\,480}{3} \div 60$ min ≈ 14 min.

Comme les images ont été émises à 7 h 48 min, elles sont arrivées à 8 h 02 min.

Sujet du Brevet n° 3 – page 106

1 **1.** Dans un jeu, il y a 8 trèfles sur 32 cartes.

$P(A) = \frac{8}{32} = 0{,}25$.

2. La fréquence de la « famille » cœur est $\frac{6}{24} = \frac{1}{4} = 0{,}25$ et celle de la « famille » trèfle est $\frac{8}{24} = \frac{1}{3} \approx 0{,}33$.

3. Les tirages sont aléatoires et indépendants. Le graphique ne peut pas prédire la prochaine sortie, donc Arthur et Julie ont autant de chances l'un que l'autre.

2 **1.** $\widehat{BAM} = 50° \div 2 = 25°$, car ABC étant un triangle isocèle, (AM) est une médiatrice du segment [BC] (elle passe par O qui est le centre du cercle circonscrit et donc l'intersection des médiatrices) et une bissectrice de l'angle $\widehat{BAC}$. D'où $\widehat{BAM} = \widehat{BAC} \div 2$.

2. [AM] est un diamètre du cercle et B est un point du cercle, donc BAM est un triangle rectangle en B.

3. $\cos \widehat{BAM} = \frac{AB}{AM}$ d'où $\cos 25° = \frac{5}{AM}$,

donc $AM = 5 \div \cos 25° \approx 5{,}5$ cm

4. Les angles inscrits $\widehat{BKC}$ et $\widehat{BAC}$ interceptent le même arc $\overset{\frown}{BC}$, ils ont donc la même mesure. Donc $\widehat{BKC} = 50°$.

3 **1.** La fonction A n'est pas une fonction linéaire donc le nombre d'abonnés n'est pas proportionnel au prix de la revue.

2. $A(10) = -50 \times 10 + 1\,250 = -500 + 1\,250 = 750$. Si le prix de la revue est 10 €, le nombre d'abonnés est 750.

3. La fonction R n'est pas une fonction affine car sa représentation graphique n'est pas une droite.

4. La recette est maximale pour $x = 12{,}50$ €.

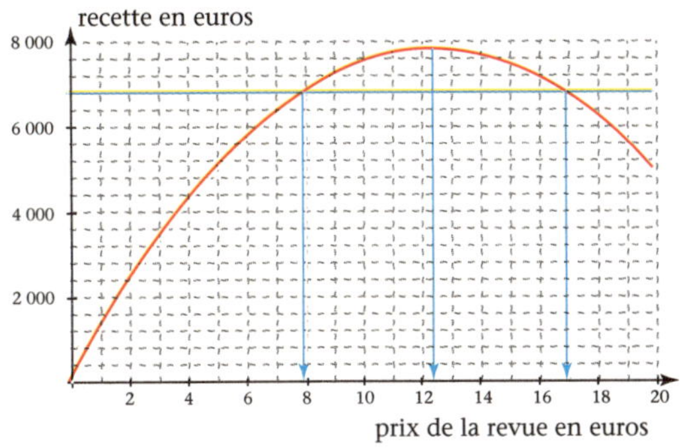

5. On trace la droite horizontale à 6 800 €. Cette droite coupe la courbe en deux points, $x = 8$ et $x = 17$.

6. $A(5) = -50 \times 5 + 1\,250 = 1\,000$ et $R(5) = -50 \times 5^2 + 1\,250 \times 5 = 5\,000$ €.

4 **1.** L'étendue vaut $9{,}40 - 6{,}67 = 2{,}73$. Cela signifie que le SMIC a augmenté de 2,73 € entre 2001 et 2011. **2.** Il y a 11 valeurs, donc la médiane est la 6e valeur de la série ordonnée. La médiane vaut donc 8,27 €. **3.** Entre 2001 et 2002, le pourcentage d'augmentation vaut : $\frac{6{,}83 - 6{,}67}{6{,}67} \approx 2{,}40\,\%$. Entre 2010 et 2011, le pourcentage d'augmentation vaut : $\frac{9{,}40 - 9}{9} \approx 4{,}44\,\%$. Paul a donc raison.

5 Les droites (BC) et (MF) sont sécantes au point A. Les droites (CF) et (BM) sont parallèles car BCDE est un carré. On peut donc appliquer le théorème de Thalès :

$\frac{AB}{AC} = \frac{AM}{AF} = \frac{BM}{CF}$ d'où $\frac{3}{9} = \frac{AM}{AF} = \frac{BM}{CF}$.

On a donc $\frac{1}{3} = \frac{BM}{CF}$ c'est-à-dire $CF = 3 \times BM$. On a $CF + FD = CD$ d'où $CF + FD = 6$. Puisqu'on veut que $BM = FD$ alors on a : $CF + BM = 6$. Or $CF = 3BM$, donc $3BM + BM = 6$; $4BM = 6$; donc $BM = 6 \div 4 = 1{,}5$ cm.

Ainsi on peut trouver $CF = 3 \times BM = 3 \times 1{,}5 = 4{,}5$ cm.

6 Partie 1. **1.** Joe a reçu une dose de 100 mg et la dose maximale est de 70 mg donc la posologie n'a pas été respectée.

2. $S_{Lou} = \sqrt{\frac{105 \times 17{,}5}{3\,600}} \approx 0{,}71$ m²

3. La posologie est de 70 mg pour 1 m² de surface corporelle. Pour Lou, il faut donc $0{,}71 \times 70 \approx 49{,}7$ mg.

Il a reçu une dose de 50 mg, la posologie n'a pas été respectée mais est dans un ordre de grandeur acceptable.

Partie 2. **1.** anatoxine tétanique qui immunise contre le tétanos et les fragments viraux de grippe qui immunisent contre la grippe.

2. a. La réponse secondaire est plus forte que la première réponse de l'organisme.

b. La réponse secondaire est plus forte car lors de la première injection, le corps a produit des anticorps spécifiques pour neutraliser rapidement l'agent pathogène. Il s'agit de cellules mémoire capables de réagir plus rapidement et de façon plus efficace.

3. Certaines personnes sont allergiques aux œufs et cela créerait une réaction néfaste.

7 1. Se déplacer de 5 cases vers la droite

2. Prendre l'arrosoir

3. Se déplacer de 8 cases vers la gauche

4. Ouvrir le robinet

5. Attendre 3 secondes

6. Fermer le robinet

7. Se déplacer de 5 cases vers la droite

8. Verser le contenu de l'arrosoir

8

```
Prends le crayon noir
Avance de 3 cases
Prends le crayon rouge
Avance d'une case
Tourne à gauche
Avance d'une case
Tourne à gauche
Avance d'une case
```

Hist-Géo – EMC

CORRIGÉS

1 – page 110

1 **1.** Il s'agit d'une affiche de propagande de 1915 réalisée par la France et qui s'adresse aux citoyens français. **2.** Deux figures sont représentées ici : le soldat allemand en uniforme et le coq, symbole de la Nation française. **3.** C'est le symbole du coq qui représente la victoire puisqu'il domine et écrase le soldat allemand. **4.** Ce type d'affiche de propagande a une fonction simple, celle d'inciter les Français à donner leur or pour soutenir l'effort de guerre et ainsi vaincre l'ennemi. **2** **1.** les Arméniens. **2.** les Turcs. **3.** a pris la décision de débarrasser la patrie de la convoitise de cette race maudite *(les Arméniens)*. **4.** Génocide : mise à mort organisée et systématique d'un peuple. **3** Les soldats n'ont aucune hygiène d'où leur surnom de « Poilu », ils sont attaqués par des rats de cadavres, ils vivent dans des tranchées et des abris de fortune… **4** 1. **5** Violence de masse : combats dans les tranchées, quotidien difficile, devoir patriotique, bombardement. Dimension politique et psychologique : contrôle de l'information, nouvelles armes. Dimension économique et financière : économie de guerre, souscription aux emprunts de guerre.

2 – page 112

1 **1.** **2** **1.** Les lois de Nuremberg datent de 1935. **2.** Ce sont les Juifs qui sont visés par ces lois. « Les mariages entre Juifs et citoyens de sang allemand, ou assimilé, sont interdits. » **3.** Ces lois montrent bien que l'antisémitisme est au cœur de l'idéologie nazie. **3** **1.** Léon Blum. **2.** 15 jours de congés payés, 40 heures de travail par semaine. **3.** Une République et une démocratie. **4.** L'instabilité gouvernementale, le chômage, les ligues… **5.** Opposition au Parlement (Assemblée nationale et Sénat). **4** La SFIO, les radicaux, les communistes. **5** **1.** Les nazis utilisent de nombreux moyens pour soumettre la population : la peur avec la police politique appelée Gestapo, l'endoctrinement avec les jeunesses hitlériennes. **2.** Trois ennemis : les Juifs, les communistes, les handicapés. **3.** Un camp de concentration est un lieu de détention dans lequel les nazis ont enfermé puis exterminé les Juifs et les Tziganes durant la Deuxième Guerre mondiale. **6** 2.

3 – page 114

1 **1.** des Juifs et des Tsiganes. **2.** le 6 juin 1944. **3.** le Pacifique. **4.** le 8 mai 1945. **5.** Hiroshima et Nagasaki. **6.** les États-Unis, l'URSS, la France et la G.-B. **2** Vrai : 1, 4, 6. Faux : 2 3, 5. **3** **1.** La Seconde Guerre mondiale est une guerre d'anéantissement comme le montre ces deux exemples : les Juifs et les Tsiganes sont exterminés systématiquement par les nazis ; les civils sont les principales victimes des bombardements comme lors de la bataille d'Angleterre. **2.** Les *Einsatzgruppen* sont des groupes spéciaux chargés de liquider les opposants politiques et les Juifs autour de la ligne de front. Ils accompagnent l'armée. Pour remplir leurs sordides missions, ils exécutent des villages entiers (hommes, femmes, enfants, nourrissons), utilisent des lance-flammes… **3.** Deux phases principales découpent la Seconde Guerre mondiale : la première de 1939 à 1942 qui voit la victoire des forces de l'Axe et la seconde de 1942 à 1945, qui voit la victoire des Alliés. **4.** Charles de Gaulle est un acteur militaire français de la Seconde Guerre mondiale car il organise la résistance depuis Londres. **5.** Le 7 décembre 1941, les Japonais attaquent la base militaire américaine de Pearl Harbor. Cette attaque surprise conduit les États-Unis à entrer en guerre. **4** **1.** Ce survivant se trouvait dans un camp de concentration. **2.** La mort des déportés est organisée de façon minutieuse : famine, privation, froid, humiliation, travail jusqu'à l'épuisement. **3.** Ce sont les SS qui surveillent et organisent les camps. Ils appartiennent à une armée d'élite créée par Hitler pour détruire les « ennemis » du régime nazi. **4.** Dans les camps d'extermination, la mort est organisée de façon industrielle de la manière suivante : sélection des déportés, asphyxie au gaz, transport et crémation des cadavres. **5** **1.** Les conquêtes du Reich. **2.** 1939-1941 : l'Europe sous domination nazie.

4 – page 116

1 Armistice : arrêt des combats. 11 novembre 1918 et 22 juin 1940. **2** Travail : Pour Pétain, il faut savoir se sacrifier et travailler sans relâche pour son pays. Famille : les femmes doivent tenir le foyer et faire des enfants. Patrie : il faut se sacrifier pour son pays et suivre le Maréchal. **3** **1.** a. **2.** c. **4** **1.** Philippe Pétain. **2.** Charles de Gaulle. **3.** Jean Moulin. **5.** Pierre Laval. **5** Vrai : 1, 2, 5. **6** **1.** **7** **1.** C'est Lucie Aubrac, professeur d'histoire. **2.** « J'avais milité activement contre la montée du fascisme et cette collaboration avec les Nazis m'avait bouleversée » « ce mouvement est devenu antinazi avec l'occupation allemande » « Le statut des Juifs était aussi pour moi un sujet de révolte. Vichy avait par exemple interdit aux Juifs d'exercer des fonctions publiques. » **3.** La liberté, l'égalité. **8** **1.** Des résistants (étrangers réfugiés en France) appartenant au groupe Manouchian. **2.** Ils ont tués des Nazis, sabotés des trains, constitués des stocks d'armes. **3.** Les Nazis par cette affiche de propagandes essaient de les faire passer pour des tueurs étrangers et non comme des résistants œuvrant pour la Libération.

5 – page 118

1 **1.** Léopold Sédar Senghor. **2.** Ahmed Ben Bella. **3.** Jawaharlal Nehru. **4.** Hô Chi Minh. **2** 1. **3** **1.** L'Empire des Indes donne naissance au Pakistan occidental et oriental et à l'Union indienne. **2.** Gandhi utilise la non-violence pour obtenir l'indépendance des Indes. Il met en place les sit-in, les boycotts, les grandes marches à travers le pays. **3.** Le tiers-monde est l'ensemble des pays issus de la décolonisation qui forment les pays en voie de développement. **4** **1.** A : le bloc américain. B : le bloc soviétique. C : le non-alignement, D : nouvel État indépendant. **2.** Le contexte géopolitique du dessin est celui de la guerre froide. **3.** Le personnage du dessin n'est pas libre. Même si lors de la conférence de Bandung en 1955, les nouveaux États indépendants choisissent la voie du non-alignement (ne veulent pas choisir l'un des deux blocs), ils ne peuvent en réalité pas le faire. Ils ont besoin d'argent pour se développer et seuls les États-Unis et l'URSS veulent leur en prêter à condition qu'ils adhèrent à leur idéologie. **5** Pour vérifier votre carte, consultez un planisphère. L'ancienne métropole de l'Algérie est la France et l'ancienne métropole de l'Inde est le Royaume-Uni. La ville de Bandung se situe dans l'ouest de l'île de Java.

6 – page 120

1 **1.** a. **2.** a. **3.** b. **4.** c. **2** **Ouest** : États-Unis / capitalisme, démocratie. / OTAN. **Est** : URSS / communisme, collectivisation, parti unique. / pacte de Varsovie. **3** **1.** 1948 : blocus de Berlin. **2.** 1949-1951 : fuite des Allemands de l'Est. **3.** 1961 : RDA et RFA sont séparées par un mur. **4.** 1989-1990 : chute du mur et réunification de Berlin. **4** Un rideau de fer est ce qui est baissé devant la vitrine d'un magasin lorsqu'il est fermé et qui empêche d'entrer ou de sortir. Lorsque Churchill emploie cette expression dans son discours de Fulton en 1947, il veut expliquer que l'Europe de l'Est est désormais fermée et prisonnière des désirs de l'URSS. Il signale la formation des blocs en Europe. **5** 2. **6** **1.** Il est américain et pour le bloc de l'Ouest. **2.** Il s'agit du blocus de Berlin de 1948 à 1949. **3.** Les forces en présence sont l'URSS (ours), les États-Unis, la France et la G.-B. (drapeaux). **4.** Ce document veut montrer que les Soviétiques menacent les Berlinois et qu'il faut les combattre.

7 – page 122

1 **1.** Les échanges Erasmus entre les étudiants, la libre circulation des biens et des personnes. **2.** Faire une Europe de la défense, incapacité à avoir une diplomatie commune comme lors de la seconde guerre du Golfe en 2003. **2** **1.** élargissement. **2.** Schengen. **3.** Union européenne. **4.** CEE. **5.** marché commun. **3** **1.** C'est la dorsale européenne qui s'étire de Londres à Milan. **2.** A : Portugal, Lisbonne. B : Bulgarie, Sofia. C : Pologne, Varsovie. **3.** Par exemple : (en rouge) la France et (en vert) la Roumanie. **4** **1er ensemble** : l'Europe du Nord-Ouest au PIB élevé (Islande, Irlande, Royaume-Uni, France, Luxembourg, Belgique, Allemagne, Suède, Norvège, Finlande, Danemark). **2e ensemble** : l'Europe du Sud au PIB moyen et en crise économique (Portugal, Espagne, Italie, Grèce, Chypre, Malte). **3e ensemble** : l'Europe centrale, orientale et balkanique au PIB faible (pays issus de la fin de la guerre froide). **5** L'Allemagne, l'Autriche, la Belgique, la Bulgarie, Chypre, la Croatie, le Danemark, l'Espagne, l'Estonie, la Finlande, la France, la Grèce, la Hongrie, l'Irlande, l'Italie, la Lettonie, la Lituanie, le Luxembourg, Malte, les Pays-Bas, la Pologne, le Portugal, la République tchèque, la Roumanie, la Slovaquie, la Slovénie et la Suède. **6** **1.**a. **2.**c. **3.**b. **4.**d. **7** **1.** La France et l'Italie. **2.** La Roumanie et la Suède.

8 – page 124

1 **1.** d. **2.** a. **3.** c. **4.** b. **2** **1.** la première guerre du Golfe. **2.** multipolaire. **3.** un génocide. **4.** le terrorisme. **5.** l'Europe de l'Est. **3** **1.** Bill Clinton. **2.** George W. Bush. **3.** Saddam Hussein. **4.** Vladimir Poutine. **4** **1.** Le premier dessin date d'avant 1991. Il montre l'Europe non unie et le bloc soviétique lors de la guerre froide. **2.** Le second dessin date d'après 1991. L'Union européenne rassemble les pays d'Europe de l'Ouest. Les pays de l'Est sont désormais indépendants. **3.** Entre ces deux représentations, il s'est produit un événement majeur : l'effondrement de l'URSS en décembre 1991. **5** **1.** Le monde bipolaire était le monde divisé en deux blocs durant la guerre froide. **2.** Les BRICS sont le Brésil, la Russie, l'Inde, la Chine et l'Afrique du Sud. Ce sont les principaux pays émergents, pays qui se définissent par une très forte croissance économique. Ils jouent un rôle international de plus en plus important. **3. a.** C'est la première puissance économique mondiale. **b.** Membre permanent au Conseil de sécurité de l'ONU. **c.** Intervention partout dans le monde, surnommé les « gendarmes du monde ». **d.** Domination du cinéma américain en Europe. **6** 3.

9 – page 126

1 **1.** l'abstention. **2.** l'alternance. **3.** le référendum. **4.** un citoyen. **2** **1.** « La souveraineté nationale appartient au peuple français qui l'exerce par ses représentants et par la voie du référendum. » **2.** Suffrage « direct » : élection du président de la République, élections législatives (députés) ; suffrage indirect : élections sénatoriales (sénateurs). **3.** Être de nationalité française, être majeur (au moins 18 ans), jouir de ses droits civiques et politiques. **4.** universel : en France, le vote est autorisé pour les hommes et les femmes. égal : pour tous les hommes et les femmes français. secret : le vote se fait dans un isoloir. **3** Vrai : 1, 2. Faux : 3, 4. **4** 1959-1969 : Charles de Gaulle. 1969-1974 : Georges Pompidou. 1974-1981 : Valéry Giscard d'Estaing. 1981-1995 : François Mitterrand. 1995-2007 : Jacques Chirac. 2007-1012 : Nicolas Sarkozy. Depuis 2012 : François Hollande. **5** **1.** Cette affiche des années 1970 défend le droit des femmes à disposer de leur corps. **2.** La loi Veil légalise l'avortement en France et prend en compte le désir d'émancipation des citoyennes françaises. **3.** Le PACS en 1999, le mariage homosexuel en 2013.

10 – page 128

1 **1.** a. **2.** c. **2** Paris, Lyon, Bordeaux, Marseille. **3** **1.** f. **2.** f. **3.** v. **4.** v. **5.** v. **6.** f. **4** **1.** Le tramway et le métro à Toulouse. **2.** Les embouteillages, la perte des espaces agricoles au profit de l'urbanisation. **3.** Ville dont l'attractivité économique repose essentiellement sur des industries de hautes technologies et des activités de tertiaire supérieur, regroupés dans des technopôles. **4.** Paris.

⑤ 1.

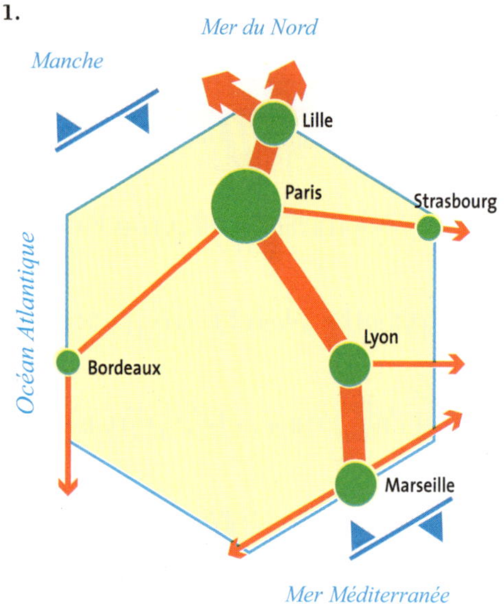

2. Le développement de la France est inégal. Le centre de la France est isolé (diagonale du vide). ⑥

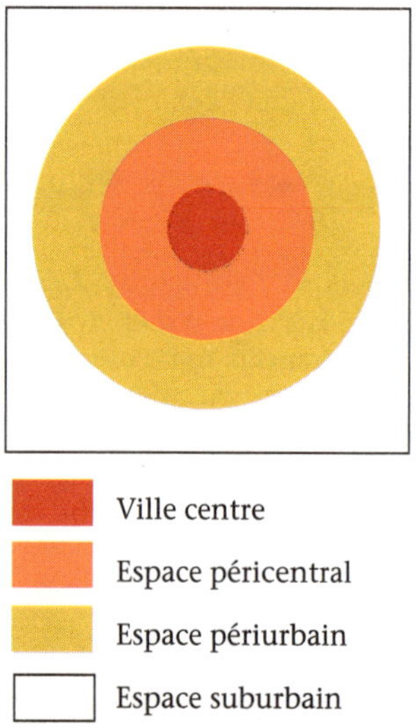

11 – page 130

① 1. a. 2. b. 3. a. 4. a. 5. a. 6. b. 7. b. ② 1. Airbus à Toulouse. 2. La haute couture à Paris. ③ 1. un complexe hôtelier à la montagne, un grand restaurant à Paris, le camping à la ferme, un parc d'attractions. 2. Sophia-Antipolis et l'aérospace Valley de Toulouse. 3. Le vignoble bordelais, champenois, l'élevage porcin en Bretagne, la trufficulture en Dordogne, la céréaliculture dans la Beauce. ④ Les espaces productifs français sont de deux types aujourd'hui : intensifs avec la présence de l'industrie agroalimentaire et biologiques avec les circuits de distribution plus courts. L'agriculture française doit prendre en compte la mondialisation et le développement durable. ⑤ 1. (■) agriculture intensive. (■) agriculture spécialisée (vin, fruits, légumes). 2. (■) espaces industriels récents et dynamiques. (■) espaces industriels anciens. (●) technopôles. 3. (■) principales zones d'activités tertiaires (supérieur et tourisme). (●) grandes métropoles tertiaires.

12 – page 132

① 1. v. 2. f. 3. f. 4. v. 5. v. ② 1. la poste, professions médicales 2. usines agro-alimentaires, usines automobiles. 3. la viticulture, la céréaliculture. ③ 1. A. 2. E. 3. D. 4. C. 5. B. ④ 1. Tourisme effectué dans des zones peu urbanisées comme la campagne, la montagne. 2. Parc de la Vanoise et parc des Pyrénées. 3. Vulcania en Auvergne et le Puy du fou en Vendée. ⑤ 1. Vérifier dans votre manuel. 2. « des massifs montagneux, des sols pauvres pour l'agriculture, régions sont restées à l'écart de l'industrialisation. » 3. Les agriculteurs et les touristes (citadins qui se promènent).

13 – page 134

① Vrai : 2, 3, 4. Faux : 1, 5, 6. ② 1. Le Limousin, l'Auvergne. 2. L'Île-de-France. 3. Le Havre, Marseille. 4. La région lilloise avec l'Eurostar (vers le Royaume-Uni), les axes de circulation vers la Belgique, les Pays-Bas… ③ 1. interface. 2. DATAR. 3. mégalopole. 4. aménagement du territoire. 5. périphéries. ④ 1. La Guadeloupe, La Polynésie française, la Réunion. 2. La Guyane, Terre Adélie. ⑤ 1. La Bourse. 2. Les Champs-Élysées et ses nombreuses boutiques. 3. Le palais de l'Élysée, Matignon, les ambassades. 4. Le Louvre, le musée d'Orsay, la tour Eiffel. ⑥ Villes : Lille, Paris, Strasbourg, Lyon, Grenoble, Nice, Marseille, Toulouse, Bordeaux, Nantes, Rennes. A = hachuré violet. B = partie jaune vif. C = partie orangé. D = partie jaune pâle.

14 – page 136

① 1. v. 2. v. 3. f. 4. f. 5. f. ② 1. La dorsale européenne de Londres à Milan. 2. La capitale et les régions frontalières sont bien reliées à la dorsale. 3. La France est un territoire essentiel des communications entre le Nord et le Sud de l'Europe. ③ 1. la francophonie, les écoles françaises à l'étranger, le Louvre délocalisé à Abou Dabi… 2. Airbus, Ariane espace. 3. Membre permanent au Conseil de sécurité de l'ONU, membre du G8 et du G20, aide au développement. ④ 1. La construction européenne a profondément transformé la gestion des réseaux de transports nationaux. 2. Il faut développer un réseau de transport interconnecté à l'Europe pour que la France soit intégrée à l'UE et qu'elle y occupe une place importante. (rapprocher les villes européennes des métropoles européennes). 3. Il faut entourer : autoroute et TGV. ⑤ 1. la démocratie, la paix, les Droits de l'homme. 2. En vert : « À l'intensification du dialogue des cultures et des civilisations » et « à la promotion de l'éducation et de la formation. » 3. En bleu : « Au renforcement de leur solidarité par des actions de coopération multilatérale en vue de favoriser l'essor de leurs économies ».

15 – page 138

① 1. Le bleu et le rouge sont les couleurs de la ville de Paris et le blanc celle du roi. 2. Rouget de l'Isle. 3. La prise de la Bastille le 14 juillet 1789 et la commémoration de la fête de la Nation en 1790. 4. L'affranchissement des esclaves et la fin de la monarchie absolue.

5. Les rencontres sportives. 2 1. B. 2. D. 3. C. 4. A. 3 1. sage-femme. 2. 2,5 % des hommes. 3. Pendant longtemps ce métier était exclusivement féminin et on pensait que l'accouchement ne concernait que les femmes. 4. Les hommes et les femmes ont les mêmes droits et les mêmes compétences à diplôme et formations égales. Ils peuvent donc exercer les mêmes fonctions, les mêmes métiers. 4 1. Ce texte explique que celui qui ne résiste pas à l'oppression et se résigne à l'injustice doit comprendre qu'il en sera lui-même victime un jour. 2. Ce texte défend le droit à la liberté, le droit d'expression d'une opinion (sociale-démocrate ou syndicaliste), le devoir de résister à l'oppression. 5 1. De la Déclaration des Droits de l'Homme et du Citoyen de 1789. 2. 1948. 3. ONU. 4. droit à la vie, à la liberté et à la sûreté de sa personne. a droit à la liberté de réunion et d'association pacifiques.

16 – page 140

1 1. B. 2. C. 3. A. 2 1. la liberté de croire ou ne pas croire ; l'obligation de croire. 2. 1958. 3. secret. 4. le Parlement. 5. indivisible, laïque, démocratique et sociale. 3 1. Premier Ministre. 2. Parlement. 3. Président de la République. 4. Journal officiel. 5. Sénat et Assemblée nationale. 4 1. Assemblée Nationale/Députés. 2. Sénat/Sénateur. 3. Élysée/Président de la République. 5 1. v. 2. f. 3. v. 4. v. 6 1. Le mariage ouvert aux couples homosexuels. 2. Assemblée Nationale, Christiane Taubira ministre de la Justice. 3. car cette loi est discutée à l'Assemblée Nationale et votée par les députés (représentants du peuple). 4. L'égalité, la lutte contre les discriminations et l'homophobie. 5. En manifestant.

17 – page 142

1 Vrai : 1, 2. Faux : 3. 2 1. Pour anticiper et connaître les risques et les menaces. 2. Pour dissuader. 3. Pour protéger la population. 4. pour sensibiliser 3 1. Contre l'abstentionnisme. 2. Elle veut convaincre d'utiliser les droits civiques dont on dispose. 2. Être inscrit sur les listes électorales, avoir plus de 18 ans, être citoyen français. 4 1. Association à but non lucratif dont l'objectif est de porter secours aux plus démunis. 2. Elle donne de la nourriture. 3. Emmaüs. 4. MSF. 5. Non. 5 1. « rémunérations, durée, conditions, Sécurité sociale, retraite, chômage… » 2. la distribution de tracts, l'arrêt de travail, les défilés, les meetings. 3. « imposer à l'employeur une négociation au cours de laquelle il discutera avec les représentants syndicaux et acceptera, au moins en partie, certaines de leurs demandes. »

18 – page 144

1 1. v. 2. f. 3. v. 4. f. 5. v. 2 1. Il a sauvé la vie de plusieurs clients du supermarché. 2. Il a pensé à la sécurité des clients avant la sienne. 3. Il défend les valeurs de solidarité, d'entraide, d'altruisme. Il combat l'antisémitisme. 4. Il a obtenu la nationalité Française. 3 1. télévision, presse écrite, radio, Internet. 2. La TV. 3. C'est une technique statistique qui permet par l'étude d'un échantillon de la population de donner une idée ponctuelle des opinions de l'ensemble. 4 1. **Les médias favorisent la démocratie**: les médias sont libres en France, ils contribuent aux débats, ils informent les citoyens. **Les médias peuvent parfois représenter un risque**: les sondages peuvent influencer l'opinion publique, les informations sont parfois incomplètes, il faut rester critique face à l'information.

Sujet du Brevet n° 1 – page 146

Exercice 1 – Histoire

1. Au lendemain de la seconde Guerre Mondiale le monde se divise en deux zones d'influences: américaine (capitaliste et libérale) et soviétique (communiste). 2. Les deux puissances qui dominent alors le monde sont les USA et l'URSS. 3. l'auteur du texte n° 1, W. Churchill se situe dans le camp américain. 4. En évoquant le « rideau de fer », il parle du continent Européen. 5. Il dénonce plusieurs aspects du système soviétique: l'absence de liberté des Etats de l'est, l'ingérence de l'URSS dans la gestion de ces Etats et le totalitarisme qui s'y installe. 6. Le doc. 2 annonce la fin de la Guerre Froide car la chute du mur de Berlin le 9 novembre 1989, entraîne la chute de l'URSS en décembre 1991. 7. **Principales idées**: rappel la définition de Guerre Froide: affrontement indirect entre les USA et l'URSS, début en 1947 avec l'affrontement idéologique entre les deux grands, le blocus de Berlin des 1948-49, la construction du le mur de Berlin en 1961, sa chute en 1989 et le fin de l'URSS en 1991.

Exercice 2 – Géographie

1. **Principales idées**: définir ce qu'est un espace productif. Donnez un exemple d'espace productif agricole, industriel, touristique et les situer géographiquement. 2. Du centre vers l'extérieur: centre, espace périurbain, espace suburbain.

Exercice 3 – EMC

1. Les jeunes majeurs représentent le public visé par cette affiche. Le message que ses auteurs souhaitent faire est d'aller voter. 2. Les concepteurs de l'affiche utilisent des couleurs modernes, une jeune fille heureuse et dynamique et font la promotion d'une soirée dansante. 3. Cette cérémonie semble nécessaire car la plupart des abstentionnistes aux élections sont les jeunes de moins de 25 ans. Cette campagne est donc faite pour les sensibiliser à leur devoir de citoyen. 4. Régis Debray peut dire à son interlocutrice qu'elle fait partie de la « population » et non du « peuple souverain » car elle n'est pas majeure. 5. **Droits sociaux.** Exemple: Un travailleur étranger peut participer à l'élection du comité d'entreprise, des caisses de la Sécurité sociale et des conseils des Prud'hommes. **Droits politiques.** Exemple : voter. **Droits juridiques.** Exemple : mêmes droits pour tous. 6. Les membres du peuple souverains sont les citoyens.

Sujet du Brevet n° 2 – page 149

Exercice 1 – Histoire

Travail sur document: 1. L'auteur du texte est Evelyne Sullerot. Ses propos sont rapportés par l'historien M. Collins-Weitz. On appelle ce type de document un témoignage historique. 2. Au travers du témoignage d'Evelyne Sullerot, on peut voir différentes actions de résistants : le transport de colis ou de message, la cache d'armes, la cache de Juifs, assurer des liaisons, trouver du ravitaillement ou des médicaments pour ceux qui sont cachés, récupérer du matériel parachuté par les Anglais... **3.** Deux formes d'organisation de résistance : «les réseaux», «les liaisons». **4.** Les résistants peuvent se revendiquer de la liberté, grande valeur républicaine française. **5. Principales idées:** Il faut définir ce qu'est l'engagement et expliquer que s'engager entre 1939-1945 c'est risquer sa vie pour des idéaux de Liberté, d'égalité de fraternité. Cela a permis de refonder la République et ces valeurs. Ce sont les membres du CNR qui rédigent les principes qui seront appliqués à la Libération.

Exercice 2 – Géographie

1. a. Placez sur la carte Strasbourg et Bruxelles. **b.** la France, l'Espagne, l'Italie, les Pays-bas. **2.** Faire la liste en classant les éléments par catégories (politique, culturel, financier, économique, touristique, militaire, agricole) de tous les points positifs et négatifs de la France et de l'Europe à l'échelle mondiale.

Exercice 3 – EMC

1. La liberté, la Laïcité, l'égalité sont 3 valeurs de la République. **2.** Le bonnet phrygien et Marianne en sont deux symboles. **3.** L'article 7 signifie qu'à l'école les élèves sont libres d'exprimer leurs opinions dans le respect de la loi sans discrimination. Le prosélytisme est cependant interdit. **4. Principales idées:** rappeler la date de 1905 création de la séparation des Églises et de l'État. Expliquer qu'à l'école il n'y a pas de cours de religions, pas de séparation entre les élèves pour des motifs religieux, que l'enseignement est le même pour tous. Cela permet les échanges et la tolérance. La religion appartient à la sphère privée. Il est de plus possible en France d'être athée.

Sujet du Brevet n° 3 – page 152

Exercice 1 – Histoire

1. Le Doc. 1 est une caricature de Chalvin qui date de mars 2008 ; Elle montre sous la forme d'un puzzle la division du monde pendant et après la Guerre Froide. Le doc. 2 est un texte d'un géographe Y. Lacoste. **2.** Le puzzle de gauche représente la monde entre 1945 et 1989: période de Guerre Froide. Il n'y a que 3 blocs: celui de l'ouest avec les Américains, celui de l'est avec les Soviétiques et le Tiers monde avec les non-alignés. Le puzzle de droite montre l'organisation du monde après l'effondrement du bloc soviétique dans les années 90 et la fin de la Guerre Froide. De nombreux pays accèdent à la liberté, les alliances sont plus complexes et difficiles à comprendre. Il y a de plus à prendre en compte les pays émergents. **3.** L'événement à entourer est «la chute du mur ». **4.** Ce sont les rivalités pour le contrôle ou la domination de territoires de grande ou de petite taille. »Les acteurs sont les États, les militaires, les Hommes politiques **5.** La guerre en ex-Yougoslavie dans les années 90 avec les oppositions entre Serbes et Croates. **6.** Idées principales: chute et disparition de l'URSS en 1991, naissance d'un monde multipolaire, UE, BRIC, OPEP, le terrorisme international. Difficulté d'avoir des repères simples aujourd'hui.

Exercice 2 – Géographie

1. Principales idées: Les villes Françaises les plus dynamiques sont les grandes métropoles, celles situées dans les espaces frontaliers et littoraux. La ville la plus importante du territoire est Paris (développer ses atouts). Les villes sont composées de plusieurs espaces (centraux, péricentraux, suburbains.) Les campagnes autour des villes se développent. **2.** Placez Paris, Bordeaux, Lyon, Marseille ; la diagonale du vide ; hachurez les espaces frontaliers.

Exercice 3 – EMC

1. Les médias peuvent être un danger pour la démocratie car ils peuvent manipuler l'opinion publique. **2.** Le rôle de l'État sur les médias est de protéger les citoyens de la diffamation et d'interdire les propos discriminatoires ou autres. **3.** La télévision et Internet occupent une place importante dans l'opinion publique. Internet ne relate pas toujours des faits réels. **4.** Les éléments qui composent cette caricature sont un journaliste qui fait un micro trottoir et qui sonde un personnage. L'humour est situé dans la question posée. Luki Bancher dénonce l'inutilité des sondages et la bêtise des questions qui peuvent être posées.

Sujet du Brevet n° 4 – page 155

Exercice 1 – Histoire

1. Les régimes totalitaires sont apparus en Allemagne et en URSS. **2.** 5 caractéristiques de ces régimes: contrôle des populations, des libertés, parti unique, culte du chef, propagande. **3.** La caractéristique principale du régime nazi est l'antisémitisme. **4.** La pratique totalitaire en contradiction avec le message de l'affiche c'est la persécution contre les Juifs. **5.** Idées principales: rappeler les persécutions subies par les Juifs en vous aidant des textes. Rappeler que l'antisémitisme est une particularité du nazisme. N'oubliez pas d'aborder la notion de génocide (définition) et de l'expliquer en lien avec le sujet.

Exercice 2 – Géographie

1. Les difficultés de Metz et de sa région sont liées à la crise sidérurgique et à la fermeture des mines d'extraction de charbon. **2.** Les objectifs de la construction du centre Pompidou-Metz sont divers: revitaliser une région en crise, diffuser plus largement la culture dans une région en déprise, redonner une nouvelle image de cette région **3.** Les acteurs de ces aménagements sont l'État, la région, la ville de Metz. **4.** Ces aménagements participent à une nouvelle organisation de l'espace car ils redynamisent et revitalisent des espaces en difficultés, participent à la décentralisation de l'aménagement du territoire.

Exercice 3 – EMC

1. Une discrimination c'est une action qui tend à distinguer et à exclure un groupe de personnes. Sur cette affiche la discrimination est liée à la couleur de peau. Elle montre qu'il est plus difficile pour les personnes noires de trouver un emploi que pour ceux qui ont la peau blanche. Ces affiches font la promotion des compétences et non des apparences. **2.** Il existe d'autres discriminations possibles : sexuelle, d'âge, d'apparence, liée au handicap, à la religion **3. Principales idées** : ces textes garantissent « le vivre ensemble » car ils rappellent que les différences existent, qu'elles participent à la création d'une société et qu'il est essentiel de vivre ensemble ; Rappeler que le non respect de ces différences est puni par la loi.

Sujet du Brevet n° 5 – page 158

Exercice 1 – Histoire

1. La crise qui oppose le président américain J.-F. Kennedy et le secrétaire général de l'URSS N. Khrouchtchev est celle de Cuba en 1962. **2.** D'après la une de ce journal italien, on voit que la crise de Cuba s'est résolue de façon pacifique. Un « téléphone rouge » est installé entre la Maison Blanche américaine et le Kremlin soviétique pour que les deux chefs d'État puissent se parler et ainsi éviter de nouvelles crises.

3. La crise de Cuba a lieu en 1962 en pleine guerre froide ; conflit indirect qui oppose le bloc communiste dirigé par l'URSS au bloc capitaliste qui a pour leader les États-Unis. La guerre froide dura de 1947 à 1991. Lors de la crise de Cuba, la peur d'un conflit nucléaire a touché les deux blocs.

Exercice 2 – Géographie

1. La France et la G.-B. interviennent en Libye car elles sont membres du Conseil de sécurité de l'ONU. Elles exercent un rôle diplomatique, politique et militaire important dans le monde. **2.** Il faut souligner la phrase suivante : « L'Allemagne a adopté (une) position de repli neutraliste (…) L'Europe de l'Est (…) craint que le volume des fonds européens dont elle bénéficie ne pâtisse (du coût de ces opérations). » **3.** La crise économique grecque et espagnole et l'euroscepticisme britannique.

Exercice 3 – EMC

1. En 1848 est instauré le suffrage universel masculin. En 1944, les femmes françaises obtiennent le droit de vote. **2.** Dans une démocratie, les sondages d'opinion peuvent être utilisés lors d'élections pour connaître les tendances, ou pour faire connaître aux dirigeants les mécontentements du peuple. **3. a.** : laïque ; **b.** : indivisible ; **c.** : sociale ; **d.** : démocratique.

Sujet du Brevet n° 6 – page 159

Exercice 1 – Histoire

1. Le personnage qui est représenté sur cette affiche est Joseph Staline. Il exerce le pouvoir en URSS de 1924 à 1953. **2.** Cette affiche de propagande de 1937 met en scène le « Petit Père des peuples » adulé par deux enfants. Staline après les grandes purges de 1936 veut montrer, à tous, que le peuple est encore fédéré derrière lui. **3.** De nombreuses pratiques du régime stalinien sont en totale contradiction avec le message de cette affiche : grandes purges et procès de 1936, déportation au goulag…

Exercice 2 – Géographie

1. Le sigle DROM veut dire Départements et régions d'outre-mer. **2.** 1 : la Guyane. 2 : la Réunion. Légende à compléter : les pays francophones. **3.** La France exerce une influence mondiale au niveau culturel : grâce à la francophonie, sa gastronomie, le luxe et la mode, ses musées, ses écrivains… ; grâce à sa diplomatie et sa politique : elle est membre permanent du Conseil de sécurité de l'ONU ; grâce à son économie : c'est la première puissance agricole mondiale (avec les États-Unis), ses territoires ultramarins qui lui donnent une grande ZEE (zone économique exclusive) et grâce à ses DROM : présence sur tous les continents et dans tous les océans.

Exercice 3 – EMC

1. Cette affiche s'adresse aux employés à l'occasion des élections professionnelles. **2.** La Confédération générale du travail (CGT) est une organisation syndicale chargée de représenter les travailleurs. **3.** Le message est le suivant : il faut aller voter lors des élections professionnelles pour la CGT afin que les travailleurs unis soient plus forts et voient se réaliser leurs revendications (« égalité femme-homme »…). **4.** Le rôle des syndicats est important car il permet un dialogue entre les dirigeants d'entreprise et le personnel et permet d'obtenir de nouveaux acquis sociaux par exemple.

Quiz

Histoire Géographie EMC

Un génocide, c'est :

a. Le massacre d'une population pour des motifs ethniques, religieux...
b. L'étude des gènes par les nazis.
c. Le terme utilisé pour nommer les victimes d'une guerre.

Quel traité est surnommé le « Diktat » ?

a. Rome
b. Maastricht
c. Versailles

Qu'est-ce que la Gestapo ?

a. La police politique nazie.
b. La police politique stalinienne.
c. La police politique de Vichy.

Qu'est-ce qu'une *ligue*, en France dans les années 1930 ?

a. Une association sportive.
b. Un groupe fasciste.
c. Un groupe appartenant au Front Populaire.

Citez deux réalisations du Front Populaire.

a. 15 jours de congés payés et les 35 h.
b. 15 jours de congés payés et les 40 h.
c. Les 40 h et l'école jusqu'à 16 ans.

Qui est Léon Blum ?

a. Le nom de code d'un résistant.
b. Le chef de Vichy.
c. Le dirigeant du Front Populaire.

Qu'est-ce que l'Axe ?

a. Allemagne/Vichy/Royaume-Uni
b. Allemagne/Japon/Italie
c. Allemagne/USA/France

De quand date la mise en place de la « solution finale » ?

a. 1933
b. 1940
c. 1942

La France est occupée par l'Allemagne de :

a. 1939 à 1945
b. 1940 à 1945
c. 1940 à 1944

Quel est le nom de code de Jean Moulin ?

a. Tex
b. Mex
c. Rex

En 1962, c'est l'indépendance de :

a. L'Inde
b. La France
c. L'Algérie

La conférence de Bandung a lieu en :

a. 1935
b. 1945
c. 1955

L'Inde devient indépendante en :

a. 1947
b. 1957
c. 1967

Le blocus de Berlin a lieu de :

a. 1938 à 1939
b. 1939 à 1948
c. 1948 à 1949

L'UE est fondée en :

a. 1957
b. 1981
c. 1992

La Déclaration universelle des droits de l'Homme date de :

a. 1848
b. 1789
c. 1948

La devise de l'UE est :

a. Pain, Paix, Liberté
b. Unie dans la diversité
c. Liberté, Égalité, Fraternité

Le Parlement Européen se trouve à :

a. Francfort
b. Strasbourg
c. Bruxelles

Que se passe-t-il le 14 juillet 1789 ?

a. Un feu d'artifice, place de la Bastille.
b. La mort du roi, place de la Bastille.
c. La prise de la Bastille.

Réponse a :
La Gestapo surveillait la population et traquait les résistants.

Réponse c :
Le traité de Versailles met fin à la Première Guerre mondiale en 1919. Il a été imposé à l'Allemagne.
D'où le surnom de diktat.

Réponse a :
Plusieurs génocides ont eu lieu au XXe siècle : Arméniens, Juifs, Rwandais…

Découpez les cartes et entraînez-vous à répondre aux questions en les choisissant au hasard.

Réponse b :
Ces trois pays développent des idées expansionnistes durant la Seconde Guerre mondiale.

Réponse c :
Léon Blum est le président du Conseil des ministre du Front populaire.

Réponse b :
Les Français bénéficient des congés payés depuis 1936.

Réponse b :
Les ligues dirigées par l'extrême droite sont à l'origine de la manifestation violente du 6 février 1934.

Réponse c :
L'Algérie devient indépendante en 1962 avec signature des accords d'Évian.

Réponse c :
Jean Moulin fonde le Conseil National de la Résistance en 1943.

Réponse c :
Dès 1944 ont lieu les débarquements en Provence et en Normandie qui permettent la libération du pays.

Réponse c :
C'est en janvier 1942, lors de la conférence de Wannsee en Allemagne, qu'a été exposé le programme d'extermination des Juifs aux dirigeants du IIIe Reich.

Réponse c :
Le traité de Maastricht de 1992 transforme la Communauté économique européenne en Union européenne. Elle compte aujourd'hui 28 membres.

Réponse c :
Staline enferme Berlin ouest, en bloquant les voies d'accès à la ville, de 1948 à 1949.

Réponse a :
L'Inde obtient son indépendance du Royaume-Uni en 1947 grâce à Gandhi et Nehru.

Réponse c :
Cette conférence historique réunit pour la première fois en Indonésie des représentants des pays du tiers monde voulant jouer un rôle au niveau international.

Réponse c :
Les Parisiens attaquent la prison de la Bastille qui est également une place forte militaire.
C'est un événement majeur de la Révolution française.

Réponse b :
Le parlement situé à Strasbourg vote les lois de l'UE.

Réponse b :
Cette devise signifie que « les Européens unissent leurs efforts en faveur de la paix et de la prospérité, et que [ses] nombreuses cultures, traditions et langues différentes [ ] constituent un atout ».

Réponse c :
Ce texte a été mis au point par l'ONU. C'est une charte internationale des droits de chacun. Elle est adoptée par 48 pays en 1948.

De quand date la Déclaration des Droits de l'homme et du citoyen ?

a. août 1779
b. août 1789
c. août 1799

L'URSS disparaît en :

a. 1917
b. 1953
c. 1991

L'avortement devient légal en France en :

a. 1958
b. 1968
c. 1974

Comment appelle-t-on la croissance des habitats autour des villes ?

a. périurbanisation
b. centralisation
c. décentralisation

Qu'est-ce qu'un milieu urbain ?

a. La campagne
b. La ville
c. La montagne

Une métropole, c'est :

a. un village
b. une petite ville
c. une grande ville

De quand date l'abolition de l'esclavage en France ?

a. 1748
b. 1848
c. 1948

Le premier pôle industriel français est en :

a. Île-de-France
b. Haut-de-France
c. Grand Est

Les espaces ruraux occupent :

a. 20 % de la superficie de la France.
b. 50 % de la superficie de la France.
c. 70 % de la superficie de la France.

En 1881-1882, l'école devient gratuite, laïque et obligatoire grâce à :

a. Charlemagne
b. Jules Verne
c. Jules Ferry

Les néo-ruraux :

a. arrivent en ville.
b. arrivent à la campagne.
c. quittent la campagne.

Quelle est la date de la séparation de l'Église et l'État ?

a. 1805
b. 1905
c. 1950

Quand la Première Guerre mondiale a-t-elle eu lieu ?

a. de 1814 à 1818
b. de 1914 à 1918
c. de 1939 à 1945

Quelle est la date de la bataille de Verdun ?

a. 1914
b. 1915
c. 1916
d. 1918

Que s'est-il passé le 11 novembre 1918 ?

a. L'armistice de la Première Guerre mondiale.
b. L'armistice de la Seconde Guerre mondiale.
c. L'indépendance américaine.

En quelle année a lieu la révolution russe ?

a. 1907
b. 1917
c. 1927

Quel est le nom du dirigeant russe qui prend le pouvoir en 1924 ?

a. Joseph Staline
b. Lénine
c. Adolf Hitler

À quelle fonction Adolf Hitler accède-t-il en 1933 ?

a. Chandelier de l'Allemagne
b. Chancelier du Reich
c. Président de la république de Weimar

En 1936, qui remporte les élections en France ?

a. Le Rond populaire
b. Le Front des ligues
c. Le Front populaire

La Seconde Guerre mondiale se déroule :

a. de 1914 à 1918
b. de 1935 à 1949
c. de 1939 à 1945

Réponse a :
80% des Français vit en milieu urbain ou périurbain.

Réponse c :
C'est Simone Veil, alors ministre de la Santé, qui fait voter cette loi.

Réponse c :
Cette dislocation marque la fin de la Guerre froide.

Réponse b :
Cette déclaration d'août 1789 reconnaît pour la première fois la liberté et l'égalité des hommes.

Réponse c :
L'Ile de France, autour de Paris, représente le premier pôle industriel français.

Réponse b :
C'est Victor Schoelcher, sous-secrétaire d'État sous la IIe République, qui fait abolir l'esclavage en France en 1848.

Réponse c :
C'est une ville aux fonctions culturelles, politiques, économiques importantes.

Réponse b :
Urbs/urbis, signifie « ville » en latin.

Réponse b :
Depuis 1905, la France est un État laïc.

Réponse b :
De plus en plus de Français, attirés par le cadre de vie s'installent dans les campagnes.

Réponse c :
Jules Ferry est alors ministre de l'instruction publique de la IIIe République.

Réponse c :
Ces espaces sont un atout de notre pays.

Réponse b :
La révolution russe de février à octobre 1917 est menée par les bolcheviks de Lénine.

Réponse a :
Le 11 novembre 1918 marque l'arrêt des combats (armistice) de la Première Guerre mondiale. Il est signé à Rethondes, dans l'Oise.

Réponse c :
En 1916, la bataille de Verdun, qui opposa l'Allemagne à la France, a duré 10 mois et a fait plus de 1 000 morts par jour.

Réponse b :
La Première Guerre mondiale a opposé la Triple Alliance (Allemagne, Autriche-Hongrie, Italie) à la Triple Entente (France, Royaume-Uni, Russie) entre 1914 et 1918.

Réponse c :
En 1939, c'est l'Allemagne nazie qui déclenche la Seconde Guerre mondiale en attaquant la Pologne. Invasion à laquelle réagissent la France et le Royaume-Uni alors liés à la Pologne par un traité.

Réponse c :
Le Front populaire est une coalition de partis de gauche, au pouvoir de 1936 à 1938.
Le gouvernement est alors dirigé par Léon Blum.

Réponse b :
Hitler est élu démocratiquement en janvier 1933 aux fonctions de chancelier du Reich.

Réponse a :
C'est Staline qui dirige d'une main de fer la Russie de 1924 à 1953. Il y exerce une dictature totalitaire.

La fin de la Seconde Guerre mondiale en Europe est signée :

a. Le 18 juin 1940
b. Le 11 novembre 1918
c. Le 8 mai 1945

En août 1945, deux bombes atomiques explosent à :

a. Iwojima et Kawasaki
b. Okinawa et Mitsubishi
c. Hiroshima et Nagasaki

Qui appelle à la résistance le 18 juin 1940 ?

a. Philippe Pétain
b. Léon Blum
c. Charles de Gaulle

De 1940 à 1944, c'est :

a. La IIIe République
b. Le régime de Vichy
c. La IVe République

Les femmes obtiennent le droit de vote en :

a. 1844
b. 1924
c. 1944

La Sécurité Sociale est fondée en :

a. 1925
b. 1935
c. 1945

Le mur de Berlin sépare la ville de :

a. 1948 à 1969
b. 1961 à 1989
c. 1971 à 1999

De 1947 à 1962, se déroule :

a. La Ve République
b. La décolonisation
c. La guerre d'Algérie

En 1957 est signé le traité :

a. d'Évian
b. de Rome
c. de Maastricht

Qui dirige la France de 1958 à 1969 ?

a. Charles de Gaulle
b. François Mitterrand
c. Jacques Chirac

François Mitterrand est président de la République de :

a. 1971 à 1985
b. 1981 à 1995
c. 1991 à 2005

En 1992 est voté le traité européen de :

a. Maatrique
b. Maastricht
c. Maaricht

Qui est le président de la République entre 1995 et 2007 ?

a. Léon Blum
b. Valérie Giscard d'Estaing
c. Jacques Chirac

En quelle année l'euro remplace-t-il le franc ?

a. 1992
b. 2000
c. 2002

Combien de métropoles mondiales compte la France ?

a. 1
b. 5
c. 10

Comment appelle-t-on la zone du territoire Français qui est en marge ?

a. Diagonale du désert
b. Diagonale du vide
c. Diagonale vide

L'espace Shengen est :

a. Une zone de libre circulation dans UE.
b. La zone Euro.
c. Une zone de contrôle fiscal.

La francophonie, c'est le fait :

a. de parler de la France.
b. de parler français.
c. d'avoir peur de la France.

La haine des Juifs, c'est :

a. l'antisémitisme.
b. le sexisme.
c. le racisme.

Qu'est-ce que le Parlement en France ?

a. Le Sénat et l'Assemblée Nationale.
b. L'autre nom du gouvernement.
c. Le Président de la République et le Premier Ministre.

Réponse b :
Le régime de Vichy est le nom du régime politique dirigé par Philippe Pétain durant l'occupation de la France par l'Allemagne nazie.

Réponse c :
Le général de Gaulle lance son appel depuis la BBC, une radio de Londres.

Réponse c :
Les deux bombes sont larguées par un avion américain appelé *Enola Gay*. Cette action entraîne la capitulation du Japon un mois plus tard.

Réponse c :
Le 8 mai 1945 est la date de la capitulation de l'Allemagne nazie. Mais il faudra attendre le mois de septembre pour que la guerre cesse dans le Pacifique.

Réponse b :
Les pays colonisés deviennent indépendants de façon pacifique ou militaire.

Réponse b :
Le mur de Berlin est construit en 1961. Il est le symbole de la guerre froide en Europe. Il est détruit en 1989.

Réponse c :
La Sécurité Sociale permet à tous les Français de bénéficier d'un système de santé gratuit.

Réponse c :
Les Françaises obtiennent le droit de vote en 1944, juste après la guerre.

Réponse b :
Le traité de Maastricht donne naissance à l'Union européenne en 1992. Il est signé par les 12 États membres et s'appuie sur le traité de Rome de 1957.

Réponse b :
F. Mitterrand est le premier président de la Ve République issu d'un parti de gauche.

Réponse a :
Charles de Gaulle marque de son empreinte le début de la Ve République qu'il crée en 1958.

Réponse b :
Le traité de Rome est l'un des traités fondamentaux de la création de la Communauté économique européenne (CEE). Il est signé par 6 pays (France, Allemagne, Italie, Belgique, Pays-Bas et Luxembourg).

Réponse b :
La diagonale du vide s'étend du nord-est au sud-ouest de la France.

Réponse a :
Paris est la seule ville de France a avoir un rôle au niveau mondial.

Réponse b :
Depuis 2000 l'euro est la monnaie de l'Union européenne.

Réponse c :
Jacques Chirac est le 22e président de la République française.

Réponse a :
Le Parlement regroupe le Sénat et l'Assemblée nationale.

Réponse a.

Réponse b :
Près de 200 millions de personnes dans le monde parlent le Français.

Réponse a :
Le Royaume Uni et l'Irlande, même s'ils sont membres de l'UE n'ont pas signé les accords de Schengen.

Qu'est-ce qui est « indivisible, laïque, démocratique et social » en France ?

a. La République
b. L'Assemblée Nationale
c. Le Parlement

Les LGV sont :

a. des lignes à grosse vapeur.
b. des lignes à grands vertiges.
c. des lignes à grandes vitesses.

L'Église et l'État sont séparés en France, c'est :

a. la démocratie
b. la laïcité
c. la religiosité

Où réside le président de la République ?

a. Au Sénat
b. À Matignon
c. À l'Élysée

Pour voter en France, il faut :

a. Être un homme de 18 ans.
b. Être citoyen et inscrit sur les listes électorales.
c. En avoir envie.

Citez les trois pôles de la Triade.

a. L'Amérique du Nord (États-Unis + Canada), l'UE, le Japon
b. La Chine, le Brésil, l'Inde
c. L'Australie, l'Argentine, la Corée

Comment appelle-t-on le fait de ne pas voter :

a. L'absentéisme
b. L'abstentionnisme
c. L'absorption

Paris concentre de nombreux pouvoirs, on parle :

a. d'hyper-phobie.
b. d'hypertrophie.
c. d'hyper-marché.

Citez deux espaces touristiques majeurs.

a. La Chine et l'Inde
b. L'Égypte et la Turquie
c. L'UE et les États-Unis

Citez deux aires d'arrivée des migrants dans le monde.

a. L'Afrique sub-saharienne et la Turquie
b. L'Union européenne et les États-Unis
c. La Chine et l'Inde

Citez deux aires de départ des migrants dans le monde.

a. Les États-Unis et l'Union européenne
b. La Suisse et l'Angleterre
c. L'Afrique sub-saharienne et la Turquie

Qui sont les BRICS ?

a. Bruxelles, Rome, Istanbul, Le Caire
b. Le Brésil, la Russie, l'Inde, la Chine, l'Afrique du Sud
c. La Birmanie, la Roumanie, l'Indonésie, la Corée

Citez deux îles françaises situées dans l'océan Indien.

a. Mayotte et la Réunion
b. La Guadeloupe et la Martinique
c. La Nouvelle-Calédonie et la Polynésie française

Citez deux îles françaises situées dans l'océan Atlantique.

a. Wallis-et-Futuna
b. La Réunion et Crozet
c. Saint-Pierre-et-Miquelon et Saint-Barthélémy

Citez les deux villes dans lesquelles siègent les institutions européennes.

a. Bruxelles et Strasbourg
b. Paris et Londres
c. Lille et Genève

Citez deux métropoles européennes de rang mondial.

a. Amsterdam et Rome
b. Varsovie et Berlin
c. Londres et Paris

Qu'est-ce qu'une ONG ?

a. Une Organisation Non Gérée
b. Une Organisation Non Gouvernée
c. Une Organisation Non Gouvernementale

La JDC, c'est :

a. La Journée de Défense citoyenne
b. La Journée de Détente civique
c. La Journée de Découverte citoyenne

Citez trois villes françaises parmi les principales.

a. Angoulême, Cannes, Roubaix
b. Paris, Marseille, Lyon
c. Agen, Montélimar, Saint-Brieuc

Quelle terre française se situe en Amérique du Sud ?

a. Mayotte
b. Saint-Pierrre-et-Miquelon
c. La Guyane

Réponse c :
Le président réside à l'Élysées et le Premier ministre à Matignon.

Réponse b :
La séparation de l'Église et de l'État a été votée en 1905. Depuis, la France est un pays laïc.

Réponse c :
Ce sont les grandes lignes parcourues par le TGV.

Réponse a :
Ces sont les principes de la République.

Réponse b :
Une hypertrophie est un développement important d'une cellule. Ce mot désigne ici le développement économique de Paris, aujourd'hui seule ville de France de caractère mondial.

Réponse b.

Réponse a :
La Triade est composée des trois pôles les plus riches du monde, soit l'Amérique du Nord (États-Unis + Canada), l'Union européenne et le Japon. Ce sont des acteurs majeurs de la mondialisation.

Réponse b :
Pour voter, il faut être Français ou Française, avoir plus de 18 ans et être inscrit sur les listes électorales.

Réponse b :
BRICS sont les premières lettres de cinq pays émergents : le Brésil, la Russie, l'Inde, la Chine et l'Afrique du sud. Leur place dans la mondialisation ne cesse de progresser.

Réponse c :
L'Afrique sub-saharienne et la Turquie sont deux zones qui voient leur population les quitter pour vivre mieux ailleurs.

Réponse b :
L'Union européenne et les États-Unis sont deux zones majeures d'accueil des migrants qui espèrent y trouver du travail et des conditions de vie meilleures.

Réponse c :
L'Union européenne et les États-Unis attirent de nombreux touristes car ce sont des démocraties en paix et leurs richesses culturelles, leurs structures d'accueil et de transport y sont très développées.

Réponse c :
Londres et Paris ont un poids majeur sur la scène internationale à tous les niveaux : diplomatie, économie, culture…

Réponse a :
Strasbourg accueille le Parlement européen et Bruxelles, la Commission européenne.

Réponse c :
Saint-Pierre-et-Miquelon se situent en face du Québec donc dans l'océan Atlantique, Saint-Barthélémy dans les Antilles, la Réunion et les îles Crozet dans l'océan Indien, Wallis-et-Futuna en Polynésie.

Réponse a :
Mayotte et la Réunion se situent de part et d'autre de Madagascar, dans l'océan Indien.
La Guadeloupe et la Martinique se trouvent aux Antilles, la Nouvelle-Calédonie et la Polynésie en Océanie.

Réponse c :
La Guyane est aujourd'hui le plus grand département de France. C'est un territoire français depuis le XVIIe siècle.

Réponse b :
Paris, Marseille et Lyon font partie des villes principales de France tout comme Toulouse, Nice et Nantes.

Réponse a :
La JDC est obligatoire pour les filles et les garçons entre 17 à 25 ans. C'est une journée d'information sur le rôle de l'armée, les devoirs du citoyen, le devoir de mémoire et le rôle de l'Europe.

Réponse c :
Les ONG sont des associations à buts non lucratifs dont l'objectif est d'agir pour la santé, le développement, la scolarité, les droits de l'homme, l'écologie… Elles ne font pas de politique. Amnesty International ou Médecins sans frontières sont des ONG.

Formulaire de Maths

Cercle - disque

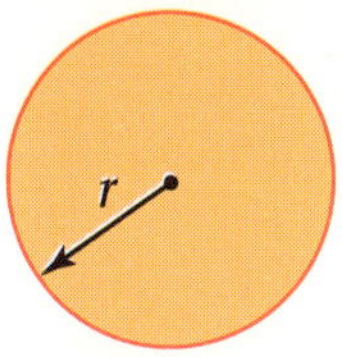

$\mathcal{P}_{\text{cercle}} = 2 \times \pi \times r$

$\mathcal{A}_{\text{disque}} = \pi \times r^2$

$\pi \approx 3,14$

Rectangle

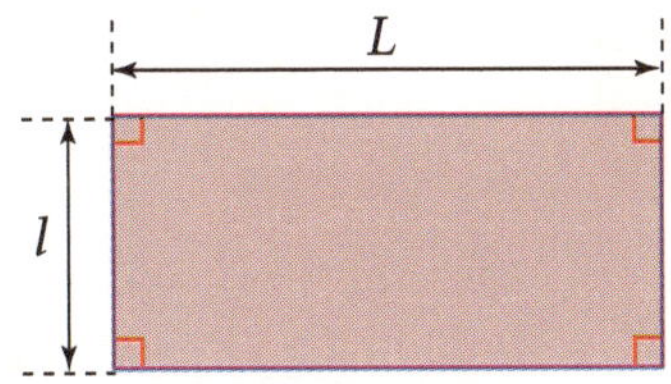

$\mathcal{P}_{\text{rectangle}} = 2 \times (L + l)$

$\mathcal{A}_{\text{rectangle}} = L \times l$

Carré

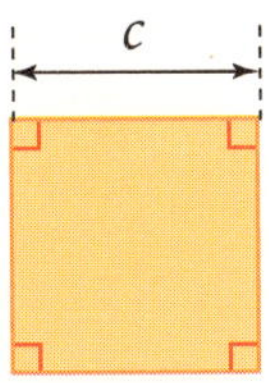

$\mathcal{P}_{\text{carré}} = 4 \times c$

$\mathcal{A}_{\text{carré}} = c^2$

Triangle rectangle

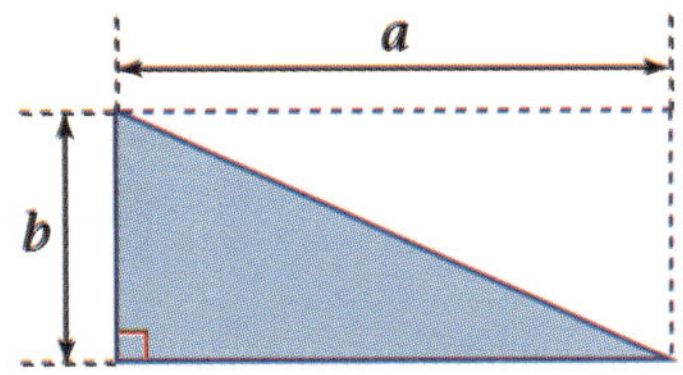

$\mathcal{A}_{\text{triangle rectangle}} = \dfrac{a \times b}{2}$

Triangle

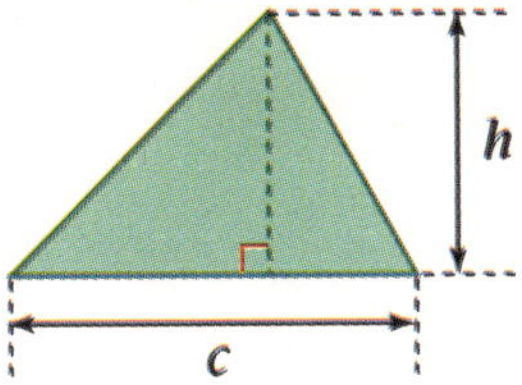

$\mathcal{A}_{\text{triangle}} = \dfrac{c \times h}{2}$

Parallélogramme

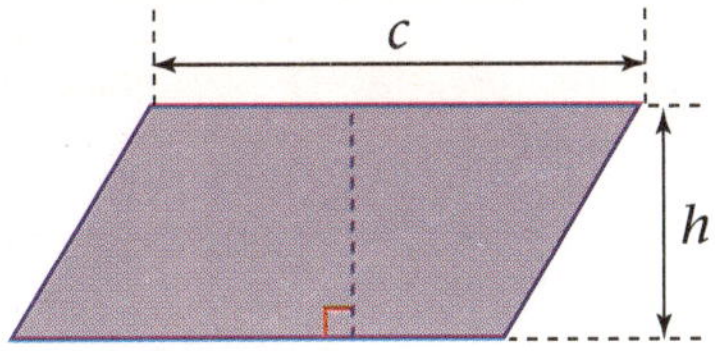

$\mathcal{A}_{\text{parallélogramme}} = c \times h$

Losange

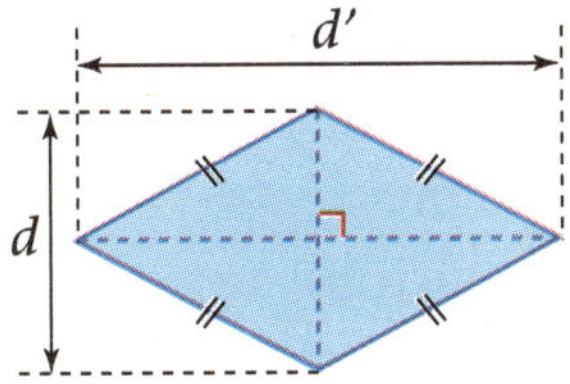

$\mathcal{A}_{\text{losange}} = \dfrac{d \times d'}{2}$

Trapèze

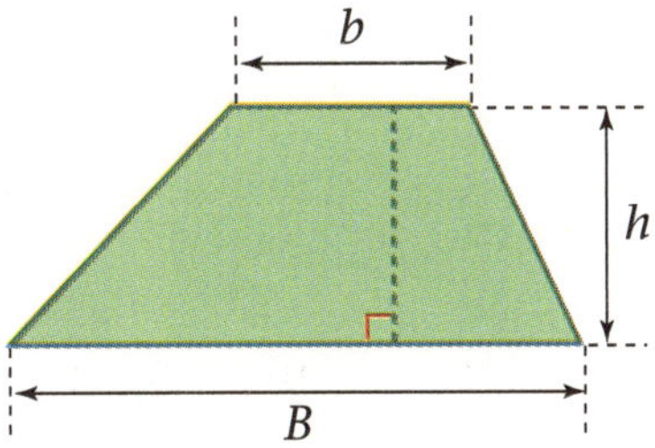

$\mathcal{A}_{\text{trapèze}} = \dfrac{b + B}{2} \times h$

Parallélépipède rectangle

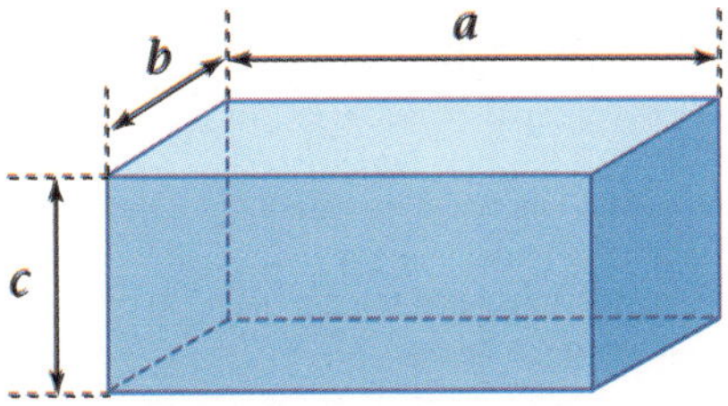

$\mathcal{V}_{\text{parallélépipède rectangle}} = a \times b \times c$

Prisme droit

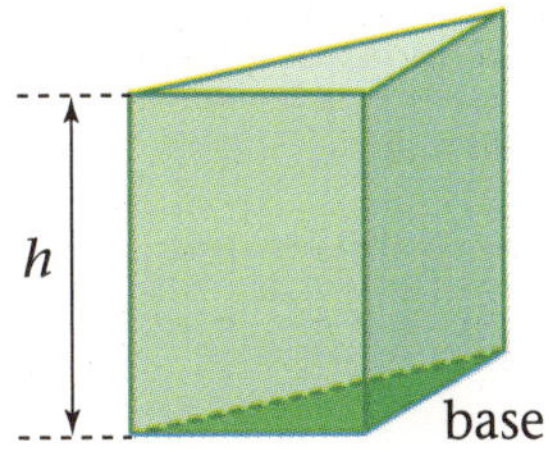

$\mathcal{V}_{\text{prisme droit}} = \mathcal{A}_{\text{base}} \times h$

Cylindre de révolution

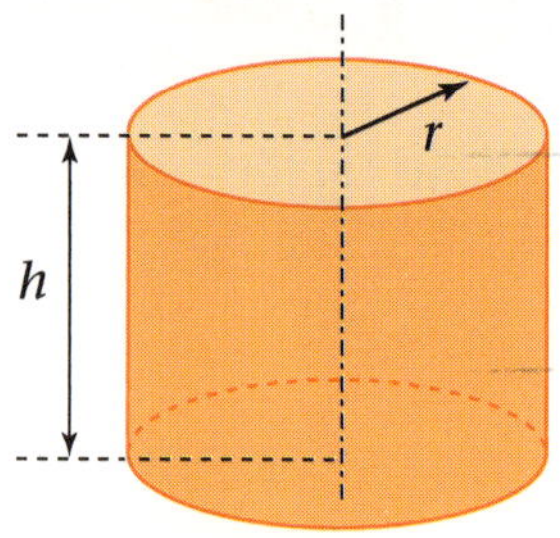

$\mathcal{V}_{\text{cylindre}} = \pi \times r^2 \times h$

Sphère – boule

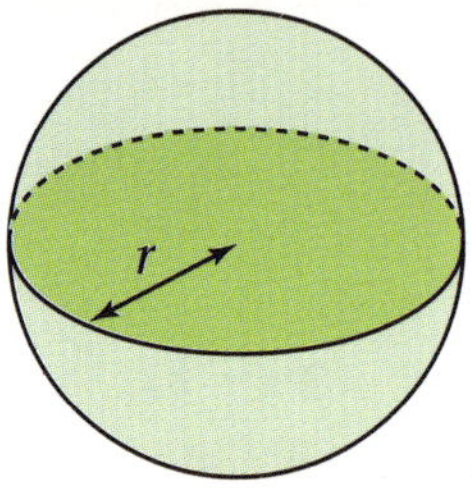

$\mathcal{A}_{\text{sphère}} = 4 \times \pi \times r^2$

$\mathcal{V}_{\text{sphère}} = \frac{4}{3} \times \pi \times r^3$

Pyramide

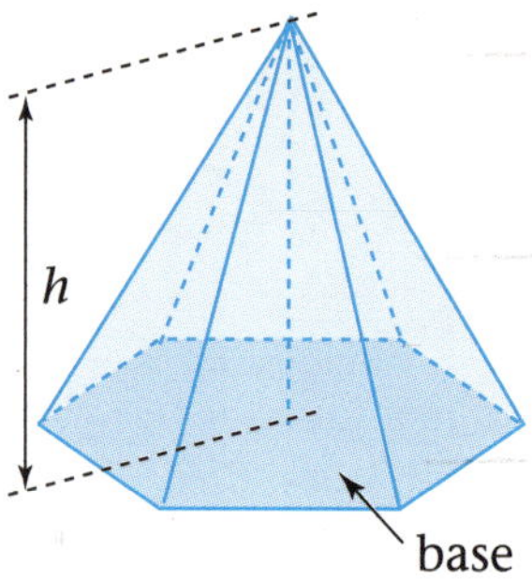

$\mathcal{V}_{\text{pyramide}} = \frac{\mathcal{A}_{\text{base}} \times h}{3}$

Cône de révolution

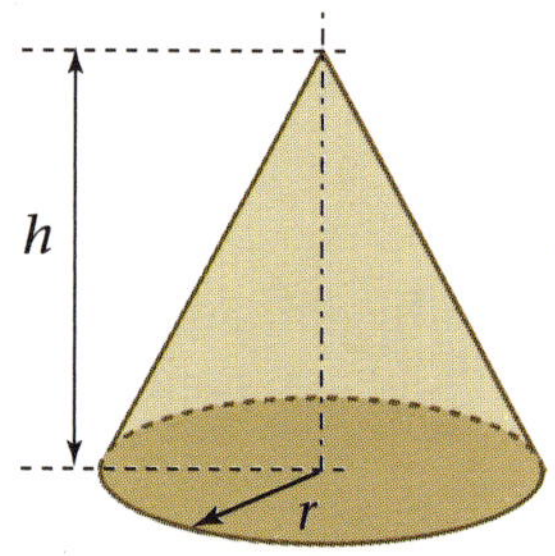

$\mathcal{V}_{\text{cône}} = \frac{\pi \times r^2 \times h}{3}$

Préfixes des unités de mesure

Préfixe	Notation	Multiplicateur	Mots avec ce préfixe
giga	**G**	10^9 = 1 000 000 000	gigantesque ; gigaoctet
méga	**M**	10^6 = 1 000 000	mégaoctet ; mégapole
kilo	**k**	10^3 = 1 000	kilomètre ; kilogramme
hecto	**h**	10^2 = 100	hectolitre
déca	**da**	10^1 = 10	décaèdre ; décathlon
unité		10^0 = 1	
déci	**d**	10^{-1} = 0,1	décimer ; décimal
centi	**c**	10^{-2} = 0,01	centime ; centenaire
milli	**m**	10^{-3} = 0,001	millilitre : millimètre
micro	**µ**	10^{-6} = 0,000 001	microscope ; microbe
nano	**n**	10^{-9} = 0,000 000 001	nanoréseau ; nanotechnologie

Crédits photographiques : p. 53 © Magnard DR. **p. 56** © Library of Congress, Washington. **p. 58** © RMN-Grand Palais (musée d'Orsay) / H. Lewandowski. **p. 86g** © Maksym Yemelyanov – Fotolia.com. **p. 86m** © yurakp – Fotolia.com. **p. 86d** © Tristan3D – Fotolia.com. **p. 111** BIS / Ph. Coll. Archives Bordas. **p. 117** BIS / © Archives Larbor. **p. 119** © PLANTU. **p. 121** Ph.© BRIDGEMAN – GIRAUDON. **p. 125** © Tom Toles / UNIVERSAL UCLICK. **p. 127** © Collection particulière / DR. **p. 139** © Burger / Phanie. **p. 141g** © Veniamin Kraskov – Fotolia.com. **p. 141m** © vvoe / Shutterstock.com. **p. 141d** © Frederic Legrand – COMEO / Shutterstock.com. **p. 143ht** © HEREZIE / AACC. **p. 143bas** © Les Restaurants du cœur. **p. 146** © DPA / Picture Alliance / Leemage. **p. 147** © Collection particulière / DR. **p. 151** Coll. Archives Bordas © ADAGP, Paris 2016. **p. 152** © Chalvin / ICONOVOX. **p. 154** © Luki Bancher / DR. **p. 155** © Bridgeman Images. **p. 157** © Ministère du Travail, de l'Emploi, de la Formation professionnelle et du Dialogue social. **p. 158** Ph. © PHOTO12.COM. **p. 159** BIS / Ph. © Musée royal de l'armée et de l'histoire militaire, Bruxelles – Archives Larbor. **p. 161** Ph. © CGT.

Création de maquette intérieure : Delphine Guéchot. **Iconographe :** Laurence Vacher
Cartographie : Légendes cartographie. **Mise en page :** Fabienne Le Bihan

N° projet : 10294407 – Dépôt légal : mars 2021
Imprimé en France par CLERC en juillet 2023,
imprimeur certifié IMPRIM'VERT